Percy Jackson

La Bataille du Labyrinthe

Rick Riordan

Percy Jackson
La Bataille du Labyrinthe

*Traduit de l'anglais (américain)
par Mona de Pracontal*

Titre original :
Percy Jackson and the Olympians book four
The battle of the labyrinth
(Première publication : Hyperion Books for Children, New York, 2008)
© Rick Riordan, 2008.
Tous droits réservés, y compris droits de reproduction totale
ou partielle, sous toutes ses formes.

© Editions Albin Michel, 2010, pour la traduction française.
© Librairie Générale Française, 2011, pour la présente édition.

À Becky, qui me guide toujours dans le Labyrinthe.

1   JE ME BATS CONTRE DES POM-POM GIRLS

Je n'avais vraiment aucune envie de faire exploser une école de plus pendant les grandes vacances. Il n'empêche qu'en ce lundi matin de la première semaine de juin, j'étais dans la voiture de ma mère, devant le collège Goode, sur la 81ᵉ rue.

Goode : un grand bâtiment de pierre qui domine l'East River. Plusieurs BM et autres voitures de marques prestigieuses étaient garées près de l'entrée. J'ai regardé le majestueux porche de grès brun en me demandant combien de temps je tiendrais avant de me faire renvoyer.

– Détends-toi, m'a dit ma mère, qui n'avait pas l'air détendue du tout. Ce n'est qu'une visite d'orientation. Et n'oublie pas que c'est l'école de Paul, mon chéri. Alors essaie de ne pas... enfin, tu vois.

– La démolir ?

– Oui.

Paul Blofis, le copain de ma mère, se tenait sur le pas de la porte pour accueillir les futurs élèves de troisième. Avec ses cheveux poivre et sel, son jean et son blouson de cuir, il me faisait penser à un acteur de télévision, mais c'était juste un prof d'anglais. Il était arrivé à convaincre le collège de me prendre en classe de troisième, bien que je me sois fait systématiquement renvoyer de toutes les écoles où j'étais allé. J'avais essayé de lui expliquer que c'était une mauvaise idée ; il n'avait rien voulu entendre.

Je me suis tourné vers maman.

– Tu lui as pas dit la vérité sur moi, j'espère ?

Elle a tambouriné sur le volant du bout des doigts. Elle s'était mise sur son trente et un pour un entretien de boulot : sa jolie robe bleue et des talons hauts.

– J'ai pensé qu'il valait mieux attendre, a-t-elle reconnu.

– Pour ne pas le faire fuir.

– Je suis sûre que l'orientation va bien se passer, Percy. Ce n'est qu'une matinée.

– Super, ai-je grommelé. Je vais pouvoir me faire virer avant de commencer l'année scolaire.

– Sois positif. Demain, tu pars à la colonie ! Après l'orientation, tu as ton rendez-vous galant...

– Galant ! N'importe quoi ! ai-je protesté. C'est juste Annabeth, m'man !

– Elle fait toute la trotte depuis la colonie pour te voir.

– Ouais, bon.

– Vous allez au ciné.

– Ouais.

– Rien que tous les deux.

– Ma-man !!

Elle a écarté les mains pour dire qu'elle abandonnait la partie, mais je voyais bien qu'elle se retenait de rire.

– Tu devrais y aller, mon chéri, a-t-elle dit alors. Tu me raconteras ce soir.

Au moment où j'allais sortir de la voiture, j'ai jeté un coup d'œil vers le perron de l'école. Paul Blofis souhaitait la bienvenue à une fille en tee-shirt bordeaux et jean élimé, couvert de traits de marqueur. Elle avait les cheveux roux et frisés. Lorsqu'elle a tourné la tête, j'ai entrevu son visage et ça m'a donné la chair de poule.

– Percy, qu'est-ce qui se passe ? a demandé maman.

– Rien rien, ai-je bafouillé. Tu sais pas s'il y a une autre entrée ?

– Un peu plus loin sur la droite, pourquoi ?

– À ce soir, alors.

Ma mère allait ajouter quelque chose, mais je suis sorti de la voiture et j'ai filé comme une flèche, en espérant que la fille aux cheveux roux ne me verrait pas.

Qu'est-ce qu'elle fabriquait ici ? Même moi, je ne pouvais pas avoir une poisse pareille.

Justement si, et pire encore, comme je n'allais pas tarder à le découvrir.

Mon idée était de faire une entrée discrète, mais j'ai dû y renoncer : deux pom-pom girls en uniforme blanc et violet étaient embusquées devant l'entrée latérale pour coincer les nouveaux.

– Salut ! m'ont-elles lancé avec un grand sourire, et je me suis dit que c'était la première et sans doute dernière fois que des pom-pom girls me faisaient un accueil aussi chaleureux.

L'une était blonde aux yeux bleu métallique. L'autre afro-américaine, avec des cheveux noirs frisés dignes de Méduse – et croyez-moi, je sais de quoi je parle. Elles avaient toutes les deux leur nom brodé sur leur uniforme, mais dyslexique comme je le suis, j'avais l'impression d'essayer de lire des spaghettis.

– Bienvenue à Goode, a dit la blonde. Tu vas a-do-rer !

Elle m'a toisé de la tête aux pieds, d'un regard qui signifiait plutôt : « C'est qui, ce loser ? »

L'autre fille s'est approchée de moi, beaucoup trop à mon goût. Je me suis concentré sur les lettres brodées sur son uniforme et suis arrivé à déchiffrer son nom : Kelli. Elle dégageait un parfum de rose, plus une autre odeur que je reconnaissais pour l'avoir sentie à mes cours d'équitation à la colo : celle d'un cheval qu'on vient de bouchonner. Un peu bizarre, pour une pom-pom girl. Enfin, peut-être qu'elle avait un cheval, après tout ? Elle était si près de moi que j'ai eu l'impression qu'elle voulait me pousser au bas des marches.

– Comment tu t'appelles, tête de veau ?
– Tête de veau ?
– Tête de nouveau.
– Euh, Percy.

Les filles ont échangé un regard.

– Ah, Percy Jackson, a fait alors la blonde. On t'attendait.

Un frisson glacé m'a parcouru l'échine. À elles deux, elles me barraient le passage, et leurs sourires n'étaient pas des plus bienveillants. Instinctivement, ma main s'est glissée dans ma poche pour saisir Turbulence, mon stylo-bille mortel.

À ce moment-là, quelqu'un m'a appelé de l'intérieur du bâtiment :

– Percy ?

C'était Paul Blofis, quelque part dans le couloir. Je n'avais jamais été aussi heureux d'entendre sa voix.

Les pom-pom girls ont ausitôt battu en retraite. Je me suis rué à l'intérieur et, dans ma hâte, j'ai bousculé Kelli sans le vouloir.

Clang, a fait mon genou contre sa cuisse.

Celle-ci sonnait creux, avec un tintement métallique, comme un mât de drapeau.

– Aïe, a-t-elle grommelé. Fais attention, tête de veau.

J'ai baissé les yeux : sa jambe avait l'air parfaitement normale. Trop horrifié pour poser des questions, je me suis engouffré dans le couloir sous les ricanements des pom-pom girls.

– Te voilà ! s'est écrié Paul. Bienvenue à Goode !

– Salut Paul... euh, monsieur Blofis.

J'ai jeté un coup d'œil en arrière, mais les pom-pom girls bizarres avaient disparu.

– Percy, on dirait que tu as vu un fantôme.

– Ben, euh...

Paul m'a donné une petite tape dans le dos.

– Écoute, je sais que tu es inquiet, m'a-t-il dit, mais rassure-toi. Nous avons beaucoup d'élèves qui souffrent de dyslexie, de déficit de l'attention et d'hyperactivité. Les profs savent comment les aider.

J'en aurais presque ri. Si seulement la dyslexie et le TDAH – Trouble Déficit de l'Attention/Hyperactivité – étaient mes seuls soucis ! Paul avait de bonnes intentions, je le savais, mais si je lui révélais la vérité à mon sujet, soit il me prendrait pour un fou, soit il partirait en hurlant. Ces pom-pom girls, par exemple. Mon intuition me disait qu'elles allaient me causer des ennuis...

J'ai tourné la tête vers le bout du couloir et je me suis alors souvenu que j'avais un autre problème. La rousse que j'avais vue sur le perron de l'école venait d'entrer dans le vestibule principal.

Faites qu'elle ne me remarque pas, ai-je prié.

Elle m'a remarqué. Et elle a écarquillé les yeux.

– C'est où, l'orientation ? ai-je demandé à Paul.

– Au gymnase. Par là. Mais...

– Merci.

– Percy ? a lancé Paul, dans mon dos car je courais déjà.

J'ai cru que je l'avais semée.

Un groupe de jeunes se dirigeait vers le gymnase et je me suis vite fondu parmi les trois cents ados entassés dans les gradins. Un orchestre défilait en jouant un chant de combat strident, genre concert de chats de gouttière hurlant à la lune. Des élèves plus âgés, sans doute des délégués de classe, occupaient le devant de la salle en arborant fièrement l'uniforme du collège ; ils avaient vraiment l'air de se la jouer. Des professeurs, tout sourire, allaient et venaient en serrant les mains des élèves. Les murs du gymnase étaient tapissés de grandes bannières blanc et violet qui annonçaient BIENVENUE, FUTURS NOUVEAUX ÉLÈVES ! GOODE C'EST COOL ! NOUS SOMMES UNE GRANDE FAMILLE ! et autres slogans dégoulinant de bonheur qui me donnaient franchement mal au cœur.

Aucun des autres nouveaux n'avait l'air emballé d'être là, d'ailleurs. On les comprend : qui aurait envie de suivre une session d'orientation en juin alors que la rentrée n'est qu'en septembre ? Mais à Goode, comme dit la brochure, « l'excellence se prépare en amont ! ».

L'orchestre s'est tu. Un type en costume à fines rayures a pris le micro, mais ses paroles résonnaient avec un tel écho dans le gymnase que je n'en comprenais pas un seul mot. Quelqu'un m'a attrapé par l'épaule.

– Qu'est-ce que tu fais là ?

C'était elle : mon cauchemar aux cheveux roux.

– Rachel Elizabeth Dare, ai-je dit.

Elle en est restée bouche bée, l'air de trouver que je ne manquais pas de culot de me souvenir de son nom.

– Et tu es Percy quelque chose. Je n'ai pas compris ton nom de famille l'année dernière, quand tu as essayé de me tuer.

– Écoute, je n'ai pas... je ne... Et toi, qu'est-ce que tu fais là ?

– Pareil que toi, j'imagine. La session d'orientation.

– Tu habites à New York ?

– Tu croyais que j'habitais au barrage Hoover ?

Ça ne m'était jamais venu à l'idée. Quand je pensais à elle (ce qui ne signifie pas que je pensais à elle, son image apparaissait de temps en temps dans mes pensées, c'est tout, on est bien clair ?), je la voyais toujours vivant dans la région du barrage Hoover, rien que parce qu'on s'était rencontrés là-bas. On avait passé ensemble une dizaine de minutes, au cours desquelles j'avais failli lui donner un coup d'épée par erreur, elle m'avait sauvé la vie et j'avais pris la fuite, poursuivi par une meute de machines à tuer surnaturelles. Une rencontre de hasard, en somme.

Derrière nous, un type a chuchoté :

– La ferme, vous deux. Les pom-pom girls parlent !

– Bonjour à tous ! a babillé une fille au micro. (C'était la blonde que j'avais vue à l'entrée.) Je m'appelle Tammi, et voici Kelli.

Comme pour ponctuer, Kelli a fait la roue.

Rachel, à côté de moi, a glapi comme si on venait de lui enfoncer une épingle dans le dos. Quelques gamins se sont retournés en ricanant, mais Rachel a continué de fixer les pom-pom girls d'un regard terrifié. Tammi n'avait rien remarqué, apparemment. Elle s'est mise à nous décrire les multiples façons dont nous pourrions nous investir dans notre année de troisième.

– Sauve-toi, m'a glissé Rachel. Tout de suite.

– Pourquoi ?

Pour toute réponse, Rachel s'est frayé un chemin vers le bout de la rangée en ignorant les froncements de sourcils des profs et les grognements des élèves dont elle écrasait les pieds.

J'ai hésité. Tammi expliquait qu'on allait se répartir en petits groupes pour visiter l'école. Kelli a croisé mon regard et m'a gratifié d'un sourire amusé, comme si elle attendait de voir ce que j'allais faire. Si je partais maintenant, ça ferait mauvais effet. Paul Blofis était en bas, avec tous les autres profs. Il se demanderait ce qui se passait.

Et puis j'ai pensé à Rachel Elizabeth Dare et au don particulier qu'elle avait manifesté l'année dernière au barrage Hoover. Elle avait repéré un groupe de vigiles qui n'étaient pas de vrais vigiles, qui n'étaient en fait même pas humains.

Le cœur battant à se rompre, je me suis levé et je suis sorti du gymnase.

J'ai retrouvé Rachel dans la salle d'orchestre. Elle était cachée derrière une grosse caisse, parmi les percussions.

– Viens là ! m'a-t-elle lancé. Baisse la tête !

Je me sentais un peu bête, à me tapir derrière des bongos, mais je me suis quand même accroupi à ses côtés.

– Elles t'ont suivi ?
– Tu veux dire les pom-pom girls ?

Rachel a hoché la tête, l'air inquiète.

– Je crois pas, ai-je répondu. C'est qui, ces filles ? Qu'est-ce que t'as vu ?

La peur faisait briller ses yeux verts. Elle avait le visage constellé de taches de rousseur, ça m'a fait penser à une pluie d'étoiles. Son tee-shirt bordeaux portait l'inscription « Département des Beaux-Arts de Harvard ».

– Tu... tu me croiras pas.
– Oh, si, je te croirai, ai-je affirmé, je sais que tu peux voir à travers la Brume.
– La quoi ?
– La Brume. C'est... disons que c'est une sorte de voile qui masque la réalité. Il y a des mortels qui naissent avec la capacité de voir au travers. Comme toi.

Elle m'a scruté d'un œil inquisiteur.

– Tu as déjà fait ça au barrage. Tu m'as traitée de mortelle. Comme si toi, tu ne l'étais pas.

Mais qu'est-ce qui m'avait pris ? J'avais envie de taper dans un bongo. Je ne pourrais jamais lui expliquer, alors à quoi bon essayer ?

– Dis-moi, a-t-elle supplié. Tu sais ce que ça signifie. Toutes ces horreurs que je vois, qu'est-ce que c'est ?

– Écoute, ça va te sembler délirant. Tu connais un peu la mythologie grecque ?

– Genre, le Minotaure et l'Hydre ?

– Ouais, mais évite de prononcer ces noms en ma présence, d'accord ?

– Et les Euménides, a ajouté Rachel, qui retrouvait la mémoire. Et les Sirènes, et...

– OK, c'est bon, c'est bon !

J'ai balayé la salle d'orchestre du regard, certain que Rachel avait fait sortir des murs une bande de monstres assoiffés de sang, mais non, on était encore seuls. Il ne nous restait pas beaucoup de temps pour discuter, cependant j'entendais des enfants qui sortaient du gymnase et déferlaient dans le couloir. La visite par petits groupes commençait.

– Tous ces monstres, ai-je dit, tous les dieux grecs... ils existent pour de vrai.

– Je le savais !

J'aurais préféré qu'elle me traite de menteur, mais Rachel me regardait comme si je venais de confirmer ses pires craintes.

– Tu peux pas imaginer comme j'en ai bavé, a-t-elle ajouté. Pendant des années, j'ai cru que je devenais folle. Je ne pouvais en parler à personne. Je n'osais... (Elle s'est brusquement interrompue, a plissé des yeux.) Une seconde. Qui es-tu ? Je veux dire, qui es-tu vraiment ?

– Je suis pas un monstre.

– Oui, ça je le sais. Je le verrais, si tu étais un monstre. Tu ressembles à... à toi, c'est tout. Mais tu n'es pas humain, c'est ça ?

J'ai ravalé ma salive. Même si j'avais eu trois ans pour m'habituer à ce que j'étais, je n'en avais jamais parlé à un mortel ordinaire, jusqu'à présent. À part ma mère, mais elle savait déjà. Je ne sais pas pourquoi, mais je me suis jeté à l'eau :

– Je suis un sang-mêlé. Je suis à moitié humain.

– Et à moitié quoi ?

À ce moment-là, Tammi et Kelli ont déboulé dans la salle d'orchestre en faisant claquer les portes derrière elles.

– Ah te voilà, Percy Jackson, a dit Tammi. On va pouvoir s'attaquer à ton orientation.

– Elles sont horribles ! s'est écriée Rachel.

Tammi et Kelli, toujours pimpantes dans leurs uniformes blanc et violet, avaient des pompons à la main.

– À quoi elles ressemblent en vrai ? ai-je demandé à Rachel, mais elle était trop sonnée pour me répondre.

– Ne fais pas attention à elle, m'a dit Tammi avec un sourire rayonnant.

Elle s'est avancée vers nous tandis que Kelli restait devant les portes battantes pour nous barrer le chemin.

On était pris au piège. Je savais que notre seule issue passait par un combat, mais le sourire de Tammi était si radieux qu'il me tournait la tête. Ses yeux bleus étaient magnifiques, et ses cheveux flottaient sur ses épaules avec une...

– Percy, m'a averti Rachel.

J'ai répondu un truc très futé, du genre : « Hein ? »

Tammi se rapprochait. Elle secouait ses pompons.

– Percy ! (La voix de Rachel m'est parvenue de très loin.) Réveille-toi !

J'ai dû faire appel à toute ma volonté, mais je suis arrivé à sortir mon stylo-bille de ma poche et j'ai retiré le capuchon. Turbulence s'est déployée sur près d'un mètre, se transformant en épée de bronze à la lame luisante et dorée. Le sourire de Tammi a fait place à un rictus.

– Voyons, a-t-elle protesté, pas de ça entre nous ! Que dirais-tu d'un baiser, plutôt ?

Elle sentait la rose et la fourrure propre – une odeur bizarre mais enivrante.

Rachel m'a pincé le bras très fort.

– Percy, elle veut te mordre ! Regarde-la !

– Elle est jalouse, c'est tout, a rétorqué Tammi, avant de se tourner vers Kelli. Je peux, maîtresse ?

Kelli, toujours postée devant la porte, se léchait avidement les lèvres.

– Vas-y, Tammi. Continue comme ça.

Tammi a fait un pas de plus vers nous, mais j'ai alors pointé mon épée vers sa poitrine.

– Recule.

Elle a grondé.

– Des nouveaux ! a-t-elle lâché d'un ton dégoûté. Cette école est à nous, sang-mêlé. C'est nous qui décidons qui nous mangeons !

Sur ces mots, elle a commencé à se métamorphoser. La couleur s'est retirée de son visage et de ses bras. Sa peau est devenue blanche comme de la craie, ses yeux tout rouges. Ses dents se sont allongées en crocs pointus.

– Un vampire ! ai-je bafouillé.

J'ai alors remarqué ses jambes. Sous sa jupette de pom-pom girl, sa jambe gauche était couverte de longs poils bruns hirsutes et se terminait par un sabot d'âne. La droite avait une forme de jambe humaine, mais elle était en bronze.

– Euh, un vampire avec des...

– Ne parle pas de mes jambes ! a lancé Tammi. C'est malpoli de se moquer.

Elle s'est avancée sur ses drôles de jambes dépareillées. Elle avait une dégaine vraiment bizarre, surtout avec ses pompons, mais j'étais incapable d'en rire : pas devant ces yeux rouges et ces crocs pointus.

Kelli a gloussé :

– Un vampire, dis-tu ? C'est de nous que s'inspire cette légende idiote, espèce d'imbécile. Nous sommes des *empousai*, les servantes d'Hécate.

– Miam-miam, a fait Tammi en s'approchant. Nous avons été créées par magie noire, mélange d'animal, de bronze et de fantôme ! Notre raison d'être est de nous nourrir du sang des jeunes gens. Alors viens donc me donner ce baiser !

Elle a dégarni les crocs. J'étais littéralement paralysé, mais Rachel a lancé un tambour à timbre à la tête de l'*empousa*.

La démone a rejeté le tambour en sifflant entre ses crocs. Il a dégringolé le long des allées et roulé entre les pupitres à musique en vibrant. Rachel a lancé un xylophone, mais la démone l'a écarté avec la même facilité.

– D'habitude je ne tue pas les filles, a grogné Tammi, mais pour toi, mortelle, je vais faire une exception. Ta vue est un peu trop bonne !

Sur ces mots, elle s'est élancée vers Rachel.

– Non !

J'ai asséné Turbulence. Tammi a essayé d'esquiver ma lame, en vain : j'ai pourfendu son uniforme de pom-pom girl et, avec une plainte hideuse, elle a explosé en une gerbe de poussière qui est retombée sur Rachel.

– Beurk ! a crié cette dernière en toussant. C'est immonde !

On aurait dit qu'elle avait reçu un sac de farine sur la tête.

– Désolé, les monstres font ça quand ils meurent, ai-je expliqué.

– Tu as tué ma stagiaire ! a hurlé Kelli. Tu as besoin d'une leçon de bonnes manières, sang-mêlé !

À son tour elle a commencé sa transformation. Sa tignasse frisée s'est changée en flammes virevoltantes. Ses yeux ont viré au rouge. Des crocs ont pointé entre ses lèvres. Elle s'est élancée vers nous à petits bonds, faisant tinter son sabot de bronze sur le sol.

– Je suis une *empousa* ancienne, a-t-elle grondé. Aucun héros n'a réussi à me battre depuis mille ans.

– Non ? Ben il est grand temps, alors ! ai-je rétorqué.

Kelli était bien plus rapide que Tammi. Elle a esquivé mon premier coup d'épée et s'est laissée rouler au milieu des cuivres, envoyant une rangée de trombones s'écraser par terre dans un vacarme retentissant. Rachel s'est écartée en titubant. Je me suis placé entre elle et l'*empousa*. Kelli s'est mise à décrire des cercles autour de nous. Son regard faisait le va-et-vient entre moi et mon épée.

– Une si jolie petite lame ! a-t-elle minaudé. Quel dommage qu'elle se dresse entre nous.

Son aspect ne cessait de fluctuer – tantôt démone, tantôt jolie pom-pom girl. J'avais beau essayer de rester concentré, c'était perturbant.

– Mon pauvre chou, a gloussé Kelli. Tu n'as aucune idée de ce qui se passe, dis-moi ? Ta jolie petite colonie va bientôt partir en flammes, tes amis seront réduits en esclavage par le seigneur du Temps, et tout ça sans que tu puisses rien y faire. Ce serait charitable de te tuer maintenant, pour t'épargner cette épreuve.

J'ai entendu des voix en provenance du couloir. Un mini-groupe approchait. Un homme a donné des explications sur les codes des casiers.

Une lueur a brillé dans les yeux de l'*empousa*.

– Formidable ! Nous allons avoir de la compagnie !

Sur ces mots, elle a saisi un tuba et l'a lancé dans ma direction. Rachel et moi avons vite esquivé. Le tuba a rasé nos têtes, fracassé le carreau et poursuivi sa trajectoire par la fenêtre.

Dans le couloir, les voix se sont tues.

– Percy ! a crié Kelli en faisant semblant d'avoir peur, pourquoi as-tu fait ça ?

Je suis resté muet de surprise. Armée d'un pupitre à musique, Kelli a balayé une rangée de clarinettes et flûtes à bec. Chaises et instruments de musique sont tombés pêle-mêle.

– Arrête ! me suis-je écrié.

Dans le couloir, les bruits de pas se rapprochaient précipitamment.

– Et maintenant, a ricané Kelli, accueillons nos visiteurs !

Montrant les crocs, elle s'est dirigée vers les portes battantes. Je me suis lancé à sa poursuite, Turbulence à la main. Je devais à tout prix l'empêcher de s'en prendre à des mortels.

– Percy, non ! a crié Rachel.

Mais lorsque j'ai compris le plan de Kelli, il était déjà trop tard.

La démone a ouvert grandes les portes. Paul Blofis, suivi d'un groupe de nouveaux élèves, a reculé d'un pas, sous le choc. J'ai brandi mon épée.

À la dernière minute, l'*empousa* s'est tournée vers moi en affectant des mines de victime tremblante.

– Pitié ! a-t-elle supplié.

Je ne pouvais plus arrêter ma lame : l'épée avait amorcé son arc de cercle et s'abattait.

Au moment où le bronze céleste allait la frapper, Kelli a explosé comme un cocktail Molotov, dans une gerbe de flammes. Des langues de feu se sont répandues partout. Je n'avais encore jamais vu un monstre faire une telle sortie, mais ce n'était pas le moment de me poser des questions sur le phénomène. J'ai reculé à l'intérieur de la pièce, tandis que de hautes flammes barraient l'entrée.

– Percy, a appelé Paul Blofis, qui me regardait de derrière le rideau de feu, l'air complètement décontenancé. Qu'est-ce que tu as fait ?

Les enfants se sont enfuis dans le couloir en poussant des cris. L'alarme d'incendie s'est déclenchée. Les extincteurs automatiques du plafond se sont mis à cracher des jets d'eau. C'était le chaos total. Rachel m'a tiré par la manche.

– Il faut que tu files d'ici !

Elle avait raison. L'école était en flammes et tout le monde m'en tiendrait responsable. Les mortels ont du mal à voir à travers la Brume. À leurs yeux, j'avais attaqué une pom-pom girl sans défense, et devant plusieurs témoins. Je ne pourrais jamais leur expliquer ce qui s'était vraiment passé. Tournant le dos à Paul, j'ai foncé vers la fenêtre au carreau cassé.

J'ai remonté en courant l'allée qui menait à la 81e rue et je me suis retrouvé nez à nez avec Annabeth.

– Hé, salut ! T'es en avance ! (Elle a ri et m'a retenu par les épaules pour m'empêcher de m'étaler par terre.) Fais attention où tu mets les pieds, Cervelle d'Algues !

Elle était souriante et de bonne humeur. Elle portait un blue-jean, un tee-shirt orange de la colo et son collier de perles d'argile. Ses cheveux blonds étaient remontés en queue-de-cheval. Ses yeux gris pétillaient. Elle avait l'air prête à aller voir un film et passer un après-midi sympa avec son pote. Ça n'a duré qu'une fraction de seconde.

Car Rachel Elizabeth Dare, encore couverte de poussière de monstre, a déboulé de la ruelle en criant :

– Percy, attends-moi !

Le sourire d'Annabeth a disparu. Elle a dévisagé Rachel, puis porté les yeux vers l'école. Pour la première fois, semblait-il, elle a remarqué la fumée noire et entendu les alarmes d'incendie. Elle s'est tournée vers moi en fronçant les sourcils.

– Qu'est-ce que t'as encore foutu ? Et qui est-ce ?

– Euh... Rachel – Annabeth. Annabeth – Rachel. C'est, euh, une amie, on va dire.

Je ne savais pas trop comment qualifier Rachel. Je la connaissais à peine et en même temps, après avoir frôlé deux fois la mort avec elle, je ne pouvais décemment pas dire : « C'est personne. »

– Salut, a lancé Rachel, qui s'est ensuite adressée à moi. Tu es dans une galère, Percy, grave. Et tu me dois toujours des explications.

Des sirènes de police hurlaient sur la voie express.

– Percy, a dit Annabeth d'un ton glacial. Faut qu'on y aille.

– Je veux en savoir plus sur les sang-mêlé, a insisté Rachel. Sur les monstres. Et sur toutes ces histoires de dieux. (Elle m'a attrapé par le bras, a sorti un feutre indélébile de sa poche et a écrit un numéro de téléphone sur ma main.) Tu vas m'appeler et m'expliquer tout ça, d'accord ? Tu me dois bien ça. Et maintenant, file.

– Mais...

– Je vais inventer une histoire, je leur dirai que ce n'était pas ta faute. Mais pars !

Elle est retournée en courant vers l'école, nous laissant Annabeth et moi dans la rue.

Annabeth m'a brièvement dévisagé. Puis elle a fait volte-face et s'est mise à courir.

– Hé ! attends ! ai-je crié en essayant de la rattraper. On a été attaqués par deux *empousai* ; elles étaient déguisées en pom-pom girls, tu comprends, et elles ont dit que la colonie allait brûler, et...

– Tu as parlé à une mortelle des sang-mêlé ?

– Elle voit à travers la Brume. Elle a vu les monstres avant moi.

– Alors tu lui as dit la vérité.

– Elle m'a reconnu...

– Tu l'avais déjà rencontrée ?

– Euh, l'hiver dernier, au barrage Hoover. Mais honnêtement, je la connais à peine.

– Elle est plutôt mignonne.

– Je... j'y ai jamais réfléchi.

Annabeth se dirigeait vers York Avenue.

– Je vais m'occuper de l'école, ai-je promis, désireux de changer de sujet. Ça va s'arranger, t'inquiète.

Annabeth n'a même pas daigné me regarder.

– Je suppose, a-t-elle dit, que notre après-midi tombe à l'eau. On peut pas se permettre de rester en ville alors que la police va te rechercher.

Derrière nous, des colonnes de fumée s'élevaient du collège Goode. Dans ces volutes grises, j'ai cru reconnaître un visage – celui d'une démone aux yeux rouges, qui me narguait.

« Ta jolie petite colonie va bientôt partir en flammes, avait dit Kelli, tes amis seront réduits en esclavage par le seigneur du Temps. »

– Tu as raison, ai-je répondu à Annabeth avec un pincement au cœur. Il faut qu'on aille à la Colonie des Sang-Mêlé. Immédiatement.

2   Je reçois un coup de fil des enfers

Rien de tel pour parachever une matinée pourrie qu'un long trajet en taxi avec une fille qui fait la tête.

J'ai eu beau tenter de parler avec Annabeth, elle se comportait comme si j'avais braqué sa grand-mère. Tout ce que je suis arrivé à lui soutirer, c'est qu'elle avait passé un printemps infesté de monstres à San Francisco, qu'elle était retournée deux fois à la colonie depuis Noël, pour des raisons qu'elle a refusé de me donner (ça m'a d'autant plus vexé qu'elle ne m'avait même pas prévenu qu'elle se trouvait dans l'État de New York), et qu'elle n'avait rien découvert au sujet de Nico Di Angelo (c'est une longue histoire).

– Des nouvelles de Luke ? ai-je demandé.

Elle a fait non de la tête. Je savais que c'était un sujet sensible pour elle. Annabeth avait toujours admiré Luke, l'ancien conseiller en chef des « Hermès » qui nous avait trahis et qui était passé au service du seigneur des Titans, Cronos. Elle refusait de l'admettre, mais je savais qu'elle lui avait gardé une certaine tendresse. Lorsqu'on avait affronté Luke au sommet du mont Tamalpais l'hiver dernier, il avait mystérieusement survécu à une chute de quinze mètres. À présent, à ma connaissance, il voguait sur l'océan à bord de son paquebot de croisière grouillant de monstres, tandis que son seigneur Cronos, déchiqueté en mille morceaux, se reconstituait bout par bout dans un sarcophage en or. Il prenait son temps pour rassembler ses forces, jusqu'au moment où il aurait acquis assez de pouvoir pour s'attaquer aux dieux olympiens. C'est ce que nous appelons, en langage de demi-dieu, un « problème ».

– Le mont Tam est encore plein de monstres, a dit Annabeth. Je n'ai pas osé m'en approcher, mais je ne crois pas que Luke soit là-bas. Je crois que je le saurais s'il y était.

Ce n'est pas ça qui m'a remonté le moral.

– Et Grover ? ai-je demandé.

– Il est à la colonie, on va le voir aujourd'hui.

– Est-ce qu'il a eu de la chance ? Je veux dire, dans sa quête de Pan ?

Annabeth a tripoté les perles de son collier, ce qui est un signe d'inquiétude chez elle.

– Tu verras, a-t-elle répondu, sans plus d'explications.

Pendant que le taxi traversait Brooklyn, j'ai emprunté le téléphone d'Annabeth pour appeler ma mère. En général, les sang-mêlé évitent de téléphoner d'un portable, parce que diffuser ainsi nos voix, c'est un peu comme si on envoyait une fusée éclairante aux monstres : *Coucou ! Je suis là ! Dévorez-moi !* Mais ce coup de fil me paraissait important. J'ai laissé un message à la maison, sur le répondeur, en essayant d'expliquer ce qui s'était passé à Goode. Je m'en suis sans doute assez mal tiré. J'ai dit à ma mère que j'allais bien, de ne pas s'inquiéter, mais que j'allais rester à la colonie jusqu'à ce que les choses se tassent. Je lui ai aussi demandé de dire à Paul Blofis que j'étais désolé pour ce qui s'était passé.

Après, on a roulé en silence. Peu à peu, la ville s'est effacée derrière nous. La route traversait maintenant la campagne du nord de Long Island, longeant des vergers et des vignes ; çà et là, des étals de fruits et légumes étaient dressés sur les bas-côtés.

J'ai regardé le numéro de téléphone que Rachel Elizabeth Dare m'avait griffonné sur la main. Je savais que c'était fou, mais j'avais envie de l'appeler. Peut-être pourrait-elle m'aider à comprendre les paroles de l'*empousa* – la colonie réduite en cendres, mes amis faits prisonniers. Et pourquoi Kelli avait-elle explosé en une gerbe de flammes ?

Je savais que les monstres ne meurent jamais véritablement : Kelli se reformerait à partir du magma maléfique primordial qui bouillonne aux Enfers. Il n'empêche que d'ordinaire, les monstres ne se laissent pas détruire aussi facilement. Si tant est que je l'aie vraiment détruite...

Le taxi a pris la 25A. On a traversé la forêt en remontant la côte nord, puis on est arrivés devant une petite chaîne de collines, sur la gauche. Annabeth a demandé au chauffeur de s'arrêter à la hauteur de la 3.141, une petite route locale au pied de la colline des Sang-Mêlé.

– Mais il n'y a rien, ici, mademoiselle, a dit le chauffeur en fronçant les sourcils. Vous voulez vraiment descendre là ?

– Oui, s'il vous plaît, a répondu Annabeth en lui tendant une liasse de billets de mortels qui l'a dissuadé de se mêler davantage de nos affaires.

Annabeth et moi avons gravi la colline. Le jeune dragon-gardien somnolait, enroulé autour du pin, mais il a levé sa grosse tête cuivrée en nous entendant approcher et laissé Annabeth le gratter sous le menton. Des jets de vapeur se sont échappés de ses naseaux comme du bec d'une bouilloire, et il s'est mis à loucher de bien-être.

– Salut, Peleus, a dit Annabeth. Tu veilles bien sur tout le monde ?

La dernière fois que je l'avais vu, le dragon mesurait près de deux mètres. Maintenant, il en faisait le double et il était aussi épais que le tronc de l'arbre. Au-dessus de sa tête, pendue à la branche la plus basse du pin, scintillait la Toison d'Or, qui protégeait les limites de la colonie d'une barrière magique. Le dragon semblait détendu, comme si tout allait bien. À nos pieds, la Colonie des Sang-Mêlé paraissait paisible : des champs verdoyants, des bois, des édifices grecs d'un blanc étincelant. Le corps de ferme de trois étages que nous appelions la « Grande Maison » trônait majestueusement au milieu des champs de fraises. Au nord, bordées par la plage, les eaux du détroit de Long Island brillaient au soleil.

Pourtant... quelque chose clochait. Il y avait de la tension dans l'air, comme si la colline retenait son souffle, redoutant une catastrophe.

On est descendus dans la vallée. La session d'été battait déjà son plein. La plupart des pensionnaires étaient arrivés le vendredi d'avant, ce qui m'a donné l'impression de ne pas être dans le coup. Les satyres jouaient de la flûte de Pan entre les rangées de fraises, accélérant leur croissance grâce à leur art de la magie sylvestre. Des pensionnaires prenaient un cours d'équitation aérienne, survolant les bois à dos de pégase. Des volutes de fumée s'élevaient des forges où d'autres jeunes fabriquaient leurs armes dans un concert de coups de marteau, pour le cours de travaux manuels. Les équipes des bungalows d'Athéna et de Déméter faisaient une course de chariots sur la piste et, sur le lac, un groupe à bord d'une trirème grecque affrontait un grand serpent de mer orange. Une journée typique à la colonie.

– Il faut que je parle à Clarisse, m'a dit Annabeth.

Je l'ai dévisagée comme si elle venait de déclarer : « Il faut que je mange une grosse godasse qui pue. »

– Pourquoi ?

Clarisse, du bungalow d'Arès, faisait partie des gens que j'aimais le moins au monde. Elle était brutale, ingrate et méchante. Son père, le dieu de la Guerre, voulait me tuer. Régulièrement, elle essayait de me réduire en bouillie. À part ça, c'était une fille très cool.

– On travaille ensemble sur un truc, a répondu Annabeth. À plus tard.

– Vous travaillez sur quoi ?

Annabeth a jeté un coup d'œil vers la forêt.

– Je vais prévenir Chiron que tu es là. Il voudra certainement te parler avant l'audience.

– Quelle audience ?

Mais Annabeth s'était déjà engagée sur le sentier qui menait au terrain de tir à l'arc, et elle ne s'est pas retournée.

– Ouais, moi aussi, ça m'a fait super-plaisir de te voir, ai-je grommelé.

J'ai traversé la colo en disant bonjour à certains copains que je croisais. Dans l'allée de la Grande Maison, Connor et Travis Alatir, deux frères du bungalow d'Hermès, trafiquaient les fils de contact de la camionnette de la colonie. Silena Beauregard, la conseillère en chef des « Aphrodite », m'a fait bonjour de la main en me survolant à dos de pégase. J'ai vainement cherché Grover. Pour finir, je me suis dirigé vers l'arène de combats. C'est souvent là que je vais quand je suis de mauvaise humeur. M'entraîner à l'épée m'apaise toujours. Peut-être parce que l'art de l'escrime est quelque chose qui me parle.

Je suis entré dans l'amphithéâtre et là, mon cœur a failli s'arrêter : au milieu de l'arène, me tournant le dos, se trouvait le plus gros chien des Enfers que j'aie jamais vu.

Pourtant, j'en ai vu de sacrément grands. Quand j'avais douze ans, un chien des Enfers qui faisait la taille d'un rhinocéros a essayé de me tuer. Mais celui que j'avais là sous les yeux avait le gabarit d'un blindé. Je me suis demandé comment il avait bien pu franchir la limite magique de la colonie. Couché sur le ventre, il avait l'air parfaitement à l'aise et grognait avec satisfaction en déchiquetant la tête d'un mannequin de paille entre ses crocs. Le monstre ne m'avait pas encore repéré, mais je savais que, au moindre bruit, il percevrait ma présence. Je n'avais pas le temps d'aller chercher de l'aide. J'ai sorti Turbulence de ma poche et retiré son capuchon. J'ai chargé la bête.

– Aaargh !

La lame de mon épée s'est abattue vers son énorme postérieur. Elle allait le pourfendre quand, surgie de nulle part, une autre épée a stoppé net la mienne.

CLING !

Le chien des Enfers a dressé les oreilles. *OUAH !*

J'ai fait un bond en arrière et, instinctivement, je me suis attaqué à l'épéiste, un type aux cheveux gris, en armure grecque. Il a paré mon assaut sans peine.

– Holà ! s'est-il écrié. Trêve !

OUAH ! OUAH ! Les aboiements du chien des Enfers résonnaient dans l'arène.

– Mais c'est un chien des Enfers ! ai-je hurlé.

– Elle est inoffensive, a dit l'homme. C'est Kitty O'Leary.

J'ai écarquillé les yeux.

– Kitty O'Leary ?

En entendant son nom, la chienne des Enfers a aboyé de nouveau. Je me suis rendu compte qu'elle n'avait pas faim, juste envie de jouer. Elle a secoué entre ses crocs le mannequin de combat baveux et mâchouillé, en regardant l'épéiste.

– Gentille, gentille, a dit l'homme, qui a attrapé de sa main libre le mannequin en armure grecque et l'a lancé par le cou vers les gradins.

– Va chercher ! Bouffe le Grec !

Kitty O'Leary a bondi vers sa proie, a aplati son armure sous son poids et s'est mise à ronger le casque.

L'homme a esquissé un sourire. Il avait la cinquantaine, m'a-t-il semblé, des cheveux gris et courts et une barbe taillée. Très en forme, pour un gars de son âge. Il portait un pantalon d'alpinisme et un plastron de bronze sur un tee-shirt orange de la colonie. Il avait une drôle de marque violacée au creux du cou, une tache de naissance ou un tatouage, je n'arrivais pas à le voir, mais avant que j'en aie le cœur net, il a rajusté les courroies de son plastron et la marque a disparu sous son col.

– Kitty O'Leary est ma chienne, a-t-il expliqué. Je ne pouvais pas te laisser l'embrocher, tu comprends ? Ça lui aurait fait peur.

– Qui es-tu ?

– Tu me promets de ne pas me tuer si je rengaine mon épée ?

– On va dire que oui.

Il a donc rengainé son épée, puis m'a tendu la main.

– Je m'appelle Quintus.

Je lui ai serré la main, rêche comme du papier de verre.

– Et moi, Percy Jackson. Je m'excuse, pour… euh… Comment t'es-tu retrouvé…

– Avec un chien des Enfers apprivoisé ? C'est une longue histoire, beaucoup de péripéties qui auraient pu mal finir et un certain nombre de mâchouilleurs de jouets géants. Je suis le nouveau maître d'épée, à propos. Je donne un coup de main à Chiron en l'absence de Monsieur D.

– Ah. (Je me suis efforcé de ne pas regarder Kitty O'Leary, qui venait d'arracher le bouclier du mannequin et son bras avec, et secouait le tout comme un Frisbee.) Attendez, vous dites que Monsieur D. est absent ?

– Eh oui… la période est chargée. Même ce bon vieux Dionysos doit mettre la main à la pâte. Il est allé rendre visite à quelques amis, s'assurer qu'ils sont du bon côté. Je ne devrais sans doute pas en dire davantage.

Dionysos absent ? Ce serait la meilleure nouvelle de la journée. Zeus l'avait nommé directeur de notre colo pour une seule et unique raison : le punir d'avoir tenté de séduire une nymphe des bois déclarée zone interdite. Il détestait les pensionnaires et faisait tout son possible pour nous pourrir la vie. Sans lui, on avait des chances de passer un été sympa. D'un autre côté, si même Dionysos se remuait le popotin et aidait les dieux à mobiliser des recrues pour lutter contre la menace des Titans, la situation devait être grave.

Un grand *BOUM* a retenti sur ma gauche. Six caisses en bois grandes chacune comme une table de pique-nique étaient empilées là. Elles vibraient. Kitty O'Leary a incliné la tête puis bondi dans leur direction.

– Pas touche, ma jolie ! a dit Quintus. Ce n'est pas pour toi.

Il a agité le bouclier de bronze pour distraire son attention des caisses. Ces dernières tanguaient carrément, maintenant, et on entendait des coups à l'intérieur. Elles portaient des inscriptions, que j'ai mis quelques minutes à déchiffrer à cause de ma dyslexie :

HAUT
RANCH TRIPLE G
FRAGILE
BAS

En bas, en plus petit, il était écrit : OUVRIR AVEC PRÉCAUTION. LE RANCH TRIPLE G DÉCLINE TOUTE RESPONSABILITÉ EN CAS DE DÉGÂTS MATÉRIELS, MUTILATIONS OU MORTS HORRIBLEMENT DOULOUREUSES.

– Qu'est-ce qu'il y a dans les caisses ? ai-je demandé.

– Une petite surprise, a dit Quintus. Une activité pour l'entraînement de ce soir. Tu vas adorer.

– Hum, d'accord, ai-je fait, mais j'avais des réserves quant aux « morts horriblement douloureuses ».

Quintus a lancé le bouclier de bronze et Kitty O'Leary est partie au galop derrière.

– Vous les jeunes, vous avez besoin qu'on monte la barre. Il n'y avait pas de colonie comme celle-ci quand j'étais gamin.

– Vous... vous êtes un demi-dieu ? ai-je demandé, sans parvenir à contenir la surprise dans ma voix, car je n'avais jamais vu de demi-dieu aussi âgé.

– Tu sais, a répondu Quintus avec un petit gloussement, on ne fait pas tous l'objet d'une terrible prophétie ! Nous sommes plusieurs à atteindre l'âge adulte.

– Vous êtes au courant de ma prophétie ?

– Je me suis laissé dire certaines choses.

J'avais envie de lui demander quoi, au juste, mais à ce moment-là Chiron est entré dans l'arène.

– Ah, te voilà, Percy !

Il venait sans doute de donner un cours de tir à l'arc, car il avait un carquois sur l'épaule, la bandoulière en travers de son tee-shirt « CENTAURE N° 1 ». Il avait taillé sa barbe et ses boucles brunes pour l'été, et la moitié inférieure de sa personne, un corps et des pattes d'étalon blanc, était tachée d'herbe et de boue.

– Je vois que tu as rencontré notre nouvel instructeur, m'a-t-il dit d'un ton léger, démenti par une lueur plus grave que j'ai aperçue dans ses yeux. Quintus, ça t'ennuie si je t'emprunte Percy ?

– Pas du tout, maître Chiron.

– Inutile de m'appeler « maître », a dit Chiron, qui avait pourtant l'air apprécier cet honneur. Viens, Percy, il faut qu'on parle.

J'ai jeté un dernier coup d'œil à Kitty O'Leary, qui s'attaquait maintenant aux jambes du mannequin de combat.

– À plus tard, ai-je dit à Quintus.

Au bout de quelques pas, j'ai murmuré à Chiron :

– Quintus a l'air un peu...

– Mystérieux ? Difficile à percer ?

– Ouais.

Chiron a hoché la tête.

– C'est un sang-mêlé très compétent. Remarquable épéiste. Mais si seulement je pouvais comprendre...

J'ignore ce qu'il allait dire, mais il s'est ravisé.

– Commençons par le commencement, Percy, a-t-il repris. Annabeth m'a dit que tu avais rencontré des *empousai*.

– Oui.

Je lui ai raconté le combat qui s'était déroulé à Goode, et Kelli qui s'était changée en flammes.

– Hum, a fait Chiron. Celles qui ont beaucoup de pouvoir peuvent faire cela. Elle n'est pas morte, Percy, elle s'est enfuie, c'est tout. Cette agitation chez les démones est mauvais signe.

– Qu'est-ce qu'elles faisaient là ? Tu crois qu'elles m'attendaient ?

– Ce n'est pas exclu. (Chiron a froncé les sourcils.) Je n'en reviens pas que tu aies survécu. Leurs pouvoirs de tromperie... Presque n'importe quel héros mâle aurait succombé à leur charme et se serait fait dévorer.

– Sans Rachel, j'aurais succombé, moi aussi, ai-je avoué.

Chiron a secoué la tête, l'air pensif.

– Sauvé par une mortelle, quelle ironie ! Il n'empêche que nous avons une dette envers elle. Quant à l'attaque de la colonie dont a parlé l'*empousa*, on en reparlera plus tard. Pour le moment, viens, il faut qu'on aille dans la forêt. Grover voudrait certainement que tu sois présent.

– Où ça ?

– Pour son audience solennelle, m'a répondu Chiron d'un ton grave. Le Conseil des Sabots Fendus se réunit pour décider de son sort.

Comme Chiron a dit qu'on devait se dépêcher, j'ai accepté de monter sur son dos. Tandis que nous longions au galop les bungalows, j'ai jeté un coup d'œil au pavillon-réfectoire, un édifice grec à ciel ouvert, perché sur une colline qui domine la mer. C'était la première fois que je le voyais depuis l'été dernier, et de mauvais souvenirs me sont revenus à la mémoire.

Chiron s'est enfoncé dans les bois. Des nymphes pointaient le nez hors des arbres pour nous regarder passer. D'imposantes formes se mouvaient entre les ombres – des monstres placés en embuscade pour défier les pensionnaires.

Je croyais bien connaître la forêt pour y avoir disputé des parties de Capture-l'Étendard deux étés de suite, mais Chiron m'a entraîné par un chemin que je ne connaissais pas, sous une voûte de vieux saules qui débouchait sur une clairière bordée d'une petite cascade et tapissée de fleurs sauvages.

Un groupe de satyres était assis en rond sur l'herbe. Grover était debout au milieu du cercle, face à trois satyres vraiment très vieux et vraiment très gros, installés sur des trônes taillés dans des massifs de roses. Je n'avais jamais vu ces personnages, mais j'ai deviné qu'il s'agissait du Conseil des Sabots Fendus.

Grover semblait leur raconter une histoire. Il tortillait le bas de son tee-shirt et trépignait nerveusement sur ses sabots de chèvre. Il n'avait pas beaucoup changé depuis l'hiver dernier, peut-être parce que les satyres vieillissent deux fois moins vite que les humains. Son acné était plus virulente que jamais. Ses cornes s'étaient un peu allongées et pointaient maintenant entre ses boucles brunes. Je me suis rendu compte avec stupeur que j'étais plus grand que lui, à présent.

Debout en lisière du cercle, j'ai repéré Annabeth, Clarisse et une fille que je ne connaissais pas. Chiron m'a déposé près d'elles.

Les cheveux filasse de Clarisse étaient retenus par un bandana de camouflage kaki. Elle avait une silhouette encore plus mastoc qu'avant, si c'était possible, comme si elle faisait de la musculation. Elle m'a lancé un regard noir et gratifié d'un : « Tocard », signe qu'elle était de bonne humeur. D'ordinaire, elle me salue en essayant de me tuer.

Annabeth avait le bras sur les épaules de l'autre fille, qui me donnait l'impression d'avoir pleuré. Elle était petite – *menue*, je crois, serait le mot exact – avec de fins cheveux couleur d'ambre et un joli visage aux traits délicats. Elle portait un *chiton* vert et des spartiates lacées, et se tamponnait les yeux avec un mouchoir.

– C'est la catastrophe, a-t-elle dit en reniflant.

– Mais non. (Annabeth lui a tapoté l'épaule.) Il va s'en tirer très bien, Genièvre.

Annabeth m'a regardé et elle a articulé silencieusement les mots « *la copine de Grover* ».

Du moins c'est ce que j'ai cru comprendre, mais c'était absurde. Grover, une petite amie ? Là-dessus j'ai regardé Genièvre plus attentivement et j'ai vu qu'elle avait les oreilles légèrement pointues. Ses yeux, au lieu d'être rouges à force de pleurer, se teintaient de vert, la couleur de la chlorophylle. C'était une nymphe des arbres, une dryade.

– Maître Underwood, soyons sérieux ! a crié le membre du Conseil qui se trouvait sur la droite, coupant la parole à Grover. Tu penses vraiment que nous allons croire une chose pareille ?

– M... mais, mais... Silène, c'est la vérité !

Le Silène en question s'est tourné vers ses collègues en bougonnant dans sa barbiche. Chiron a rejoint le groupe au petit trot. Je me suis alors souvenu qu'il était membre honoraire du Conseil, mais je n'y avais jamais accordé beaucoup d'importance. Je ne trouvais pas les Anciens très imposants, avec leurs grosses bedaines, leur expression somnolente et leurs yeux vitreux qui donnaient l'impression de ne pas voir au-delà du prochain repas. Je me suis demandé pourquoi Grover avait l'air tellement inquiet.

Silène a tiré son polo jaune sur son ventre, puis il a calé son arrière-train dans son trône en rosiers.

– Maître Underwood, a-t-il dit, voilà maintenant six mois – six mois ! – que tu répètes avec impudence que tu as entendu le dieu de la Nature, Pan, prendre la parole.

– Mais c'est vrai !

– Scandaleux ! s'est exclamé l'Ancien assis sur la gauche.

– Voyons, Maron, un peu de patience, a dit Chiron.

– De la patience, il nous en faut ! a rétorqué Maron. J'en ai plein les cornes, de ces absurdités. Comme si le dieu de la Nature allait s'adresser à... à *lui*.

Genièvre a paru prête à bondir sur le vieux satyre et le rouer de coups, mais Annabeth et Clarisse l'ont retenue.

– Choisis tes combats, fillette, a bougonné Clarisse. Attends.

Je ne sais pas ce qui m'a le plus sidéré : que Clarisse

dissuade quelqu'un de se battre, ou qu'elle et Annabeth, qui se sont toujours méprisées, aient l'air de faire équipe.

– Depuis six mois, a repris Silène, nous avons redoublé de tolérance à ton égard, maître Underwood. Nous t'avons autorisé à voyager. Nous t'avons laissé ton permis de chercheur. Nous avons attendu que tu apportes une preuve de tes ridicules affirmations. Et qu'as-tu découvert, en six mois de voyages ?

– J'ai besoin de plus de temps ! a plaidé Grover.

– Rien ! s'est écrié l'Ancien du milieu. Tu n'as rien trouvé !

– Mais, Lenée...

Silène a levé la main. Chiron s'est penché et a murmuré quelques paroles aux satyres, lesquels n'avaient pas l'air contents du tout. Ils se sont mis à discuter entre eux en bougonnant, mais Chiron a ajouté quelque chose et Silène a soupiré. À contrecœur, semblait-il, il a hoché la tête.

– Maître Underwood, a-t-il annoncé, nous t'accordons une nouvelle chance.

Le visage de Grover s'est éclairé.

– Merci.

– Une semaine supplémentaire.

– Quoi ? Mais c'est impossible, Silène !

– Une semaine supplémentaire, maître Underwood. Et si tu ne peux pas apporter la preuve de tes dires à ce moment-là, il sera temps que tu embrasses une autre carrière. Une voie où s'épanouiraient tes talents d'artiste dramatique. Les marionnettes, peut-être. Ou les claquettes.

– Mais, Silène, je ne peux pas perdre mon permis de chercheur. Ma vie entière...

– Cette réunion du Conseil est ajournée, a déclaré Silène. Et maintenant, goûtons les plaisirs du déjeuner !

Sur ces mots, le vieux satyre a frappé dans ses mains. Aussitôt, des nymphes ont surgi des troncs d'arbre, chargées de plateaux de fruits et de légumes, de boîtes en fer-blanc et d'autres gourmandises pour chèvres. Le cercle des satyres s'est dispersé et tous se sont rués sur la nourriture. Grover s'est dirigé vers nous, l'air abattu. Son tee-shirt bleu délavé s'ornait d'une image de satyre, avec l'inscription : « Droit dans mes sabots ! »

– Salut Percy, m'a-t-il dit, tellement déprimé qu'il n'a même pas pensé à me tendre la main. Ça s'est bien passé, hein ?

– Les vieilles biques ! a pesté Genièvre. Oh, Grover, ils ne se rendent pas compte de tout le mal que tu t'es donné !

– Il y a une autre possibilité, a dit Clarisse d'un ton grave.

– Non, Grover, je ne le permettrai pas ! a objecté Genièvre en secouant la tête.

Grover était livide.

– Il faut que j'y réfléchisse. Mais nous ne savons même pas où chercher.

– De quoi vous parlez ? ai-je demandé.

Au loin, une conque a retenti. Annabeth a pincé les lèvres.

– Je t'expliquerai plus tard, Percy. Il faut qu'on retourne aux bungalows, l'inspection va commencer.

Je trouvais injuste de devoir me soumettre à l'inspection des bungalows dès mon arrivée à la colo, mais c'était comme ça. Tous les après-midi, un des Grands Conseillers se présentait avec un papyrus où figurait une liste de critères. Le meilleur bungalow avait droit au premier tour de douches, ce qui signifiait de l'eau chaude garantie. Le bungalow en pire état se retrouvait de corvée de vaisselle après le dîner.

Mon problème, c'était qu'en général j'étais seul dans le bungalow de Poséidon, or je ne suis pas ce qu'on appellerait un obsédé du rangement. Les harpies de ménage ne venaient que le dernier jour de l'été, de sorte que mon bungalow devait être dans l'état où je l'avais laissé à la fin des vacances d'hiver : des emballages de bonbons et des paquets de chips vides traînant sur mon lit, les différentes pièces de mon armure de Capture-l'Étendard éparpillées par terre.

J'ai couru jusqu'à l'esplanade où les douze bungalows – un pour chacun des douze dieux olympiens – dessinaient un U autour de la pelouse centrale. Les « Déméter » balayaient le leur et faisaient pousser des fleurs dans les jardinières de leurs rebords de fenêtre. Rien qu'en claquant des doigts, ils pouvaient faire grimper du chèvrefeuille sur l'encadrement de leur porte ou couvrir leur toit de marguerites, ce qui était d'une injustice criante. Je crois qu'ils ne se sont jamais trouvés en dernière position du classement. Au bungalow d'Hermès, c'était la panique : les pensionnaires fourraient leur linge sale sous leurs lits en toute hâte, s'accusant l'un l'autre de vol. Les « Hermès » étaient crades, c'était bien connu, il n'empêche que ce jour-là, ils avaient une longueur d'avance sur moi.

Un peu plus loin, Silena Beauregard sortait du bungalow d'Aphrodite, cochant des cases sur le papyrus d'inspection. J'ai pesté à mi-voix. Silena était très sympa, mais c'était une dingue de l'ordre et de la propreté – comme inspecteur, il n'y avait pas plus redoutable. Elle aimait que tout fasse joli, et moi, le joli, c'est pas trop mon rayon. Je sentais déjà les courbatures que j'aurais après la vaisselle de ce soir...

Le bungalow de Poséidon était le dernier des bungalows des dieux « mâles », sur le côté droit de la pelouse. Il était en roche marine grise incrustée de coquillages, long et bas comme un bunker, mais percé d'une fenêtre qui donnait sur la mer et laissait toujours entrer une brise agréable.

Je me suis précipité à l'intérieur en me demandant si je pouvais escamoter mon bazar vite fait, comme les « Hermès », et je suis tombé sur Tyson, mon demi-frère, qui balayait la pièce.

– Percy ! a-t-il rugi.

Là-dessus, il a lâché son balai et m'a sauté au cou. Et croyez-moi sur parole, un Cyclope en tablier à fleurs et gants Mapa qui vous serre dans ses bras avec enthousiasme, ça réveille.

– Salut, grand lascar ! ai-je dit. Hé, attention à mes côtes !

J'ai survécu à son accolade et il m'a reposé au sol en souriant d'une oreille à l'autre. Son œil unique, marron comme celui d'un veau, pétillait d'excitation ; ses dents étaient plus jaunes et de travers que jamais, ses cheveux en pétard. Il portait un jean XXXL et une vieille chemise à carreaux sous son tablier à fleurs, et sa vue m'a mis du baume au cœur. Cela faisait près d'un an qu'on ne s'était pas vus, depuis qu'il était parti travailler aux forges sous-marines des Cyclopes.

– Tu vas bien ? m'a-t-il demandé. Tu t'es pas fait bouffer par des monstres ?

– Même pas mordiller !

Je lui ai montré que j'avais toujours mes deux bras et mes deux jambes, et Tyson a applaudi joyeusement.

– Cool ! Maintenant on va pouvoir manger des sandwichs au beurre de cacahouètes et faire des balades avec les dadas-poissons ! On va pouvoir combattre des monstres, voir Annabeth et faire sauter plein de trucs !

Pas tout à la fois, j'espère, ai-je pensé en mon for intérieur, mais je lui ai juste répondu que oui, tout à fait, on allait bien s'amuser cet été. Je ne pouvais pas ne pas sourire, il avait tellement d'enthousiasme pour tout.

– Mais d'abord, ai-je dit, il y a l'inspection. Il faut qu'on…

À ce moment-là, j'ai regardé autour de moi, et découvert avec stupeur que Tyson n'avait pas chômé. Le sol était balayé. Les lits superposés étaient faits. La fontaine d'eau de mer qui occupait le coin de la pièce étincelait de tous ses coraux. Sur les rebords de fenêtre, Tyson avait disposé dans des vases des anémones de mer et d'étranges plantes phosphorescentes prélevées au fond de l'océan, et c'était plus beau que tous les bouquets que pouvaient composer les « Déméter ».

– Tyson, me suis-je écrié, le bungalow est… magnifique !

– Et t'as vu les dadas-poissons ? a-t-il rétorqué avec un immense sourire. Je les ai mis au plafond !

Un troupeau d'hippocampes en bronze pendaient au plafond, retenus par des filins d'acier ; on aurait dit qu'ils nageaient dans l'air. J'étais toujours sidéré par la finesse des ouvrages que Tyson, avec ses énormes paluches, parvenait à créer. Alors j'ai jeté un coup d'œil vers mon lit et j'ai découvert mon vieux bouclier, accroché au mur.

– Tu l'as réparé !

Le bouclier avait été sérieusement endommagé au cours d'un combat contre un manticore l'hiver dernier, mais il était maintenant comme neuf : même pas une éraflure. Les scènes en bronze qui retraçaient mes aventures avec Tyson et Annabeth dans la mer des Monstres brillaient, parfaitement astiquées.

J'ai regardé Tyson, sans trouver les mots pour le remercier.

– Par les dieux ! a dit une voix derrière moi.

Silena Beauregard se tenait dans l'encadrement de la porte, le papyrus d'inspection à la main. Elle s'est avancée dans le bungalow, a fait une pirouette puis s'est tournée vers moi en haussant les sourcils.

– J'avais mes doutes, Percy, a-t-elle dit, mais tu es un pro du ménage. Je m'en souviendrai !

Et, sur un clin d'œil, Silena est ressortie.

On a passé l'après-midi ensemble, Tyson et moi, à buller et à se raconter nos vies, ce qui me changeait agréablement de la matinée avec les pom-pom girls démoniaques.

On est allés à la forge et on a donné un coup de main à Beckendorf, du bungalow d'Héphaïstos. Tyson lui a montré comment il avait appris à façonner des armes magiques. Il a forgé une hache de guerre à double lame à une vitesse qui a laissé Beckendorf admiratif.

Tout en travaillant, Tyson nous racontait l'année qu'il avait passée sous la mer. Son œil s'éclairait lorsqu'il décrivait les forges des Cyclopes et le palais de Poséidon, mais il nous a aussi parlé de la tension qui régnait dans les fonds marins. Les anciens dieux de la Mer, qui régnaient au temps des Titans, s'étaient mis en guerre contre notre père. Au moment où Tyson était parti, plusieurs batailles faisaient rage en différents points de l'Atlantique. Ces nouvelles m'ont inquiété et je me suis demandé si je ne devais pas m'impliquer, mais Tyson m'a assuré que papa voulait qu'on reste tous les deux à la colonie.

– Y a beaucoup de méchants au-dessus de la mer aussi, a dit Tyson. On peut les faire sauter.

Après les forges, on a rejoint Annabeth au lac de canoë-kayak. Elle était très contente de voir Tyson, mais je voyais bien qu'elle avait la tête ailleurs. Elle regardait sans cesse vers les bois, comme si elle réfléchissait au problème de Grover, confronté au Conseil. Je la comprenais. Grover était introuvable et je me faisais vraiment du souci pour lui. Retrouver le dieu Pan, c'était le but de sa vie. Avant lui, son père et son oncle avaient tous les deux disparu en cherchant à réaliser ce rêve. L'hiver dernier, Grover avait entendu une voix lui parler dans sa tête : *Je t'attends*, disait-elle, et il ne faisait aucun doute pour lui que c'était celle du dieu de la Nature. Si le Conseil lui retirait son permis de chercheur, Grover en serait brisé.

– C'est quoi, cet « autre moyen » dont parlait Clarisse ? ai-je demandé à Annabeth.

Elle a ramassé un caillou et l'a envoyé ricocher sur le lac.

– Une piste que Clarisse a repérée. Je l'ai un peu aidée au printemps. Mais ce serait dangereux, surtout pour Grover.

– Biquet me fait peur, a murmuré Tyson.

Je l'ai dévisagé avec stupeur. Tyson avait affronté des taureaux cracheurs de feu, des monstres marins et des géants cannibales.

– Comment tu peux avoir peur de Grover ?

– Les sabots, les cornes, a bougonné Tyson. Et le poil de chèvre me chatouille les narines.

Et c'est là-dessus que s'est achevée notre conversation sur Grover.

Avant le dîner, Tyson et moi sommes allés à l'arène des combats. Quintus a paru content d'avoir de la compagnie. Il ne m'a toujours pas révélé ce que contenaient les caisses en bois, mais il m'a enseigné quelques beaux mouvements d'épée. Notre nouveau maître d'armes touchait sa bille. Il se battait à l'épée comme certains jouent aux échecs : il agençait ses coups d'épée mais on ne voyait le schéma qu'à l'estocade finale, lorsqu'il vous appuyait la pointe de sa lame au creux de la gorge.

– Jolie tentative, m'a-t-il dit. Mais ta garde est trop basse.

Il a allongé une botte et j'ai paré.

– Tu as toujours été épéiste ? lui ai-je demandé.

– J'ai été de nombreuses choses, a-t-il répondu, en esquivant ma contre-attaque.

Il a lancé une nouvelle offensive, que j'ai évitée d'un bond de côté. Sa bretelle a glissé sur son épaule, découvrant la marque violacée qu'il avait au cou. Mais j'ai vu que ce n'était pas une simple tache. La forme avait des contours précis : ceux d'un oiseau aux ailes repliées, un genre de caille.

– Qu'est-ce que tu as au cou ? lui ai-je demandé, ce qui était sans doute impoli de ma part.

J'ai tendance à laisser échapper des trucs comme ça – mettez-le sur le compte de mon tempérament d'hyperactif.

Quintus a perdu son rythme. J'ai frappé la garde de son épée, qui lui est tombée de la main.

Il s'est frotté les doigts. Puis il a redressé son armure de façon à cacher la marque. Je me suis rendu compte que ce n'était pas non plus un tatouage. C'était une brûlure ancienne... comme s'il avait été marqué au fer.

– Un pense-bête. (Il a ramassé son épée et s'est forcé à sourire.) Bon, on reprend ?

Là-dessus il m'a entraîné dans un assaut sans répit et je n'ai plus eu le temps de poser de questions.

Pendant notre duel, Tyson s'occupait de Kitty O'Leary, qu'il appelait « gros toutou ». Ils s'amusaient comme des fous, à se disputer le bouclier de bronze ou à jouer à « Bouffe le Grec ». Au coucher du soleil, Quintus n'était même pas en sueur, ce qui était assez étrange, tandis que Tyson et moi, on était moites et collants et on crevait de chaud. On est partis prendre une douche et se préparer pour le dîner.

Je me sentais bien. J'avais l'impression de vivre une journée normale à la colo, ou presque. Puis l'heure du dîner est arrivée et tous les pensionnaires ont formé une file, bungalow par bungalow, pour monter au pavillon-réfectoire. La plupart d'entre eux n'ont accordé aucune attention à la fissure qui barrait le seuil de marbre : une brèche de trois mètres de long, aujourd'hui colmatée, mais qui n'existait pas l'été dernier. Quant à moi, j'ai veillé à l'enjamber.

– Grosse fissure, a dit Tyson, une fois tous deux assis à notre table. Un tremblement de terre, tu crois ?

– Non, ai-je répondu. Pas un tremblement de terre.

Je me suis demandé si je pouvais le lui dire. C'était un secret qu'Annabeth, Grover et moi étions les seuls à partager. Mais quand j'ai plongé le regard dans le grand œil de Tyson, j'ai compris que je ne pouvais rien lui cacher.

– Nico Di Angelo, ai-je repris en baissant la voix. C'est un sang-mêlé qu'on a amené à la colo l'hiver dernier. Il... euh...

m'avait demandé de protéger sa sœur pendant une quête et j'ai échoué. Elle est morte. Maintenant il m'en veut.

– Alors il a ouvert une fissure dans le sol ? a fait Tyson en fronçant les sourcils.

– On a été attaqués par des squelettes. Nico leur a dit de partir et le sol s'est ouvert et les a engloutis. Nico... (J'ai vérifié que personne ne nous écoutait.) Nico est le fils d'Hadès.

– Le dieu des Morts, a dit Tyson en hochant gravement la tête.

– Ouais.

– Et il est parti, ce Nico, maintenant ?

– Je crois. J'ai essayé de le retrouver ce printemps, et Annabeth aussi. Mais on n'a pas eu de chance. C'est un secret, Tyson, tu m'entends ? Si quelqu'un apprenait qu'il est le fils d'Hadès, il serait en danger. Tu ne peux même pas le dire à Chiron.

– La mauvaise prophétie. Les Titans pourraient se servir de lui s'ils savaient.

Je l'ai dévisagé. Quelquefois, on avait vite fait d'oublier que, tout pataud et enfantin qu'il fût, Tyson était drôlement intelligent. Il savait que selon une prophétie, le prochain enfant d'un des trois grands dieux – Zeus, Poséidon et Hadès – qui atteindrait l'âge de seize ans serait amené à sauver l'Olympe ou à la détruire, soit l'un, soit l'autre. La plupart des gens pensaient qu'il s'agissait de moi, mais si je mourais avant mes seize ans, la prophétie pouvait tout aussi bien s'appliquer à Nico.

– Exactement, ai-je acquiescé. Alors...

– Bouche cousue, a promis Tyson. Aussi fermée que la fissure dans le sol.

J'ai eu du mal à m'endormir ce soir-là. Allongé dans mon lit, j'écoutais les vagues déferler sur la plage, les chouettes et les monstres crier dans les bois. J'avais peur de faire des cauchemars si je cédais au sommeil.

Car pour nous les sang-mêlé, les rêves ne sont jamais de simples rêves. Ils sont porteurs de messages. Nous y voyons des choses qui sont en train d'arriver à nos amis ou ennemis. Parfois nous avons même un aperçu du passé ou de l'avenir. Et à la colonie, je faisais toujours des rêves plus fréquents et plus forts.

C'est pourquoi j'étais encore réveillé à minuit, les yeux rivés sur le matelas du lit superposé au-dessus de moi, quand j'ai remarqué une étrange lueur dans la pièce. La fontaine d'eau de mer était éclairée.

J'ai rejeté mes couvertures et me suis approché à pas prudents. L'eau très chaude dégageait un nuage de vapeur. Les couleurs de l'arc-en-ciel brillaient dans cette Brume, pourtant il n'y avait aucune lumière dans la pièce, excepté celle du clair de lune qui s'infiltrait. À ce moment-là, une agréable voix féminine est sortie de la vapeur : *Veuillez déposer une drachme.*

J'ai jeté un coup d'œil à Tyson, qui ronflait toujours. Il a le sommeil aussi lourd qu'un éléphant sous sédatif.

Je ne savais pas quoi penser. Je n'avais encore jamais reçu d'appel-Iris en PCV. Une drachme d'or scintillait au fond de la fontaine. Je l'ai ramassée et l'ai lancée dans la Brume. La pièce d'or a disparu.

– Ô Iris, déesse de l'Arc-en-ciel, ai-je murmuré. Montre-moi... euh, ce que tu as à me montrer.

La Brume a scintillé. J'ai vu la berge d'un fleuve, plongée

dans la pénombre. Des langues de brouillard parcouraient l'eau noire. La rive était jonchée de rochers volcaniques. Un jeune garçon, accroupi, s'affairait autour d'un feu de camp. Les flammes brûlaient d'un bleu qui n'était pas naturel. Alors j'ai aperçu le visage du gamin. C'était Nico Di Angelo. Il jetait des bouts de papier dans le feu : des cartes à échanger Mythomagic, jeu auquel il était totalement accro l'hiver dernier. Nico avait seulement dix ans, onze peut-être aujourd'hui, mais il faisait plus âgé. Ses cheveux avaient poussé ; ils étaient hirsutes et lui arrivaient presque aux épaules. Il avait les yeux noirs. Sa peau au teint bistre avait pâli. Il portait un jean noir déchiré et un blouson d'aviateur en piteux état, trois fois trop grand pour lui, ouvert sur un tee-shirt noir également. Son visage était crasseux, ses yeux fiévreux. Il avait l'air d'un gamin qui vit dans la rue.

J'ai attendu qu'il me regarde. Il se mettrait en colère, c'était sûr, et m'accuserait d'avoir laissé mourir sa sœur. Pourtant, il n'a pas eu l'air de me remarquer.

J'ai gardé le silence, sans oser bouger. Si ce n'était pas lui qui m'avait envoyé ce message-Iris, qui donc ?

Nico a jeté une autre carte à échanger dans les flammes.

– Nul, a-t-il bougonné. J'arrive pas à croire que j'adorais ce truc-là.

– Un jeu puéril, a renchéri une autre voix.

Elle semblait provenir des abords du feu, mais je ne voyais pas la personne qui parlait.

Le regard de Nico se dirigeait au-delà du fleuve. Sur l'autre rive s'étendait une plage noire voilée de brume. J'ai reconnu les lieux : les Enfers. Nico campait au bord du Styx.

– J'ai échoué, a-t-il grommelé. Il est impossible de la ramener.

L'autre voix ne s'est pas fait entendre.

Nico a tourné la tête et a demandé, d'un ton pétri de doute :

– À moins que tu ne connaisses un moyen ? Parle !

J'ai perçu un scintillement. Au début, j'ai cru que c'était le reflet du feu, puis j'ai reconnu une silhouette – la forme d'un homme en fumée bleutée, une ombre. Si je le regardais en face, il était invisible, mais si je m'y prenais du coin de l'œil, je pouvais le distinguer : c'était un fantôme.

– Personne ne l'a jamais fait, a dit le fantôme. Mais il existe peut-être un moyen.

– Dis-moi, a ordonné Nico, un éclat impérieux dans le regard.

– Un échange. Une âme contre une âme.

– Je l'ai déjà proposé !

– Pas la tienne, a répondu le fantôme. Tu ne peux pas offrir à ton père une âme qu'il finira de toute façon par recueillir. En plus il ne sera pas pressé de voir son fils mourir. Je te parle d'une âme qui aurait déjà dû quitter le monde des vivants. Celle de quelqu'un qui a trompé la mort.

Le visage de Nico s'est assombri.

– Ne recommence pas, a-t-il dit. C'est d'un meurtre que tu parles, là.

– Je te parle de justice. De vengeance.

– Ce n'est pas la même chose.

Le fantôme a laissé fuser un rire âpre.

– En grandissant, tu changeras d'avis.

Nico avait les yeux rivés sur les flammes.

– Pourquoi je ne peux pas l'appeler, au moins ? J'ai besoin de lui parler. Elle... elle m'aiderait.

– Moi, je vais t'aider, a promis le fantôme. Ne t'ai-je pas sauvé la vie plusieurs fois ? Ne t'ai-je pas guidé dans le Labyrinthe et appris à utiliser tes pouvoirs ? Veux-tu vengeance pour ta sœur, oui ou non ?

Le ton du fantôme ne me plaisait pas. Il me rappelait un gamin, dans mon ancienne école, qui brutalisait les autres élèves et les convainquait de faire des trucs débiles du genre voler du matériel au labo ou vandaliser la voiture d'un prof. Lui n'avait jamais d'ennuis, mais par sa faute, des dizaines de mômes se sont retrouvés en colle.

Nico s'est écarté du feu. Le fantôme ne pouvait plus voir son visage, mais moi oui. Une larme a coulé sur sa joue.

– D'accord, a-t-il dit. Tu as un plan ?

– Oui, oui ! s'est exclamé le fantôme avec enthousiasme. Nous avons de nombreuses routes sombres à parcourir. Nous devons commencer...

L'image a tremblé, et Nico s'est dissipé. La voix de femme s'est à nouveau élevée dans la Brume : *Prière de déposer une drachme supplémentaire pour les cinq minutes suivantes.*

Il n'y avait pas d'autres pièces dans la fontaine. J'ai porté instinctivement la main à la poche, mais j'étais en pyjama. Quand j'ai bondi vers ma table de nuit pour voir si j'avais un peu de monnaie, le message-Iris s'est éteint en clignotant. L'obscurité est retombée dans la pièce. La communication était interrompue.

Debout au milieu du bungalow, j'ai écouté le gargouillis de la fontaine d'eau de mer et les vagues, dehors, qui déferlaient sur la plage.

Nico était vivant. Il essayait de ramener sa sœur d'entre les morts. Il cherchait vengeance. Mon intuition me disait que l'âme qu'il voulait offrir en échange, cette âme qui avait trompé la mort, je la connaissais.

Nico Di Angelo allait se lancer à ma poursuite.

3   On joue à chat avec des scorpions

Le lendemain, il y avait beaucoup d'animation au petit déjeuner. Apparemment, vers 3 heures du matin, un drakon éthiopien avait été repéré à la lisière de la colonie. J'étais tellement épuisé que j'avais dormi malgré tout le raffût. La limite magique avait empêché le monstre d'entrer, mais il avait rôdé dans les collines, à la recherche de points faibles dans nos postes de défense, et il n'avait pas semblé pressé de partir, jusqu'au moment où Lee Fletcher, du bungalow d'Apollon, lui avait donné la chasse avec deux de ses frères. Après quelques douzaines de flèches plantées dans les défauts de sa cuirasse, le drakon avait reçu le message et fini par s'éloigner.

– Il est toujours dans les parages, nous a avertis Lee pendant la session d'échanges qui précédait le repas. Vingt flèches dans la peau, et on est juste arrivés à le mettre en colère. Il faisait dix mètres de long, avec une carapace vert vif. Et ses yeux...

Lee a frissonné.

– Tu as fait du bon travail, Lee, a dit Chiron en lui tapotant l'épaule. Soyez tous vigilants, mais gardez votre calme. Ce genre de choses s'est déjà produit.

– Oui, a renchéri Quintus. Et il se produira de nouveau, et de plus en plus souvent.

Un murmure a parcouru l'assemblée des pensionnaires.

Tout le monde connaissait la rumeur : Luke et son armée de monstres se préparaient à envahir la colonie. On s'attendait presque tous à ce que l'attaque ait lieu cet été, mais personne ne savait quand ni comment elle se déroulerait. Pour aggraver les choses, nos effectifs avaient baissé. Nous n'étions que quatre-vingts pensionnaires, environ. Il y a trois ans, quand j'étais venu pour la première fois à la colonie, on était plus d'une centaine. Certains étaient morts. D'autres étaient passés dans le camp de Luke. Et d'autres encore avaient tout bonnement disparu.

– Raison de plus, a poursuivi Quintus avec une étincelle dans le regard, pour vous entraîner à de nouveaux jeux de guerre. On verra ce soir comment vous vous débrouillez, les uns et les autres.

– Bien, a fait Chiron. Assez d'annonces comme ça. Bénissons ce repas et mangeons. (Sur ces mots, il a levé son verre.) Aux dieux !

On a tous levé nos verres en répétant la bénédiction.

Tyson et moi, on s'est avancés jusqu'au brasero, nos assiettes à la main, et on y a jeté chacun une partie de notre petit déjeuner. J'espérais que les dieux aimaient le pain de seigle aux raisins et les Fruit Loops.

– Poséidon, ai-je dit d'une voix forte. (Puis j'ai ajouté dans un murmure :) Aide-moi pour Nico et pour Luke, et pour le problème de Grover...

La liste était si longue que j'aurais pu continuer toute la matinée, mais j'ai regagné ma table.

Une fois que tout le monde a commencé son petit déjeuner, Grover et Chiron sont venus me trouver. Grover avait les yeux embués. Il avait mis son tee-shirt à l'envers. Il a posé son assiette sur la table et s'est écroulé à côté de moi.

Tyson a gigoté, l'air mal à l'aise.

– Je... euh, je vais astiquer mes dadas-poissons, a-t-il dit en se levant d'un pas lourd, abandonnant son assiette à peine entamée.

Chiron a esquissé un sourire. Il voulait sans doute paraître rassurant, mais, sous sa forme de centaure, il me dominait de plusieurs têtes et son ombre barrait la table.

– Alors, Percy, tu as bien dormi ?

– Euh... ouais, bien.

Je me suis demandé pourquoi il me posait cette question. Se pouvait-il qu'il soit au courant de l'étrange message-Iris que j'avais reçu ?

– J'ai amené Grover, a repris Chiron, parce que j'ai pensé que tous les deux, vous voudriez peut-être, disons, discuter de certaines choses. Et maintenant, excusez-moi, mais j'ai des messages-Iris à envoyer. On se verra plus tard dans la journée.

Après avoir adressé un regard lourd de sens à Grover, Chiron a quitté le pavillon au trot.

– De quoi parle-t-il ? ai-je demandé à Grover.

Grover mastiquait ses œufs. J'ai vu qu'il était distrait, car il a sectionné les dents de sa fourchette et s'est mis à les mastiquer elles aussi.

Quelqu'un s'est glissé à côté de moi sur le banc : Annabeth.

– Je vais te dire de quoi il s'agit, a-t-elle déclaré. Du Labyrinthe.

J'avais du mal à me concentrer sur ses paroles, parce que tout le monde, dans le pavillon, nous regardait à la dérobée. Annabeth était juste à côté de moi. Je dis bien *juste à côté* de moi.

– T'es pas censée être là, lui ai-je dit.

– Il faut qu'on parle, a-t-elle insisté.

– Mais les règles...

Elle savait aussi bien que moi que les pensionnaires n'avaient pas le droit de changer de table. Pour les satyres, la question se posait différemment : ce n'étaient pas vraiment des demi-dieux. Les sang-mêlé, eux, devaient impérativement rester à leur table. Je ne savais même pas quelle punition on encourait en changeant de table ; ça ne s'était jamais produit depuis que j'appartenais à la colonie. Si Monsieur D. avait été là, il aurait sans doute étranglé Annabeth avec des vrilles de vigne ou un autre artifice de ce genre, mais Monsieur D. n'était pas là. Chiron était déjà sorti du pavillon. Quintus a haussé un sourcil, mais il n'a fait aucun commentaire.

– Écoute, a dit Annabeth. Grover a des ennuis. Nous n'avons trouvé qu'un seul moyen de l'aider. C'est le Labyrinthe. C'est là-dessus qu'on faisait des recherches, Clarisse et moi.

J'ai remué sur le banc, essayant de mettre mes idées au clair.

– Tu veux parler du Labyrinthe où était enfermé le Minotaure, dans le temps ?

– Exactement, a répondu Annabeth.

– Alors... il n'est plus en Crète, sous le palais du roi, ai-je deviné. Le Labyrinthe occupe le sous-sol d'un bâtiment des États-Unis, maintenant, c'est ça ?

Vous voyez ? Il ne m'avait fallu que quelques années pour piger. Je savais que les lieux chargés de sens se déplaçaient avec la civilisation occidentale, comme le mont Olympe qui flottait au-dessus de l'Empire State Building, ou l'entrée des Enfers qui se trouvait à Los Angeles. J'étais assez fier de moi.

Annabeth a levé les yeux au ciel.

– Sous un bâtiment ? Franchement, Percy. Le Labyrinthe est gigantesque. Il ne tiendrait pas sous une ville, alors sous un seul bâtiment, tu parles...

J'ai repensé à mon rêve de Nico sur les rives du Styx.

– Alors... le Labyrinthe fait partie des Enfers ?

– Non. (Annabeth a froncé les sourcils.) Il se peut qu'il y ait des passages qui mènent du Labyrinthe aux Enfers. C'est pas exclu, mais j'en suis pas sûre. Les Enfers sont très, très profonds sous terre, tandis que le Labyrinthe est juste sous la surface du monde mortel, comme une deuxième peau. Il croît depuis des milliers d'années ; il se déploie sous les villes occidentales et les relie toutes par en dessous. On peut aller n'importe où, en passant par le Labyrinthe.

– Si on ne se perd pas, a grommelé Grover. Si on ne meurt pas dans d'horribles conditions.

– Grover, ça doit être faisable, a plaidé Annabeth, et j'ai eu l'impression qu'ils avaient déjà eu cette conversation. Clarisse a survécu.

– De justesse ! Et l'autre garçon...

– Il est devenu fou. Il n'est pas mort.

– Super. (La lèvre inférieure de Grover a tremblé.) Tout de suite ça me réconforte.

– Hé ! suis-je intervenu. Attendez. C'est quoi cette histoire de Clarisse et d'un garçon qui est devenu fou ?

Annabeth a jeté un coup d'œil en direction de la table d'Arès. Clarisse nous observait, l'air de savoir de quoi on parlait, mais elle a ramené le regard sur son assiette.

– L'année dernière, a dit Annabeth en baissant la voix, Clarisse est partie en mission pour Chiron.

– Je m'en souviens, ai-je dit. C'était une mission secrète.

Annabeth a hoché la tête. J'étais soulagé qu'elle ne soit plus fâchée, malgré tout son sérieux. Et je n'étais pas mécontent qu'elle ait enfreint le règlement pour venir s'asseoir à côté de moi.

– C'était secret, a confirmé Annabeth, parce que Clarisse avait retrouvé Chris Rodriguez.

– Le gars du bungalow d'Hermès ?

Je me souvenais de lui. Deux ans plus tôt, on avait surpris une conversation entre Chris Rodriguez et un sbire du Titan à bord du bateau de Luke, le *Princesse Andromède*. Chris faisait partie des sang-mêlé qui avaient abandonné la colonie pour entrer dans l'armée du Titan.

– Oui, a expliqué Annabeth. L'année dernière, il a refait surface à Phoenix, dans l'Arizona, près de chez la mère de Clarisse.

– Comment ça, refait surface ?

– Il errait dans le désert en armure grecque, par quarante-huit degrés, et parlait d'un fil sans arrêt.

– D'un fil ?

– Il avait complètement perdu la tête. Clarisse l'a installé chez sa mère pour que les mortels ne l'internent pas. Elle a essayé de le ramener à la santé. Chiron est venu l'interroger, mais ça n'a pas donné grand-chose. La seule info qu'ils ont pu lui soutirer, c'est que les hommes de Luke explorent le Labyrinthe.

J'ai frissonné, sans trop savoir pourquoi. Pauvre Chris... Ce n'était pas un mauvais gars. Qu'est-ce qui avait pu lui faire péter les plombs ? J'ai regardé Grover, qui en était à mastiquer le manche de sa fourchette.

– Bon, ai-je demandé. Pourquoi explorent-ils le Labyrinthe ?

– On ne comprenait pas bien, a dit Annabeth. C'est pour ça que Clarisse est partie en éclaireuse. Chiron a tenu toute l'affaire secrète parce qu'il voulait éviter des réactions de panique. Il m'a impliquée dedans parce que... tu sais, le Labyrinthe a toujours été un de mes sujets favoris. L'architecture... (Le regard d'Annabeth s'est fait un peu rêveur.) Son constructeur, Dédale, c'est un génie. Le truc, c'est que le Labyrinthe a des entrées partout. Si Luke apprenait à s'y repérer, il pourrait déplacer son armée à une vitesse redoutable.

– Sauf que c'est un Labyrinthe, n'est-ce pas ?

– Plein de pièges horribles, a renchéri Grover. Des culs-de-sac. Des illusions. Des monstres psychotiques tueurs de chèvres.

– Pas si tu as le fil d'Ariane, a dit Annabeth. Jadis, le fil d'Ariane a permis à Thésée de sortir du Labyrinthe. C'était une forme d'instrument de navigation, inventé par Dédale. Et Chris Rodriguez parlait d'un fil dans ses divagations.

– Donc, Luke essaie de retrouver le fil d'Ariane. Pourquoi ? Qu'est-ce qu'il manigance ?

Annabeth a secoué la tête.

– Je ne sais pas. Au début, je me suis dit qu'il voulait peut-être envahir la colonie en passant par le Labyrinthe, mais ça ne tient pas la route. Les entrées les plus proches que Clarisse ait trouvées sont à Manhattan, ce qui n'aiderait pas Luke à franchir nos limites magiques. Clarisse a un peu exploré les tunnels, mais c'était très dangereux. Elle l'a échappé belle à plusieurs reprises. J'ai étudié tout ce que j'ai pu trouver sur Dédale, et ça ne m'a pas beaucoup avancée. Je ne comprends pas vraiment ce que trame Luke, mais une chose est sûre, le Labyrinthe pourrait bien détenir la solution du problème de Grover.

J'ai écarquillé les yeux.
– Tu crois que Pan est sous terre ?
– Ça expliquerait qu'il reste obstinément introuvable.
Grover a frissonné.
– Les satyres détestent les lieux souterrains. Aucun chercheur ne tenterait jamais d'aller là. Il y a pas de plantes, pas de soleil. Et pas de cafés !
– Mais, a objecté Annabeth, le Labyrinthe peut te conduire pratiquement n'importe où. Il lit dans tes pensées. Il a été conçu pour tromper, berner et tuer, par contre si tu arrives à le mettre à ton service...
– Il pourrait te guider jusqu'au dieu Pan, ai-je terminé.
– Je ne peux pas, a dit Grover en se tenant le ventre. Rien que d'y penser, j'ai envie de vomir ma fourchette.
– Grover, c'est peut-être ta dernière chance, a insisté Annabeth. Le Conseil parlait sérieusement. Plus qu'une semaine et tu devras te mettre aux claquettes !

Quintus, à la table principale, s'est éclairci la gorge. J'ai eu l'impression qu'il ne voulait pas faire de vagues, mais Annabeth tirait vraiment sur la corde, à rester si longtemps à ma table.

– On en reparlera plus tard. (Annabeth m'a serré le bras, un peu trop fort.) Convaincs-le, d'accord ?

Sur ces mots, elle est retournée à la table d'Athéna en ignorant tous les regards rivés sur elle.

Grover s'est pris la tête entre les mains.

– J'en suis incapable, Percy. Mon permis de chercheur. Pan. Je vais tout perdre. Je n'aurai plus qu'à ouvrir un théâtre de marionnettes.

– Ne dis pas ça ! On va trouver une solution.

Il m'a regardé, les yeux pleins de larmes.

– Percy, tu es mon meilleur ami. Tu m'as vu sous terre. Dans la grotte du Cyclope. Crois-tu vraiment que je pourrais...

Sa voix a flanché. Je me souvenais de notre aventure dans la mer des Monstres, où il s'était trouvé enfermé dans la grotte d'un Cyclope. Si Grover n'avait jamais aimé les lieux souterrains, depuis cet épisode il les détestait viscéralement. Les Cyclopes lui donnaient la chair de poule, aussi. Même Tyson... Grover s'efforçait de le cacher, mais lui et moi, on était unis par un lien d'empathie qu'il avait créé entre nous, et qui nous permettait de lire nos émotions presque à livre ouvert. Je savais ce qu'il ressentait. Grover était terrifié par le grand lascar.

– Il faut que j'y aille, a-t-il dit d'une voix malheureuse. Genièvre m'attend. Heureusement qu'elle aime les trouillards.

Après son départ, j'ai regardé Quintus. Il a hoché gravement la tête, comme si nous partagions un obscur secret. Puis il s'est remis à trancher sa saucisse avec son poignard.

L'après-midi, je suis allé à l'étable des pégases rendre visite à mon ami Blackjack. Dès qu'il m'a vu, il s'est mis à piaffer dans sa stalle en agitant ses ailes noires.

Yo, patron ! Tu m'as apporté des sucres ?
– Tu sais que c'est mauvais pour ta santé, Blackjack.
Vas-y, tu m'en as apporté combien ?

J'ai souri et je lui ai tendu une poignée de sucres. Blackjack et moi, on se connaissait depuis un bon bout de temps. J'avais contribué à son sauvetage il y avait quelques années de cela, quand il était prisonnier à bord du paquebot de monstres de Luke, et depuis lors, il se mettait en quatre pour me rendre service.

Alors, t'as une quête au programme ? m'a-t-il demandé. *Je suis prêt à prendre l'air !*

Je lui ai caressé les naseaux.

– Pas sûr, mec. Tout le monde parle de labyrinthes souterrains.

Blackjack a poussé un hennissement nerveux.

Holà, très peu pour moi ! Et toi, patron, me dis pas que tu es assez ouf pour aller te perdre dans un labyrinthe ? Tu veux mourir ou quoi ?

– Tu as peut-être raison, Blackjack. On verra.

Blackjack a croqué ses carrés de sucre et secoué la crinière comme s'il faisait un pic de glycémie.

Waouh ! C'est de la bonne came, ça ! Bon, patron, tu reprends tes esprits et t'as besoin d'aller quelque part, tu me fais signe, OK ? Le vieux Blackjack et ses potes sont prêts à piétiner n'importe qui pour toi !

Je lui ai dit que je notais ça dans un coin de ma tête. Là-dessus, un groupe de jeunes pensionnaires est entré dans l'écurie pour un cours d'équitation ailée, et j'ai estimé qu'il était temps que je m'en aille. J'avais la désagréable impression que je ne reverrais pas Blackjack de sitôt.

Ce soir-là, après le dîner, Quintus nous a fait mettre nos armures de combat comme pour une partie de Capture-l'Etendard, mais l'atmosphère entre pensionnaires était bien plus grave. À un moment ou l'autre de la journée, les caisses en bois avaient disparu de l'arène. Je soupçonnais que leur contenu avait été dispersé dans les bois.

– Bien, a dit Quintus, debout à la table principale du réfectoire. Rassemblez-vous.

Il était vêtu de cuir noir et de bronze. À la lumière des torches, ses cheveux gris lui donnaient l'air d'un fantôme. Kitty O'Leary gambadait joyeusement autour de lui, grappillant des restes du dîner qui traînaient par terre.

– Vous serez répartis en équipes de deux.

Tout le monde s'est mis à bavarder pour choisir son partenaire, et Quintus a ajouté en criant :

– Qui sont déjà établies !

– OHHHHH ! ont grogné les pensionnaires d'une seule voix.

– Votre but est simple : récupérer les lauriers d'or sans mourir. La couronne est enveloppée dans un ballot de soie ficelé sur le dos d'un des monstres. Il y a six monstres en tout, chacun a un ballot de soie mais un seul contient la couronne de laurier. Vous devez la trouver avant les autres équipes. Et bien sûr... vous devrez tuer le monstre pour vous emparer du ballot et rester en vie.

Un murmure enthousiaste a parcouru l'assemblée. La tâche paraissait assez simple. Tuer des monstres, on l'avait tous déjà fait. On était formés pour ça.

– Je vais annoncer les équipes, a dit Quintus. Interdit de changer, interdit de permuter, interdit de se plaindre.

OUAF !

Kitty O'Leary a enfoui la tête dans une assiette de pizza.

Quintus a sorti un grand rouleau de parchemin et s'est mis à lire des noms. Beckendorf était avec Silena Beauregard, ce qui avait plutôt l'air de le ravir. Les frères Alatir étaient ensemble. Pas étonnant : ils faisaient toujours tout ensemble. Clarisse se retrouvait avec Lee Fletcher, du bungalow d'Apollon – à eux deux, ils maîtrisaient la bataille rangée et la mêlée, ce qui en ferait une équipe difficile à battre. Quintus, qui égrenait toujours les noms, a annoncé :

– Percy Jackson et Annabeth Chase.

– Cool, ai-je dit en souriant à Annabeth.

– Ton armure est de travers, m'a-t-elle répondu, avant de redresser mon plastron.

– Grover Underwood, a continué Quintus, avec Tyson.

Grover a sauté en l'air.

– Quoi ? Mm... mm... mais...

– Non, non, a gémi Tyson, y a erreur. Biquet...

– On ne se plaint pas ! a ordonné Quintus. Et on rejoint son partenaire. Vous avez deux minutes pour vous préparer !

Tyson et Grover m'ont tous les deux lancé des regards S.O.S. J'ai essayé de les encourager d'un coup de menton énergique, et je leur ai fait signe de se rapprocher l'un de l'autre. Tyson a éternué. Grover s'est mis à ronger le manche de sa massue.

– T'inquiète pas, ils vont se débrouiller, m'a dit Annabeth. Et nous, on a intérêt à trouver un moyen de rester en vie !

Il faisait encore jour quand on est entrés dans le bois, mais à cause des ombres des arbres, on aurait cru qu'il était minuit. Il faisait froid, aussi, bien que ce soit l'été. On a trouvé des empreintes presque tout de suite : des marques laissées par une créature qui devait avoir beaucoup de pattes. On s'est lancés sur cette piste. À peine avions-nous franchi un ruisseau d'un bond, qu'un craquement de brindilles nous a alertés. On s'est aussitôt tapis derrière un rocher, mais ce n'était que les frères Alatir, qui trébuchaient dans les taillis en jurant. Leur père avait beau être le dieu des Voleurs, ils étaient à peu près aussi discrets que deux éléphants dans un magasin de porcelaine.

Une fois les Alatir passés, on s'est enfoncés plus avant dans la partie ouest des bois, là où les monstres sont les plus sauvages. On venait de grimper sur une saillie rocheuse en surplomb d'un étang marécageux quand Annabeth m'a dit, d'une voix tendue :

– C'est ici qu'on a arrêté de chercher.

Il m'a fallu une seconde pour comprendre à quoi elle faisait allusion. L'hiver dernier, quand nous avions cherché Nico Di Angelo, c'était ici qu'on avait abandonné. Grover, Annabeth et moi avions fait halte sur cette pierre et je les avais convaincus de ne pas dire la vérité à Chiron : que Nico était le fils d'Hadès. À l'époque, ça me semblait justifié. Je voulais protéger son identité. Je voulais le retrouver moi-même et réparer, si je le pouvais, la peine que lui avait causée ce qui était arrivé à sa sœur. Six mois avaient passé, et je n'avais pas progressé d'un pouce. Ça me laissait un goût amer dans la bouche.

– Je l'ai vu la nuit dernière, ai-je dit.

Annabeth a froncé les sourcils.

– Comment ça ? Je lui ai raconté le message-Iris. Quand je me suis tu, elle a plongé le regard dans l'obscurité du sous-bois.

– Il invoque les morts ? C'est mauvais signe.

– Le fantôme lui donnait de mauvais conseils, ai-je ajouté. Il le poussait à la vengeance.

– Ouais... les esprits ne sont jamais de bons conseillers. Ils ont des comptes à régler, de vieilles rancœurs. Et ils en veulent aux vivants.

– Il va se mettre à ma recherche. L'esprit a parlé d'un labyrinthe.

Annabeth a hoché la tête.

– Ben là, ça règle le problème, il faut qu'on comprenne *le* Labyrinthe. On n'a pas le choix.

– Peut-être. Mais qui a envoyé le message-Iris ? Si Nico savait pas que j'étais là...

Une branche a craqué dans un taillis voisin. Des feuilles mortes ont bruissé. Une créature d'assez grande taille se déplaçait entre les arbres, juste derrière la saillie rocheuse.

– Ce ne sont pas les frères Alatir, a murmuré Annabeth.

D'un même mouvement, on a dégainé nos épées.

On a couru jusqu'au Poing de Zeus, un grand amas de rochers au milieu des bois ouest. C'était un point de repère naturel où les pensionnaires se donnaient souvent rendez-vous pendant les expéditions de chasse, mais là, il n'y avait personne.

– Par ici, m'a glissé Annabeth.

– Non, attends. Derrière nous.

C'était bizarre. Des bruits de pas semblaient venir de plusieurs directions à la fois. On était en train de faire le tour des rochers, l'épée à la main, quand une voix, juste derrière nous, a lancé un : « Salut ! »

On a fait volte-face d'un bond, et la nymphe sylvestre Genièvre a glapi.

– Rengainez-moi ça ! s'est-elle exclamée. Les dryades n'aiment pas les lames pointues, d'accord ?

– Genièvre, s'est écriée Annabeth d'un ton soulagé. Qu'est-ce que tu fais ici ?

– J'habite ici.

J'ai baissé mon épée.

– Dans les rochers ?

Elle a montré du doigt la lisière de la clairière.

– Dans le genévrier, figure-toi.

Bien sûr. Je me suis senti bête. Voilà des années que je côtoyais des dryades, mais je ne discutais jamais avec elles, en fait. Je savais qu'elles ne pouvaient pas s'éloigner beaucoup de leur arbre, qui était leur source de vie, et c'était à peu près tout.

– Vous êtes occupés ? a demandé Genièvre.

– Ben, ai-je fait, c'est-à-dire qu'on est au beau milieu d'une partie contre une bande de monstres et on essaie de rester en vie.

– Non, a dit Annabeth, on n'est pas occupés. Qu'est-ce qui se passe, Genièvre ?

La dryade a reniflé et s'est essuyé les yeux du revers de sa manche soyeuse.

– C'est Grover. Il est dans une telle détresse. Il a passé toute l'année à chercher Pan. Il revient de chaque expédition un peu plus soucieux. Au début, je me suis demandé s'il ne sortait pas avec un autre arbre.

– Non, a dit Annabeth, alors que Genièvre se mettait à pleurer. Je suis sûre que ce n'est pas ça.

– Il a bien eu un faible pour un buisson de myrtilles, une fois, a dit Genièvre d'une petite voix.

– Genièvre, a affirmé Annabeth. Grover ne s'intéresserait jamais à un autre arbre que toi. Il s'inquiète pour son permis de chercheur, c'est tout.

– Il ne doit pas aller sous terre ! s'est écriée Genièvre. Ne le laissez pas faire !

Annabeth a eu l'air embarrassée.

– C'est peut-être la seule façon de l'aider, Genièvre. Si nous trouvons par où commencer.

– Ah. (La dryade a séché une larme verte sur sa joue.) À propos de...

Un nouveau bruissement a parcouru les taillis et Genièvre a hurlé :

– Cachez-vous !

Je n'ai pas eu le temps de lui demander pourquoi qu'elle disparaissait déjà dans une bouffée de brume verte.

On a fait volte-face, Annabeth et moi. D'entre les arbres émergeait un insecte luisant, ambré, long de trois mètres, aux pinces en dents de scie, à la queue caparaçonnée, nanti d'un dard de la taille de mon épée. Un scorpion. Il avait un ballot de soie rouge ficelé sur le dos. La bestiole s'est avancée bruyamment vers nous.

– Un de nous passe derrière lui, a dit Annabeth, et lui coupe la queue pendant que l'autre le distrait par l'avant.

– Je prends l'avant. Tu as ta casquette d'invisibilité.

Elle a acquiescé. On s'était battus si souvent ensemble qu'on connaissait nos passes respectives. On pouvait régler son compte à ce scorpion, pas de problème. Mais ça s'est corsé quand les deux autres ont surgi du bois.

– Trois ? a fait Annabeth. Je rêve ! Il y a une forêt tout entière et la moitié des monstres nous attaque ?

J'ai dégluti. On pouvait en supprimer un. Deux peut-être, avec un peu de chance. Mais trois ? J'en doutais.

Les scorpions trottinaient vers nous en agitant leurs queues acérées comme s'ils étaient venus ici tout spécialement pour nous tuer. Annabeth et moi avons reculé, plaquant le dos contre le rocher le plus proche.

– On grimpe ? lui ai-je demandé.

– Pas le temps.

Elle avait raison. Les scorpions nous encerclaient déjà. Ils étaient si près que je voyais leurs gueules hideuses écumer à la perspective de deux demi-dieux bien juteux.

– Attention !

Annabeth a paré un dard du plat de sa lame. J'ai asséné Turbulence – mais le scorpion l'a esquivée en reculant rapidement. On a longé les rochers, talonnés par le trio. J'ai tenté de pourfendre un des deux autres, cependant c'était trop risqué de passer à l'offensive : si je visais le corps, il me frapperait en abattant sa queue. Et si je visais la queue, il essaierait de m'attraper entre ses pinces. La seule stratégie qui nous restait, c'était la défense, et on ne pourrait pas tenir longtemps.

J'ai fait un autre pas de côté et, soudain, je n'ai plus senti que du vide derrière moi. Il y avait une fissure entre deux des plus gros rochers. J'avais dû passer devant un million de fois, mais...

– Par ici ! ai-je crié.

Annabeth a lancé une botte contre un scorpion puis m'a regardé comme si j'avais perdu la raison.

– Là-dedans ? C'est trop étroit !

– Je te couvre. Vas-y !

Elle s'est glissée derrière moi et a entrepris de se faufiler entre les rochers. Soudain, elle a poussé un petit cri et m'a tiré par les lanières de mon plastron. J'ai dégringolé dans un gouffre qui n'était pas là un instant plus tôt. Au-dessus de nous je voyais les scorpions, le pourpre du ciel nocturne et les arbres. Puis le trou s'est occulté comme un diaphragme qui se ferme, et nous nous sommes trouvés dans le noir total.

Nos respirations résonnaient contre de la pierre. Il faisait humide et froid. J'étais assis sur un sol irrégulier, qui me donnait l'impression d'être en brique.

J'ai levé Turbulence. La faible lueur de sa lame a tout juste suffi à éclairer le visage apeuré d'Annabeth et les parois de pierre moussue qui nous encadraient.

– Où... où sommes-nous ? a dit Annabeth.

– Hors de portée des scorpions, en tout cas.

Je la jouais « je suis calme », mais je n'en menais pas large. Il était impossible que la fissure entre les rochers ait débouché sur une grotte. Je l'aurais su s'il y avait eu une grotte ici, j'en étais certain. On aurait dit que le sol s'était ouvert pour nous avaler. Je ne pouvais pas m'empêcher de penser à la fente qui striait le sol du pavillon-réfectoire, où ces squelettes avaient été engloutis l'été dernier. Je me demandais s'il nous était arrivé la même chose.

J'ai de nouveau levé mon épée pour nous éclairer.

– C'est une pièce en longueur, ai-je grommelé.

– C'est pas une pièce, a dit Annabeth en m'agrippant par le bras. C'est un couloir.

Elle avait raison. L'obscurité paraissait plus vide, devant nous. Il y avait une brise tiède, comme dans les tunnels du métro, mais elle dégageait quelque chose de plus ancien et, d'une certaine façon, de plus dangereux.

J'ai fait un pas en avant, mais Annabeth m'a retenu.

– Ne bouge pas. Il faut qu'on trouve la sortie.

Elle semblait véritablement inquiète, à présent.

– Ça va aller, lui ai-je assuré. C'est juste...

Levant la tête, je me suis rendu compte que je ne voyais plus l'endroit par où nous étions tombés. Le plafond était en pierre compacte, et le couloir s'allongeait à perte de vue des deux côtés.

Annabeth a glissé sa main dans la mienne. En d'autres circonstances, j'aurais été gêné, mais là, dans le noir, j'étais content de savoir où elle était. C'était quasiment mon unique certitude.

– On recule de deux pas, a-t-elle suggéré.

On a reculé ensemble, comme si on marchait dans un champ de mines.

– Bon, a-t-elle dit. Aide-moi à examiner les parois.

– Pour quoi faire ?

– Pour trouver la marque de Dédale, a-t-elle répondu comme si ça allait de soi.

– Ah d'accord. Et quel genre de...

– Trouvé ! s'est-elle écriée d'une voix soulagée.

Là-dessus, elle a posé la main sur la paroi et appuyé contre une minuscule fissure, qui s'est mise à dégager une lueur bleutée. Un symbole est apparu : ∆, la lettre delta de l'alphabet grec.

La voûte rocheuse s'est ouverte et nous avons vu le ciel nocturne, étincelant d'étoiles. Il était bien plus foncé qu'il n'aurait dû l'être. Des échelons métalliques sont apparus sur le mur, montant vers l'air libre, et j'ai entendu des voix qui nous appelaient :

– Percy ! Annabeth !

Tyson était celui qui rugissait le plus fort, mais tous les autres criaient aussi.

J'ai lancé un regard troublé à Annabeth. Et puis on a commencé à grimper.

En débouchant des rochers, on est tombés nez à nez avec Clarisse et plusieurs autres pensionnaires, torche à la main.

– Où étiez-vous passés ? nous a demandé Clarisse. Ça fait une éternité qu'on vous cherche.

– Mais on s'est absentés quelques minutes seulement, ai-je objecté.

Chiron est arrivé au trot, suivi de Tyson et Grover.

– Percy ! a crié Tyson. Ça va ?

– Ça va, ai-je dit. On est tombés dans un trou.

Les autres nous ont regardés d'un air sceptique, d'abord moi, puis Annabeth.

– Je vous jure, ai-je insisté. On s'est fait attaquer par trois scorpions, alors on a couru se cacher dans les rochers. Mais ça n'a duré qu'une minute.

– Ça fait presque une heure que vous avez disparu, a dit Chiron. Le jeu est fini.

– Ouais, a grommelé Grover. On aurait gagné, sauf qu'un Cyclope s'est assis sur moi.

– C'était un accident ! a protesté Tyson, en concluant par un éternuement sonore.

Clarisse portait la couronne de laurier en or, mais elle ne s'est même pas vantée d'avoir gagné, ce qui ne lui ressemblait pas.

– Un trou ? a-t-elle demandé d'un ton soupçonneux.

Annabeth a pris une grande inspiration. Elle a balayé du regard le groupe de pensionnaires.

– Chiron, a-t-elle dit. On devrait peut-être en parler dans la Grande Maison.

Clarisse a ouvert de grands yeux.

– Vous l'avez trouvé, hein ?

Annabeth s'est mordu la lèvre.

– Je... Oui. Oui, on l'a trouvé.

Plusieurs pensionnaires se sont mis à poser des questions, apparemment aussi déroutés que moi, mais Chiron les a fait taire d'un geste de la main.

– Ce n'est ni l'heure ni le lieu, a-t-il dit, avant de regarder les rochers comme s'il remarquait pour la première fois combien ils étaient dangereux. Retournez tous à vos bungalows. Tâchez de dormir. Ce fut une belle partie, mais l'heure du couvre-feu est dépassée depuis longtemps !

Après force plaintes et grognements, les pensionnaires se sont éloignés en discutant. Au passage, ils me lançaient des regards soupçonneux.

– Ça explique beaucoup de choses, a dit alors Clarisse. Ça explique ce que Luke cherche.

– Une seconde, suis-je intervenu. Qu'est-ce que tu veux dire ? Qu'avons-nous trouvé ?

Annabeth s'est tournée vers moi, les yeux assombris par l'inquiétude.

– Une des entrées du Labyrinthe. Un itinéraire d'invasion qui mène droit au cœur de la colonie.

4 Annabeth enfreint les règles

Chiron a tenu bon, on en parlerait le lendemain matin seulement, ce qui, je trouvais, revenait un peu à nous dire : « À propos, vos vies sont en danger. Bonne nuit ! » J'ai eu du mal à trouver le sommeil et quand je me suis enfin endormi, j'ai rêvé d'une prison.

J'ai vu un garçon en tunique grecque et sandales, accroupi, tout seul, dans une vaste salle de pierre. Elle avait le ciel nocturne pour tout plafond, mais les murs faisaient six mètres de haut et ils étaient en marbre poli, parfaitement lisse. Des caisses en bois étaient éparpillées au sol. Certaines étaient fissurées et renversées, comme si on les avait jetées. Des outils en bronze avaient roulé hors d'une des boîtes : une boussole, une scie, et un tas d'engins que je ne reconnaissais pas.

Le garçon était recroquevillé dans un coin et tremblait, peut-être de froid, peut-être de peur. Il était couvert de boue. Ses jambes, ses bras et son visage étaient égratignés, comme si on l'avait traîné jusqu'ici avec les caisses.

Alors les portes battantes en chêne se sont ouvertes en grinçant. Deux gardes en armure de bronze sont entrés d'un pas martial, tenant un vieillard entre eux deux. Ils l'ont jeté par terre comme un sac.

– Père ! s'est écrié le garçon, courant vers lui.

La robe de l'homme était en lambeaux. Il avait les cheveux striés de gris, une longue barbe bouclée. On lui avait cassé le nez. Ses lèvres saignaient.

Le garçon a pris la tête de l'homme dans ses bras.

– Que t'ont-ils fait ?

Se tournant vers les gardes, il a crié :

– Je vais vous tuer !

– Personne ne va tuer personne, aujourd'hui, a dit une voix.

Les gardes se sont écartés. Derrière eux se tenait un homme de haute stature, vêtu d'une robe blanche. Il portait un fin bandeau d'or sur la tête. Sa barbe était taillée en pointe comme un fer de lance. Ses yeux brillaient d'un éclat cruel.

– Tu as aidé l'Athénien à tuer mon Minotaure, Dédale. Tu as monté ma propre fille contre moi.

– Cela, tu t'en es chargé toi-même, Majesté, a rétorqué le vieil homme d'une voix rauque.

Un garde a envoyé un coup de pied dans les côtes du vieillard, qui a laissé échapper un gémissement de douleur.

– Arrêtez ! a crié le garçon.

– Tu aimes tellement ton labyrinthe, a dit le roi, que j'ai décidé de t'y faire vivre. Ce sera ton atelier. Fabrique de nouvelles merveilles. Amuse-moi. Tout labyrinthe a besoin d'un monstre. Tu seras le mien !

– Tu ne me fais pas peur, a grogné l'homme.

Un sourire froid a étiré les lèvres du roi.

– Mais un père s'inquiète pour son fils, pas vrai ? Si tu me contraries encore une fois, vieil homme, c'est ton fils que mes gardes châtieront !

Sur ces mots, le souverain est sorti de la pièce avec ses gardes ; les portes ont claqué derrière eux, laissant le père et le fils seuls dans l'obscurité.

– Qu'allons-nous faire ? a gémi le garçon. Ils vont te tuer, père !

Le vieil homme a dégluti avec effort. Il s'est efforcé de sourire, mais avec ses lèvres ensanglantées, l'effet obtenu était effroyable.

– Reprends courage, mon fils. Je... je vais trouver une solution, a-t-il dit en levant les yeux vers les étoiles.

Une barre s'est abattue en travers des portes avec un *BOUM* sépulcral, et je me suis réveillé en sueur.

J'étais encore secoué par mon rêve, au matin, quand Chiron a convoqué un conseil de guerre. Nous nous sommes réunis dans l'arène de combats, ce qui m'a paru assez étrange comme choix : discuter du sort de la colonie pendant que Kitty O'Leary mordille un yak en caoutchouc rose grandeur nature.

Chiron et Quintus se tenaient à l'avant, près des casiers aux armes. Clarisse et Annabeth, assises côte à côte, dirigeaient la séance. Grover et Tyson avaient pris des places diamétralement opposées. Se trouvaient également autour de la table : Genièvre la nymphe sylvestre, Silena Beauregard, Travis et Connor Alatir, Beckendorf, Lee Fletcher et même Argos, notre chef de la sécurité aux cent yeux, signe que l'heure était grave. Argos ne se joint à nous que lorsque la situation est vraiment préoccupante. Pendant qu'Annabeth parlait, il gardait ses cent yeux bleus rivés sur elle si fixement que son corps tout entier est devenu rouge.

– Luke devait connaître l'entrée du Labyrinthe, a dit Annabeth. Il savait tout sur la colonie.

J'ai cru déceler une pointe de fierté dans sa voix, comme si elle respectait toujours ce gars, malgré ses crimes.

Genièvre s'est éclairci la gorge.

– C'est ce que je voulais vous dire hier soir. L'entrée de la grotte est là depuis longtemps. Luke s'en servait souvent.

Silena Beauregard a froncé les sourcils.

– Tu connaissais l'existence de cette entrée du Labyrinthe et tu n'en as rien dit ?

Genièvre a verdi.

– Je ne savais pas que c'était important. Pour moi, ce n'était qu'une grotte. Je n'aime pas les vieilles grottes moches.

– Elle a bon goût, a commenté Grover.

– Je ne l'aurais pas remarquée, d'ailleurs, sauf que... enfin, c'était Luke.

Son visage a encore verdi d'un ton.

– Oubliez ce que je viens de dire sur le bon goût, a grommelé Grover.

– Intéressant, a fait Quintus, qui astiquait son épée tout en parlant. Et vous pensez que ce jeune homme, Luke, oserait se servir du Labyrinthe pour envahir la colonie ?

– Absolument, a répondu Clarisse. S'il pouvait faire entrer une armée de monstres à l'intérieur de la Colonie des Sang-Mêlé, surgir au milieu des bois sans avoir à se soucier de nos barrières magiques, nous n'aurions aucune chance. Il pourrait nous exterminer facilement. Il doit échafauder ce plan depuis des mois.

– Il a envoyé des éclaireurs dans le Labyrinthe, a enchaîné Annabeth. Nous le savons parce que... nous en avons trouvé un.

– Chris Rodriguez, a dit Chiron, en adressant un regard lourd de sens à Quintus.

– Ah, celui qui est à la... a fait ce dernier. Oui, je comprends.

– Celui qui est où ? ai-je demandé.

Clarisse m'a fusillé du regard.

– L'important, c'est que Luke veut trouver un moyen de se repérer dans le Labyrinthe. Il cherche l'atelier de Dédale.

Je me suis souvenu de mon rêve de la nuit passée : le vieillard ensanglanté, à la robe déchirée.

– Le type qui a créé le Labyrinthe, ai-je dit.

– Oui, a confirmé Annabeth. Le plus grand architecte, le plus grand inventeur de tous les temps. Si les légendes disent vrai, son atelier se trouve au centre du Labyrinthe. C'est le seul qui ait jamais su se repérer parfaitement dans ses méandres. Si Luke parvenait à trouver l'atelier et à convaincre Dédale de l'aider, il n'aurait pas à chercher des itinéraires à l'aveuglette, ni à exposer son armée aux innombrables pièges du Labyrinthe. Il pourrait aller où bon lui semblerait, vite et sans risque. D'abord à la Colonie des Sang-Mêlé pour nous exterminer. Ensuite... à l'Olympe.

Le silence est tombé sur l'arène, interrompu seulement par les *coin-coin* du yak en plastique de Kitty O'Leary.

Pour finir, Beckendorf a posé ses grosses paluches sur la table et dit :

– Reviens en arrière, s'te plaît, Annabeth. Tu as bien dit « convaincre Dédale » ? Mais Dédale n'est pas mort ?

Quintus a poussé un grognement.

– C'est à espérer, a-t-il dit. Il a vécu il y a quoi, trois mille ans ? Et quand bien même il serait encore en vie, les vieilles histoires prétendent qu'il s'est enfui du Labyrinthe, non ?

Chiron a tapé des sabots avec nervosité.

– Tout le problème est là, mon cher Quintus. Personne ne le sait. Il y a des rumeurs... il y a *beaucoup* de rumeurs troublantes qui circulent au sujet de Dédale, et selon l'une d'elles, il se serait réfugié dans le Labyrinthe vers la fin de sa vie et y aurait disparu. Il se pourrait qu'il y soit encore.

J'ai repensé au vieillard que j'avais vu en rêve. Il avait l'air si frêle qu'il était dur d'imaginer qu'il ait pu vivre une semaine de plus, encore moins trois millénaires.

– Il faut qu'on y aille, a déclaré Annabeth. Nous devons trouver l'atelier avant Luke. Si Dédale est vivant, nous le convaincrons de nous aider, nous, et pas Luke. Si le fil d'Ariane existe encore, nous veillerons à ce qu'il ne tombe jamais entre les mains de Luke.

– Une seconde, ai-je dit. Si on a peur de se faire attaquer, pourquoi on ne fait pas sauter la grotte ? On ferme le tunnel, et voilà !

– Excellente idée, a dit Grover. Je vais chercher de la dynamite !

– C'est pas si simple, idiot, a bougonné Clarisse. On a essayé de faire ça quand on a trouvé une entrée à Phoenix. Ça s'est mal passé.

Annabeth a hoché la tête.

– Le Labyrinthe relève de l'architecture magique, Percy. Il faudrait un pouvoir considérable pour boucher ne serait-ce qu'une seule porte. À Phoenix, Clarisse a rasé un building entier avec une démolisseuse, et c'est à peine si l'entrée du

Labyrinthe s'est déplacée d'un mètre sur le côté. Ce qu'il faut, c'est empêcher Luke d'apprendre à se repérer dans le Labyrinthe.

– On pourrait se battre, a dit Lee Fletcher. Maintenant qu'on sait où est l'entrée. On pourrait dresser une ligne de défense et les attendre. Si une armée essaie de sortir par là, ils nous trouverons, embusqués avec nos arcs.

– Nous ne manquerons pas d'ériger des défenses, a acquiescé Chiron. Mais je crois que Clarisse a raison, malheureusement. Les limites magiques garantissent la sécurité de cette colonie depuis des siècles. Si Luke parvient à faire entrer un grande armée de monstres au cœur de la colonie sans avoir à traverser nos limites... nous risquons de ne pas faire le poids.

Personne n'a paru réjoui par cette nouvelle. D'habitude, Chiron essayait de voir les choses sous un angle positif, d'être optimiste. S'il prédisait maintenant que nous ne pourrions pas repousser l'attaque de Luke, c'était mauvais signe.

– Il faut qu'on soit les premiers à arriver à l'atelier de Dédale, a insisté Annabeth. Et qu'on trouve le fil d'Ariane pour empêcher Luke de s'en servir.

– Mais si personne ne sait se repérer dans le Labyrinthe, ai-je dit, est-ce qu'on a des chances ?

– Ça fait des années que j'étudie l'architecture, je connais le Labyrinthe de Dédale mieux que quiconque.

– Dans les livres.

– Oui, certes.

– Ça ne suffit pas.

– Il le faudra bien, pourtant !

– Ça ne suffit pas !

– Tu vas m'aider, oui ou non ?

Je me suis rendu compte que tous les pensionnaires nous regardaient, Annabeth et moi, comme s'ils suivaient une partie de ping-pong. *Couic !* a fait le yak de Kitty O'Leary quand elle a arraché sa tête de caoutchouc rose.

Chiron s'est raclé la gorge.

– Procédons par ordre, a-t-il dit. Il nous faut une quête. Quelqu'un doit entrer dans le Labyrinthe, trouver l'atelier de Dédale et empêcher Luke de se servir du Labyrinthe pour envahir la colonie.

– Nous savons tous qui devrait mener cette quête, a dit Clarisse. C'est Annabeth.

Un murmure d'approbation a parcouru l'assemblée. Je savais qu'Annabeth attendait qu'on lui confie une quête depuis qu'elle était toute gamine, pourtant elle paraissait mal à l'aise.

– Tu en as fait autant que moi, Clarisse, a-t-elle rétorqué. Tu devrais venir, toi aussi.

Clarisse a secoué la tête.

– Je ne remets pas les pieds là-bas.

Travis Alatir a ri.

– Ne me dis pas que tu as peur, Clarisse, qui se dégonfle ?

Clarisse s'est levée. J'ai cru qu'elle allait pulvériser Travis, mais elle s'est contentée de dire d'une voix tremblante :

– Tu ne comprends rien à rien, tocard. Je ne remettrai jamais les pieds là-bas. Jamais !

Elle a tourné les talons et quitté l'arène à grands pas.

Travis nous a regardés, l'air penaud.

– Je ne voulais pas...

Chiron a levé la main.

– La pauvre, elle a eu une année difficile. Bien, sommes-nous tous d'accord pour qu'Annabeth mène la quête ?

On a tous hoché la tête, sauf Quintus, qui a juste croisé les bras, les yeux rivés sur la table, mais je crois que personne d'autre que moi ne l'a remarqué.

– Très bien, a conclu Chiron, qui s'est alors tourné vers Annabeth. Ma chère, ton tour est venu de rendre visite à l'Oracle. Après, en supposant que tu nous reviennes entière, nous discuterons de l'étape suivante.

Attendre Annabeth m'était plus difficile que d'aller voir l'Oracle moi-même.

À deux reprises, je l'avais entendu prononcer des prophéties. La première fois, c'était dans le grenier poussiéreux de la Grande Maison, où l'esprit de Delphes dormait dans le corps d'une vieille hippie momifiée. La deuxième fois, l'Oracle était sorti faire une petite balade dans les bois. Cette rencontre me valait encore des cauchemars.

Je ne m'étais jamais senti menacé par la présence de l'Oracle, mais j'avais entendu des histoires : des pensionnaires qui étaient devenus fous ou qui avaient eu des visions d'un tel réalisme qu'ils en étaient morts de peur.

Je faisais les cent pas dans l'arène pour tromper l'attente. Kitty O'Leary dévorait son déjeuner, qui consistait en cinquante kilos de viande hachée et plusieurs biscuits pour chiens grands comme des couvercles de poubelle. Je me suis demandé où Quintus trouvait des biscuits de cette taille. À mon avis, pas au supermarché du coin.

Chiron était en pleine conversation avec Quintus et Argos. J'ai eu l'impression qu'un différend les opposait. Quintus secouait la tête sans arrêt.

De l'autre côté de l'arène, Tyson et les frères Alatir faisaient la course avec des chariots de bronze miniatures que Tyson avait fabriqués à partir de débris d'armures. J'ai cessé d'arpenter l'arène et je me suis éloigné. J'ai regardé la fenêtre du grenier de la Grande Maison, de l'autre côté des champs. Elle était sombre et je n'y percevais aucun mouvement. Mais que fabriquait Annabeth ? J'étais presque certain qu'il ne m'avait pas fallu aussi longtemps pour obtenir ma quête.

– Percy, a murmuré une voix de fille.

Genièvre se tenait dans les buissons. C'était étrange, cette façon qu'elle avait de devenir presque invisible lorsqu'elle était entourée de plantes.

Elle m'a fait signe avec insistance.

– Il faut que tu le saches, Luke n'est pas le seul que j'ai vu aux abords de la grotte.

– Qu'est-ce que tu veux dire ?

Elle a jeté un coup d'œil vers l'arène, derrière nous.

– Le maître d'épée, a-t-elle dit. Il fouinait entre les rochers.

Mon estomac s'est noué.

– Quintus ? Quand ça ?

– Je ne sais pas, je ne fais pas attention au temps. Il y a une semaine, peut-être, quand il est arrivé à la colonie.

– Qu'est-ce qu'il faisait ? Il est entré dans le Labyrinthe ?

– Je ne sais pas trop. Il me donne la chair de poule, Percy. Je ne l'ai même pas vu entrer dans la clairière. Tout d'un coup, il s'est trouvé là, comme ça. Tu dois dire à Grover que c'est trop dangereux...

– Genièvre, a appelé Grover depuis l'arène. Où es-tu passée ?

– Faut que j'y aille, a soupiré Genièvre. Mais n'oublie pas ce que je t'ai dit. Méfie-toi de cet homme !

Sur ces mots, elle a couru vers l'arène.

J'ai regardé la Grande Maison, en proie à une appréhension croissante. Si Quintus manigançait quelque chose... Il fallait que je demande conseil à Annabeth. Mais par les dieux, que faisait-elle ? Peu importe comment elle se déroulait, la consultation de l'Oracle ne devait pas durer si longtemps.

Au bout d'un moment, j'ai craqué.

C'était contre le règlement, mais personne ne me voyait. J'ai dévalé le flanc de la colline et je me suis élancé à travers champs, direction la Grande Maison.

Le salon était d'un calme déconcertant. J'avais l'habitude d'y voir Dionysos, assis au coin de la cheminée, en train de jouer aux cartes en mangeant des raisins et en pestant contre les satyres, mais Monsieur D. n'était toujours pas rentré.

J'ai longé le couloir, faisant craquer les lattes du parquet sous mes pas. Arrivé au pied de l'escalier, j'ai hésité. Quatre étages plus haut, une petite trappe menait au grenier. Annabeth était quelque part là-haut. Je suis resté debout, immobile, et j'ai tendu l'oreille. Les sons que j'ai entendus n'étaient pas du tout ceux auxquels j'aurais pu m'attendre.

Des sanglots. Et ils venaient d'en dessous de moi, pas d'en haut.

Sur la pointe des pieds, je suis passé derrière l'escalier. La porte de la cave était ouverte. Jusqu'alors, j'ignorais même qu'il y eût une cave à la Grande Maison. Passant la tête par l'embrasure, j'ai distingué deux silhouettes au fond, assises dans un coin entre des piles de caisses d'ambroisie et de confiture de fraises. Une des personnes était Clarisse. L'autre était un ado latino qui portait un pantalon de treillis tout déchiré et un vieux tee-shirt noir. Il avait les cheveux gras et emmêlés. Les bras repliés contre la poitrine, il pleurait. C'était Chris Rodriguez, le sang-mêlé qui était parti se mettre au service de Luke.

– Ça va aller, lui disait Clarisse. Reprends un peu de nectar.

– Tu es une illusion, Mary ! s'est écrié Chris, qui a reculé encore davantage dans le coin. Va-t'en !

– Je ne m'appelle pas Mary. (La voix de Clarisse était douce, mais très triste. Je n'aurais jamais imaginé entendre de tels accents dans sa bouche.) Je m'appelle Clarisse. Essaie de t'en souvenir, s'il te plaît.

– Il fait noir ! a hurlé Chris. Si noir !

– Sors de la maison, a tenté Clarisse, le soleil te fera du bien.

– Mi... mille crânes. La terre le régénère constamment.

– Chris, a supplié Clarisse, au bord des larmes. Il faut que tu guérisses. S'il te plaît. Monsieur D. va bientôt rentrer. C'est un spécialiste de la folie. Tiens bon.

Chris avait des yeux de rat acculé : fous et désespérés.

– Il n'y a pas d'issue, Mary, pas d'issue.

À ce moment-là, il m'a aperçu et il a poussé un couinement de terreur.

– Le fils de Poséidon ! a-t-il dit d'une voix étranglée. Il est affreux !

J'ai battu en retraite en espérant que Clarisse ne m'avait pas vu. Je suis resté aux aguets au cas où elle me tomberait dessus à bras raccourcis et m'engueulerait, mais elle a continué de parler à Chris d'une voix triste, s'efforçant de le convaincre de boire du nectar. Peut-être croyait-elle que Chris avait eu une hallucination, mais... « fils de Poséidon » ? Chris m'avait regardé, pourtant d'où me venait cette impression que ce n'était pas du tout de moi qu'il parlait ?

Et la tendresse de Clarisse... je n'aurais jamais imaginé qu'elle puisse éprouver des sentiments pour quelqu'un, mais la façon dont elle prononçait le nom de Chris en disait long. Elle l'avait connu avant qu'il change de camp. Elle l'avait connu bien mieux que je ne l'imaginais. Et maintenant, il tremblait au fond d'une cave obscure, il avait peur de sortir à la lumière du jour et il divaguait en répétant le nom d'une certaine Mary. Pas étonnant que Clarisse ne veuille pas mettre les pieds dans le Labyrinthe. Qu'était-il arrivé à Chris là-bas ?

J'ai entendu un grincement qui venait d'en haut – comme si la trappe du grenier s'ouvrait – et j'ai couru vers la porte principale. Il fallait que je sorte de cette maison.

– Ma chère, a dit Chiron, tu as réussi.

Annabeth s'est avancée dans l'arène. Elle s'est assise sur un banc de pierre et a baissé les yeux vers le sol.

– Alors ? a demandé Quintus.

C'est à moi que s'est adressé le premier regard d'Annabeth. Je ne suis pas arrivé à comprendre si elle tentait de me mettre en garde, ou si son expression exprimait de la peur. Ensuite elle s'est tournée vers Quintus.

– J'ai reçu la prophétie. Je mènerai la quête pour retrouver l'atelier de Dédale.

Personne n'a applaudi. Je veux dire, on aimait tous Annabeth et on voulait qu'elle ait une quête, mais celle-ci semblait anormalement dangereuse. Après avoir vu dans quel état végétait Chris Rodriguez, je ne pouvais même pas envisager qu'Annabeth retourne dans cet étrange Labyrinthe.

Chiron a gratté le sol de terre du bout d'un sabot.

– Que disait la prophétie au juste, ma chère ? La formulation est importante.

Annabeth a inspiré à fond.

– Je... euh, eh bien elle disait : *Tu t'enfonceras dans la nuit du Labyrinthe sans fin...*

On a attendu.

– *Réveilleras le mort, le traître, le disparu enfin.*

– Le disparu ! s'est écrié Grover avec enthousiasme. Ce doit être Pan ! C'est génial !

– Avec le mort et le traître, ai-je ajouté. Pas si génial que ça.

– Et ? a demandé Chiron. Quelle est la suite ?

– *La main du roi-fantôme causera ta gloire ou ta chute. De l'enfant d'Athéna ce sera la dernière lutte.*

Les pensionnaires ont échangé des regards inquiets. Annabeth était la fille d'Athéna, et cette « dernière lutte » ne présageait rien de bon.

– Hé, ne sautons pas aux conclusions, a dit Silena. Annabeth n'est pas le seul enfant d'Athéna, d'accord ?

– Mais qui est ce roi-fantôme ? a demandé Beckendorf.

Personne n'a répondu. J'ai repensé au message-Iris dans lequel j'avais vu Nico appeler les esprits. J'avais la désagréable intuition que la prophétie y était liée.

– Y a-t-il d'autres vers ? a demandé Chiron. La prophétie me semble incomplète.

Annabeth a hésité.

– Je ne me souviens pas exactement, a-t-elle répondu.

Chiron a haussé un sourcil. Annabeth était connue pour sa mémoire d'éléphant. Elle n'oubliait jamais des paroles qu'elle avait entendues.

Elle a gigoté sur le banc.

– Quelque chose du genre... *Le dernier souffle d'un héros en scellera le sort.*

– Et puis ?

Annabeth s'est levée.

– Ce qu'il y a, Chiron, c'est qu'il faut que j'y aille. Je trouverai l'atelier et je barrerai la route à Luke. Et... j'ai besoin d'aide. (Elle s'est alors tournée vers moi.) Est-ce que tu veux venir ?

Je n'ai pas hésité une seconde.

– Je suis de la partie.

Elle a souri pour la première fois depuis des jours, et rien que pour ce sourire, ça valait la peine d'avoir dit oui.

– Et toi, Grover, tu viens aussi ? Le dieu de la Nature attend.

Grover avait visiblement oublié à quel point il détestait les lieux souterrains. Le vers sur « le disparu » l'avait galvanisé.

– Oui, et j'emporterai plein de boîtes en fer-blanc à grignoter !

– Et Tyson, a poursuivi Annabeth. J'aurai besoin de toi aussi.

– Super ! On va casser des méchants !

Tyson a tapé des mains si fort que Kitty O'Leary, qui somnolait dans un coin, s'est réveillée.

– Attends, Annabeth, est intervenu Chiron. C'est contre les lois anciennes. Un héros n'a droit qu'à deux compagnons.

– J'ai besoin d'eux tous, a insisté Annabeth. C'est important, Chiron.

J'ignorais d'où elle tirait cette certitude, mais j'étais content qu'elle ait inclus Tyson. Je ne me voyais pas partir sans lui. C'était un gabarit XXXL, il était super-fort et très doué pour tout ce qui était mécanique. Et à la différence des satyres, les Cyclopes ne craignent pas les souterrains.

– Annabeth, a dit Chiron en agitant nerveusement la queue. Réfléchis bien. Tu enfreindrais les lois anciennes, et cela porte toujours à conséquence. L'hiver dernier, cinq héros sont partis mener une quête pour sauver Artémis. Trois seulement sont revenus. Penses-y. Trois est un chiffre sacré. Il y a trois Parques, trois Furies, trois fils olympiens de Cronos. C'est un bon chiffre, un chiffre solide, qui résiste à de nombreux dangers. Quatre... c'est risqué.

Annabeth a inspiré à fond.

– Je le sais. Mais il le faut. S'il te plaît.

Je voyais bien que cette idée ne plaisait pas à Chiron. Quant à Quintus, il nous observait comme s'il essayait de deviner lesquels d'entre nous reviendraient vivants.

Chiron a soupiré.

– Très bien. Ajournons la séance. Les membres de cette quête doivent se préparer. Demain à l'aube, nous vous enverrons dans le Labyrinthe.

Quintus m'a pris à part alors que le conseil se dispersait.

– J'ai un mauvais pressentiment, m'a-t-il dit.

Kitty O'Leary s'est approchée en agitant joyeusement la queue. Elle a lâché son bouclier à mes pieds et je l'ai lancé au loin. Quintus l'a regardée s'élancer en folâtrant dans sa direction. Je me suis souvenu de ce que Genièvre m'avait dit sur la présence du maître d'épée aux abords de l'entrée du Labyrinthe. Je ne lui faisais pas confiance, mais lorsqu'il m'a regardé, j'ai lu une inquiétude sincère dans ses yeux.

– Ça ne me plaît pas que vous descendiez dans ce Labyrinthe, a-t-il dit. Aucun de vous. Mais si vous devez y aller, je veux que tu te rappelles bien une chose : la fonction du Labyrinthe est de tromper. Il détournera sans cesse votre attention. C'est dangereux pour les sang-mêlé. Nous nous laissons facilement distraire.

– Tu y es allé ?

– Il y a longtemps, m'a-t-il répondu d'une voix âpre. J'en suis sorti vivant de justesse. Ceux qui y pénètrent n'ont pas tous cette chance.

Il m'a serré l'épaule.

– Percy, concentre-toi sur l'essentiel. Si tu arrives à garder ce mental, tu pourrais bien trouver le chemin. Et tiens, je voulais te donner quelque chose.

Il m'a tendu un petit tube argenté. Ce dernier était si froid que j'ai failli le lâcher.

– C'est un sifflet ? ai-je demandé.

– Un sifflet de dressage. Pour appeler Kitty.

– Euh, merci, mais...

– Marchera-t-il dans le Labyrinthe ? Je n'en suis pas cent pour cent sûr. Mais Kitty O'Leary est une chienne des Enfers. Elle peut apparaître quand on l'appelle, quelle que soit la distance où elle se trouve. Je serais plus rassuré si tu avais ce sifflet. Si tu as vraiment besoin d'aide, sers-t'en, mais fais attention : il est en glace stygienne.

– En glace quoi ?

– Du Styx. Très difficile à sculpter. Très fragile. Elle ne peut pas fondre, mais le sifflet se cassera quand tu souffleras dedans, tu ne peux donc y recourir qu'une seule fois.

J'ai pensé à Luke, mon vieil ennemi. Alors que j'allais partir pour mener ma première quête, Luke m'avait fait un cadeau, lui aussi : des chaussures magiques, conçues pour me porter à la mort. Quintus avait l'air si gentil. Inquiet pour moi. Et Kitty

O'Leary l'adorait, ce qui était un atout indéniable. Elle a jeté le bouclier baveux à mes pieds et poussé un aboiement d'excitation.

J'ai eu honte de me méfier ainsi de Quintus. Mais je dois dire pour ma défense que, autrefois, j'avais fait confiance à Luke.

– Merci, ai-je dit au maître d'épée.

J'ai glissé le sifflet glacial dans ma poche en me jurant de ne jamais m'en servir, puis j'ai couru trouver Annabeth.

J'avais beau appartenir à la colonie depuis des années, je n'étais jamais entré dans le bungalow d'Athéna.

C'était un bâtiment argenté, sobre, avec de simples rideaux blancs aux fenêtres et une chouette en pierre sculptée au-dessus de la porte. J'ai eu l'impression que les yeux d'onyx de la chouette me suivaient quand je me suis approché.

– Y a quelqu'un ? ai-je lancé depuis le seuil.

Personne n'a répondu. Je me suis avancé et je suis resté scotché. C'était un véritable atelier pour grosses têtes, là-dedans. Les lits superposés étaient poussés contre un mur, comme si dormir était accessoire. Presque tout l'espace était occupé par des établis, des tables et des panoplies d'outils et d'armes. Au fond de la pièce se dressait une immense bibliothèque bourrée de manuscrits, de livres reliés de cuir et de volumes de poche. Il y avait une table d'architecte avec un tas de règles et de rapporteurs, plus quelques maquettes de bâtiments. D'immenses cartes de guerre anciennes étaient fixées au plafond. Des armures aux plastrons de bronze, pendues sous la fenêtre, brillaient au soleil.

Annabeth, debout au fond de la pièce, parcourait de vieux manuscrits.

– Toc-toc, ai-je fait.

Elle s'est retournée en sursautant.

– Oh... salut. Je t'avais pas entendu.

– Ça va ?

Elle a regardé le manuscrit qu'elle avait entre les mains et froncé les sourcils.

– J'essaie juste de faire quelques recherches. Le Labyrinthe de Dédale est tellement étendu. Les histoires se contredisent toutes. Quant aux cartes, elles mènent de nulle part à nulle part.

J'ai repensé à ce qu'avait dit Quintus, que le Labyrinthe essayait de détourner l'attention de ceux qui le parcourent. Je me suis demandé si Annabeth le savait déjà.

– On s'y retrouvera, ai-je promis.

Ses cheveux s'étaient détachés et tombaient en rideau blond sur son visage. Ses yeux gris avaient viré à l'anthracite.

– Je veux diriger une quête depuis que j'ai sept ans, a-t-elle dit.

– Tu vas assurer comme une bête.

Elle m'a adressé un regard reconnaissant, mais ensuite elle a baissé les yeux sur tous les livres et les manuscrits qu'elle avait retirés des étagères.

– Je suis inquiète, Percy. Je n'aurais peut-être pas dû te demander de m'accompagner. Ni à Tyson et Grover.

– Hé, on est amis. On n'aurait pas voulu manquer ça.

– Mais...

Annabeth s'est tue.

– Qu'est-ce qu'il y a ? lui ai-je demandé. C'est à cause de la prophétie ?

– Je suis sûre que ça va aller, a-t-elle répondu d'une petite voix.

– C'était quoi, le dernier vers ?

Alors, Annabeth a fait une chose qui m'a stupéfié. Elle a chassé ses larmes d'un battement de paupières et m'a tendu les bras. Je me suis avancé et je l'ai serrée dans les miens. Ça m'a fait *chabada bada* au creux du ventre.

– Hé, t'inquiète... ça va aller, ai-je murmuré en lui tapotant le dos.

J'avais conscience de chaque détail de la pièce. J'étais sûr que j'aurais pu lire les plus petits caractères de n'importe quel livre de la bibliothèque. Les cheveux d'Annabeth sentaient le citron. Elle tremblait.

– Chiron a peut-être raison, a-t-elle marmonné. J'enfreins les règles. Mais je ne sais pas quoi faire d'autre. J'ai besoin de vous trois. Ça me paraît juste.

– Alors t'en fais pas, suis-je parvenu à articuler. On a déjà eu plein de problèmes avant, et on les a toujours réglés.

– Là c'est différent. Je ne veux pas qu'il vous arrive quoi que ce soit... à aucun de vous trois.

Derrière moi, quelqu'un s'est raclé la gorge.

C'était un des demi-frères d'Annabeth, Malcolm. Il était rouge tomate.

– Euh, excusez-moi, a-t-il dit. Le tir à l'arc commence, Annabeth. Chiron m'a demandé de venir te chercher.

Je me suis écarté d'Annabeth.

– On consultait juste quelques cartes, ai-je dit bêtement.

– D'accord, a fait Malcolm en me regardant droit dans les yeux.

– Dis à Chiron que j'arrive tout de suite, a répondu Annabeth, et Malcolm s'est empressé de sortir du bungalow.

Annabeth s'est frotté les yeux.

– Vas-y, Percy. Il faut que je me prépare pour l'entraînement.

J'ai hoché la tête, plus troublé que je ne l'avais jamais été de ma vie. Je voulais m'en aller en courant... et en même temps je voulais rester.

– Annabeth ? Pour ta prophétie. Ce vers qui dit : *Le dernier souffle d'un héros en scellera le sort...*

– Tu te demandes quel héros ? Je ne sais pas.

– Non, autre chose. Je me disais que, en général, le dernier vers rime avec le précédent. Est-ce que c'était quelque chose sur... est-ce qu'il se terminait par le mot « mort » ?

Annabeth a baissé les yeux sur ses manuscrits.

– Tu devrais y aller, Percy. Prépare-toi pour la quête. On se retrouve demain matin.

Je l'ai laissée là, à regarder des cartes qui menaient de nulle part à nulle part, mais je ne pouvais pas me débarrasser du pressentiment que l'un de nous ne sortirait pas vivant de cette quête.

5 Nico régale les morts

Au moins, j'ai pu faire le plein de sommeil avant la quête, vous allez me dire ?

Faux.

Cette nuit-là, mes rêves m'ont emmené dans la cabine d'apparat du *Princesse Andromède*. Les fenêtres étaient ouvertes sur la mer, éclairée par la lune. Un vent froid fouettait les rideaux de velours.

Luke était accroupi sur un tapis persan devant le sarcophage en or de Cronos. Au clair de lune, ses cheveux blonds paraissaient blanc neige. Il portait un *chiton*, la tunique de la Grèce antique, et une sorte de cape blanche, l'*himation*, drapée sur les épaules. Ses vêtements immaculés lui donnaient l'air intemporel, presque irréel, des dieux mineurs de l'Olympe. La dernière fois que je l'avais vu, il gisait inconscient, les os brisés, après une méchante chute du haut du mont Tam. Là, il paraissait en pleine forme. En trop bonne forme, presque.

– Nos espions signalent d'importants progrès, seigneur, a-t-il dit. La Colonie des Sang-Mêlé lance une quête, comme tu l'avais prédit. Notre part du marché est presque accomplie.

Parfait.

La voix de Cronos ne résonnait pas à mes oreilles, mais directement dans mon esprit, qu'elle transperçait comme un poignard. Elle était d'une cruauté glaciale.

Quand nous aurons trouvé le moyen de nous repérer, je mènerai l'expédition moi-même.

Luke a fermé les yeux pour rassembler ses pensées.

– C'est peut-être trop tôt, seigneur, a-t-il dit. Peut-être que Krios ou Hypérion devrait mener...

Non. (La voix était calme mais d'une fermeté absolue.) *C'est moi qui mènerai. Un cœur de plus se joindra à notre cause, et cela suffira. Je quitterai pleinement le Tartare, enfin.*

– Mais le corps, seigneur... a commencé Luke d'une voix qui tremblait.

Montre-moi ton épée, Luke Castellan.

Une décharge m'a traversé. Je me suis rendu compte que je n'avais jamais entendu le nom de famille de Luke. Je ne m'étais même pas demandé comment il s'appelait.

Luke a dégainé son épée. La double lame de Perfide – moitié acier, moité bronze céleste – a lui d'un éclat cruel. Cette épée avait failli me tuer à plusieurs reprises. C'était une arme maléfique, qui pouvait occire aussi bien les mortels que les monstres. C'était la seule épée que je redoutais véritablement.

Tu t'es donné à moi par serment, a rappelé Cronos à Luke. *Tu as accepté cette épée comme preuve de ton engagement.*

– Oui, seigneur, c'est juste que...

Tu voulais le pouvoir. Je te l'ai accordé. Nul ne peut te nuire, aujourd'hui. Bientôt, tu régneras sur le monde des dieux et des mortels. Ne désires-tu pas te venger ? Voir l'Olympe détruite ?

Un frisson a secoué la silhouette de Luke.

– Si.

Le cercueil s'est mis à briller, emplissant la pièce d'une lumière dorée.

Alors prépare tes troupes. Aussitôt ce marché conclu, nous irons de l'avant. Un, réduire la Colonie des Sang-Mêlé en cendres. Et deux, une fois ces enquiquineurs éliminés, nous attaquerons l'Olympe.

À ce moment-là, on a frappé à la porte de la cabine. La lumière du cercueil s'est éteinte. Luke s'est relevé. Il a rengainé son épée, rajusté les pans de ses habits blancs et respiré à fond.

– Entrez.

La porte s'est ouverte. Deux *drakainas* – des femmes-serpents dotées d'un double corps de serpent en guise de jambes – sont entrées en ondulant. Kelli, la pom-pom girl *empousa* de ma journée d'orientation au collège, se trouvait entre elles deux.

– Bonjour, Luke, a dit Kelli en souriant.

C'était une bombe, dans sa robe rouge, mais je connaissais son véritable aspect. J'avais vu ce qu'elle cachait : deux jambes dépareillées, des crocs, des yeux et des cheveux rouge vif.

– Qu'est-ce que tu veux, la démone ? a dit Luke d'une voix froide. Je t'ai dit de ne pas me déranger.

Kelli a fait une petite moue boudeuse.

– C'est pas gentil de me parler comme ça ! Tu m'as l'air tendu. Tu ne veux pas que je te fasse un bon petit massage des épaules ?

Luke a reculé d'un pas.

– Si tu as quelque chose à signaler, je t'écoute. Autrement, va-t'en !

– Je ne comprends pas pourquoi tu es tellement ronchon, ces temps-ci. Tu étais de si bonne compagnie, avant !

– C'était avant que je voie ce que tu as fait à ce garçon à Seattle.

– Mais il ne comptait pas pour moi, a dit Kelli. Juste un amuse-gueule, rien de plus. Tu sais que je n'aime que toi, Luke.

– Merci, mais je ne suis pas intéressé. Maintenant présente ton rapport ou sors.

Kelli a haussé les épaules.

– Très bien. L'avant-garde est prête, comme tu l'as demandé. Nous pourrons partir...

Elle s'est interrompue, fronçant les sourcils.

– Qu'est-ce qu'il y a ? lui a demandé Luke.

– Une présence. Tes sens s'émoussent, Luke. Il y a quelqu'un qui nous observe.

La démone a balayé la cabine du regard. Ses yeux se sont arrêtés à ma hauteur, et son visage s'est alors ratatiné comme celui d'une vieille sorcière. Elle a retroussé les lèvres sur ses crocs et bondi vers moi.

Je me suis réveillé en sursaut, le cœur battant à se rompre. J'aurais juré que les crocs de l'*empousa* étaient à deux doigts de ma gorge.

Tyson ronflait dans l'autre lit, et l'entendre m'a un peu apaisé.

J'ignorais comment Kelli pouvait percevoir ma présence dans un rêve, mais j'en avais entendu plus que je ne le souhaitais. Une armée était levée. Cronos en prendrait le commandement en personne. Il ne leur manquait plus qu'un moyen de se repérer dans le Labyrinthe, et ils envahiraient la Colonie des Sang-Mêlé et la détruiraient. Visiblement, Luke pensait que ça se ferait très prochainement.

J'étais tenté d'aller réveiller Annabeth pour tout lui raconter, même si on était au beau milieu de la nuit. Je me suis alors rendu compte qu'il faisait anormalement clair dans le bungalow. Une lueur vert bleuté montait de la fontaine d'eau de mer, plus vive et plus insistante que la veille. L'eau fredonnait presque.

Je suis sorti de mon lit pour aller voir.

Cette fois-ci, aucune voix ne s'est élevée pour me demander de l'argent. J'ai eu l'intuition que la fontaine attendait que je fasse le premier pas.

J'aurais sans doute dû retourner me coucher. Mais j'ai repensé aux images troublantes que j'avais vues la nuit précédente : Nico sur les berges du Styx.

– Tu essaies de m'indiquer quelque chose, ai-je dit à la fontaine.

Pas de réponse.

– Bien. Montre-moi Nico Di Angelo.

Je n'ai même pas lancé de pièce de monnaie, mais ça n'avait pas d'importance, cette fois-ci. J'avais le sentiment qu'une force autre qu'Iris, la déesse des Messages, avait pris le contrôle de l'eau. La surface de la vasque a scintillé. Nico est apparu, mais il n'était plus aux Enfers. Il était dans un cimetière, sous le ciel étoilé. D'immenses saules se dressaient tout autour de lui.

Il surveillait le travail d'un groupe de fossoyeurs. J'ai entendu des coups de bêche et vu des pelletées de terre jaillir d'un trou. Il faisait chaud et humide, et des grenouilles coassaient. Nico avait un grand sac en plastique à ses pieds.

– C'est pas assez profond, là ? a-t-il demandé d'une voix irritée.

– Presque, seigneur. (La créature qui lui répondait était le fantôme que j'avais vu avec Nico la fois d'avant, cette même silhouette lumineuse et évanescente.) Mais je t'assure, seigneur, ça ne sert à rien, ce que tu fais là. Je suis là pour te conseiller.

– Je veux l'avis de quelqu'un d'autre !

Nico a claqué des doigts et les fossoyeurs ont cessé de creuser. Deux formes ont émergé du trou. Ce n'étaient pas des gens. C'étaient des squelettes vêtus de haillons.

– Vous pouvez disposer, a dit Nico. Je vous remercie.

Les squelettes se sont effondrés, réduits à deux tas d'os.

– Autant remercier les bêches, a bougonné le fantôme. Elles ont au moins autant de bon sens.

Nico l'a ignoré. Il a plongé la main dans son sac et en a sorti un pack de douze boîtes de Coca. Il en a ouvert une, mais au lieu de la boire, il l'a vidée dans la tombe.

– Que les morts retrouvent le goût, a-t-il murmuré. Qu'ils se lèvent et acceptent cette offrande. Qu'ils retrouvent le souvenir.

Sur ces mots, il a jeté les autres boîtes dans la tombe et sorti un sac en papier blanc, avec des dessins dessus. Je n'en avais pas vu depuis des années, mais je l'ai reconnu : c'était un « Happy Meal » de chez McDonald's.

Nico a versé son contenu, des frites et un hamburger, dans la tombe.

– De mon temps, a bougonné le fantôme, on utilisait du sang d'animal et ça faisait parfaitement l'affaire. Ils ne voient pas la différence.

– Je veux les traiter avec respect, a rétorqué Nico.

– Donne-moi le cadeau, au moins, a plaidé le fantôme.

– Tais-toi ! a ordonné Nico.

Il a vidé un autre pack de Coca et trois Happy Meals de plus dans la tombe, puis s'est mis à psalmodier en grec ancien. Je n'ai saisi que quelques mots. En gros, il était question des morts, des souvenirs et des retours d'outre-tombe. Rien que des trucs sympas.

L'intérieur de la fosse s'est mis à bouillonner. Une mousse brune est montée à la surface comme si le trou se remplissait entièrement de soda. Le brouillard s'est épaissi. Les grenouilles se sont tues. Des dizaines de silhouettes ont surgi peu à peu entre les pierres tombales : des formes bleutées, vaguement humaines. Nico avait invoqué les morts avec du Coca et des cheeseburgers.

– Ils sont trop nombreux, a dit le fantôme d'un ton inquiet. Tu ne mesures pas tes propres pouvoirs.

– Je maîtrise la situation, a affirmé Nico, mais sa voix était chancelante.

Il a dégainé son épée – une lame courte, en métal dense et noir. Je n'en avais jamais vu de pareille. Ce n'était ni du bronze céleste, ni de l'acier. Du fer, peut-être ? Les ombres ont reculé à sa vue.

– Un par un, a ordonné Nico.

Une silhouette s'est détachée du groupe et s'est avancée en flottant. Elle s'est agenouillée devant la fosse pleine de soda et s'est mise à boire bruyamment. Avec ses mains spectracles, elle piochait des frites. Quand elle s'est relevée, j'ai pu la voir bien plus distinctement : c'était un ado en armure grecque. Il avait les cheveux bouclés et les yeux verts ; un fermoir en forme de coquillage retenait la cape drapée sur ses épaules.

– Qui es-tu ? a demandé Nico. Parle.

Le jeune a froncé les sourcils comme s'il devait faire un effort pour s'en souvenir. Puis il a pris la parole, d'une voix de papier froissé :

– Je suis Thésée.

Impossible, ai-je pensé. Pas le célèbre Thésée. C'était un ado ! Toute mon enfance, j'avais entendu raconter les aventures de Thésée et le Minotaure, tout ça, et j'avais toujours imaginé un type costaud et baraqué. Le fantôme que j'avais sous les yeux n'était ni fort, ni grand. Et il n'avait pas l'air plus âgé que moi.

– Comment puis-je faire revenir ma sœur ? a demandé Nico.

Les yeux de Thésée étaient ternes et sans vie, comme deux morceaux de verre.

– N'essaie pas, a-t-il dit. C'est de la folie.

– Réponds-moi, c'est tout !

– Mon beau-père est mort, a raconté Thésée. Il s'est jeté à la mer parce qu'il croyait que j'avais péri dans le Labyrinthe. J'ai voulu le ramener à la vie, mais je n'ai pas pu.

Le fantôme a glissé à Nico dans un murmure rauque :

– L'échange d'âmes, seigneur ! Interroge-le là-dessus !

Le visage de Thésée s'est crispé.

– Je connais cette voix, a-t-il dit.

– Mais non, idiot ! s'est écrié le fantôme. Contente-toi de répondre aux questions du seigneur !

– Je te connais, a insisté Thésée, qui semblait faire de gros efforts pour se souvenir.

– Je veux que tu me parles de ma sœur, a repris Nico. Cette quête dans le Labyrinthe m'aidera-t-elle à la retrouver ?

Thésée cherchait le fantôme du regard, mais ne parvenait pas à le voir. Lentement, il a ramené les yeux sur Nico.

– Le Labyrinthe est traître. Une seule chose m'a permis d'en sortir vivant, c'était l'amour d'une mortelle. Le fil n'était qu'un élément de la réponse. C'est la princesse qui m'a guidé.

– On n'a pas besoin de tout ça, a dit le fantôme. Je vous guiderai, seigneur. Demande-lui si c'est vrai, l'échange d'âmes. Il te le dira.

– Une âme pour une âme, a demandé Nico. Est-ce vrai ?

– Je... je dois dire que oui. Mais le spectre...

– Contente-toi de répondre, valet ! a lancé le fantôme.

Soudain, tout autour de la fosse, les autres morts se sont agités. Des murmures inquiets ont parcouru leurs rangs.

– Je veux voir ma sœur ! a insisté Nico. Où est-elle ?

– Il vient, a dit Thésée d'une voix craintive. Il a perçu ton appel. Il s'en vient.

– Qui ? a demandé Nico.

– Il vient trouver la source de ce pouvoir. Tu dois nous libérer !

L'eau de ma fontaine s'est agitée, vibrante de pouvoir. Je me suis rendu compte que le bungalow entier tremblait. Le grondement s'est intensifié. L'image de Nico est devenue de plus en plus vive, jusqu'à m'éblouir douloureusement.

– Arrêtez ! Arrêtez ! ai-je dit tout haut.

La fontaine s'est fissurée. Tyson a grogné dans son sommeil et s'est retourné. Une lumière violette projettait maintenant d'horribles ombres spectrales sur les murs du bungalow, comme si les morts tentaient de s'enfuir par la fontaine.

À court de ressources, j'ai dégainé Turbulence et pourfendu la vasque. L'eau de mer a giclé dans toute la pièce, tandis que les deux moitiés en pierre éclataient en mille morceaux par terre. Tyson ronflait et grognait de plus belle, mais il continuait de dormir.

Je me suis affaissé au sol en tremblant, sous le choc de ce que j'avais vu. C'est là que Tyson m'a trouvé au petit matin, les yeux encore rivés sur les débris de la fontaine.

Juste après l'aurore, le groupe chargé de la quête s'est retrouvé au Poing de Zeus. J'avais préparé mon sac à dos : un Thermos plein de nectar, un petit sac d'ambroisie, un tapis de couchage, de la corde, des vêtements, des torches électriques et plein de piles. Je portais le bracelet-montre/bouclier magique que Tyson avait fabriqué pour moi.

C'était une belle matinée. Le brouillard s'était dissipé, le ciel était bleu et sans nuages. Les autres pensionnaires allaient suivre leurs cours, aujourd'hui ; ils monteraient à dos de pégase, s'entraîneraient au tir à l'arc, escaladeraient le mur de lave. Et nous, pendant ce temps, on s'enfoncerait dans les entrailles de la Terre.

Genièvre et Grover se tenaient à l'écart du groupe. Genièvre avait pleuré de nouveau mais elle faisait de son mieux pour se maîtriser, maintenant, par égard pour Grover. Et elle n'arrêtait pas de lui arranger ses vêtements, rajustant sa casquette de rasta, enlevant un poil de chèvre qui traînait sur sa chemise. Comme nous n'avions aucune idée de ce qui nous attendait, il s'était habillé en humain, avec sa casquette pour couvrir ses cornes, un jean et de faux pieds pour cacher ses pattes de chèvre.

Chiron, Quintus et Kitty O'Leary se trouvaient parmi les pensionnaires qui étaient venus nous souhaiter bonne chance, mais il y avait trop d'activité autour de nous pour que cela ressemble à de joyeux « au revoir ». Deux tentes avaient été dressées près des rochers comme postes de garde. Beckendorf et ses frères et sœurs dressaient une ligne de défense hérissée de piques et bordée de fossés. Chiron avait décidé que nous devions surveiller l'entrée du Labyrinthe en permanence, au cas où.

Annabeth vérifiait une dernière fois son équipement. Quand nous l'avons rejointe, Tyson et moi, elle m'a regardé en fronçant les sourcils.

– Percy, tu as une mine épouvantable.

– Il a tué la fontaine la nuit dernière, lui a confié Tyson.

– Quoi ?

Avant que je puisse lui expliquer, Chiron s'est approché de notre petit groupe.

– Eh bien, vous avez l'air prêts à partir !

Malgré ses efforts pour parler avec entrain, j'ai senti qu'il était inquiet. Je ne voulais pas renforcer ses craintes, mais j'ai repensé à mon rêve de la nuit passée et, sans me laisser le temps de changer d'avis, j'ai dit :

– Euh, Chiron, je peux te demander de me rendre un service, pendant mon absence ?

– Bien sûr, mon garçon.

– Je reviens tout de suite, les gars.

D'un mouvement du menton, j'ai désigné les bois. Chiron a haussé un sourcil, mais il m'a suivi.

– La nuit dernière, lui ai-je confié une fois assez loin pour que mes camarades ne m'entendent pas, j'ai rêvé de Luke et de Cronos.

Je lui ai raconté ce que j'avais vu dans tous les détails. La nouvelle a paru l'accabler.

– C'est ce que je redoutais, a dit Chiron. Dans un combat mené par mon père, Cronos, nous n'aurions aucune chance.

Il était rare que Chiron appelle Cronos son « père ». Bien sûr, nous savions qu'il l'était. Dans le monde grec, il y avait des liens de parenté entre tout le monde, dieux, monstres ou Titans. Mais ce n'était pas à proprement parler quelque chose dont Chiron se vantait. « À propos, mon père est le seigneur des Titans maléfique et omnipotent, et il veut détruire la civilisation occidentale. Quand je serai grand, je veux être comme lui ! »

– Tu sais ce qu'il voulait dire en parlant de marché ? lui ai-je demandé.

– Je n'en suis pas sûr, mais j'ai peur qu'ils veuillent passer un accord avec Dédale. Si le vieil inventeur est toujours en vie, si des millénaires à errer dans le Labyrinthe ne l'ont pas rendu complètement fou... Cronos est capable de gagner qui il veut à sa cause.

– Pas qui il veut, ai-je promis.

Chiron a souri avec effort.

– Non, peut-être pas qui il veut. Mais prends garde, Percy. Depuis quelque temps, je me demande si Cronos n'aurait pas une autre raison de chercher Dédale que de lui soutirer un moyen de se repérer dans le Labyrinthe, et cela m'inquiète.

– Qu'est-ce qu'il pourrait vouloir d'autre de Dédale ?

– On en a parlé avec Annabeth. Tu te rappelles ce que tu m'as dit sur ta première visite du *Princesse Andromède*, la première fois que tu as vu le cercueil en or ?

J'ai hoché la tête.

– Luke parlait de ramener Cronos, il disait que des petits morceaux du Titan apparaissaient dans le sarcophage chaque fois qu'une nouvelle recrue adhérait à sa cause.

– Et qu'allaient-ils faire, d'après Luke, une fois Cronos entièrement reconstitué ?

Un frisson glacé m'a parcouru l'échine.

– Il a dit, ai-je répondu, qu'ils lui fabriqueraient un nouveau corps, digne des forges d'Héphaïstos.

– Exact, a confirmé Chiron. Dédale est le plus grand inventeur de tous les temps. Il a créé le Labyrinthe, mais ça ne s'arrête pas là. Il a aussi à son actif des automates, des machines pensantes... Et si Cronos voulait que Dédale lui fabrique une nouvelle enveloppe ?

Quelle perspective réjouissante...

– Il faut qu'on soit les premiers à trouver Dédale, ai-je dit. Et qu'on le dissuade de servir Cronos.

Le regard de Chiron s'est perdu dans les arbres.

– Il y a autre chose que je ne comprends pas... cette histoire d'une dernière âme qui se rallierait à leur cause. Cela ne présage rien de bon.

Je n'ai rien dit, mais je me suis senti coupable. J'avais décidé de ne pas révéler à Chiron que Nico était le fils d'Hadès. Mais cette histoire d'âmes... et si Cronos savait, pour Nico ? S'il parvenait à le rallier à sa cause ? Cela suffisait presque à me donner envie de dire la vérité à Chiron, mais je me suis abstenu. Je ne savais pas si Chiron y pouvait quelque chose, de toute façon. C'était à moi de retrouver Nico. À moi de lui expliquer la situation et de le convaincre.

– Je ne sais pas, ai-je fini par répondre. Mais, euh, Geniève m'a dit quelque chose qu'il faudrait peut-être que tu saches.

Et je lui ai raconté que la dryade avait vu Quintus traîner entre les rochers.

– Cela ne m'étonne pas, a dit Chiron en contractant les mâchoires.

– Ça ne... tu veux dire que tu étais au courant ?

– Percy, quand Quintus s'est présenté à la colonie pour offrir ses services... j'aurais été un imbécile si je n'avais conçu aucun doute à son égard.

– Alors pourquoi tu l'as pris ?

– Parce que quelquefois, quand tu te méfies de quelqu'un, il vaut mieux l'avoir sous la main pour pouvoir le surveiller. Il n'est pas exclu qu'il soit ce qu'il prétend : un sang-mêlé en mal d'un foyer. Ce qui est sûr, c'est qu'il n'a rien fait ouvertement pour me faire douter de sa loyauté. Mais crois-moi, je vais le tenir à l'œil...

Annabeth nous a rejoints ; elle devait se demander ce qu'on fabriquait.

– Tu es prêt, Percy ?

J'ai fait oui de la tête. Ma main a glissé dans ma poche, et j'ai senti entre mes doigts le sifflet de glace que Quintus m'avait offert. Tournant la tête, j'ai vu que le maître d'épée m'observait attentivement. Il m'a adressé un geste d'adieu.

« Nos espions signalent d'importants progrès », avait dit Luke. Le jour même où on avait décidé de lancer une mission, Luke en avait été informé.

– Soyez prudents, nous a dit Chiron. Et bonne chasse.

– Toi aussi, ai-je répondu.

Annabeth et moi sommes retournés devant les rochers, où nous attendaient Grover et Tyson. J'ai regardé la fente entre les pierres, l'entrée qui allait nous engloutir.

– Bon, a fait Grover d'une voix tendue, ben au revoir le soleil.

– Bonjour les cailloux, a embrayé Tyson.

Et tous les quatre, nous sommes descendus dans le noir.

6   Nous rencontrons le dieu aux deux visages

Au bout d'une trentaine de mètres, on était déjà irrémédiablement perdus.

Le tunnel ne ressemblait en rien à celui dans lequel on était tombés, Annabeth et moi. Il était maintenant tubulaire comme un boyau d'égout, en brique rouge et jalonné tous les trois mètres de hublots fermés par des barreaux. J'ai braqué une torche sur un des hublots, par curiosité, mais je n'ai rien pu voir. Il donnait sur une obscurité sans fond. J'ai cru entendre des voix lointaines de l'autre côté de la grille, à moins que ce fût juste le vent froid.

Annabeth faisait de son mieux pour nous guider. Son idée était qu'on devait suivre le mur de gauche.

– Si on garde une main sur le mur de gauche et qu'on le suit, a-t-elle dit, on devrait pouvoir retrouver la sortie en faisant pareil en sens inverse.

L'ennui, c'est qu'à peine avait-elle formulé ce plan, que le mur de gauche a disparu. On s'est retrouvés au beau milieu d'un espace rond qui desservait huit tunnels, sans la moindre idée de comment on avait fini là.

– Euh, a demandé Grover d'une voix tendue, par où on est arrivés ?

– Retourne-toi, c'est tout, a répondu Annabeth.

Chacun de nous s'est retourné pour se retrouver face à un tunnel différent. C'était ridicule. On était tous incapables de dire quel chemin ramenait à la colonie.

– Les murs de gauche sont méchants, a dit Tyson. On va par où, maintenant ?

Annabeth a balayé l'entrée des huit tunnels avec le faisceau de sa torche. À mes yeux, ils étaient tous identiques.

– Par ici, a-t-elle dit.

– Comment tu le sais ? ai-je demandé.

– Par déduction.

– Tu devines, autrement dit.

– Viens, c'est tout.

Le tunnel qu'elle avait choisi n'a pas tardé à rétrécir. La brique des parois a cédé la place à du ciment gris, et la voûte était si basse qu'on a dû se courber. Tyson, lui, était obligé de ramper. Le bruit le plus fort du Labyrinthe était le souffle haché de Grover.

– Je craque, a-t-il murmuré. On arrive bientôt ?

– Ça fait à peine cinq minutes qu'on est entrés, lui a fait remarquer Annabeth.

– Ça fait plus ! a insisté Grover. Et qu'est-ce que Pan serait venu faire ici ? C'est tout l'inverse de la nature !

On a continué d'avancer en crapahutant. Juste quand je me disais que le boyau allait finir par nous écraser, à force de rétrécir, il a débouché sur une immense pièce. J'ai promené ma torche tout autour et laissé échapper un « Waouh ! ».

La caverne était entièrement tapissée de mosaïques. Les images étaient sales et ternies, mais les couleurs se distinguaient encore : rouge, bleu, vert, or. La frise montrait les dieux de l'Olympe à un banquet. Il y avait mon père, Poséidon, avec son trident, qui tendait des raisins à Dionysos pour qu'il les change en vin. Zeus faisait la fête avec des satyres, et Hermès traversait l'epace en volant avec ses sandales ailées. Les images étaient très belles, mais péchaient par inexactitude. J'avais vu les dieux. Dionysos n'était pas aussi beau, et Hermès avait un plus petit nez.

Au milieu de la pièce se dressait une fontaine à trois niveaux. À première vue, elle n'avait pas contenu d'eau depuis longtemps.

– Quel drôle d'endroit, ai-je murmuré. Ça a un air...

– Romain, a dit Annabeth. Ces mosaïques datent d'environ deux mille ans.

– Mais comment peuvent-elles êtres romaines ?

Je n'étais pas très calé en histoire de l'Antiquité, mais j'étais quand même quasiment sûr que l'Empire romain ne s'était jamais étendu jusqu'à la côte Est des États-Unis.

– Le Labyrinthe est un patchwork, a expliqué Annabeth. Tu te rappelles, je t'ai dit qu'il s'agrandissait sans cesse, en se dotant de nouveaux éléments. C'est l'unique œuvre architecturale qui se développe d'elle-même.

– Tu en parles comme si c'était un organisme vivant.

Un grondement nous est parvenu d'un peu plus loin devant nous.

– On peut éviter l'hypothèse qu'il soit vivant, s'il vous plaît ? a gémi Grover.

– D'accord, a dit Annabeth. En avant.

– Par le tunnel aux vilains bruits ? a demandé Tyson – même lui paraissait nerveux.

– Ouais, a dit Annabeth. L'architecture est de plus en plus ancienne. C'est bon signe. L'atelier de Dédale doit se trouver dans la partie la plus ancienne.

Ça se tenait. Mais le Labyrinthe n'a pas tardé à se moquer de nous : à peine quinze mètres plus loin, le boyau était de nouveau en ciment, parcouru de tuyaux en laiton. Les parois étaient couvertes de graffitis, dont un tag fluo qui disait : MOZ RULZ.

– Ça ne m'a pas l'air très romain, ai-je commenté finement.

Annabeth a respiré à fond, puis elle a poursuivi d'un pas décidé.

Tous les un ou deux mètres, le tunnel tournait et bifurquait. Le sol, sous nos pieds, passait du ciment à la terre battue puis à la brique. Il n'y avait aucune logique à tout ça. À un moment donné, on a débouché dans une cave à vin – des bouteilles poussiéreuses alignées sur des lattes de bois – comme si on traversait le sous-sol d'une maison privée, sauf qu'il n'y avait pas de sortie au-dessus de nous, juste des tunnels et des tunnels à perte de vue.

Un peu plus loin le plafond était couvert de planches en bois et j'ai entendu des voix et des grincements de pas, comme si on passait sous un bar ou un lieu public quelconque. C'était rassurant d'entendre des gens ; cela dit, il nous était impossible de les rejoindre. On était coincés sous terre, sans aucune issue. Et puis on a trouvé le premier squelette.

Il était habillé tout en blanc, dans une tenue qui ressemblait à un uniforme. Il y avait une caisse en bois pleine de bouteilles de verre près de lui.

– Un laitier, a dit Annabeth.

– Quoi ? ai-je demandé.

– Ils livraient le lait.

– Ouais, je sais, mais... les laitiers, ça remonte au temps où ma mère était petite fille, il y a un million d'années. Qu'est-ce qu'il fait là ?

– Il y a des gens qui tombent dans le Labyrinthe par erreur, a expliqué Annabeth. D'autres qui ont voulu l'explorer et qui n'ont jamais pu ressortir. Il y a longtemps, les Crétois y envoyaient des hommes et des femmes délibérément, pour faire des sacrifices humains.

Grover a dégluti.

– Ça doit faire un bail qu'il est là, a-t-il dit en montrant les bouteilles couvertes de poussière blanche.

Les doigts du squelette agrippaient encore le mur de brique, comme s'il était mort en cherchant une issue.

– C'est que des os, a commenté Tyson. T'inquiète pas, biquet. Le laitier est mort.

– Ce n'est pas le laitier qui m'inquiète, a rétorqué Grover. C'est l'odeur de monstres. Tu ne la sens pas ?

Tyson a hoché la tête.

– Si. Beaucoup de monstres. Mais les souterrains ont toujours cette odeur. Des monstres et des laitiers morts.

– Tant mieux, a gémi Grover. J'avais peur de me tromper.

– Il faut qu'on s'enfonce davantage dans le Labyrinthe, a dit Annabeth. Il y a forcément un chemin qui mène au centre.

Elle nous a fait prendre sur la droite, puis sur la gauche, puis par un couloir tapissé d'acier inoxydable qui m'a fait penser à un puits d'aérage dans une mine, et on s'est retrouvés dans la grotte aux mosaïques romaines, avec la fontaine.

Mais cette fois-ci, on n'était pas les seuls.

La première chose que j'ai remarquée, c'étaient ses visages. Les deux. Ils se dressaient des deux côtés de son cou, surplombant chacun une épaule, ce qui lui faisait une tête bien plus large que la normale, un peu comme un requin-marteau. Si je regardais de face, je ne voyais que deux oreilles qui se touchaient et des favoris en miroir.

Il était habillé comme un portier d'immeuble résidentiel à New York : une longue redingote noire, des souliers brillants et un haut-de-forme noir qui, par miracle, tenait sur sa tête extra-large.

– Alors, Annabeth ? a lancé le visage de gauche. Dépêche-toi !
– Ne l'écoutez pas, a dit le visage de droite. Il est terriblement mal élevé. Par ici, mademoiselle.

Annabeth est restée bouche bée.

– Euh... je...

Tyson a froncé le sourcil.

– Ce monsieur rigolo a deux visages.
– Le monsieur rigolo a des oreilles, aussi ! a grondé le visage de gauche. Allez, petite demoiselle, on avance.
– Non, non, a repris le visage de droite. Par ici, mademoiselle. Adressez-vous à moi, s'il vous plaît.

L'homme aux deux visages regardait Annabeth du coin de ses yeux, avec autant d'intensité que l'angle le lui permettait. Et soudain j'ai compris ce qu'il demandait : il voulait qu'Annabeth fasse un choix. Derrière lui, il y avait deux issues barrées par des portes en bois présentant d'énormes serrures en fer. À notre premier passage, elles n'étaient pas là. Le portier aux deux visages tenait une clé d'argent qu'il passait sans cesse d'une main à l'autre. Je me suis demandé si nous étions dans une tout autre pièce, cependant la frise avec les dieux était exactement la même.

Derrière nous, l'ouverture par laquelle on était entrés avait disparu, remplacée par de nouvelles mosaïques. Nous ne pouvions pas revenir sur nos pas.

– Les sorties sont fermées, a dit Annabeth.

– Sans blague ! a dit le visage de gauche.

– Sur quoi donnent-elles ? a demandé Annabeth.

– L'une d'elles va sans doute dans la direction qui t'intéresse, a dit le visage de droite d'un ton encourageant. L'autre mène à une mort certaine.

– Je... je sais qui tu es, a dit Annabeth.

– Petite futée ! a ricané le visage de gauche. Mais sais-tu quelle direction prendre ? J'vais pas y passer la journée.

– Pourquoi essaies-tu de me jeter dans la perplexité ?

Le visage de droite a souri.

– C'est toi qui commandes, maintenant, ma chérie. C'est à toi qu'incombent toutes les décisions. C'est ce que tu voulais, non ?

– Je...

– On te connaît, Annabeth, a dit le visage de gauche. On sait quel est ton combat quotidien. On connaît ton indécision. Tu vas devoir choisir tôt ou tard. Et ton choix pourra causer ta mort.

Je ne savais pas de quoi ils parlaient, mais j'ai eu l'impression qu'il y avait plus en jeu qu'un simple choix entre deux portes.

Annabeth a blêmi.

– Non... je ne...

– Laissez-la tranquille, suis-je alors intervenu. Et qui êtes-vous, d'abord ?

– Je suis ton meilleur ami, a dit le visage de droite.

– Je suis ton pire ennemi, a dit le visage de gauche.

– Je suis Janus, ont dit les deux visages à l'unisson. Dieu des Portes, des Débuts, des Fins, des Choix.

– Je te verrai bien assez tôt, Persée Jackson, a dit le visage de droite. Mais pour le moment, c'est le tour d'Annabeth. (Il a gloussé.) Qu'est-ce qu'on s'amuse !

– La ferme ! a dit le visage de gauche. C'est sérieux. Un mauvais choix peut détruire ta vie. Causer ta mort et celle de tes amis. Mais tranquille, Annabeth. Choisis, c'est tout !

Avec un brusque frisson, je me suis rappelé les paroles de la prophétie : *De l'enfant d'Athéna ce sera la dernière lutte.*

– Ne le fais pas, ai-je dit.

– Elle est bien obligée, je le crains, a dit le visage de droite d'un ton guilleret.

Annabeth a passé la langue sur ses lèvres.

– Je... je choisis...

Alors qu'elle allait pointer une porte du doigt, une vive lumière a envahi la grotte.

Janus a porté les mains des deux côtés de sa tête pour se couvrir les yeux. Quand la lumière s'est éteinte, une femme se tenait devant la fontaine.

Elle était grande et gracieuse, et ses longs cheveux brun chocolat étaient tressés avec des fils d'or. Elle portait une robe blanche toute simple, mais le tissu s'irisait de mille couleurs au moindre de ses mouvements, comme de l'huile sur l'eau.

– Janus, a-t-elle dit. On joue encore les trublions ?

– Pas du... du... tout, gente dame, a bafouillé le visage de droite de Janus.

– Et comment ! s'est exclamé le visage de gauche.

– La ferme ! s'est écrié le visage de droite.

– Pardon ? a dit la femme.

– Pas vous, gente dame. Je me parlais à moi-même.

– Je vois. Tu sais très bien que ta visite est prématurée. L'heure de cette jeune fille n'est pas encore venue. Alors je te donne le choix : ou tu me laisses ces héros, ou je te transforme en porte et je te casse.

– Quel genre de porte ? a demandé le visage de gauche.

– La ferme ! a dit le visage de droite.

– Parce que c'est joli, une porte vitrée, a repris le visage de gauche. Ça laisse bien passer la lumière.

– Mais tu vas la fermer ? a tonné le visage de droite. Pas vous, gente dame ! Je vais m'en aller, bien sûr. Je m'amusais juste un peu. Je faisais mon boulot. Je proposais des choix.

– Tu faisais naître l'indécision, a corrigé la femme. Et maintenant, ouste !

– Rabat-joie, a bougonné le visage de gauche – puis Janus a levé sa clé d'argent ; il l'a fait tourner dans l'air et s'est volatilisé.

La femme s'est tournée vers nous et j'ai senti la peur me serrer le cœur. Ses yeux irradiaient la puissance. « Tu me laisses ces héros. » Ça ne me disait rien qui vaille. Un bref instant, j'ai presque regretté qu'on n'ait pas tenté notre chance avec Janus. Mais la femme a souri et nous a dit :

– Vous devez avoir faim. Asseyez-vous et causons un peu.

Elle a agité la main et la vieille fontaine romaine s'est mise à couler. Des jets d'eau cristalline ont fusé dans l'air. Une table en marbre est apparue, chargée d'assiettes de sandwichs et de carafes de citron pressé.

– Qui... qui êtes-vous ? ai-je demandé.

– Je suis Héra, a répondu la femme en souriant. La reine des cieux.

J'avais vu Héra une fois, à un conseil des dieux, mais je ne lui avais pas accordé beaucoup d'attention. Ce jour-là, j'étais entouré d'une bande d'autres dieux qui débattaient pour décider s'ils allaient me tuer ou non.

Dans mon souvenir, elle n'avait pas une allure aussi normale. Bien sûr, les dieux font en général six mètres de haut, quand ils sont à l'Olympe, ce qui leur donne un aspect beaucoup moins normal. Mais là, Héra avait carrément l'air d'une mère de famille.

Elle nous a distribué des sandwichs et servi des verres de citron pressé.

– Grover, essuie-toi avec ta serviette, mon grand, ne la mange pas.

– Oui, m'dame, a répondu docilement Grover.

– Tyson, tu dépéris. Reprends donc un sandwich au beurre de cacahouètes.

– Merci, gentille dame, a dit Tyson en réprimant un rot.

– Reine Héra, je n'en crois pas mes yeux. Qu'est-ce qui vous amène dans le Labyrinthe ? a demandé Annabeth.

Héra a souri. Elle a donné une chiquenaude dans l'air et les cheveux d'Annabeth se sont coiffés d'eux-mêmes. La poussière et la saleté se sont effacées de son visage.

– Je suis venue te voir, bien sûr, a répondu la déesse.

Grover et moi avons échangé un regard inquiet. En général, lorsqu'un dieu vient te trouver, ce n'est pas par bonté d'âme. C'est parce qu'il veut quelque chose.

Ce qui ne m'a pas empêché de dévorer mon sandwich poulet-gruyère et mes chips, en les arrosant de bonnes rasades de citron pressé. Je ne m'en étais pas rendu compte, mais je crevais de faim. Tyson gobait les sandwichs de beurre de cacahouètes l'un après l'autre et Grover, qui se régalait de citron pressé, grignotait les bords de son gobelet de polystyrène comme si c'était le biscuit d'un cône de glace.

– Je ne croyais pas que... (La voix d'Annabeth a flanché.) Enfin, je croyais que vous n'aimiez pas les héros.

Héra l'a gratifiée d'un sourire indulgent.

– À cause de cette petite prise de bec avec Héraclès ? Vraiment, tout ce tapage qu'on a fait pour une simple dispute !

– Mais, a demandé Annabeth, vous avez tenté de le tuer à plusieurs reprises, non ?

– Tout ça, c'est de l'histoire ancienne, ma chérie, a rétorqué Héra avec un geste dédaigneux. En plus, c'était un enfant que mon tendre époux avait eu d'une autre femme. J'étais à bout de patience, je le reconnais. Mais depuis, Zeus et moi avons vu un conseiller conjugal et ça nous a beaucoup aidés. Nous avons pu exprimer nos sentiments et trouver un terrain d'entente – surtout après le dernier incident.

– Vous voulez dire quand il a engendré Thalia ? ai-je laissé échapper, pour le regretter aussitôt : j'avais deviné juste, mais à peine avais-je prononcé le nom de notre amie sang-mêlé, fille de Zeus, qu'Héra a posé sur moi un regard glacial.

– Percy Jackson, c'est ça ? Un des... enfants de Poséidon. (J'ai eu l'impression qu'elle avait failli dire un autre mot, à la place d'« enfant ».) Si je me souviens bien, au solstice d'hiver, j'ai voté pour qu'on te laisse en vie. J'espère que j'ai bien voté.

Elle s'est retournée vers Annabeth avec un sourire radieux.

– En tout cas, je ne te veux aucun mal, jeune fille. Je mesure toute la difficulté de ta quête. Surtout avec des semeurs de trouble comme Janus.

Annabeth a baissé les yeux.

– Qu'est-ce qu'il faisait là ? Il me rendait dingue.

– C'était bien son intention, a convenu Héra. Tu dois comprendre que les dieux mineurs comme Janus ont toujours été frustrés de jouer un petit rôle dans l'univers. Certains d'entre eux, malheureusement, ne portent pas l'Olympe dans leur cœur et pourraient facilement basculer du côté de mon père.

– Votre père ? ai-je dit. Ah oui ?

J'avais oublié que Cronos était aussi le père d'Héra, comme il était celui de Zeus, de Poséidon et de tous les aînés des Olympiens. Ce qui en faisait sans doute mon grand-père, mais cette pensée était si bizarre que je l'ai chassée de mon esprit aussitôt.

– Nous devons surveiller les dieux mineurs, a poursuivi Héra. Janus. Hécate. Morphée. Ils se réclament de l'Olympe pour la forme, pourtant...

– C'est pour ça que Dionysos est parti, me suis-je souvenu. Pour aller voir où en étaient les dieux mineurs.

– Effectivement. (Héra a regardé les mosaïques défraîchies.) Vous comprenez, dans les périodes difficiles, même les dieux peuvent perdre la foi. Ils placent alors leur confiance là où ils ne devraient pas, ils ne pensent qu'à leur petit intérêt. Ils ne voient plus le tableau d'ensemble et deviennent égoïstes. Mais je suis la déesse du Mariage. Je sais ce que signifie la persévérance. Il faut dépasser les querelles et le chaos et garder la foi. Ne jamais perdre de vue son objectif.

– Et quel est votre objectif ? a demandé Annabeth.

Héra a souri.

– Préserver l'unité de ma famille, les Olympiens, bien sûr. Pour le moment, le meilleur moyen que j'ai d'y parvenir est de vous aider. Zeus ne m'autorise pas à intervenir beaucoup, malheureusement. Mais environ une fois par siècle, pour une quête qui compte beaucoup à mes yeux, il me permet d'accorder un vœu.

– Un vœu ?

– Avant que tu me soumettes ton vœu, je vais te donner quelques conseils, ce que je peux faire librement. Je sais que tu cherches Dédale. Son Labyrinthe est tout aussi mystérieux pour moi que pour toi. Mais si tu veux savoir ce qu'il est devenu, tu devrais rendre visite à mon fils Héphaïstos dans sa forge. Dédale était un grand inventeur, le genre de mortels qu'affectionne mon fils. Héphaïstos l'admirait comme il n'a jamais admiré aucun mortel. Si quelqu'un a suivi le parcours de Dédale et peut te dire quel sort a été le sien, c'est Héphaïstos.

– Mais comment on y va ? a demandé Annabeth. Voilà mon vœu. Je veux savoir comment me repérer dans le Labyrinthe.

La déception s'est peinte sur le visage d'Héra.

– Soit, a-t-elle répondu. Cependant, tu me demandes une chose qui t'a déjà été accordée.

– Je ne comprends pas.

– Le moyen est déjà à ta portée. (La déesse m'a regardé.) Percy connaît la réponse.

– Ah bon ?

– Mais ce n'est pas juste ! a protesté Annabeth. Vous ne nous dites pas ce que c'est !

Héra a secoué la tête.

– Obtenir quelque chose et avoir l'intelligence nécessaire pour s'en servir... ce sont deux choses différentes. Je suis sûre que ta mère Athéna serait d'accord avec moi.

Un grondement de tonnerre lointain a fait vibrer les parois de la grotte. Héra s'est levée.

– C'est le signal que je dois partir. Zeus s'impatiente. Réfléchis à ce que je t'ai dit, Annabeth. Va voir Héphaïstos. Tu devras traverser le ranch, je suppose. Persévère quand même. Et sers-toi de tous les moyens à ta disposition, y compris ceux qui te semblent banals.

Elle a pointé le doigt vers les deux portes, qui ont alors disparu en révélant deux couloirs semblables, également plongés dans le noir.

– Une dernière chose, Annabeth. J'ai reculé le jour de ton choix. Je ne l'ai pas annulé. Bientôt, comme l'a dit Janus, tu devras prendre une décision. Adieu !

Sur ces mots, elle a agité la main et s'est transformée en fumée blanche. La nourriture s'est volatilisée aussi, et Tyson, qui portait un sandwich à la bouche, a mordu dans de la brume. La fontaine a cessé de couler. Les mosaïques ont perdu leur éclat et sont redevenues sales et défraîchies. La grotte n'avait plus rien d'un endroit agréable pour pique-niquer.

Annabeth a tapé du pied.

– Tu parles d'une aide ! « Bonjour, prends un sandwich. Fais un vœu. Oh, désolée, je peux pas t'aider ! » Pouf !

– Pouf ! a renchéri Tyson d'une voix triste en regardant son assiette vide.

– Bon, a fait Grover. Elle a dit que Percy connaissait la réponse. C'est un début.

Tous les regards se sont tournés vers moi.

– Mais c'est faux, ai-je protesté. Je ne comprends pas ce qu'elle voulait dire.

Annabeth a soupiré.

– OK. Eh bien on va continuer d'avancer, c'est tout.

– Par où ?

Je voulais demander à Annabeth à quoi Héra avait fait allusion, quelle était cette histoire de choix auquel elle serait confrontée. Mais à ce moment-là, Tyson et Grover se sont crispés tous les deux. Ils se sont levés en même temps, comme s'ils avaient répété leur numéro.

– À gauche, ont-ils dit d'une seule voix.

Annabeth a froncé les sourcils.

– Comment pouvez-vous en être aussi sûrs ?

– Il y a quelque chose qui arrive de la droite, a répondu Grover.

– Quelque chose de gros, a confirmé Tyson. Qui arrive vite.

– Va pour la gauche, alors, ai-je dit.

Et tous les quatre, on s'est engouffrés dans le couloir obscur.

7 Tyson joue les rois de l'évasion

La bonne nouvelle, c'était que le tunnel de gauche était droit, sans tournants, coudes, ni bifurcations. La mauvaise nouvelle, c'était qu'il finissait en impasse. Après avoir couru une centaine de mètres, on est tombés sur un énorme rocher qui nous barrait complètement le chemin. Derrière nous résonnaient de lourds bruits de pas, ponctués d'une respiration chuintante. Une créature – certainement pas humaine – nous pourchassait.

– Tyson, ai-je dit. Tu pourrais...

– Ouaip !

Et il a donné un coup d'épaule si fort contre le rocher que le tunnel entier en a été secoué. Des filets de poussière sont tombés sur nos têtes.

– Dépêche-toi ! s'est écrié Grover. Ne défonce pas la voûte, mais dépêche-toi !

Le rocher a cédé avec un horrible grincement. Tyson l'a poussé devant lui, à l'intérieur d'une petite pièce, et on a tous plongé à sa suite.

– Bouchons l'entrée ! a dit Annabeth.

À nous quatre, on a poussé le rocher. La mystérieuse créature qui nous poursuivait a laissé échapper un gémissement d'impuissance quand la pierre a repris sa place et scellé le tunnel.

– On l'a pris au piège, ai-je dit.
– À moins que ce soit nous, les prisonniers, a rétorqué Grover.

Je me suis retourné. On était dans une pièce en ciment de quatre mètres carrés, fermée par des barreaux de métal. Nous avions foncé tête baissée dans une cellule.

– Par Hadès !

Annabeth a tiré sur les barreaux. En vain ; ils n'ont pas bougé d'un pouce. De l'autre côté, des rangées de cellules étaient disposées en cercle autour d'une cour sombre – il y avait au moins trois étages de portes et de passerelles métalliques.

– Une prison, ai-je dit. Peut-être que Tyson pourrait casser...
– Chut ! a dit Grover. Écoutez.

Quelque part au-dessus de nous, des sanglots résonnaient dans le bâtiment. Il y avait un autre son, aussi : une voix râpeuse, qui marmonnait des paroles incompréhensibles. Les mots semblaient s'entrechoquer comme des cailloux dans un shaker.

– C'est quoi, comme langue ? ai-je chuchoté.

L'œil de Tyson s'est écarquillé.

– Impossible.
– Quoi donc ?

Sans répondre, il a agrippé deux des barreaux de notre cellule et les a écartés, suffisamment pour laisser passer même un Cyclope.

– Attends ! lui a dit Grover.

Tyson n'était pas disposé à attendre. On a dû le suivre en courant. La prison était sombre, faiblement éclairée par quelques néons qui clignotaient au plafond.

– Je connais cet endroit, m'a glissé Annabeth à l'oreille. C'est Alcatraz.

– Tu veux parler de l'île au large de San Francisco ?

Elle m'a fait oui de la tête.

– J'y suis allée en excursion avec ma classe. C'est un musée, maintenant.

Je ne voyais pas comment on avait pu ressortir du Labyrinthe sur la côte Ouest, mais Annabeth avait passé toute l'année à San Francisco pour surveiller ce qui se passait sur le mont Tamalpais, de l'autre côté de la baie de San Francisco. Elle devait savoir de quoi elle parlait.

– Stop, tout le monde, a lancé Grover.

Tyson a continué d'avancer. Grover l'a attrapé par le bras et l'a tiré en arrière de toutes ses forces.

– Arrête-toi, Tyson ! a-t-il chuchoté. Tu ne vois pas ?

J'ai regardé dans la direction qu'il montrait du doigt, et mon estomac s'est soulevé. Sur le balcon du premier étage, de l'autre côté de la cour, se tenait le monstre le plus horrible que j'aie jamais vu de ma vie.

C'était une espèce de centaure, avec un corps de femme à partir de la taille. Mais à la place des pattes et de l'arrière-train d'un cheval, la créature avait un corps de dragon – d'au moins six mètres de long, couvert d'écailles noires, terminé par une queue hérissée de piquants, sans oublier les énormes serres. Ses jambes semblaient couvertes de plantes grimpantes, mais je me suis rendu compte que ces vrilles grouillantes étaient en fait des serpents, des centaines de vipères qui projetaient la tête dans tous les sens, constamment à l'affût d'une proie à mordre. La chevelure de la femme se composait elle aussi de serpents, comme celle de Méduse. Mais le plus étrange, c'était sa taille, là où se faisait la jonction entre la moitié femme et la moitié dragon : la peau produisait des bulles et se transformait sans cesse, fabriquant par moments des têtes d'animaux – un loup féroce, un ours, un lion – comme si elle portait une ceinture de créatures en perpétuel changement. J'ai eu l'impression de regarder un être à demi constitué, un monstre si ancien qu'il devait remonter au début des temps, avant que les formes aient été définitivement établies.

– C'est elle, a gémi Tyson.

– À terre ! a dit Grover.

On s'est tapis dans un coin sombre, mais le monstre ne s'intéressait pas à nous. Il parlait, semblait-il, à quelqu'un qui occupait une cellule du premier étage. C'était de là que venaient les sanglots. La femme-dragon a parlé dans son étrange langue rocailleuse.

– Qu'est-ce qu'elle dit ? ai-je grommelé. C'est quoi comme langue ?

– La langue des anciens temps. (Tyson a frissonné.) Celle dans laquelle notre mère la Terre s'adressait aux Titans et... à ses autres enfants. Avant les dieux.

– Tu la comprends ? ai-je demandé. Tu peux traduire ?

Tyson a fermé les yeux et s'est mis à parler d'une voix féminine, horrible et râpeuse :

– « Tu travailleras pour le maître ou tu souffriras. »

– Ça me donne la chair de poule quand il fait ça, a murmuré Annabeth.

Comme tous les Cyclopes, Tyson avait une ouïe surhumaine et une capacité étonnante à imiter les voix. Quand il empruntait la voix de quelqu'un d'autre, il entrait presque en transe.

– « Je ne le servirai pas », a dit Tyson d'une voix grave et offusquée.

Il est repassé à la voix du monstre :

– « Alors je me délecterai de tes souffrances, Briarée. »

En prononçant ce nom, Tyson a flanché. Je l'avais toujours vu rester parfaitement imperturbable quand il faisait une imitation, mais là, il a laissé échapper un petit cri étranglé. Puis il a repris, avec la voix du monstre :

– « Si tu croyais que ta première captivité était insupportable, c'est que tu n'as pas encore vécu de véritables tourments. Penses-y en attendant que je revienne. »

La femme-dragon s'est traînée lourdement vers l'escalier, les vipères sifflant autour de ses pattes comme des jupes d'herbe. Elle a déployé des ailes que je n'avais pas remarquées jusque-là – d'immenses ailes de chauve-souris jusqu'alors repliées sur son dos de dragon. Puis elle a sauté de la passerelle et pris son envol. On s'est aplatis encore davantage au sol. Un souffle d'air brûlant et chargé de soufre m'a rasé le visage quand la femme-dragon a traversé la cour à tire-d'aile, avant de disparaître.

– Ho-ho-horrible, a bafouillé Grover. Je n'avais jamais senti de monstre aussi fort.

– C'est Campé, a murmuré Tyson. Le cauchemar des Cyclopes.

– Qui ça ? ai-je demandé.

Tyson a dégluti.

– Tous les Cyclopes savent qu'elle existe, a-t-il expliqué. Quand on est petits, on a très peur des histoires sur elle. C'était notre geôlière pendant les mauvaises années.

– Je m'en souviens, maintenant, a dit Annabeth en hochant la tête. Quand les Titans détenaient le pouvoir, ils ont enfermé les premiers enfants de Gaia et Ouranos – les Cyclopes et les Hécatonchires.

– Les Héca-quoi ? ai-je demandé.

– Les Êtres-aux-Cent-Mains. On les appelait comme ça parce que... ben parce qu'ils avaient cent mains. C'étaient les frères aînés des Cyclopes.

– Très puissants ! a dit Tyson. Formidables ! Grands comme le ciel. Et si forts qu'ils pouvaient casser des montagnes !

– Sympa, ai-je commenté. Sauf pour les montagnes, évidemment.

– Campé était la geôlière, a-t-il ajouté. Elle travaillait pour Cronos. Elle avait enfermé nos frères au Tartare et les torturait tout le temps, jusqu'au moment où Zeus est arrivé. Il a tué Campé et libéré les Cyclopes et les Êtres-aux-Cent-Mains pour les recruter dans la grande guerre contre les Titans.

– Et maintenant, Campé est de retour, ai-je dit.

– Ça craint, a résumé Tyson.

– Et qui est dans la cellule ? lui ai-je demandé. Tu as dit un nom...

– Briarée ! a répondu Tyson avec enthousiasme. C'est un Être-aux-Cent-Mains. Ils sont grands comme le ciel et...

– Ouais, ils cassent les montagnes.

J'ai regardé les cellules alignées au-dessus de nous en me demandant comment une créature grande comme le ciel pouvait tenir dans une geôle minuscule, et pourquoi elle pleurait.

– Je crois qu'on devrait aller voir, a dit Annabeth. Avant que Campé revienne.

Plus près de la cellule, les pleurs étaient très forts. Quand j'ai vu le prisonnier, au début, j'ai eu du mal à comprendre ce que j'avais sous les yeux. Il avait une taille humaine et la peau très pâle, d'un blanc laiteux. Il portait un pagne qui ressemblait à une grande couche-culotte. Ses pieds, qui m'ont paru trop grands pour son corps, avaient huit orteils chacun, terminés par des ongles sales et fendillés. Mais la partie vraiment bizarre, c'était le haut de son corps. Janus, par comparaison, était normal. La poitrine et le dos du captif étaient entourés de rangées de bras, si nombreux que je n'arrivais pas à les compter. C'étaient des bras normaux, mais il y en avait tant et ils étaient tellement entremêlés que son torse avait l'air d'une platée de spaghettis. Il sanglotait, le visage enfoui dans plusieurs mains.

– Soit le ciel est plus bas qu'avant, ai-je murmuré, soit c'est lui qui est petit.

Tyson a ignoré ma remarque et s'est agenouillé.

– Briarée ! a-t-il appelé.

Les pleurs se sont interrompus.

– Grand Être-aux-Cent-Mains ! Aide-nous !

Briarée a levé la tête. Il avait un long visage triste, le nez de travers et les dents abîmées. Ses yeux étaient marron foncé ; complètement marron, sans blanc ni pupilles noires, des yeux qu'on aurait dits modelés dans de la terre.

– Fuis tant que tu le peux encore, Cyclope, a dit Briarée d'une voix pitoyable. Je n'arrive même pas à m'aider moi-même.

– Tu es un Être-aux-Cent-Mains ! a insisté Tyson. Tu peux tout faire !

Briarée s'est essuyé le nez du revers de cinq ou six mains à la fois. Plusieurs autres mains tripotaient des petits bouts de bois et de métal provenant d'un lit cassé, et ça m'a fait penser à Tyson, qui jouait toujours avec des pièces détachées. C'était fascinant à regarder : les mains semblaient animées d'une volonté propre. Quelques-unes ont construit un bateau miniature, puis l'ont démonté tout aussi vite. D'autres grattaient le sol en ciment, sans raison apparente. D'autres jouaient à pierre, feuille, ciseaux. Et quelques autres encore faisaient des marionnettes d'ombre contre le mur, des canards et des petits chiens.

– Je ne peux pas, a gémi Briarée. Campé est revenue. Les Titans vont renaître et nous précipiter de nouveau dans le Tartare.

– Montre ton courage ! a dit Tyson.

Aussitôt, le visage de Briarée s'est transformé. À part ses yeux qui sont restés marron, tous ses traits ont changé. Il avait maintenant le nez retroussé, les sourcils en accent circonflexe et un drôle de sourire, comme s'il essayait de faire le vaillant. Mais en quelques secondes, son ancien visage est revenu.

– Peine perdue, a-t-il soupiré, mon visage peureux l'emporte toujours.

– Comment vous avez fait ? ai-je demandé.

Annabeth m'a donné un coup de coude dans les côtes.

– Percy, ne sois pas grossier. Les Êtres-aux-Cent-Mains ont cinquante visages différents.

– Ça doit pas être simple, pour faire des photos d'identité, ai-je plaisanté.

Tyson, quant à lui, était toujours extatique.

– Ça va aller, Briarée ! On va t'aider ! Tu peux me donner un autographe ?

Briarée a reniflé.

– Tu as cent stylos ?

– Dites, est alors intervenu Grover, il faut qu'on s'en aille. Campé va revenir. Tôt ou tard, elle va sentir notre présence.

– Cassez les barreaux, a dit Annabeth.

– Oui ! s'est écrié Tyson avec un sourire de fierté. Briarée peut le faire. Il est très fort, encore plus fort que les Cyclopes ! Regardez !

Briarée a gémi. Une douzaine de ses mains se sont mises à s'agiter, mais aucune n'a tenté de casser les barreaux.

– S'il est tellement fort, ai-je dit, pourquoi reste-t-il coincé dans cette prison ?

Annabeth m'a gratifié d'un nouveau coup de coude.

– Il est terrifié, m'a-t-elle glissé à l'oreille. Campé l'a enfermé dans le Tartare pendant plusieurs millénaires. Mets-toi à sa place !

L'Être-aux-Cent-Mains s'est à nouveau couvert le visage.

– Briarée, a demandé Tyson, qu'est-ce qui se passe ? Montre-nous ta force !

– Tyson, a dit Annabeth, je crois que tu devrais casser les barreaux.

Le sourire de Tyson s'est lentement effacé.

– Je vais casser les barreaux, a-t-il répété.

Il a empoigné la porte de la cellule et l'a arrachée de ses gonds comme si c'était de l'argile molle.

– Viens, Briarée, a dit Annabeth. On va te tirer d'ici.

Elle a tendu la main. L'espace d'une seconde, le visage de Briarée a représenté l'espoir. Plusieurs de ses bras se sont tendus, mais d'autres, deux fois plus nombreux, les ont repoussés.

– Je ne peux pas, a-t-il dit. Elle va me punir.

– Ça va aller, a promis Annabeth. Tu as affronté les Titans, autrefois, et tu l'as emporté, tu te souviens ?

– Je me souviens de la guerre. (Le visage de Briarée s'est métamorphosé de nouveau : front plissé, moue aux lèvres. Ce devait être son visage songeur.) La foudre a secoué le monde. On a lancé beaucoup de pierres. Les Titans et les monstres ont failli gagner. À présent, ils reprennent des forces. C'est Campé qui l'a dit.

– Ne l'écoute pas et viens avec nous ! ai-je dit.

Il n'a pas bougé. Je savais que Grover avait raison ; nous n'avions pas beaucoup de temps avant le retour de Campé. Mais on ne pouvait pas laisser Briarée ici. Tyson pleurerait des semaines entières.

– Une partie de pierre, feuille, ciseaux, ai-je proposé sur un coup de tête. Si je gagne, tu viens avec nous. Si je perds, on te laisse en prison.

Annabeth m'a regardé comme si j'étais devenu fou.

Briarée a pris son air sceptique.

– Je gagne toujours à pierre, feuille, ciseaux.

– Ben qu'est-ce que tu risques, alors !

J'ai tapé trois fois mon poing dans ma paume.

Briarée en a fait autant avec ses cents mains – on aurait cru entendre une armée avancer de trois pas. Il a formé une avalanche de cailloux, assez de ciseaux pour équiper une classe entière et de feuilles de papier pour fabriquer un escadron de fusées.

– Je t'avais prévenu, a-t-il dit d'un ton triste. Je gagne toujours... (Son visage s'est mué en masque de perplexité.) Qu'est-ce que tu as fait comme figure ?

– Un pistolet, ai-je répondu en lui montrant le pistolet que j'avais formé en pliant les doigts. (C'était un tour que Paul Blofis m'avait joué un jour, mais ça, je n'allais pas le lui dire.) Le pistolet l'emporte sur tout le reste.

– C'est pas du jeu !

– Je ne t'ai jamais dit que je jouerais franc-jeu. Tu crois que Campé la jouera franc-jeu, si on s'attarde ? Elle t'accusera d'avoir arraché les barreaux. Allez, viens !

Briarée a plissé le nez.

– Les demi-dieux sont des tricheurs, a-t-il dit.

Mais il s'est levé lentement et il est sorti de la cellule avec nous.

J'ai senti l'espoir renaître. Il ne nous restait plus qu'à redescendre et trouver l'entrée du Labyrinthe. À ce moment-là, Tyson s'est figé sur place.

Juste en dessous de nous, au rez-de-chaussée, Campé grondait en montrant les crocs.

– Changement de direction, ai-je dit.

On s'est précipités le long de la passerelle, et cette fois-ci Briarée ne s'est pas fait prier pour nous suivre. Il courait même en tête, d'ailleurs, en agitant désespérément ses cent bras.

J'ai entendu, derrière nous, les ailes géantes de Campé se déployer. Elle prenait son envol en fulminant dans sa langue ancienne, et je n'avais pas besoin de traduction pour savoir qu'elle avait l'intention de nous tuer.

On a dévalé l'escalier, longé un couloir, dépassé une guérite de gardien – et débouché sur un autre ensemble de cellules.

– À gauche, a dit Annabeth. Je me souviens de cette aile de la prison.

Quelques enjambées plus tard, on a déboulé dans une cour entourée de miradors et de barbelés. La lumière du jour m'a presque aveuglé, après tant d'heures sous la terre. De nombreux touristes flânaient et prenaient des photos. Un vent frais venait de la baie. Côté sud, la ville de San Francisco brillait au soleil, étincelante de blancheur, mais côté nord, au-dessus du mont Tamalpais, de gros nuages d'orage tourbillonnaient. Le ciel entier ressemblait à une toupie noire qui pivotait sur le sommet de la montagne où Atlas était prisonnier, et où se reconstruisait la forteresse des Titans du mont Othrys. J'avais du mal à croire que les touristes ne voyaient pas la tempête surnaturelle qui couvait, mais le fait est qu'ils ne donnaient aucun signe d'inquiétude.

– Ça s'est encore aggravé, a dit Annabeth en regardant vers le nord. Il y a eu de terribles tempêtes tout cet hiver, mais là...

– Ne vous arrêtez pas, a gémi Briarée. Elle est juste derrière nous !

On a couru à l'autre bout de la cour, le plus loin possible des cellules.

– Campé est trop grande pour passer par ces portes, ai-je dit avec optimisme.

C'est à ce moment que le mur a explosé.

Les touristes se sont mis à hurler, tandis que Campé surgissait des gravats, ailes déployées sur toute la largeur de la cour.

Elle brandissait deux épées – de longs cimeterres de bronze qui luisaient d'un éclat verdâtre en dégageant des volutes de vapeur bouillonnante ; leur odeur âcre traversait la cour et nous piquait les narines.

– Du poison ! a hoqueté Grover. Surtout, pas de contact avec ces épées, sinon...

– On meurt ? ai-je deviné.

– Enfin... après avoir été lentement réduits en poussière, si tu veux.

– D'accord, pas de contact avec les épées.

– Briarée, bats-toi ! s'est écrié Tyson d'une voix pressante. Prends ta taille de géant !

Mais Briarée, au contraire, semblait redoubler d'efforts pour se faire plus petit. Il affichait son visage « complètement terrorisé ».

Campé s'est ruée vers nous sur ses jambes de dragon, nimbée de centaines de vipères qui se tordaient autour de son corps.

J'ai envisagé une seconde de dégainer Turbulence et d'affronter Campé, mais le cœur m'a manqué. Et Annabeth a dit tout haut ce que je pensais tout bas : « Sauvons-nous ! »

Il n'y avait pas débat, impossible de combattre cette créature. On a traversé la cour de prison en courant et franchi le portail, le monstre sur nos talons. Les mortels s'éparpillaient en hurlant. Des sirènes ont retenti.

On est arrivés sur la jetée au moment où un bateau de touristes déchargeait ses passagers. Le nouveau groupe de visiteurs s'est figé sur place en nous voyant foncer vers eux, suivis d'une troupe de gens effrayés, suivis de... je ne sais pas ce qu'ils voyaient à travers la Brume, mais ça ne devait pas être rassurant.

– Le bateau ? a suggéré Grover.

– Trop lent, a dit Tyson. On retourne au Labyrinthe. C'est notre seule chance.

– Il nous faut une diversion, a dit Annabeth.

Tyson a arraché un lampadaire et dit :

– Je vais distraire Campé. Filez.

– Je vais t'aider, ai-je rétorqué.

– Non. Vas-y. Le poison blesse les Cyclopes. Il fait très mal. Mais il nous tue pas.

– Tu es sûr ?

– Vas-y, grand frère. Je vous retrouve à l'intérieur.

Ce plan ne me plaisait pas du tout. J'avais déjà failli perdre Tyson, une fois, et je ne voulais plus jamais courir ce risque. Mais ce n'était pas le moment de discuter et je n'avais pas de meilleure idée. Annabeth, Grover et moi, on a pris chacun Briarée par une main et on l'a traîné vers les boutiques de souvenirs et les cafés, tandis que Tyson, poussant un mugissement, abaissait le lampadaire et se ruait vers Campé tel un chevalier qui s'engage dans une joute.

La femme-dragon avait les yeux rivés sur Briarée, mais Tyson a eu tôt fait de capter son attention en lui plantant le poteau dans la poitrine et en la poussant contre le mur. Elle a hurlé, donné de furieux coups d'épée et réduit le lampadaire en charpie. Des mares de poison se formaient à ses pieds, grésillant sur le ciment. Tyson a fait un bond en arrière, attaqué par les cheveux de Campé et les vipères de ses pattes, qui dardaient la langue en tous sens. Un lion a surgi de l'étrange ceinture de têtes à demi ébauchées à la taille du monstre, et rugi.

Je courais avec les autres vers les cellules et la dernière

chose que j'ai vue, c'était Tyson attrapant un stand de glaces et le balançant à la tête de son adversaire. Des jets de crème glacée et de poison ont fusé dans tous les sens, et les cheveux de Campé se sont mouchetés de vanille-fraise. On est entrés dans la cour de la prison, pantelants.

– J'y arriverai jamais ! a gémi Briarée.

– Tyson risque sa vie pour t'aider ! ai-je crié. Tu vas y arriver !

Au moment où on atteignait le bloc de cellules, j'ai entendu un rugissement furieux. J'ai jeté un coup d'œil derrière moi et vu Tyson qui courait vers nous à toute vitesse, Campé à ses trousses. Elle était couverte de glace et de tee-shirts. Une des têtes d'ours à sa taille était affublée d'une paire de lunettes de soleil en plastique, qui pendait sur une oreille.

– Dépêchez-vous ! a crié Annabeth – comme si on avait besoin de se le faire dire.

On a enfin retrouvé la cellule par laquelle on était arrivés, mais le mur du fond était parfaitement lisse – aucune trace d'un rocher, ni d'une ouverture.

– Cherchez la marque ! a dit Annabeth.

– La voilà !

Grover a effleuré une minuscule éraflure, qui s'est transformée aussitôt en Δ. La marque de Dédale a brillé d'un éclat bleu et le mur s'est ouvert en grinçant.

Trop lentement. Tyson traversait les cellules en courant, talonné par les coups d'épée de Campé qui tranchaient les barreaux et les murs de pierre avec la même facilité.

J'ai poussé Briarée, puis Annabeth et Grover, à l'intérieur du Labyrinthe.

– Fonce, tu y es presque ! ai-je crié à Tyson.

Mais j'ai tout de suite vu qu'il n'y arriverait pas. Campé gagnait du terrain. Déjà, elle brandissait ses épées. Il fallait que je fasse diversion. J'ai asséné une tape sur mon bracelet-montre et il s'est déployé en spirale pour se transformer en bouclier de bronze. Dans une tentative désespérée, je l'ai jeté à la tête de Campé.

Et *VLAN* ! Elle a reçu le bouclier en pleine figure et titubé juste assez longtemps pour permettre à Tyson de plonger dans le Labyrinthe. Je lui ai emboîté le pas.

Le monstre a chargé, mais il était déjà trop tard. La porte de pierre s'était rabattue, et sa magie nous a enfermés. J'ai senti le tunnel entier vibrer sous les coups de Campé, qui tambourinait contre la paroi en rugissant furieusement. On ne s'est pas attardés pour la narguer en faisant *toc-toc* contre la pierre, cela étant. On s'est enfoncés à toutes jambes dans le noir et pour la première – et dernière – fois, je me suis senti soulagé d'être de retour dans le Labyrinthe.

8   On visite le ranch aux démons

On a fini par s'arrêter dans une pièce pleine de cascades. Le sol était en fait une grande fosse bordée d'une chaussée en pierres glissantes. Le long des quatre murs qui nous entouraient, d'énormes tuyaux crachaient de l'eau qui allait se déverser dans la fosse. J'ai braqué ma torche, mais ne suis pas arrivé à voir le fond.

Briarée s'est laissé glisser contre un mur. Il a pris de l'eau dans le creux d'une douzaine de ses mains et s'est lavé la figure.

– Cette fosse mène directement au Tartare, a-t-il murmuré. Je devrais m'y jeter et vous épargner davantage de peine.

– Ne parle pas comme ça, a répondu Annabeth. Tu pourrais revenir à la colonie avec nous. Tu nous aiderais à nous préparer. Mieux que personne, tu sais comment combattre les Titans.

– Je n'ai plus rien à offrir. J'ai tout perdu.

– Et tes frères ? a demandé Tyson. Les deux autres doivent encore se dresser comme des montagnes ! On pourrait t'emmener les retrouver.

Le visage de Briarée s'est mué en quelque chose d'encore plus triste : son visage de deuil.

– Ils ne sont plus, a-t-il dit. Ils se sont effacés.

Les cascades grondaient sourdement. Tyson a regardé la fosse et chassé les larmes de son œil.

– Qu'est-ce que tu entends au juste par : « Ils se sont effacés » ? ai-je demandé. Je croyais que les monstres étaient immortels, comme les dieux.

– Percy, m'a dit doucement Grover, même l'immortalité a ses limites. Parfois... parfois les monstres tombent dans l'oubli et perdent le désir de rester immortels.

En voyant l'expression de Grover, je me suis demandé s'il pensait à Pan. Je me suis rappelé une chose que nous avait dite Méduse : que ses sœurs, les deux autres gorgones, avaient trépassé en la laissant toute seule. Et puis l'année dernière, Apollon avait évoqué l'ancien dieu Hélios, disant qu'il avait disparu en lui abandonnant les tâches du dieu du Soleil. Je n'avais jamais beaucoup réfléchi à la question mais maintenant, en regardant Briarée, je me suis rendu compte que ça devait être terrible de vivre aussi vieux – des milliers et des milliers d'années – et totalement seul.

– Il faut que je parte, a dit Briarée.

– L'armée de Cronos va envahir la colonie, a dit Tyson. On a besoin d'aide.

Briarée a baissé la tête piteusement.

– Je ne peux pas vous aider, Cyclope.

– Tu es fort.

– Plus maintenant.

Briarée s'est levé.

– Hé ! (Je l'ai attrapé par un bras et l'ai mené à l'écart, dans un coin où le grondement de l'eau couvrirait nos paroles.)

Briarée, on a besoin de toi. Au cas où t'aurais pas remarqué, Tyson croit en toi. Il a risqué sa vie pour toi.

Je lui ai tout raconté : le plan de Luke pour envahir la colonie, l'entrée du Labyrinthe au Poing de Zeus, l'atelier de Dédale, le sarcophage en or de Cronos.

Briarée a secoué la tête.

– Je ne peux pas, demi-dieu, m'a-t-il répondu. Je ne peux pas m'inventer de pistolet pour gagner cette partie.

Pour me convaincre, il a dessiné cent pistolets avec les doigts de ses cent mains.

– C'est peut-être pour ça que les monstres s'effacent, ai-je dit. Si ça se trouve, ça n'a rien à voir avec ce que croient les mortels. C'est peut-être parce que vous abandonnez la partie.

Les yeux entièrement marron de Briarée se sont posés sur moi. Son visage a pris une expression que j'ai reconnue : la honte. Ensuite il a tourné les talons, s'est engagé dans le tunnel à pas pesants et s'est perdu parmi les ombres.

Tyson sanglotait.

Grover, rassemblant sans doute tout son courage, lui a tapoté timidement l'épaule.

– C'est pas grave.

Tyson a éternué.

– Si, c'est grave, biquet. C'était mon héros.

J'aurais voulu le réconforter, mais je ne savais pas quoi dire. Pour finir, Annabeth s'est levée et a ramassé son sac à dos.

– Venez, les garçons. Cette fosse ne m'inspire pas confiance, a-t-elle dit. On va chercher un meilleur endroit pour bivouaquer.

On s'est installés dans un couloir tapissé d'immenses blocs de marbre, avec des torchères de bronze aux murs. L'endroit ressemblait à un vestibule de tombe grecque et faisait certainement partie des éléments les plus anciens du Labyrinthe, ce qui, d'après Annabeth, était bon signe.

– On doit être près de l'atelier de Dédale, a-t-elle dit. Reposez-vous. On reprendra demain matin.

– Comment on saura que c'est le matin ? a demandé Grover.

– Repose-toi, a insisté Annabeth, et t'en fais pas pour ça.

Grover ne se l'est pas fait dire deux fois. Il a sorti quelques poignées de paille de son sac, en a mangé un peu et s'est fait un oreiller avec le reste. Quelques secondes plus tard, il ronflait. Tyson a mis plus longtemps à s'endormir. Il s'est mis à bricoler avec des morceaux de métal de sa mallette de construction, sans jamais sembler satisfait de ce qu'il fabriquait. Il démontait systématiquement tous ses assemblages.

– Je suis désolé d'avoir jeté le bouclier, lui ai-je dit. Tu t'es donné tellement de mal pour le réparer.

Tyson a levé la tête. Son œil était rouge d'avoir pleuré.

– T'inquiète pas, grand frère. Tu m'as sauvé la vie. T'aurais pas eu à le faire, si Briarée nous avait aidés.

– Il a eu peur, c'est tout. Je suis sûr qu'il s'en remettra.

– Il est pas fort. Il compte plus pour moi.

Tyson a poussé un soupir lourd de tristesse, puis fermé l'œil. Les bouts de métal sont tombés de sa main, pêle-mêle, et Tyson a enfin cédé au sommeil.

J'ai tenté de m'endormir à mon tour, en vain. Le souvenir de la dragonne géante nous pourchassant avec ses épées empoisonnées m'empêchait de me détendre. J'ai pris ma natte et je l'ai emportée à l'endroit où Annabeth montait la garde.

Je me suis assis à côté d'elle.

– Tu devrais dormir, m'a-t-elle dit.

– J'y arrive pas. Ça va, toi ?

– Pas de problème. Premier jour au commandement de la quête, tout va bien.

– On va trouver. On va trouver l'atelier avant Luke.

Annabeth a écarté une mèche de cheveux de son visage. Elle avait une trace de boue sur le menton et je l'ai imaginée petite fille, quand elle traversait le pays avec Luke et Thalia. Une fois, alors qu'elle n'avait que sept ans, elle les avait sauvés de la maison du Cyclope maléfique. Même lorsqu'elle avait peur, comme maintenant, je savais qu'elle avait du courage à revendre.

– Si seulement il y avait une *logique* à cette quête, a-t-elle soupiré. On avance, tu vois, mais je n'ai aucune idée de l'endroit où on va déboucher. Comment peut-on aller de New York à la Californie à pied en une journée ?

– L'espace est différent dans le Labyrinthe.

– Je sais, je sais. Seulement... (Elle m'a regardé, l'air hésitant.) Percy, je me faisais des illusions. Malgré tout ce travail de préparation, toutes ces lectures que j'ai faites... je n'ai pas la moindre idée de là où on va.

– Tu te débrouilles très bien. De toute façon, on ne sait jamais où on va, mais ça finit toujours par s'arranger. Tu te souviens de l'île de Circé ?

Elle a gloussé.

– Tu étais très mignon en cochon d'Inde.

– Et Aqualand, quand tu nous as propulsés du toboggan ?

– Moi, je nous ai propulsés ?! C'était entièrement ta faute !

– Tu vois ? Ça va marcher.

Elle a souri, ce qui m'a fait plaisir, mais son sourire s'est vite effacé.

– Percy, à quoi Héra faisait-elle allusion quand elle a dit que tu savais comment sortir du Labyrinthe ?

– Je ne sais pas, ai-je avoué. Honnêtement.

– Tu me le dirais si tu savais ?

– Bien sûr. Peut-être que...

– Peut-être que quoi ?

– Peut-être que si tu me disais le dernier vers de la prophétie, ça m'aiderait.

Annabeth a frissonné.

– Pas ici, a-t-elle répondu. Pas dans le noir.

– Et le choix dont parlait Janus ? Héra a dit que...

– Arrête, m'a lancé Annabeth d'un ton sec, avant de reprendre son souffle. Excuse-moi, Percy, je suis stressée. Mais je ne... Il faut que j'y réfléchisse.

Après ça, on est restés silencieux, à écouter les drôles de plaintes et de grincements qu'émettait le Labyrinthe, l'écho des pierres qui se réagençaient en crissant à mesure que les boyaux changeaient, s'allongeaient, se déployaient. L'obscurité m'a ramené à l'esprit les visions que j'avais eues de Nico Di Angelo, et brusquement j'ai compris quelque chose.

– Annabeth, ai-je dit. Nico est quelque part dans les parages. C'est comme ça qu'il a disparu de la colonie. Il a trouvé le Labyrinthe. Ensuite il a trouvé un chemin qui l'a mené encore plus profond, jusqu'aux Enfers. Mais maintenant, il est de retour dans le Labyrinthe et il veut ma peau.

Annabeth a laissé un long moment s'écouler avant de répondre :

– J'espère que tu te trompes, Percy. Mais si tu dis vrai...

Elle a fixé du regard le cercle que dessinait le faisceau de la torche sur le mur de pierre. J'ai eu l'intuition qu'elle pensait à sa prophétie. Jamais je ne l'avais vue aussi fatiguée.

– Et si je prenais le premier tour de garde ? ai-je proposé. S'il se passe quoi que ce soit, je te réveille.

Annabeth a failli protester, mais elle s'est contentée de hocher la tête. Puis elle s'est écroulée sur sa natte et elle a fermé les yeux.

Quand est venu mon tour de dormir, j'ai rêvé que j'étais de nouveau dans la prison du vieillard, au cœur du Labyrinthe.

Elle ressemblait davantage à un atelier, cette fois-ci. Les tables étaient jonchées d'instruments de mesure. Une forge rougeoyait dans un coin. Le garçon que j'avais vu dans le rêve précédent actionnait les soufflets. Il était plus grand, maintenant ; de mon âge ou presque. Un drôle d'entonnoir était fixé au conduit de la forge. Il captait la fumée et la chaleur et les amenait par un tuyau dans le sol, juste à côté d'une espèce de grande plaque d'égout en bronze.

Il faisait jour. Le ciel était bleu, mais les murs du Labyrinthe projetaient des ombres obscures sur l'atelier. Après avoir crapahuté si longtemps dans des tunnels et des boyaux, j'ai trouvé bizarre qu'une partie du Labyrinthe soit à ciel ouvert. Je ne saurais expliquer pourquoi, mais j'ai trouvé que ça ajoutait à la cruauté des lieux.

Le vieil homme avait l'air maladif. Il était très amaigri et ses mains étaient rouges et écorchées par le labeur. Des mèches de cheveux blancs lui tombaient sur les yeux ; sa tunique était couverte de taches de graisse. Penché sur son établi, il fabriquait une sorte de grand patchwork métallique – comme une cotte de mailles. Il a saisi délicatement une boucle de bronze et l'a insérée dans l'ensemble.

– Voilà, a-t-il annoncé. C'est fini.

Il a levé son œuvre à deux mains. C'était si beau que mon cœur a bondi dans ma poitrine : des ailes de métal, faites de milliers de plumes de bronze imbriquées les unes dans les autres. Il y en avait deux paires ; la seconde reposait encore sur l'établi. Dédale a déployé l'armature et les ailes ont pris une envergure de plus de six mètres. Quelque part au fond de moi, je savais qu'elles ne pourraient jamais voler. Elles étaient trop lourdes pour décoller du sol. Il n'empêche que c'était de la belle ouvrage. Les plumes de métal captaient la lumière et renvoyaient des reflets de trente nuances d'or différentes.

Le garçon a posé les soufflets pour venir voir. Il a souri, malgré la sueur et la crasse qui maculaient son visage.

– Père, tu es un génie ! s'est-il exclamé.

– Ce n'est pas une nouveauté, Icare, a répondu le vieil homme en souriant. Dépêche-toi, maintenant. Il va falloir au moins une heure pour les attacher. Viens.

– Toi d'abord, a dit Icare.

Dédale a protesté, mais Icare insistait.

– C'est toi qui les as fabriquées, père. À toi l'honneur d'être le premier à les mettre.

Le jeune garçon a attaché à la poitrine de son père un jeu de sangles en cuir qui m'a fait penser à un harnais d'alpiniste, avec des courroies qui reliaient les épaules aux poignets. Puis il a entrepris de fixer les ailes, s'aidant d'un récipient métallique qui ressemblait à un énorme pistolet à colle chaude.

– Le composite de cire devrait tenir plusieurs heures, a dit Dédale d'une voix anxieuse, pendant que son fils travaillait.

Mais il faut d'abord le laisser prendre. Et nous devrons éviter de voler trop bas ou trop haut. L'eau de mer mouillerait les attaches de cire...

– Et la chaleur du soleil les ferait ramollir, a fini le garçon. Oui, père. On a déjà vu ça un million de fois !

– On n'est jamais trop prudent.

– J'ai entière confiance en tes inventions, père. Tu es l'homme le plus intelligent que la Terre ait jamais porté !

Les yeux du vieillard ont brillé. Il était évident qu'il aimait son fils plus que tout au monde.

– Maintenant je vais m'occuper de tes ailes pendant que les miennes prennent. Viens !

La tâche s'est avérée laborieuse. Le vieil homme maniait gauchement les courroies. Il avait du mal à maintenir les ailes en place pendant qu'il les fixait. Ses propres ailes semblaient l'alourdir et le gêner dans ses mouvements.

– Trop lent, a-t-il bougonné. Je suis trop lent.

– Prends ton temps, père, a dit le garçon. Les gardes ne viennent pas avant...

BOUM !

Les portes de l'atelier ont tremblé. Dédale les avait barrées de l'intérieur avec une traverse en bois, mais elles ont quand même vibré sur leurs gonds.

– Dépêche-toi ! a dit Icare.

BOUM ! BOUM !

De l'autre côté, on cognait furieusement. La traverse tenait bon, mais une fissure est apparue dans le panneau de gauche.

Dédale redoublait de vitesse. Une goutte de cire brûlante est tombée sur l'épaule d'Icare. Le jeune garçon a grimacé, mais il n'a pas poussé un seul cri. Aussitôt l'aile gauche scellée aux courroies, Dédale s'est attaqué à la droite.

– Il nous faut plus de temps, a-t-il murmuré. Ils sont venus plus tôt que prévu ! La cire a besoin de durcir.

– Ça ira, a dit Icare, alors que son père achevait de fixer l'aile droite. Aide-moi à soulever la plaque...

CRAC !!!

Les portes se sont brisées, laissant passer la tête d'un bélier de bronze. Des éclats de bois ont volé sous de violents coups de hache, puis deux gardes armés sont entrés dans la pièce, suivis du roi à la couronne d'or et à la barbe taillée en pointe.

– Tiens, tiens, tiens, a fait le roi avec un sourire cruel. On va se promener ?

Dédale et son fils sont restés immobiles, leurs ailes de métal luisant dans leur dos.

– Nous partons, Minos, a rétorqué le vieil homme.

Le roi Minos a ricané.

– J'étais curieux de voir jusqu'où vous pourriez mener ce petit projet avant que je réduise vos espoirs à néant. Je dois avouer que je suis impressionné.

Le roi a admiré quelques instants leurs ailes, puis il a ajouté :

– Vous avez l'air de poulets métalliques. On devrait peut-être vous plumer et faire du bouillon.

Les gardes ont gloussé bêtement.

– Poulets métalliques, a répété l'un d'eux. Bouillon.

– La ferme, a dit le roi, qui s'est ensuite adressé à Dédale : Tu as laissé ma fille s'enfuir, vieillard. Tu as rendu ma femme folle. Tu as tué mon Minotaure et tu as fait de moi la risée de la Méditerranée. Tu ne m'échapperas jamais !

Icare a saisi le pistolet à cire et en a aspergé le roi, qui a reculé d'un pas, surpris. Les gardes se sont précipités à la rescousse, mais tous les deux ont eu droit à un jet de cire bouillante en pleine figure.

– La bouche d'air ! a crié Icare à son père.

– Attrapez-les ! a ordonné rageusement Minos.

À eux deux, le vieillard et son fils ont soulevé la plaque et une colonne d'air brûlant a jailli du sol. Incrédule, le roi a regardé le vieil inventeur et son fils fuser vers le ciel avec leurs ailes de bronze, portés par le courant ascendant.

– Abattez-les ! a hurlé le roi vainement, car ses gardes n'avaient pas d'arcs avec eux.

L'un d'eux a donné un coup d'épée désespéré, mais Dédale et Icare étaient déjà hors de sa portée. Ils ont décrit un cercle autour du Labyrinthe et du palais du roi, puis survolé la ville de Cnossos en ligne droite et dépassé la côte rocheuse de la Crète.

– On est libres ! a crié Icare en riant. Tu as réussi, père !

Le garçon a déployé ses ailes sur toute leur envergure et il est monté en flèche, s'engouffrant dans le vent.

– Attends, Icare ! Fais attention !

Mais Icare n'entendait plus son père. Il survolait déjà le grand large et mettait le cap vers le nord en riant de leur chance. Il a grimpé haut dans le ciel, forçant un aigle à dévier de sa trajectoire, puis il a piqué vers les flots bleus comme s'il était né pour voler et s'est redressé à la dernière seconde. Les semelles de ses sandales ont caressé la crête des vagues.

– Arrête de jouer ! a crié Dédale, mais le vent a emporté ses paroles.

Icare était grisé par sa liberté.

Le vieil homme a redoublé d'efforts pour rattraper son fils. Ils étaient déjà à plusieurs kilomètres de la Crète, survolant la haute mer, quand Icare a enfin tourné la tête et vu l'inquiétude sur le visage de son père. Il a souri.

– Ne t'inquiète pas, père ! Tu es un génie ! J'ai toute confiance dans ton...

La première plume de métal s'est détachée d'une de ses ailes et a virevolté dans le vide. Une deuxième a suivi. Icare, suspendu dans le ciel, a tangué. Brusquement, il s'est mis à perdre toutes ses plumes de bronze, qui tombaient en tournoyant comme des oiseaux effrayés.

– Icare ! a crié Dédale. Plane ! Déploie les ailes. Reste le plus immobile possible !

Mais Icare, qui tentait de reprendre le contrôle de son vol, agitait les bras de plus en plus frénétiquement.

L'aile de gauche fut la première à partir, arrachée au niveau des courroies.

– Père ! a crié Icare.

Bientôt privé de ses deux ailes, il s'est abattu vers les flots. Ce n'était plus qu'un jeune garçon en tunique blanche affublé d'un harnais d'escalade, les bras tendus dans une vaine tentative pour planer.

Je me suis réveillé en sursaut avec la sensation de chuter. Le couloir était plongé dans l'obscurité. J'ai cru reconnaître, dans les gémissements incessants du Labyrinthe, le cri angoissé de Dédale appelant son fils, Icare, la joie de son cœur, alors qu'il dégringolait vers la mer, cent mètres plus bas.

Le matin n'existait pas, dans le Labyrinthe, mais une fois que tout le monde s'est réveillé et régalé de barres de céréales et de jus de fruits en briquettes, on s'est remis en route. Je n'ai pas parlé de mon rêve. Quelque chose, dans ce que j'avais vu, m'avait terrifié, et les autres n'avaient vraiment pas besoin de ça.

Les tunnels de vieille pierre ont cédé la place à des boyaux de terre étayés par des poutres en cèdre, comme dans une mine d'or. Annabeth a commencé à angoisser.

– C'est pas normal. Ça devrait être toujours de la roche.

On est arrivés dans une grotte pleine de longues stalactites. Au centre du sol de terre s'ouvrait une fosse rectangulaire, pareille à une tombe.

Grover a frissonné.

– Ça sent les Enfers, ici, a-t-il dit.

J'ai remarqué quelque chose qui brillait au coin de la fosse : un emballage d'aluminium. J'ai braqué le faisceau de ma torche sur le trou et j'ai vu un cheeseburger à demi mâché qui flottait dans une flaque de boue brunâtre et gazeuse.

– Nico, ai-je dit. Il a de nouveau invoqué les morts.

– Des fantômes sont venus ici, a dit Tyson. J'aime pas les fantômes.

– Il faut qu'on le trouve.

Je ne sais pas pourquoi, mais le fait d'être au bord de la fosse me donnait un sentiment d'urgence. Nico était tout près. Je sentais sa présence. Je ne pouvais pas le laisser errer dans ces profondeurs, seul parmi les morts. Je me suis mis à courir.

– Percy ! a crié Annabeth.

J'ai plongé dans un tunnel et aperçu de la lumière tout au bout. Le temps qu'Annabeth, Tyson et Grover me rattrapent, je regardais la lumière du jour tomber à flots par une grille au-dessus de ma tête. À travers les barreaux, je voyais des arbres et un coin de ciel bleu.

– Où sommes-nous ? me suis-je demandé.

À ce moment-là, une ombre s'est abattue sur la grille et une vache m'a regardé d'en haut. Elle avait l'air d'une vache normale, à part la couleur : rouge vif, comme une cerise. Je ne savais pas qu'il existait des vaches de cette couleur.

La vache a mugi, posé un sabot hésitant sur les barreaux, puis battu en retraite.

– C'est un garde-bétail, a expliqué Grover.

– Un quoi ?

– Des grilles qu'on place à l'entrée des fermes pour empêcher les vaches de sortir. Elles ne peuvent pas marcher dessus.

– Comment tu le sais ?

Grover a pris un air offusqué.

– Crois-moi, si tu avais des sabots, tu saurais ce que c'est qu'un garde-bétail. C'est très pénible comme truc !

Je me suis tourné vers Annabeth.

– Dis donc, Héra n'a pas parlé d'un ranch ? Il faut qu'on aille voir. Nico est peut-être là.

– D'accord, a-t-elle dit après un instant d'hésitation. Mais comment on va sortir ?

Tyson a réglé ce problème en donnant un grand coup dans la grille. Elle a sauté comme un bouchon et disparu de notre champ visuel. Un instant plus tard, on a entendu un *CLANG !* puis un *Meuh !* de surprise. Tyson a rougi et lancé :

– Excuse-moi, vache !

Il nous a ensuite hissés hors du tunnel.

On était bel et bien dans un ranch. Des collines s'étendaient à l'horizon, parsemées de chênes, de cactus et de rochers. Une clôture en fil barbelé s'étirait à gauche et à droite de la barrière. Des vaches à la robe cerise broutaient dans l'herbe.

– Du bétail rouge, a dit Annabeth. Les vaches du soleil.

– Quoi ? ai-je demandé.

– Elles sont sacrées pour Apollon.

– Des vaches sacrées ?

– Exactement. Mais que font-elles...

– Attendez, a dit alors Grover. Écoutez.

Au début, tout m'a paru silencieux... mais peu à peu je les ai entendus : de lointains aboiements. Le bruit s'est amplifié. Puis les taillis se sont agités, livrant passage à deux chiens. Sauf que ce n'étaient pas deux chiens. C'était un chien à deux têtes. Il ressemblait à un lévrier, avec son corps long, svelte et sinueux, mais son cou bifurquait en deux têtes qui grondaient et bavaient. Globalement, elles n'étaient pas ravies de nous voir.

– Vilain chien de Janus ! s'est écrié Tyson.

– *Ouah !* a fait Grover en levant la main pour le saluer.

Le chien à deux têtes a montré les crocs. Je me suis dit qu'il n'était pas impressionné par la capacité de Grover à parler animal. Puis son maître a surgi du bois à pas lourds et je me suis rendu compte que le chien était le moindre de nos soucis.

C'était un gars immense, avec des cheveux blanc neige, un chapeau de cow-boy en paille et une barbe blanche tressée – un peu comme le Gardien du Temps, si le Gardien du Temps s'était transformé en péquenaud totalement bourré. Il portait un blue-jean, un tee-shirt marqué « Au Texas on rigole pas » et un blouson aux manches coupées pour exhiber ses muscles. Son biceps droit était tatoué de deux épées entrecroisées. Il tenait à bout de bras une massue en bois qui faisait à peu près la taille d'une ogive nucléaire, hérissée de piquants de vingt centimètres de long.

– Au pied, Orthos, a-t-il dit.

Le chien nous a gratifiés d'un dernier grondement, juste pour être sûr qu'on ait bien compris ses intentions, puis il est retourné vers son maître. L'homme nous a toisés en balançant sa massue.

– Qu'avons-nous là ? a-t-il dit. Des voleurs de bétail ?

– De simples voyageurs, a dit Annabeth. Nous menons une quête.

L'homme a cligné d'un œil involontairement.

– Des sang-mêlé, hein ?

– Comment savez-vous... ai-je commencé, mais Annabeth a posé une main sur mon bras.

– Je suis Annabeth, fille d'Athéna, a-t-elle dit. Voici Percy, fils de Poséidon. Grover, le satyre. Tyson, le...

– Cyclope, a complété l'homme. Oui, je vois bien. (Il m'a lancé un regard sombre avant de poursuivre :) Et je reconnais les sang-mêlé parce que j'en suis un, fiston. Je suis Eurytion, le bouvier de cette ferme. Fils d'Arès. Vous êtes venus ici par le Labyrinthe, comme l'autre, je présume.

– L'autre ? Vous voulez dire Nico Di Angelo ? ai-je demandé.

– Nous recevons beaucoup de visiteurs qui débarquent du Labyrinthe, a dit Eurytion d'un ton lugubre. Ils ne sont pas nombreux à repartir.

– Bonjour l'hospitalité, ai-je commenté.

Le bouvier a jeté un coup d'œil par-dessus son épaule comme si quelqu'un le surveillait. Puis il a baissé la voix :

– Je ne vous le dirai pas deux fois, demi-dieux. Retournez dans le Labyrinthe maintenant. Avant qu'il soit trop tard.

– Nous ne partons pas, a insisté Annabeth. Pas avant d'avoir vu cet autre demi-dieu. S'il te plaît.

Eurytion a poussé un grognement.

– Alors tu me laisses pas le choix, ma petite demoiselle. Faut que je vous emmène voir le patron.

Je n'avais pas l'impression d'être pris en otage. Eurytion marchait à côté de nous, sa massue jetée sur l'épaule. Orthos le chien à deux têtes grondait beaucoup, reniflait les pattes de Grover et fonçait de temps à autre dans un taillis pour chasser des animaux, mais Eurytion le tenait plus ou moins à l'œil.

On a longé un sentier interminable. La température devait friser les quarante-cinq degrés, ce qui nous faisait un choc après la fraîcheur de San Francisco. Des vagues de chaleur montaient du sol. Des insectes bourdonnaient dans les arbres. Au bout de quelques pas, j'étais déjà inondé de sueur. Des essaims de mouches nous harcelaient. De temps en temps, on passait devant un enclos plein de vaches rouges, voire d'animaux encore plus étranges. À un moment donné, on a longé un corral à la clôture recouverte d'amiante. À l'intérieur s'ébattait un troupeau de chevaux cracheurs de feu. La paille de leur mangeoire flambait, le sol fumait à leurs sabots, mais les chevaux paraissaient assez dociles. Un grand étalon m'a regardé et il a henni en expulsant deux jets de flammes rouges par les naseaux. Je me suis demandé si ça lui irritait les sinus.

– Et eux, à quoi ils servent ? ai-je demandé.

Eurytion a fait la grimace.

– Nous élevons des animaux pour de nombreux clients. Apollon, Diomède et... d'autres.

– Comme qui ?

– Suffit comme ça, les questions.

On est enfin sortis du bois. Perchée sur une colline en face de nous, trônait une énorme maison toute en pierre blanche et en bois, avec de grandes fenêtres.

– On dirait du Frank Lloyd Wright ! s'est écriée Annabeth.

J'ai supposé qu'elle devait parler de l'architecture. Pour moi, ça ressemblait surtout au genre d'endroit où un petit groupe de héros pouvait avoir de gros ennuis. On a gravi la colline.

– Respectez les règles, nous a recommandé Eurytion au moment où on allait monter les marches de la terrasse de devant. Vous n'attaquez pas, vous ne sortez pas vos armes et vous vous abstenez de commentaires sur le physique du patron.

– Pourquoi, ai-je demandé, il ressemble à quoi ?

Avant qu'Eurytion ait pu répondre, une nouvelle voix a dit :

– Bienvenue au Ranch Triple G.

L'homme qui se tenait sur la terrasse avait une tête normale, ce qui était un soulagement. Son visage était buriné et basané par des années de vie au grand air. Il avait des cheveux noirs et lisses et une fine moustache, comme les méchants dans les vieux films. Il nous a souri, mais sans aucune chaleur ; c'était un sourire amusé, plutôt, qui semblait dire : « Chouette, de nouvelles personnes à torturer ! »

Je ne me suis pas attardé davantage sur cette question car j'ai alors remarqué son corps. Ses corps, pour être plus précis. Il en avait trois. On pourrait croire qu'entre Janus et Briarée, je m'étais habitué aux anatomies bizarres, mais ce type faisait trois personnes à lui tout seul. Son cou était dans le prolongement de son corps du milieu, ce qui était normal, mais il avait deux autres bustes, un de chaque côté, reliés aux épaules mais séparés de quelques centimètres. Son bras gauche sortait de son buste gauche, de même du côté droit, ce qui lui faisait deux bras mais quatre aisselles, si vous me suivez. Les bustes étaient tous regroupés en un énorme torse qui reposait sur deux jambes normales mais extrêmement grosses, et il portait le Levis le plus grand que j'aie jamais vu. Ses bustes portaient des chemises de cow-boy d'une couleur différente chacune, vert, orange et rouge – un feu tricolore à lui tout seul. Je me suis demandé comment il enfilait la chemise du buste du milieu, vu que celui-là n'avait pas de bras.

Eurytion, le bouvier, m'a donné un coup de coude.

– Dis bonjour à monsieur Géryon.

– Bonjour, ai-je fait. Vous avez un beau buste... euh, un beau ranch.

Avant que l'homme aux trois corps ait pu répondre, Nico Di Angelo est sorti par la porte vitrée qui donnait sur la terrasse.

– Géryon, je ne vais pas attendre...

Il nous a aperçus et s'est figé sur place. Puis il a dégainé son épée. La lame était exactement telle que je l'avais vue dans mon rêve : courte, pointue et sombre comme la nuit.

Géryon a grondé en la voyant.

– Rangez-moi ça, monsieur Di Angelo. Il n'est pas question que mes invités s'entretuent.

– Mais c'est...

– Percy Jackson, a avancé Géryon. Annabeth Chase. Et deux de leurs amis monstres. Je sais.

– Amis monstres ? a répété Grover avec indignation.

– Cet homme porte trois chemises, a dit Tyson comme s'il ne le voyait que maintenant.

– Ils ont laissé ma sœur mourir ! s'est écrié Nico d'une voix que la rage faisait trembler. Ils sont venus pour me tuer !

– Nico, nous ne sommes pas là pour te tuer. (J'ai levé les deux mains.) Ce qui est arrivé à Bianca...

– Je t'interdis de prononcer son nom ! Tu es indigne de parler d'elle !

– Une seconde, a dit Annabeth en se tournant vers Géryon. Comment connaissez-vous nos noms ?

L'homme aux trois corps a cligné de l'œil.

– Je mets un point d'honneur à me tenir informé, ma choute. Tout le monde débarque au ranch, tôt ou tard. Tout le monde veut quelque chose du vieux Géryon. Maintenant, monsieur Di Angelo, rangez-moi cette vilaine épée avant que je demande à Eurytion de vous la retirer.

Avec un soupir, Eurytion a brandi sa massue à piquants. Orthos, à ses pieds, a grondé.

Nico a hésité. Il m'a paru plus maigre et plus pâle que dans les messages-Iris. Je me suis demandé depuis quand il n'avait pas mangé. Ses vêtements noirs étaient couverts de poussière, après son passage dans le Labyrinthe, et ses yeux noirs brûlaient de haine. Il était trop jeune pour être tellement en colère. Je me souvenais encore du petit garçon joyeux qui jouait avec ses cartes de Mythomagic.

À contrecœur, il a rengainé son épée.

– Si tu t'approches de moi, Percy, j'appellerai mes sbires à l'aide. Crois-moi, tu n'as pas envie de les rencontrer.

– Je te crois, lui ai-je dit.

Géryon lui a donné une tape sur l'épaule.

– Bien, tout le monde a fait ami-ami. Venez, maintenant, les gars. J'aimerais vous faire visiter le ranch.

Géryon avait un petit train comme il y en a dans les zoos pour balader les gamins. Il était peint en noir et blanc, avec un motif peau de vache. Le wagon du conducteur était décoré de deux longues cornes à l'avant et le Klaxon produisait un meuglement. Je me suis dit que c'était peut-être comme ça qu'il torturait les gens : il leur collait la honte de leur vie en les trimbalant dans son automeuh-bile.

Nico s'est assis tout au fond, sans doute pour nous surveiller. Eurytion s'est glissé à côté de lui avec sa massue à piquants et il a rabattu son chapeau de cow-boy sur ses yeux, comme s'il comptait piquer un roupillon. Orthos a sauté sur le siège de devant, à côté de Géryon, et s'est mis à aboyer avec entrain, à deux voix.

Annabeth, Tyson, Grover et moi avons pris les deux wagons du milieu.

– Notre ranch est immense, a déclaré Géryon d'un ton fanfaron en démarrant l'automeuh-bile. Élevage de chevaux et bovins, principalement, mais aussi de plusieurs espèces exotiques.

On est arrivés au sommet d'une colline et Annabeth a hoqueté de surprise.

– Des Hippalectryons ? Je croyais qu'ils avaient tous disparu !

Au pied de la colline, dans un pré clôturé, broutaient les animaux les plus étranges que j'avais jamais vus de ma vie. Ils étaient une douzaine. Ils avaient des antérieurs de cheval et un arrière-train de coq. En guise de pattes arrière, d'immenses serres jaunes. Des queues à plumes et des ailes rouges. Sous mes yeux, deux d'entre eux ont commencé à se disputer des graines. Ils se sont dressés sur leurs ergots en hennissant et battant des ailes, jusqu'à ce que le plus petit s'enfuie au galop, d'une allure rendue sautillante par ses pattes arrière de gallinacé.

– Des dadas-coqs ! s'est exclamé Tyson, stupéfait. Est-ce qu'ils ont des œufs ?

– Une fois par an ! (Géryon a souri dans le rétroviseur.) Très recherchés pour les omelettes !

– C'est horrible ! a dit Annabeth. C'est certainement une espèce en voie de disparition !

– L'or, c'est l'or, ma puce, a rétorqué Géryon avec un geste de la main. Et t'as pas goûté les omelettes !

– Ce n'est pas bien, a murmuré Grover, mais Géryon a poursuivi sa visite guidée.

– Là-bas, a-t-il dit, ce sont nos chevaux cracheurs de feu, que vous avez peut-être vus en arrivant. Nous les élevons pour le combat, évidemment, ce sont des bêtes de guerre.

– Quelle guerre ? ai-je demandé.

Géryon a souri sournoisement.

– Oh ! Celles qui se présentent. Et n'oublions pas, bien sûr, nos célèbres vaches rouges.

De fait, des centaines de vaches à la robe cerise broutaient sur le flanc d'une colline.

– Elles sont très nombreuses, s'est étonné Grover.

– Ben, Apollon a trop à faire pour s'en occuper, a expliqué Géryon. Alors on assure la sous-traitance. On les élève de façon intensive parce qu'il y a une demande très forte.

– De quoi ? me suis-je enquis.

Géryon a haussé un sourcil.

– Mais de viande, bien sûr ! Il faut bien que les soldats mangent !

– Vous tuez les vaches sacrées du dieu Soleil pour en faire des hamburgers ? s'est offusqué Grover. C'est à l'encontre des lois anciennes !

– Te mets pas dans cet état, jeune satyre ! Ce sont que des animaux !

– Que des animaux !

– Oui, et si Apollon était contre, je suis sûr qu'il nous le dirait.

– Encore faudrait-il qu'il le sache, ai-je bougonné.

Nico s'est penché en avant.

– Tout ça ne m'intéresse pas, Géryon, a-t-il dit. Nous avions une affaire à discuter, et ce n'est pas ça !

– Chaque chose en son temps, monsieur Di Angelo. Regardez là-bas : quelques-uns de mes spécimens exotiques.

Le champ suivant était entouré de barbelés. Il grouillait de scorpions géants. Ça m'est revenu d'un coup.

– « Ranch Triple G » ! me suis-je exclamé. Votre logo était sur les caisses, à la colonie. C'est à vous que Quintus a acheté ses scorpions.

– Quintus... a fait Géryon d'un ton pensif. Des cheveux gris en brosse, musclé, épéiste ?

– Ouais.

– Jamais entendu parler de lui. Et maintenant, là-bas, mes célèbres écuries. À voir absolument !

Je n'ai pas eu besoin de les voir, parce qu'on a commencé à les sentir à trois cents mètres. Sur la berge d'une rivière verte, il y avait un corral grand comme un terrain de football, bordé d'une rangée d'écuries. Une centaine de chevaux allaient et venaient, les pattes dans un océan de crottin. Je n'avais jamais rien vu d'aussi dégoûtant ; on aurait dit qu'une tornade de crottin de cheval s'était abattue sur le champ, déposant plus d'un mètre de fumier dans une nuit. Les chevaux étaient tout crottés à force de patauger là-dedans, et les écuries ne valaient pas mieux. C'était franchement immonde, et je ne vous parle pas de la puanteur... pire que les décharges de New York.

Même Nico s'est étranglé :

– Qu'est-ce que c'est que ça ?

– Mes écuries ! a dit Géryon. En fait, elles appartiennent à Augias, mais on les entretient en échange d'une petite somme mensuelle. Elles sont chouettes, non ?

– Elles sont répugnantes ! a dit Annabeth.

– Ça fait beaucoup de caca, a remarqué Tyson.

– Comment pouvez-vous faire vivre des animaux dans des conditions pareilles ? s'est indigné Grover.

– Vous commencez à m'agacer, vous tous, a rétorqué Géryon. Vous ne voyez pas que ce sont des chevaux carnivores ? Ça leur plaît, comme conditions !

– Et puis tu es trop radin pour faire nettoyer les écuries, a marmonné Eurytion de sous le bord de son chapeau.

– Toi, la ferme ! a lancé Géryon. Bon, les écuries sont peut-être un peu difficiles à nettoyer. Elles dégagent peut-être des relents nauséabonds quand le vent souffle dans le mauvais sens... Mais alors ? Mes clients me paient bien quand même.

– Quels clients ? ai-je demandé.

– Oh, vous seriez étonnés par le nombre de gens qui sont prêts à payer pour avoir un cheval carnivore. Ils font d'excellents broyeurs à ordures. Ils sont épatants pour terroriser vos ennemis. Très chouettes pour les fêtes d'anniversaire ! Nous en louons tout le temps.

– Vous êtes un monstre, a tranché Annabeth.

Géryon a arrêté l'automeuh-bile et s'est tourné vers elle.

– Qu'est-ce qui m'a trahi ? Serait-ce les trois corps ?

– Vous devez libérer ces animaux ! a dit Grover. Ce n'est pas juste !

– Et ces clients dont vous parlez sans cesse, a repris Annabeth. Vous travaillez pour Cronos, n'est-ce pas ? Vous fournissez ses armées en chevaux, nourriture, et tout ce dont elles peuvent avoir besoin.

Géryon a haussé les épaules, ce qui était très impressionnant, car il en avait trois paires. On aurait dit qu'il faisait la vague à lui tout seul.

– Je travaille pour tous ceux qui ont de l'or, jeune demoiselle. Je suis un homme d'affaires. Et je vends tout ce que j'ai à offrir.

Il est sorti de l'automeuh-bile et s'est dirigé en flânant vers les écuries, comme s'il goûtait l'air pur. Ça aurait pu être une jolie vue, la rivière, les arbres, les collines, tout ça, mais le marais de purin gâchait tout.

Nico a sauté du dernier wagon et s'est rué vers Géryon. Eurytion, le bouvier, était moins endormi qu'il en avait l'air. Brandissant sa massue, il a rattrapé Nico.

– Je suis venu pour parler affaires, Géryon, a dit Nico. Et tu ne m'as pas répondu.

– Hum. (Géryon a examiné un cactus. De son bras gauche, il est allé se gratter le torse du milieu.) Ouais, je vais te faire une offre, pas de souci.

– Mon fantôme m'a dit que tu pouvais m'aider. Il a dit que tu pouvais nous guider vers l'âme dont nous avons besoin.

– Une seconde, suis-je alors intervenu. Je croyais que c'était moi, l'âme que tu voulais.

Nico m'a regardé comme si j'avais perdu la raison.

– Toi ? Qu'est-ce que je ferais de toi ? L'âme de Bianca en vaut mille comme la tienne ! Maintenant, Géryon, dis-moi : peux-tu m'aider, oui ou non ?

– Oh, ouais, je suppose, a répondu le fermier. Ton ami le fantôme, à propos, où est-il ?

Nico a paru embarrassé.

– Il ne peut pas se former en plein jour, ça lui est difficile. Mais il est quelque part par là.

– Ben voyons, a dit Géryon avec un sourire en coin. Minos aime bien disparaître quand la situation devient... délicate.

– *Minos* ? (Je me suis rappelé l'homme que j'avais vu dans mes rêves, avec sa couronne en or, sa barbe en pointe et ses yeux cruels.) Vous voulez dire ce roi abominable ? C'est lui, Nico, le fantôme qui te conseille ?

– Mêle-toi de tes affaires, Percy ! (Nico s'est tourné de nouveau vers Géryon.) Et toi, qu'est-ce que tu entends par une « situation délicate » ?

L'homme aux trois torses a soupiré.

– Vois-tu, Nico... je peux t'appeler Nico ?

– Non.

– Vois-tu, Nico, Luke Castellan est prêt à payer très cher pour des sang-mêlé. Surtout des sang-mêlé qui ont du pouvoir. Et je suis sûr que lorsqu'il apprendra ton petit secret, qu'il saura qui tu es véritablement, il mettra la main à la bourse.

Nico a dégainé son épée, mais Eurytion l'a envoyée voltiger d'un revers de main. Avant que j'aie pu me lever, Orthos a bondi sur ma poitrine et s'est mis à gronder, ses deux gueules à trois centimètres de mon visage.

– Je vous conseille de rester dans la meuh-bile, tous autant que vous êtes, a ordonné Géryon. Ou Orthos égorge monsieur Jackson. Maintenant, Eurytion, aurais-tu la gentillesse de maîtriser Nico ?

Le bouvier a craché dans l'herbe.

– Est-ce bien nécessaire ?

– Oui, imbécile !

Avec une expression de profond ennui, Eurytion a passé un de ses immenses bras autour de Nico et l'a soulevé comme un catcheur.

– Et l'épée, aussi, a dit Géryon avec répugnance. Il n'y a rien que je déteste autant que le fer stygien.

Eurytion a ramassé l'épée en veillant à ne pas toucher la lame.

– Bien, a repris Géryon d'un ton guilleret, on a fait la visite. Il ne nous reste plus qu'à rentrer à la maison, déjeuner et envoyer un message-Iris à nos amis de l'armée des Titans.

– Vous êtes démoniaque ! s'est écriée Annabeth.

Géryon lui a souri.

– T'inquiète pas, ma chérie. Une fois que j'aurai remis monsieur Di Angelo, toi et ton groupe pourrez partir tranquilles. Je n'interfère pas dans les quêtes. En plus, j'ai été bien payé pour vous laisser passer en toute sécurité, mais cela n'incluait pas monsieur Di Angelo, j'en ai bien peur.

– Payé par qui ? Que voulez-vous dire ? a demandé Annabeth.

– Te pose pas tant de questions, ma grande. On y va ?

– Attendez ! ai-je dit, et Orthos s'est mis à gronder. (Je suis resté parfaitement immobile pour qu'il ne m'égorge pas.) Géryon, vous dites que vous êtes un homme d'affaires. Proposez-moi un marché.

Géryon a plissé les yeux.

– Quel genre de marché ? Tu as de l'or ?

– J'ai encore mieux que ça. Faisons un troc.

– Mais, monsieur Jackson, vous n'avez rien à offrir.

– Tu pourrais lui faire nettoyer les écuries, a suggéré Eurytion d'un ton innocent.

– D'accord ! ai-je dit. Si j'échoue, tu nous prends tous. Tu pourras tous nous vendre à Luke contre de l'or.

– À supposer que les chevaux ne te dévorent pas, a fait remarquer Géryon.

– Dans un cas comme dans l'autre, tu auras mes amis. Et si je réussis, tu nous laisses tous partir, y compris Nico.

– Non ! a hurlé Nico. Ne me rends pas service, Percy ! Je ne veux pas de ton aide !

Géryon a gloussé.

– Percy Jackson, ces écuries n'ont pas été nettoyées depuis mille ans... mais il est vrai que je pourrais louer plus de box si tout ce crottin était déblayé.

– Alors qu'est-ce que tu as à perdre ?

Le fermier a hésité.

– D'accord, a-t-il fini par dire. J'accepte ton offre, mais il faut que tu aies fini avant le coucher du soleil. Si tu échoues, je vends tes amis et je me mets plein d'or dans les poches.

– Ça marche.

Il a hoché la tête.

– Je vais emmener tes amis avec moi dans la maison. Nous t'attendrons là-bas.

Eurytion m'a gratifié d'un drôle de regard. De la compassion, peut-être. Il a sifflé et le chien est passé d'un bond de ma poitrine aux genoux d'Annabeth. Elle a laissé échapper un petit cri. Je savais que Tyson et Grover ne tenteraient rien tant qu'Annabeth serait otage.

Je suis sorti de la voiture et j'ai croisé son regard.

– J'espère que tu sais ce que tu fais, a-t-elle dit calmement.

– Moi aussi.

Géryon s'est assis derrière le volant. Eurytion a hissé Nico sur le siège arrière.

– D'ici au coucher du soleil, m'a rappelé Géryon. Pas une minute de plus.

Il a ri et fait tinter sa cloche à vache, puis l'automeuh-bile s'est ébranlée.

9   Je mets les mains dans le purin

Quand j'ai vu les dents des chevaux, j'ai perdu espoir.

Je me rapprochais de la clôture, mon tee-shirt remonté sur la bouche pour bloquer l'odeur. Un étalon a pataugé dans le purin et m'a lancé un hennissement hostile. C'est alors qu'il a dégarni les dents : pointues comme les crocs d'un ours.

J'ai essayé de lui parler mentalement. C'est quelque chose que je peux faire avec la plupart des chevaux.

Salut ! Je vais nettoyer vos écuries. Ça va être sympa, non ?

Tout à fait, a répondu le cheval. *Entre ! On va te bouffer ! Délicieux sang-mêlé !*

Mais je suis le fils de Poséidon ! ai-je protesté. *C'est lui qui a créé les chevaux.*

D'ordinaire, cela me vaut un traitement de V.I.P. auprès de la gent chevaline. Pas cette fois-ci...

Oui ! a dit le cheval avec enthousiasme. *Poséidon peut venir aussi ! On vous mangera tous les deux ! On adore la poiscaille !*

On adore la poiscaille ! ont entonné les autres chevaux en traversant le pré. Il y avait des nuages de mouches qui bourdonnaient partout et la chaleur n'arrangeait pas l'odeur. J'avais pensé que je pourrais relever ce défi parce que je me souvenais de ce qu'avait fait Héraclès dans la même situation. Il avait détourné le cours d'une rivière dans les écuries et les avait ainsi rincées à grande eau. Je m'étais dit que je pourrais peut-être en faire autant. Mais si je ne pouvais pas m'approcher des chevaux sans me faire dévorer, ça posait problème. Qui plus est, la rivière se trouvait en aval des écuries, beaucoup plus loin que je l'avais cru, à près de huit cents mètres. De près, la quantité de crottin était encore plus impressionnante. J'ai attrapé une bêche rouillée et, pour me rendre compte, j'ai balancé une pelletée de fumier par-dessus la clôture. Super. Il ne restait plus que quatre milliards de pelletées à déblayer. Le soleil déclinait déjà. Je ne disposais que de quelques heures. Après réflexion, j'ai estimé que la rivière était ma seule chance. Ce serait plus facile de réfléchir là-bas qu'ici, déjà. Je me suis mis en route.

Arrivé à la rivière, j'ai trouvé une jeune fille qui m'attendait. Elle portait un jean et un tee-shirt vert, et ses longs cheveux châtains étaient tressés avec des herbes aquatiques. Elle se tenait les bras croisés et le visage grave.

– Oh que non, m'a-t-elle dit d'entrée de jeu.

Je l'ai dévisagée.

– Tu es une naïade ?

– Bien sûr ! a-t-elle répondu en roulant les yeux.

– Mais tu parles. Et tu es hors de l'eau.

– Quoi, tu crois qu'on ne peut pas agir en humains si on veut ?

Je ne m'étais jamais posé la question. Je me suis senti un peu bête parce qu'il y avait beaucoup de naïades à la colonie, mais je ne les avais jamais vues faire plus que pouffer de rire et m'adresser des signes depuis le fond du lac.

– Écoute, ai-je dit, je suis juste venu te demander...

– Je sais qui tu es. Et je sais ce que tu veux. Et la réponse est non ! Je ne laisserai personne se servir de nouveau de ma rivière pour nettoyer ces infectes écuries.

– Mais...

– Épargne-moi ton baratin, graine d'océan. Vous autres, les dieux marins, vous vous croyez toujours *têêêllement* plus importants qu'une petite rivière, hein ? Eh bien je vais te dire une chose. Tu as devant toi une naïade qui ne va pas se laisser marcher sur les pieds rien que parce que ton papa est Poséidon. On est en territoire d'eau douce ici, jeune homme. Le dernier gars qui m'a demandé ce service – il était plus mignon que toi, soit dit en passant – a su me convaincre, et ce fut la plus grande erreur de ma vie ! As-tu idée de l'effet que tout ce fumier a sur mon écosystème ? Est-ce que j'ai une tête d'usine de traitement des eaux usées ? Mes poissons mourraient. Je ne pourrais jamais retirer tout le purin de mes plantes. Je serais malade pendant des années. NON MERCI !

Sa façon de parler m'a rappelé mon amie mortelle, Rachel Elizabeth Dare – la même façon de m'assommer à coups de mots. Mais je comprenais la naïade. Si je prenais le temps d'y penser, moi non plus, je n'aimerais pas qu'on me balance deux mille tonnes de fumier dans mon habitat. Il n'empêche...

– Mes amis sont en danger, lui ai-je dit.

– J'en suis désolée ! Mais ce n'est pas mon problème. Et tu ne vas pas détruire ma rivière.

Elle serrait les poings, comme prête à se battre. Pourtant, j'ai perçu un très léger tremblement dans sa voix. Brusquement, j'ai compris que malgré sa colère, elle avait peur de moi. Elle s'attendait sans doute à ce que je l'attaque pour prendre le contrôle de sa rivière, et elle craignait de perdre la partie.

Cette pensée m'a attristé. Elle me renvoyait l'image d'une petite brute, un fils de Poséidon qui s'impose par la force.

Je me suis assis sur une souche d'arbre.

– C'est bon, ai-je dit. Tu as gagné.

La naïade a eu l'air surprise.

– Vraiment ?

– Je ne vais pas me battre contre toi. C'est ta rivière.

Ses épaules se sont détendues.

– Oh. Oh, bien. Je veux dire... tu as bien raison !

– Mais on va être vendus aux Titans, mes amis et moi, si je ne nettoie pas les écuries d'ici le coucher du soleil. Et je ne sais pas comment faire.

La rivière glougloutait joyeusement sur les galets. Un serpent s'est faufilé dans l'eau et a plongé la tête dans l'onde. Pour finir, la naïade a soupiré.

– Je vais te révéler un secret, fils du dieu de la Mer. Prends un peu de terre.

– Quoi ?

– Tu m'as entendue.

Je me suis accroupi et j'ai ramassé une poignée de terre du Texas. Elle était sèche et noire, parsemée de minuscules cailloux blancs... Non, il y avait autre chose, à part les cailloux.

– Ce sont des coquillages, a dit la naïade. Des coquillages pétrifiés. Il y a des millions d'années de cela, avant même le temps des dieux, quand Gaia et Ouranos étaient les seuls à régner, cette terre était submergée. Elle faisait partie de la mer.

J'ai soudain compris ce qu'elle voulait dire. J'avais au creux de la main de petits fragments d'oursins fossilisés et de coquilles de mollusque. Même les roches calcaires étaient incrustées de traces de coquillage.

– Je vois, ai-je dit. Mais à quoi ça m'avance ?

– Tu n'es pas très différent de moi, demi-dieu. Même lorsque je suis hors de l'eau, l'eau est en moi. C'est ma source vitale. (Elle a reculé d'un pas, mis les pieds dans la rivière et souri.) J'espère que tu vas trouver le moyen de sauver tes amis.

Sur ces mots, elle s'est liquéfiée et dissoute dans la rivière.

Le soleil effleurait les collines quand je suis arrivé aux écuries. Quelqu'un avait dû venir nourrir les chevaux, car ils dépeçaient d'énormes carcasses entre leurs crocs. Je ne voyais pas de quels animaux il s'agissait, mais j'aimais autant ne pas le savoir. Je n'aurais pas imaginé que les écuries pouvaient devenir encore plus répugnantes, et pourtant si : avec cinquante chevaux qui dévoraient de la viande crue, elles explosaient l'échelle de Beurk.

Poiscaille ! a pensé l'un d'eux en me voyant. *Entre ! On a encore faim !*

Que faire ? Je ne pouvais pas me servir de la rivière. Et ça ne m'avançait pas à grand-chose de savoir que cet endroit était submergé il y a des millions d'années. J'ai regardé le petit coquillage fossilisé dans ma paume, puis la gigantesque montagne de crottin.

Rageur, j'ai lancé le coquillage dans le fumier. Je tournais le dos aux chevaux quand j'ai entendu un bruit.

PSCHHHHH ! Comme un ballon de baudruche percé.

J'ai baissé les yeux vers l'endroit où j'avais jeté le fossile. Un minuscule jet d'eau perçait le fumier.

– Impossible, ai-je murmuré.

Je me suis rapproché de la clôture d'un pas hésitant.

– Grandis, ai-je dit au jet d'eau.

WOUSCHHH !

L'eau a jailli sur un mètre de hauteur, tout en continuant à bouillonner au sol. C'était impossible, et pourtant... Deux chevaux sont venus voir. L'un d'eux a avancé la tête dans le jet, pour la retirer aussitôt.

Beurk ! a-t-il dit. *C'est salé !*

C'était de l'eau de mer, au beau milieu d'une ferme du Texas. J'ai ramassé une autre poignée de terre et trié les fossiles. Sans trop savoir ce que je faisais, j'ai couru le long des box en jetant des coquillages dans les tas de crottin. À chaque endroit où tombait un coquillage, une fontaine d'eau de mer jaillissait.

Arrête ! ont crié les chevaux. *La viande, oui ! Les bains, non !*

J'ai alors remarqué une chose : l'eau ne s'échappait pas des écuries, ni ne coulait vers l'aval, comme elle aurait dû le faire normalement. Elle bouillonnait autour de chaque fontaine et s'enfonçait dans le sol, emportant le fumier avec elle. Le crottin de cheval se dissolvait dans l'eau de mer et laissait place à de la terre mouillée.

– Encore ! ai-je hurlé.

J'ai senti comme une saccade dans mon ventre, et la puissance des jets d'eau de mer a décuplé. Ils fusaient à six mètres de haut ; je me serais cru dans un portique de lavage automatique géant. Les chevaux couraient comme des dingues, aspergés par les geysers qui les prenaient de tous les côtés. Des montagnes de crottin fondaient comme de la glace.

La sensation dans mon ventre s'accentuait, devenait presque douloureuse, mais la vue de toute cette eau de mer était grisante. C'était moi qui avais fait ça. J'avais fait venir l'océan sur cette colline.

Arrête, seigneur ! a crié un cheval. *Arrête, s'il te plaît !*

Il y avait de l'eau partout, maintenant. Les chevaux étaient trempés et certains, pris de panique, glissaient dans la boue. Le crottin avait entièrement disparu ; toutes ces tonnes de fumier avaient été englouties par le sol. L'eau commençait à former des flaques qui se ramifiaient en dizaines de petits ruisseaux et s'échappaient des écuries pour couler vers la rivière.

– Stop ! ai-je ordonné à l'eau.

Il ne s'est rien passé. Au creux de mon ventre, la douleur s'avivait. Si je ne coupais pas rapidement les geysers, l'eau de mer se déverserait dans la rivière et tuerait les poissons et les plantes.

– Stop !

J'ai concentré toute ma puissance pour désamorcer la force de la mer.

Brusquement, les geysers ont cessé de couler. Je suis tombé à genoux, exténué. J'avais sous les yeux des écuries étincelantes de propreté, un champ plein de boue salée et cinquante chevaux qui avaient été si bien bouchonnés que leurs robes luisaient. Même les lambeaux de chair entre leurs crocs avaient été délogés.

On ne te mangera pas ! ont gémi les chevaux. *Pitié, seigneur ! Plus de bains salés !*

– À une condition, ai-je dit. À partir de maintenant, vous ne mangerez que la nourriture qu'on vous donne. Pas d'êtres humains ! Sinon, je reviens avec des coquillages !

Les chevaux m'ont promis et juré, avec force hennissements, qu'ils seraient désormais de gentils chevaux carnivores, mais je ne me suis pas attardé pour bavarder. Le soleil commençait à se coucher. J'ai tourné les talons et couru à toutes jambes vers le ranch.

J'ai senti l'odeur de barbecue avant d'arriver à la maison et ça m'a mis dans une colère noire, parce que j'adore le barbecue.

La terrasse était décorée comme pour une fête, avec des ballons fragiles et des serpentins sur la balustrade. Géryon retournait des hamburgers sur un énorme barbecue fait dans un bidon. Eurytion, vautré devant une table de pique-nique, se curait les ongles avec un couteau. Le chien à deux têtes reniflait les côtelettes et les hamburgers qui cuisaient sur le gril. Et c'est alors que j'ai vu mes amis : Tyson, Grover, Annabeth et Nico, jetés dans un coin, bâillonnés et ficelés comme des animaux de rodéo, pieds et poignets liés ensemble.

– Libère-les ! ai-je crié, encore essoufflé d'avoir couru. J'ai nettoyé les écuries !

Géryon s'est retourné. Il portait un tablier par buste, avec un mot marqué sur chacun, ce qui donnait bout à bout :
« EMBRASSE – LE – CHEF ».

– Ah oui vraiment ? Comment tu as fait ?

J'étais assez impatient, mais je le lui ai raconté quand même.

Il a hoché la tête avec approbation.

– Très ingénieux, a-t-il commenté. Dommage que t'aies pas empoisonné cette peste de naïade, mais c'est pas grave.

– Libère mes amis. On a passé un marché.

– Ah oui, j'ai réfléchi à ça. Le problème, si je les libère, c'est que je ne serai pas payé.

– Tu as donné ta parole !

Géryon a fait *tsk tsk* entre ses dents.

– M'as-tu fait jurer sur le Styx ? Que non ! Donc ce n'est pas contraignant. Quand tu fais des affaires, fiston, tu dois toujours exiger une promesse contraignante.

J'ai dégainé mon épée. Orthos a grondé. Une de ses têtes s'est penchée contre l'oreille de Grover et a montré les crocs.

– Eurytion, a dit Géryon, ce garçon commence à m'agacer. Tue-le.

Eurytion m'a toisé. Je n'avais pas beaucoup de chances, contre lui et sa grosse massue.

– T'as qu'à le tuer toi-même, a dit Eurytion.

– Pardon ? a fait Géryon en haussant les sourcils.

– Tu m'as entendu, a grogné Eurytion. Tu m'envoies tout le temps faire ton sale boulot. Tu cherches la bagarre sans raison valable, et moi j'en ai marre de mourir pour toi. Alors si tu as envie de te bagarrer avec le petit, vas-y, fais-le toi-même.

Je n'avais jamais entendu un enfant d'Arès dire quelque chose d'aussi contraire à la personnalité du dieu de la Guerre.

Géryon en a lâché sa spatule.

– Tu oses me défier ? Je devrais te renvoyer illico !

– Et qui s'occuperait des bêtes ? Au pied, Orthos.

Le chien a tout de suite cessé de gronder à l'oreille de Grover pour venir s'asseoir aux pieds du bouvier.

– Très bien ! a grommelé Géryon. Je te réglerai ton compte plus tard, quand le garçon sera mort !

Il a saisi deux couteaux à découper et me les a lancés. J'en ai dévié un avec le plat de mon épée ; l'autre est allé se ficher dans la table de pique-nique, à deux centimètres de la main d'Eurytion.

Je suis passé à l'attaque. Géryon a paré ma première botte avec une paire de pinces chauffées à blanc, puis il a tenté de me planter une fourchette à barbecue dans la figure. Je me suis glissé à l'intérieur de son assaut suivant et je lui ai transpercé le buste du milieu.

– Argh !

Il est tombé à genoux. Je m'attendais à le voir se désintégrer, comme le font d'ordinaire les monstres, mais il a juste grimacé, puis s'est relevé. La blessure sous son tablier de chef a commencé à se refermer.

– Bel effort, fiston, a-t-il dit. Le truc, c'est que j'ai trois cœurs. Le système de sauvegarde idéal.

Il a renversé le barbecue et les braises ont voltigé. L'une d'elles est tombée tout près du visage d'Annabeth, qui a poussé un cri étouffé. Tyson s'est débattu dans ses liens, mais même sa force exceptionnelle ne lui a pas permis de les briser. Il fallait que je remporte ce combat avant que mes amis soient blessés.

J'ai porté un coup d'épée à Géryon dans son buste de gauche, et il a éclaté de rire. Je lui ai transpercé le ventre de droite. Guère mieux : j'aurais aussi bien pu poignarder un ours en peluche, à en juger par son absence de réaction.

Trois cœurs. Le système de sauvegarde idéal. Les poignarder un par un ne faisait aucun effet...

J'ai couru à l'intérieur de la maison.

Les murs du salon étaient couverts de trophées de chasse morbides : des têtes de cerf et de dragon empaillées, des fusils, une panoplie d'épées, un arc et son carquois.

Géryon a projeté sa fourchette de barbecue, qui s'est plantée dans le mur juste à côté de ma tête. Il a décroché deux épées et crié :

– Ta tête va finir sur ce mur, Jackson ! Juste à côté du grizzly !

Une idée de dingue m'a traversé l'esprit. Lâchant Turbulence, j'ai attrapé l'arc et le carquois.

J'étais le pire archer de l'univers. À la colo, j'étais incapable de toucher la cible, encore plus de mettre dans le mille. Mais je n'avais pas le choix. Je ne pouvais pas remporter ce duel avec une épée. J'ai adressé une prière à Artémis et Apollon, les jumeaux archers, en espérant qu'ils aient pitié de moi, pour une fois. *S'il vous plaît, les gars. Juste pour une fois. S'il vous plaît.*

J'ai logé une flèche contre la corde.

– Imbécile ! s'est écrié Géryon en riant. Une flèche ne vaut pas mieux qu'une épée !

Il a levé ses deux épées et attaqué. J'ai fait un plongeon latéral. Sans lui laisser le temps de se retourner vers moi, j'ai décoché ma flèche dans le côté de son buste droit. J'ai entendu un *CHTOC ! CHTOC ! CHTOC !* La flèche a traversé chacune de ses trois poitrines pour ressortir par son côté gauche et aller se ficher dans le front du grizzly empaillé.

Géryon a lâché ses épées. Il s'est tourné vers moi, les yeux écarquillés.

– Tu ne sais pas tirer à l'arc. On m'avait dit que tu ne savais pas...

Son visage a viré au vert. Il est tombé à genoux et a commencé de s'effriter. En quelques secondes, il n'est plus resté de lui que du sable, trois tabliers et une paire d'énormes bottes de cow-boy.

J'ai détaché mes amis. Eurytion n'a pas essayé de m'en empêcher. Puis j'ai relancé le barbecue et jeté les grillades dans les flammes, en offrande à Artémis et Apollon.

– Merci, les gars, ai-je dit. Je vous revaudrai ça.

Un grondement lointain a retenti dans le ciel, et je me suis dit que les hamburgers devaient sentir bon.

– Bravo Percy ! a crié Tyson.

– On peut ligoter ce bouvier, maintenant ? a demandé Nico.

– Je suis pour ! a renchéri Grover. Son chien a failli me tuer !

J'ai regardé Eurytion, tranquillement assis à la table de pique-nique. Orthos avait les deux têtes posées sur les genoux du bouvier.

– Combien de temps faudra-t-il à Géryon pour se reformer ? ai-je demandé à Eurytion.

– Cent ans ? a fait le bouvier avec un haussement d'épaules. C'est pas un rapide, pour se reformer, les dieux soient loués. Vous m'avez rendu service.

– Tu as dit que tu étais déjà mort pour lui, me suis-je souvenu. Comment ça se fait ?

– Je travaille pour cette ordure depuis des millénaires. Au début, j'étais un sang-mêlé ordinaire, mais quand mon père m'a proposé l'immortalité, j'ai accepté. La plus grosse erreur de ma vie. Maintenant je suis coincé dans ce ranch. Je peux pas partir, je peux pas démissionner. Je m'occupe des vaches, je me bats pour Géryon, et voilà. On est liés, tous les deux, en quelque sorte.

– Tu pourrais changer les choses, ai-je suggéré.

Eurytion a plissé les yeux.

– Comment ?

– En étant gentil avec les bêtes. En les traitant bien. En cessant de les vendre pour l'alimentation et de faire affaire avec les Titans.

Eurytion a réfléchi.

– Ça me conviendrait.

– Mets les bêtes de ton côté et elles t'aideront. Et quand Géryon reviendra, ce sera peut-être lui qui travaillera pour toi, ce coup-ci.

Eurytion a souri.

– Alors ça, ça me plairait.

– Tu ne vas pas essayer de nous retenir ?

– Penses-tu !

Annabeth a frotté ses poignets endoloris. Elle regardait Eurytion d'un œil encore méfiant.

– Ton patron a dit que quelqu'un avait payé pour qu'il nous laisse passer en toute sécurité. De qui s'agit-il ? a-t-elle demandé.

Le bouvier a haussé les épaules.

– Si ça se trouve, il a juste dit ça pour vous embrouiller.

– Et les Titans ? ai-je demandé. Tu leur as envoyé le message-Iris concernant Nico ?

– Non. Géryon attendait d'avoir fini le barbecue. Ils ne savent rien de lui.

Nico me fusillait du regard. Je ne savais pas quoi faire en ce qui le concernait. J'étais quasiment sûr qu'il refuserait de venir avec nous ; en même temps, je ne pouvais pas le laisser errer tout seul.

– Tu pourrais rester ici en attendant qu'on ait terminé notre quête, lui ai-je dit. Tu serais en sécurité.

– En sécurité ? a répété Nico. Depuis quand tu te soucies de ma sécurité ? À cause de toi, ma sœur est morte !

– Nico, est intervenue Annabeth, ce n'était pas la faute de Percy. Et Géryon ne mentait pas en disant que Cronos voudrait te capturer. S'il savait qui tu es, il ferait tout pour que tu passes de son côté.

– Je ne suis du côté de personne ! Et je n'ai pas peur !

– Tu devrais, a dit Annabeth. Ta sœur ne voudrait pas que...

– Si vous aviez quelque chose à faire de ma sœur, vous m'aideriez à la ramener à la vie !

– Une âme contre une âme ? ai-je demandé.

– Oui !

– Mais si tu ne voulais pas de mon âme...

– Toi, je ne t'explique rien ! (Nico a repoussé d'un battement de paupières les larmes qui affleuraient à ses yeux.) Et je vais la ramener à la vie, croyez-moi !

– Bianca ne le voudrait pas, ai-je dit. Pas comme ça.

– Tu ne la connaissais pas ! a crié Nico. Comment sais-tu ce qu'elle veut ?

J'ai regardé les flammes du barbecue. Je me suis rappelé un vers de la prophétie d'Annabeth : *La main du roi-fantôme causera ta gloire ou ta chute.* C'était forcément Minos, et je devais à tout prix convaincre Nico de ne pas l'écouter.

– Demandons à Bianca, ai-je dit.

D'un coup, le ciel a semblé s'assombrir.

– J'ai essayé, a dit Nico d'une voix triste. Elle ne répond pas.

– Essaie de nouveau. J'ai l'intuition qu'elle répondra en ma présence.

– Et pourquoi donc ?

– Parce qu'elle m'a envoyé des messages-Iris, ai-je dit avec la soudaine conviction que c'était elle qui m'avait contacté. Elle a essayé de m'avertir de ce que tu préparais pour que je te protège.

Nico a secoué la tête.

– C'est impossible.

– Il y a une façon de le découvrir. Tu dis que tu n'as pas peur. (Je me suis tourné vers Eurytion.) On va avoir besoin d'une fosse, un trou qui ressemble à une tombe. Ainsi que de la nourriture et des boissons.

– Percy, a dit Annabeth. Je ne suis pas sûre que ce soit une bonne...

– D'accord, a tranché Nico. Je vais essayer.

Eurytion s'est gratté la barbe.

– On a creusé un trou derrière la maison, pour installer une fosse septique. Ça pourrait faire l'affaire. Jeune Cyclope, va me chercher ma glacière dans la cuisine. J'espère que les morts aiment le soda végétal.

10   On joue à debout les morts

On a fait les invocations après la tombée de la nuit, au bord d'une fosse de huit mètres de long. La cuve destinée à remplir la fosse, juste à côté, était en plastique jaune vif et portait une inscription en lettres rouges : LA CHASSE D'EAU JOYEUSE, S.A., illustrée d'un « smiley ». Ce n'était pas vraiment dans l'ambiance de notre rituel.

C'était une nuit de pleine lune. Des nuages argentés défilaient dans le ciel.

– Minos devrait être déjà là, a dit Nico en fronçant les sourcils. Il fait entièrement nuit.

– Il s'est peut-être perdu, ai-je dit avec optimisme.

Nico a versé du soda et des grillades dans la fosse, puis il s'est mis à psalmodier en grec ancien. Aussitôt, les insectes nocturnes de la forêt se sont tus. Dans ma poche, le sifflet de glace stygienne est devenu encore plus froid, engourdissant le côté de ma cuisse.

– Fais-le cesser, m'a glissé Tyson à l'oreille.

J'étais en partie d'accord avec lui. Cette cérémonie était contre nature. L'air nocturne était froid et menaçant. Mais avant que j'aie pu dire un mot, les premiers esprits sont apparus. Une brume sulfureuse est montée du sol. Des ombres se sont condensées en silhouettes humaines. Une ombre bleue s'est approchée de la fosse en flottant, avant de s'agenouiller pour boire.

– Arrêtez-le ! s'est écrié Nico, interrompant momentanément sa psalmodie. Seule Bianca a le droit de boire !

J'ai dégainé Turbulence. Les fantômes ont reculé en poussant une plainte collective à la vue de mon épée de bronze céleste. Il était trop tard, en revanche, pour arrêter le premier esprit. Il avait déjà pris la forme solide d'un homme barbu, vêtu de robes blanches. Un bandeau d'or entourait sa tête et même dans la mort, ses yeux pétillaient de malveillance.

– Minos ! s'est écrié Nico. Qu'est-ce que tu fais ?

– Pardonne-moi, maître, a dit le fantôme, qui n'avait pas l'air plus confus que ça. Le sacrifice sentait si bon, je n'ai pas pu résister. (Il a examiné ses mains et souri.) Ça me fait du bien de me revoir. Presque en chair et...

– Tu perturbes le rituel ! a protesté Nico. Va...

Les esprits des morts ont commencé à luire d'un éclat dangereusement vif, obligeant Nico à reprendre ses incantations pour les tenir à distance.

– C'est ça, maître, a commenté Minos d'un ton amusé. Toi, tu continues à psalmodier. Moi, je suis juste venu pour te protéger de ces menteurs qui voudraient te tromper.

Là-dessus, il m'a regardé comme si j'étais un cloporte.

– Percy Jackson, eh beh, eh beh... Les fils de Poséidon ne s'arrangent pas avec les siècles, hein ?

J'ai eu envie de le frapper, mais j'ai supposé que mon poing passerait au travers de sa figure.

– Nous cherchons Bianca Di Angelo, lui ai-je dit. Fiche le camp.

Le fantôme a gloussé.

– Je me suis laissé dire que tu avais tué mon Minotaure à mains nues. C'est bien joli, mais des créatures autrement plus féroces t'attendent dans le Labyrinthe. Tu crois vraiment que Dédale va t'aider ?

Les autres esprits se sont agités. Annabeth a dégainé son couteau et m'a aidé à les tenir à distance de la fosse. À ce stade, Grover était si tendu qu'il a serré l'épaule de Tyson.

– Dédale n'en a rien à faire de vous, sang-mêlé, a poursuivi Minos. Vous ne pouvez pas lui faire confiance. Il est d'un âge qui ne se mesure plus et d'une ruse infinie. La culpabilité de son meurtre l'a rendu amer et il est maudit des dieux.

– La culpabilité de son meurtre ? ai-je demandé. Qui a-t-il tué ?

– Ne change pas de sujet ! a grondé le fantôme. Tu freines Nico. Tu essaies de le dissuader de son projet. Mais moi, je ferai de lui un seigneur !

– Ça suffit, Minos, a lancé Nico.

Le fantôme a grimacé.

– Maître, ce sont tes ennemis. Ne les écoute pas ! Laisse-moi te protéger. Je ferai sombrer leurs esprits dans la folie, comme les autres.

– Les autres ? a hoqueté Annabeth. Tu veux parler de Chris Rodriguez ? C'était toi ?

– Le Labyrinthe m'appartient, a dit le fantôme. À moi et pas à Dédale ! Les intrus méritent la folie.

– Va-t'en, Minos ! a ordonné Nico. Je veux voir ma sœur !

Le roi-fantôme a ravalé sa rage.

– Comme tu le souhaites, maître. Mais je t'avertis : tu ne peux pas faire confiance à ces héros.

Sur ces mots, il s'est évanoui dans la brume nocturne.

Plusieurs autres esprits se sont rués vers la fosse mais nous les avons repoussés, Annabeth et moi.

– Bianca, montre-toi ! a clamé Nico.

Il s'est mis à psalmodier plus vite, causant une agitation croissante parmi les esprits.

– C'est imminent, a murmuré Grover.

Alors une lumière argentée a clignoté entre les arbres – un esprit qui paraissait plus clair et plus fort que les autres. La silhouette s'est approchée, et mon intuition m'a dit de la laisser passer. Elle s'est agenouillée pour boire à la fosse. Lorsqu'elle s'est redressée, c'était la forme spectrale de Bianca Di Angelo.

La voix de Nico a vacillé. J'ai baissé mon épée. Les autres esprits ont voulu s'approcher, mais Bianca a levé les bras et ils se sont renfoncés entre les arbres.

– Bonjour Percy, a dit Bianca.

Elle avait la même apparence que de son vivant : une casquette verte de travers sur ses épais cheveux aile de corbeau, les yeux noirs et le teint mat de son frère. Elle portait un jean et un blouson argenté, la tenue des Chasseresses d'Artémis. Un arc était passé à son épaule. Elle a ébauché un sourire, et sa silhouette entière a clignoté.

– Bianca, ai-je dit d'une voix rauque.

Je m'étais longtemps senti coupable de sa mort, mais la voir devant moi était cinq fois pire : comme si elle venait à peine de mourir. Je me suis revu la cherchant vainement parmi les débris du guerrier de bronze géant qu'elle avait détruit pour nous sauver, au sacrifice de sa vie – la cherchant sans trouver la moindre trace d'elle.

– Je suis tellement désolé, ai-je dit.

– Tu n'as pas à t'excuser, Percy. J'avais pris ma décision. Je ne la regrette pas.

– Bianca !

Nico s'est avancé en titubant, comme s'il s'extirpait d'une torpeur.

Elle s'est tournée vers son frère. Son visage était triste ; peut-être redoutait-elle cette rencontre depuis longtemps.

– Bonjour, Nico. Comme tu as grandi.

– Pourquoi tu ne m'as pas répondu plus tôt ? s'est-il écrié. Ça fait des mois que j'essaie !

– J'espérais que tu y renoncerais.

– Renoncer ? a-t-il fait d'une voix chagrinée. Comment peux-tu dire ça ? J'essaie de te sauver !

– Tu ne peux pas, Nico. Ne fais pas ça. Percy a raison.

– Non ! Il t'a laissée mourir ! Ce n'est pas ton ami.

Bianca a tendu la main, comme pour caresser la joue de son frère, mais elle était faite de brume : sa main s'est évaporée en s'approchant de la peau vivante de Nico.

– Tu dois m'écouter, a-t-elle dit. Pour les enfants d'Hadès, il est très dangereux de garder rancune. Le voilà, notre défaut fatal : la rancune. Il faut que tu pardonnes. Promets-le-moi.

– Jamais. Je ne peux pas.

– Percy s'est fait du souci pour toi, Nico. Il peut t'aider. Je lui ai permis de voir ce que tu préparais en espérant qu'il te trouverait.

– C'était donc toi, ai-je dit. C'est toi qui m'as envoyé ces messages-Iris.

Bianca a hoché la tête.

– Pourquoi tu l'aides lui et pas moi ? a crié Nico. C'est pas juste !

– Tu te rapproches de la vérité, maintenant, lui a dit Bianca. Ce n'est pas contre Percy que tu es en colère, Nico. C'est contre moi.

– Non.

– Tu m'en veux parce que je t'ai quitté pour devenir Chasseresse d'Artémis. Tu m'en veux parce que je suis morte en te laissant tout seul. Je suis désolée de tout cela, Nico. Sincèrement. Mais tu dois surmonter cette colère. Et tu dois cesser d'accuser Percy des choix que j'ai faits. Ce serait ta perte.

– Elle a raison, est intervenue Annabeth. Cronos se relève, Nico. Il manipulera tous ceux qu'il pourra pour les gagner à sa cause.

– Je me fiche pas mal de Cronos, a dit Nico. Je veux juste récupérer ma sœur.

– Cela, tu ne peux pas, Nico, lui a dit gentiment Bianca.

– Je suis le fils d'Hadès ! Je peux !

– N'essaie pas. Si tu m'aimes, ne tente pas de...

La voix de Bianca s'est éteinte. Les esprits avaient à nouveau commencé à se presser autour de nous, et ils semblaient troublés. Leurs ombres frissonnaient. « Danger ! » murmuraient leurs voix.

– Le Tartare s'agite, a dit Bianca. Ton pouvoir attire l'attention de Cronos. Les morts doivent retourner aux Enfers. Nous ne sommes pas en sécurité ici.

– Attends, a plaidé Nico. S'il te plaît...

– Au revoir, Nico, a dit Bianca. Je t'aime. N'oublie pas ce que je t'ai dit.

Sa silhouette a tremblé et les fantômes ont disparu, nous laissant seuls devant une fosse et une cuve de *La Chasse d'eau joyeuse, S.A.*, sous la froide pleine lune.

Aucun de nous n'ayant envie de reprendre la route cette nuit même, on a décidé d'attendre le lendemain matin. Grover et moi, on s'est installés sur les canapés de cuir du salon de Géryon, ce qui était nettement plus confortable qu'une natte dans le Labyrinthe. Ça n'a pas adouci mes cauchemars pour autant.

J'ai rêvé que j'étais avec Luke et qu'on parcourait le sombre palais juché au sommet du mont Tam. C'était un véritable édifice, à présent – pas une illusion à demi ébauchée, comme ce que j'avais vu l'hiver dernier. Des flammes vertes brûlaient dans des braseros alignés contre les murs. Le sol était en marbre noir poli. Un vent froid soufflait dans le vestibule et, au-dessus de nos têtes, dans le ciel qu'on voyait par le plafond ouvert tourbillonnaient des nuages d'orage.

Luke était en tenue de combat. Il portait un pantalon de camouflage, un tee-shirt blanc et un plastron de bronze, mais Perfide, son épée, n'était pas à son côté : rien qu'un fourreau vide. Nous avons débouché dans une vaste cour où des dizaines de guerriers et de *drakainas* se préparaient pour la guerre. En le voyant, les demi-dieux se sont mis au garde-à-vous, plaquant leurs épées contre leurs boucliers.

– L'heure est-elle venue, sssseigneur ? a demandé une *drakaina*.

– Bientôt, a promis Luke. Reprenez votre travail.

– Seigneur, a dit une voix derrère lui.

Kelli, l'*empousa*, lui souriait. Elle portait une robe bleue, ce soir, et elle était d'une beauté diabolique. Ses yeux clignotaient, passant du marron foncé au rouge. Ses cheveux, tressés dans le dos, captaient tous les reflets des torches, comme s'ils étaient impatients de se retransformer en flammes vives.

Mon cœur s'est mis à battre fort. Je m'attendais à ce que Kelli me chasse du rêve comme elle l'avait fait la fois précédente, mais elle n'a pas semblé remarquer ma présence.

– Tu as de la visite, a-t-elle dit à Luke.

Elle s'est écartée de quelques pas, et même Luke a paru estomaqué par ce qu'il découvrait.

Campé la femme-dragon se dressait devant lui. Ses serpents sifflaient autour de ses pattes. Des têtes d'animaux grondaient à sa taille. Elle brandissait ses épées, luisantes de poison ; avec ses ailes de chauve-souris déployées, elle prenait toute la largeur du vestibule.

– Toi ! a dit Luke d'une voix qui tremblait légèrement. Je t'avais ordonné de rester à Alcatraz.

Les paupières de Campé se sont plissées comme celles d'un reptile. Elle a parlé dans cette étrange langue rocailleuse, mais cette fois-ci, j'ai compris, tout au fond de mon esprit :

Je suis venue servir. Donne-moi vengeance.

– Tu es gardienne de prison, a dit Luke. Ton travail...

Je veux leur mort. Personne ne m'échappe.

Luke a hésité. Un filet de sueur a coulé sur sa joue.

– Très bien, a-t-il dit. Tu vas venir avec nous. Tu porteras le fil d'Ariane. C'est un poste de grand prestige.

Campé a sifflé en renversant la tête vers les étoiles. Elle a rengainé ses épées et tourné les talons, puis est repartie en écrasant ses énormes pattes de dragon sur les dalles du vestibule.

– On aurait mieux fait de la laisser dans le Tartare, a grogné Luke. Elle est incontrôlable. Trop puissante.

Kelli a ri doucement.

– Tu ne devrais pas avoir peur du pouvoir, Luke. Sers-t'en !

– Plus vite on partira, mieux ça vaudra, a dit Luke. J'ai hâte d'en avoir fini.

– Oh... a compati Kelli en passant le doigt sur son bras. Tu n'aimes pas la perspective de détruire ton ancienne colonie ?

– Je n'ai pas dit ça.

– Tu n'es pas pris de doutes quant à ton rôle, disons, particulier, dans cette affaire ?

– Je connais mon devoir, a riposté Luke, le visage de pierre.

– C'est bien, a dit la démone. Tu crois que notre force de frappe est suffisante ? Ou faut-il que j'appelle mère Hécate à la rescousse ?

– Plus que suffisante, a dit Luke d'un ton lugubre. Le marché est presque conclu. Il ne me reste plus qu'à négocier la traversée de l'arène.

– Hum. Voilà qui devrait être intéressant. Je serais navrée de voir ta si belle tête empalée sur une pique si tu échoues.

– Je n'échouerai pas. Et toi, démone, tu n'as rien d'autre à faire ?

– Oh que si. (Kelli a souri.) Je m'y emploie en cet instant même. J'apporte le désespoir aux ennemis qui nous épient.

Sur ces mots, elle a braqué le regard sur moi, montré les serres et déchiré mon rêve.

Soudain, je me suis retrouvé dans un lieu différent.

J'étais en haut d'une tour de pierre qui surplombait les falaises et l'océan. Le vieux Dédale, courbé sur un établi, se débattait avec un instrument de navigation, une immense boussole, semblait-il. Il avait l'air beaucoup plus âgé que la dernière fois que je l'avais vu. Il avait le dos voûté et les mains noueuses. Il jurait en grec ancien et plissait les yeux comme s'il avait du mal à voir son travail, bien que la pièce fût ensoleillée.

– Mon oncle ! s'est écriée une voix.

Un garçon de l'âge de Nico, environ, a déboulé de l'escalier chargé d'une boîte en bois, le sourire aux lèvres.

– Bonjour, Perdix, a dit le vieillard, mais sans aucune chaleur. Tu as déjà fini tes devoirs ?

– Oui, mon oncle. C'était facile !

– Facile ? a répété Dédale avec une grimace. Même le problème où il fallait acheminer de l'eau en haut d'une colline sans pompe, c'était facile ?

– Oui, regarde !

Le garçon a laissé tomber sa boîte et farfouillé dedans. Il en a ressorti un papyrus et a montré au vieil inventeur des notes et des schémas. Pour moi, ils n'avaient aucun sens, mais Dédale a hoché la tête à contrecœur.

– Je vois, a-t-il commenté. Pas mal.

– Le roi a adoré ! a ajouté Perdix. Il a dit que j'étais peut-être encore plus intelligent que toi !

– Ah vraiment !

– Mais je n'y crois pas. Je suis tellement content que maman m'ait envoyé étudier auprès de toi ! Je veux savoir tout ce que tu sais.

– Oui, a grommelé Dédale. Pour prendre ma place quand je serai mort, hein ?

Le garçon a écarquillé les yeux.

– Oh non, mon oncle ! Mais je réfléchissais... pourquoi les hommes doivent-ils mourir, de toute façon ?

L'inventeur a grimacé.

– C'est dans l'ordre des choses, mon garçon. Tous les êtres vivants meurent, à part les dieux.

– Mais pourquoi ? a insisté le garçon. Si on pouvait isoler l'*animus*, l'âme, sous une autre forme... Tu m'as parlé des automates, mon oncle. Des taureaux, des aigles, des dragons, des chevaux de bronze. Pourquoi ne pas faire un corps d'homme en bronze ?

– Non, mon garçon, a répondu sèchement Dédale. Tu es naïf. Une chose pareille est impossible.

– Je ne crois pas, a persisté Perdix. Avec l'aide d'un peu de magie...

– De magie ? Bah !

– Si, mon oncle. En alliant la magie et la mécanique, avec un peu de travail, on pourrait fabriquer un corps à l'aspect parfaitement humain, mais en mieux. J'ai pris quelques notes.

Il a tendu un épais rouleau de papyrus au vieillard. Dédale l'a ouvert et l'a lu. Longuement. Les yeux plissés. Il a jeté un coup d'œil au garçon, puis a replié le manuscrit et s'est éclairci la gorge.

– Ça ne marchera jamais, mon garçon. Quand tu seras plus grand, tu comprendras.

– Je peux réparer l'astrolabe, alors, mon oncle ? Est-ce que tu as les doigts encore gonflés ?

Dédale a serré les mâchoires.

– Non, merci. Va donc jouer !

Perdix n'a pas eu l'air de remarquer la colère du vieil homme. Il a attrapé un coléoptère en bronze de sa pile d'affaires et s'est rué au bord de la tour. Un rebord peu élevé courait sur tout le tour ; il arrivait seulement aux genoux du garçon. Il y avait beaucoup de vent.

« Recule », avais-je envie de lui dire.

Perdix a remonté l'insecte mécanique et l'a lancé dans le ciel. Il a déployé ses ailes et s'est éloigné en bourdonnant. Perdix s'est mis à rire de plaisir.

– Plus intelligent que moi, a murmuré Dédale, trop bas pour que le garçon puisse l'entendre.

– Est-il vrai que ton fils est mort en volant, mon oncle ? On m'a raconté que tu lui avais fabriqué d'immenses ailes, mais qu'elles ont lâché.

Dédale a serré les poings.

– Prendre ma place, a-t-il bougonné.

Le vent fouettait le garçon, cinglait ses vêtements, jouait dans ses cheveux.

– J'aimerais voler, a repris Perdix. Je me ferais des ailes qui ne lâcheraient pas. Tu crois que je pourrais y arriver ?

Peut-être était-ce un rêve à l'intérieur de mon rêve, mais j'ai soudain cru voir Janus, le dieu à deux têtes, vibrer dans l'air à côté de Dédale ; il balançait une clé d'argent d'une main à l'autre et souriait. *Choisis*, murmurait-il au vieil inventeur. *Choisis.*

Dédale a pris un autre insecte en métal parmi les jouets du garçon. Ses yeux brûlaient de colère.

– Perdix, s'est-il écrié, attrape !

Il a lancé le coléoptère de bronze dans la direction du garçon. Ravi, Perdix a essayé de l'intercepter, mais il était hors de sa portée. Le coléoptère a fusé dans le ciel, et Perdix a tendu le bras un peu trop loin. Le vent l'a fauché.

Tant bien que mal, il est parvenu à se raccrocher au rebord avec les doigts.

– Mon oncle ! a-t-il hurlé. Aide-moi !

Le visage du vieillard s'était figé en un masque impassible. Il n'a pas fait un pas.

– Vas-y, Perdix, a dit Dédale d'une voix douce. Fabrique donc tes ailes. Ne perds pas de temps.

– Mon oncle ! a crié le garçon en perdant prise.

Et il a dégringolé vers les flots.

Un silence mortel a suivi. Le dieu Janus a disparu en clignotant. Alors un grondement de tonnerre a secoué le ciel. La voix sévère d'une femme a retenti d'en haut :

Tu paieras le prix de cet acte, Dédale.

J'avais déjà entendu cette voix. C'était la mère d'Annabeth : Athéna.

Dédale a tourné un visage grimaçant vers les cieux.

– Je t'ai toujours honorée, mère. J'ai tout sacrifié pour suivre ta voie.

Le garçon avait également ma bénédiction. Pourtant tu l'as tué. Pour cela, tu devras payer.

– J'ai déjà payé tant et tant ! a grogné Dédale. J'ai tout perdu. Je souffrirai aux Enfers, sans aucun doute. Mais d'ici là...

Il a saisi le manuscrit du garçon, l'a examiné un instant et l'a glissé dans sa manche.

Tu ne comprends pas, a dit froidement Athéna. *Tu paieras éternellement, maintenant et demain.*

Soudain, Dédale s'est effondré, foudroyé par la douleur. J'ai ressenti ce qu'il ressentait. Une brûlure insupportable m'a serré le cou comme une main de fer rouge. Je ne pouvais plus respirer, plus rien voir.

Je me suis réveillé dans le noir, les mains à la gorge.

– Percy ? a appelé Grover depuis l'autre canapé. Ça va ?

J'ai calmé ma respiration. Je ne savais pas quoi lui répondre. Je venais de regarder l'homme que nous cherchions, Dédale, assassiner son propre neveu. Comment aurais-je pu aller bien ? La télévision était allumée. Une lumière bleutée clignotait dans la pièce.

– Quelle... quelle heure est-il ? ai-je demandé dans un filet de voix.

– Deux heures du matin, a dit Grover. Je n'arrivais pas à m'endormir. Je regardais la chaîne Nature. (Il a reniflé.) Genièvre me manque.

Je me suis frotté les yeux.

– Ouais, bon... tu vas la revoir bientôt.

Grover a secoué tristement la tête.

– Sais-tu quel jour on est, Percy ? Je viens de le voir à la télé. On est le 13 juin. Ça fait sept jours qu'on a quitté la colonie.

– Quoi ? C'est pas possible !

– Le temps passe plus vite dans le Labyrinthe, m'a rappelé Grover. La première fois que vous y êtes entrés, Annabeth et toi, vous aviez eu l'impression de n'être restés que quelques minutes, tu te souviens ? Mais il s'était passé une heure.

– Ah ouais, c'est vrai. (J'ai enfin compris ce qu'il me disait, et ma gorge m'a brûlé de nouveau.) Ta date limite pour le Conseil des Sabots Fendus.

Grover a fourré la télécommande dans sa bouche et en a croqué un coin.

– Dépassée, a-t-il dit en mâchant le morceau de plastique. Dès mon retour, ils me retireront mon permis de chercheur. Je ne serai plus jamais autorisé à partir.

– On leur expliquera, ai-je promis. On les convaincra de t'accorder plus de temps.

Grover a dégluti.

– Ils n'accepteront jamais, Percy. Le monde est en train de mourir. Ça s'aggrave de jour en jour. La nature... je la sens dépérir. Il faut à tout prix que je trouve Pan.

– Tu le trouveras, mon pote. C'est sûr.

Grover m'a regardé avec de grands yeux de chèvre tout tristes.

– Tu as toujours été un bon ami, Percy. Ce que tu as fait aujourd'hui, libérer les animaux du ranch de Géryon, c'était formidable. Je... j'aimerais pouvoir te ressembler davantage.

– Hé, dis pas ça ! Tu es autant un héros...

– Non, je ne le suis pas. J'essaie constamment, mais... (Grover a soupiré.) Percy, je ne peux pas rentrer à la colonie sans avoir trouvé Pan. Tu peux comprendre ça, dis-moi ? Je ne pourrai pas regarder Genièvre en face si j'échoue. Je ne pourrai même pas me regarder dans la glace !

Sa voix exprimait une telle détresse que ça me faisait mal de l'entendre. Nous avions vécu beaucoup de moments difficiles ensemble, mais jamais je ne l'avais vu si abattu.

– On trouvera un truc, ai-je dit. Tu n'as pas échoué. Tu es Super-Satyre, tu te rappelles ? Genièvre le sait. Et moi aussi.

Grover a fermé les yeux.

– Super-Satyre, a-t-il murmuré d'un ton découragé.

Bien après qu'il se fut enfin assoupi, je suis resté réveillé, à regarder la lumière bleutée de la chaîne Nature jouer sur les trophées de chasse accrochés aux murs du salon de Géryon.

Le lendemain matin, nous sommes descendus au garde-bétail et nous avons pris congé d'Eurytion et de Nico.
– Tu pourrais venir avec nous, Nico, ai-je dit spontanément.
– Je crois que je pensais à mon rêve, et le jeune Perdix me rappelait beaucoup Nico.

Il a fait non de la tête. J'avais l'impression que nous avions tous mal dormi, dans le ranch démoniaque, mais Nico avait bien plus mauvaise mine que les autres. Il avait les yeux rouges et le teint blafard. Il était noyé dans une robe noire qui avait dû appartenir à Géryon car, même pour un adulte, elle était trois fois trop grande.
– J'ai besoin de temps pour réfléchir.

Il évitait de croiser mon regard, mais je savais au ton de sa voix qu'il était encore en colère. Le fait que sa sœur soit revenue des Enfers pour moi et non pour lui devait lui rester en travers de la gorge.
– Nico, a dit Annabeth. Bianca ne veut que ton bien.

Elle a posé la main sur son épaule, mais il s'est dégagé et s'est avancé dans le chemin qui montait vers la maison. Peut-être était-ce mon imagination, mais la brume matinale semblait s'attacher à ses pas.
– Je m'inquiète pour lui, m'a confié Annabeth. S'il se remet à parler au fantôme de Minos...
– Tout ira bien, a garanti Eurytion. (Le bouvier avait soigné sa mise. Il portait un jean neuf avec une chemise de bûcheron propre et il avait même taillé sa barbe. Il avait chaussé les

bottes de Géryon.) Le garçon peut rester ici et refléchir aussi longtemps qu'il voudra. Il sera en sécurité, je vous le promets.

– Et toi ? ai-je demandé.

Eurytion a gratté Orthos sous un menton, puis sous l'autre.

– Il va y avoir quelques changements dans la gestion de ce ranch, à partir de maintenant, a-t-il déclaré. Plus de viande de bétail sacré. J'envisage de produire des croquettes de soja. Et je vais me mettre bien avec ces chevaux carnivores. Peut-être même tenter le prochain rodéo.

Cette pensée m'a fait frémir.

– Ben, bonne chance, ai-je fait.

– Ouaip. (Eurytion a craché dans l'herbe.) Vous partez à la recherche de l'atelier de Dédale, si j'ai bien compris ?

Les yeux d'Annabeth se sont éclairés.

– Tu peux nous aider ?

Eurytion scrutait le garde-bétail, et quelque chose me disait que l'atelier de Dédale était un sujet qui le mettait mal à l'aise.

– Je ne sais pas où il est, a-t-il répondu. Mais Héphaïstos doit le savoir.

– Héra nous a dit la même chose, a opiné Annabeth. Mais comment trouver Héphaïstos ?

Eurytion a sorti quelque chose de son col de chemise. C'était un collier : un pendentif rond en argent, passé sur une chaîne en argent. Le disque présentait un creux au milieu, comme la marque d'un pouce. Il l'a tendu à Annabeth.

– Héphaïstos vient ici de temps en temps, a expliqué Eurytion. Il étudie les animaux pour pouvoir faire des automates de bronze à leur image. La dernière fois, je, euh... je lui ai rendu un service. Un petit tour qu'il voulait jouer à mon père, Arès, et à Aphrodite. Il m'a donné ce collier pour me remercier. M'a dit que si j'avais besoin de le trouver un jour, le disque me conduirait à sa forge. Mais une seule fois.

– Et tu me le donnes ? a demandé Annabeth.

Eurytion a rougi.

– J'ai pas besoin de voir sa forge, mam'zelle. J'ai suffisamment à faire ici. Suffit que tu appuies sur le bouton, et en route !

Annabeth a appuyé sur le bouton et le disque s'est brusquement animé. Huit pattes de métal ont surgi de son centre. Annabeth l'a laissé tomber en poussant un cri, pour la plus grande perplexité d'Eurytion.

– Une araignée ! a-t-elle hurlé.

– Elle a un peu peur des araignées, a expliqué Grover. Cette vieille querelle entre Athéna et Arachné...

– Ah ouais, a fait Eurytion, l'air embarrassé. Désolé, mam'zelle.

L'araignée a trottiné jusqu'au garde-bétail et s'est faufilée entre les barreaux.

– Dépêchons-nous, ai-je dit. Cette bestiole ne va pas nous attendre !

Annabeth n'était pas très enthousiaste, mais on n'avait guère le choix. On a dit au revoir à Eurytion, Tyson a arraché la grille et on s'est tous engouffrés dans le trou qui nous ramenait au Labyrinthe.

Si seulement on avait pu tenir l'araignée mécanique en laisse ! Elle trottinait si vite dans les tunnels que la plupart du temps, je ne la voyais même pas. Sans l'ouïe perçante de

Grover et de Tyson, on n'aurait jamais su quelle direction elle prenait.

On a longé un tunnel de marbre, puis couru sur la gauche et failli tomber dans un abîme. Tyson m'a rattrapé de justesse au moment où j'allais dégringoler dans le vide. Le tunnel reprenait plus loin devant nous, mais il était d'abord interrompu sur une trentaine de mètres : rien qu'un trou noir béant et une série d'échelons en fer sur la voûte de marbre. L'araignée mécanique était déjà à mi-parcours ; elle se balançait d'un barreau à l'autre en projetant des fils métalliques.

– Une cage à poules, a dit Annabeth. Pas de problème !

Elle a sauté vers le premier échelon et s'est mise à basculer de l'un à l'autre. Elle avait peur des petites araignées, mais pas de se tuer en traversant une cage à poules. Allez comprendre. Parvenue de l'autre côté, Annabeth est partie en courant derrière l'araignée. Je me suis élancé à mon tour. Une fois arrivé, je me suis retourné et j'ai vu que Tyson prenait Grover sur son dos. Le grand lascar a franchi la cage à poules en trois bonds, ce qui était une bonne chose car, juste au moment où il posait pied, le dernier barreau a cédé sous son poids.

On a continué d'avancer et on est passés devant un squelette, affaissé par terre dans le tunnel. Il portait les vestiges d'une chemise de soirée, d'un pantalon et d'une cravate. L'araignée n'a pas ralenti. J'ai glissé sur un tas de brindilles, mais quand j'ai braqué le faisceau de ma torche dessus, j'ai vu qu'il s'agissait en fait de crayons : des centaines de crayons, tous cassés en deux.

Le tunnel a débouché sur une vaste salle. Une lumière très

vive nous a aveuglés. La première chose que j'ai vue, une fois mes yeux accoutumés à l'éclairage, c'étaient les squelettes. Ils jonchaient le sol par dizaines, tout autour de nous. Certains étaient vieux et blanchis. D'autres plus récents et beaucoup plus répugnants. Ils n'empestaient pas autant que les écuries de Géryon, mais presque.

Alors j'ai vu la créature. Elle était perchée sur une estrade étincelante, de l'autre côté de la grotte. Elle avait un corps de lionne immense et une tête de femme. Elle aurait pu être jolie, mais ses cheveux étaient tirés en arrière en un chignon sévère, et elle était beaucoup trop maquillée. Elle me faisait un peu penser à ma prof de chant de C.P. Elle avait une décoration avec un ruban bleu épinglée sur la poitrine, que j'ai mis un moment à déchiffrer : « Ce monstre a été classé exemplaire ! »

– Une sphinge, a gémi Tyson.

Je savais parfaitement pourquoi il avait peur. Quand il était petit, Tyson s'était fait attaquer par un sphinx à New York. Il avait encore des cicatrices dans le dos qui en témoignaient.

Des rampes de projecteurs brillaient de part et d'autre de la créature. La seule issue était un boyau qui se trouvait juste derrière l'estrade. L'araignée mécanique a trottiné entre les pattes de la sphinge et a disparu.

Annabeth s'est avancée, mais la sphinge – une femelle sphinx – a rugi, découvrant des crocs dans un visage humain pour le reste. Des barreaux sont tombés en travers des deux tunnels, celui d'où nous venions tout comme celui de devant.

Presque instantanément, le grondement du monstre s'est mué en sourire radieux.

– Bienvenue, joyeux participants ! a-t-elle annoncé. Préparez-vous à jouer à... « Résolvez cette énigme ! ».

Des applaudissements en boîte ont déferlé de la voûte, comme s'il y avait des haut-parleurs invisibles. Les projecteurs ont balayé la grotte et brillé sur les facettes de miroir disco de l'estrade, renvoyant mille reflets sur les squelettes gisant au sol.

– Des prix fabuleux à gagner ! a dit la sphinge. Si vous réussissez l'examen, vous passez au niveau supérieur ! Si vous échouez, je vous mange ! Qui va être notre concurrent ?

Annabeth m'a serré le bras.

– Laisse-moi faire, a-t-elle murmuré. Je sais ce qu'elle va demander.

Je n'ai pas vraiment discuté. Je ne voulais pas qu'Annabeth se fasse dévorer par un monstre, mais je me suis dit que si la sphinge nous soumettait des énigmes, Annabeth était la mieux placée de nous tous pour y répondre.

Elle s'est avancée vers le podium, auquel tenait encore, complètement avachi, un squelette en uniforme scolaire. À peine l'a-t-elle effleuré qu'il s'est effondré par terre en cliquetant.

– Excusez-moi, lui a dit Annabeth.

– Bienvenue, Annabeth Chase ! a clamé le monstre, bien qu'Annabeth ne lui ait pas dit son nom. Es-tu prête pour l'examen ?

– Oui, a répondu Annabeth. Soumets-moi ton énigme.

– Vingt énigmes, en fait ! a jubilé la sphinge.

– Vingt ? Mais autrefois...

– Oh, nous avons relevé le niveau ! Pour réussir, il faut démontrer sa compétence pour les vingt questions. C'est-y pas formidable ?

Des applaudissements ont jailli et se sont tus, comme un robinet qu'on ouvre et qu'on referme.

Annabeth m'a lancé un regard inquiet. Je l'ai encouragée d'un signe de tête.

– D'accord, a-t-elle dit à la sphinge. Je suis prête.

Un roulement de tambour a retenti. Les yeux de la sphinge ont brillé d'excitation.

– Quelle est la capitale de la Bulgarie ?

Annabeth a froncé les sourcils. Un horrible instant, j'ai cru qu'elle séchait.

– Sofia, a-t-elle répondu, mais...

– Exact ! (Nouvelle salve d'applaudissements en boîte. La sphinge a souri si grand que ses crocs ont pointé.) Inscris ta réponse bien clairement sur ta feuille de réponse avec un crayon numéro deux, s'il te plaît.

– Quoi ?

Annabeth a eu l'air décontenancée. Puis un carnet d'examen s'est matérialisé sur le podium, devant elle, avec un crayon taillé.

– Entoure soigneusement chaque réponse d'un cercle, a dit la sphinge. Si tu as besoin de gommer quelque chose, gomme-le entièrement sinon la machine ne pourra pas lire tes réponses.

– Quelle machine ? a demandé Annabeth.

La sphinge a tendu la patte. Au pied d'un projecteur, il y avait une boîte en bronze avec un tas de rouages et de leviers et un grand *Êta* sur le côté, l'initiale grecque d'Héphaïstos.

– Bien, a dit la sphinge. Question suivante...

– Une seconde, a protesté Annabeth. Qu'est devenu : « Qui marche à quatre pattes le matin ? »

– Je te demande pardon ? a fait la sphinge, visiblement contrariée.

– L'énigme sur l'homme. Il marche à quatre pattes le matin de sa vie, comme un bébé ; sur deux jambes l'après-midi, comme un adulte ; et sur trois le soir, comme un vieillard avec une canne. C'était ça, ton énigme.

– C'est exactement pour ça que nous avons changé l'examen ! s'est exclamée la sphinge. Tu connaissais déjà la réponse. Maintenant deuxième question, quelle est la racine carrée de seize ?

– Quatre, a dit Annabeth, mais...

– Exact ! Quel président des États-Unis a-t-il signé la Proclamation d'émancipation ?

– Abraham Lincoln, mais...

– Correct ! Énigme numéro quatre. Combien...

– Stop ! a crié Annabeth.

Je voulais lui dire d'arrêter de se plaindre. Elle assurait comme un chef ! Il suffisait qu'elle continue de répondre, et on pourrait partir.

– Ce ne sont pas des énigmes, a dit Annabeth.

– Comment ça ? a rétorqué la sphinge. Bien sûr que si ! Cet examen a été tout spécialement conçu...

– Ce n'est qu'une série de faits tout bêtes, a insisté Annabeth. Les énigmes sont censées faire réfléchir.

– Réfléchir ? (La sphinge a grimacé.) Comment veux-tu que je mesure ta capacité à réfléchir ? C'est ridicule ! Maintenant, combien d'énergie faut-il pour...

– Stop ! a insisté Annabeth. Cet examen est idiot.

– Euh, Annabeth, est intervenu Grover avec une pointe de nervosité. Tu ne voudrais pas finir l'examen et te plaindre après ?

– Je suis une enfant d'Athéna. Cette mascarade fait insulte à mon intelligence. Je refuse de répondre à ces questions.

Quelque part, j'étais impressionné par son audace. Et quelque part, je me disais aussi que son orgueil allait nous coûter la vie à tous.

Les projecteurs brillaient de mille feux. Les yeux de la sphinge lançaient des éclats d'une noirceur impénétrable.

– En ce cas, ma chérie, a dit posément la créature, puisque tu ne peux pas réussir, tu es recalée. Et comme nous ne saurions permettre qu'un seul enfant redouble, tu vas être DÉVORÉE !

La sphinge a dégarni ses crocs, brillants comme de l'acier inoxydable. Elle a bondi vers le podium.

– Non !

Tyson est passé à l'attaque. Il ne supporte pas qu'on menace Annabeth, mais j'avais beau le savoir, j'étais sidéré par le courage dont il faisait preuve, vu tout ce que lui avait fait subir un sphynx autrefois.

Il a attrapé le fauve à bras-le-corps, en plein élan, et ils se sont écrasés tous les deux sur une pile d'ossements. Ça a donné le temps à Annabeth de reprendre ses esprits et de dégainer son poignard. Tyson s'est relevé, le tee-shirt réduit en lambeaux par les griffes de la sphinge. Laquelle a feulé, guettant l'ouverture.

J'ai dégainé Turbulence et je me suis glissé devant Annabeth.

– Rends-toi invisible, lui ai-je dit.

– Je peux me battre !

– Non ! ai-je hurlé. C'est *toi* que la sphinge veut ! Laisse-nous lui régler son compte !

Comme pour prouver que je disais juste, la sphinge a bousculé Tyson et tenté de foncer sur Annabeth, derrière moi. Grover lui a enfoncé un tibia anonyme dans l'œil, et elle a poussé un hurlement. Annabeth a mis sa casquette d'invisibilité et disparu. La sphinge a bondi pile à l'endroit où elle se tenait une seconde plus tôt, mais n'a rien trouvé à se mettre sous la patte.

– Pas juste ! a gémi la sphinge. C'est de la triche !

Faute d'Annabeth, la sphinge s'est tournée vers moi. J'ai brandi mon épée, mais avant que je puisse allonger une botte, Tyson a soulevé du sol la machine à noter du monstre et il la lui a jetée à la tête, démolissant son chignon. La machine est retombée par terre en mille morceaux.

– Ma machine à noter ! a crié la sphinge. Je ne peux pas être exemplaire sans mes notes d'examen !

Les grilles qui barraient les deux tunnels sont remontées. On a tous foncé vers le boyau du fond. Je ne voyais pas Annabeth et j'espérais qu'elle nous suivait.

La sphinge s'est jetée à nos trousses, mais Grover a porté sa flûte de Pan à ses lèvres et s'est mis à jouer. Soudain, les crayons se sont souvenus qu'ils étaient jadis des fragments d'arbre. Ils se sont rassemblés devant la sphinge, se sont déployés en racines et en branches, puis enroulés autour des pattes de la créature. La sphinge les a tailladés en quelques coups de griffe, mais ça nous a donné les précieuses minutes dont nous avions besoin.

Tyson a tiré Grover à l'intérieur du boyau, et la grille s'est rabattue derrière nous.

– Annabeth ! ai-je crié.

– Ici ! a dit une voix juste à côté de moi. Continuez de courir !

On s'est enfoncés à toutes jambes dans des tunnels obscurs, écoutant derrière nous les rugissements de la sphinge qui se plaignait de tous les tests qu'elle allait devoir corriger à la main.

11   Je suis tout feu, tout flamme

Je croyais qu'on avait perdu l'araignée, mais Tyson a perçu un faible tintement. On a pris quelques tournants, fait demi-tour à deux ou trois reprises et, pour finir, on a retrouvé notre guide mécanique qui tapait sa minuscule tête contre une porte en métal.

On aurait dit une écoutille de sous-marin des premiers temps : ovale, avec des écrous d'acier sur tout le pourtour et un volant circulaire en guise de poignée. Elle présentait en son centre une grande plaque de cuivre terni par le vert-de-gris, gravé de la lettre grecque *Êta*.

On s'est tous regardés.

– Vous vous sentez prêts à rencontrer Héphaïstos ? a demandé Grover d'une voix tendue.

– Non, ai-je avoué.

– Oui ! s'est exclamé Tyson avec enthousiasme.

Et il a tourné la poignée ronde.

Sitôt la porte ouverte, l'araignée a trottiné à l'intérieur, suivie de près par Tyson. Et d'un peu plus loin par Grover et moi, nettement moins impatients.

C'était une pièce immense. On aurait dit un atelier de

mécanicien, à cause des nombreux élévateurs hydrauliques. Certains supportaient des voitures, mais d'autres hébergeaient des constructions bien plus étranges : un hippalektryon de bronze sans sa tête, avec des câbles qui s'échappaient de sa queue de coq ; un lion métallique qui semblait rattaché à un chargeur de batterie ; un char de combat grec entièrement fait de flammes.

Sur une douzaine d'établis s'empilaient des travaux de plus petite taille. Des outils couvraient les murs ; autour de chaque crochet était dessiné le contour de l'un ou de l'autre, mais aucun n'était à sa place : le marteau occupait l'emplacement du tournevis, l'agrafeuse celui de la scie à métaux.

Une Toyota Corolla 1998 trônait sur le pont hydraulique le plus proche, d'où dépassaient les jambes d'un homme énorme, habillé d'un pantalon gris crasseux et de chaussures encore plus grandes que celles de Tyson. Une de ses jambes était maintenue par un appareil orthopédique.

L'araignée a filé droit sous la voiture et les coups de marteau se sont interrompus.

– Eh bien, eh bien, a tonné une voix grave, montant de sous la Corolla. Qui vient donc nous voir ?

Le mécanicien s'est extirpé en poussant sur sa plate-forme roulante et il s'est redressé. Comme j'avais déjà rencontré Héphaïstos une fois, brièvement, sur le mont Olympe, je pensais être prêt, pourtant sa vue m'a fait hoqueter.

Il avait dû soigner sa tenue quand je l'avais vu sur l'Olympe, voire faire appel à la magie pour atténuer sa laideur. Mais ici, dans son atelier, il se moquait visiblement de son apparence. Il portait une combinaison maculée de crasse et de taches d'essence, avec « Héphaïstos » brodé sur la poche poitrine.

Quand il s'est levé, l'appareil de métal qui enserrait sa jambe a grincé et, comme il avait une épaule plus basse que l'autre, même debout il donnait toujours l'impression d'être penché. Sa tête était difforme et cabossée. Un rictus permanent barrait son visage. Sa barbe noire grésillait et fumait. De temps en temps, un minifeu de forêt embrasait ses favoris, puis s'éteignait. Il avait des mains grosses comme des battoirs, mais s'en servait avec une habileté étonnante. En moins de deux, il a démonté et remonté l'araignée mécanique.

– Voilà, a-t-il bougonné. Beaucoup mieux.

L'araignée a fait un bond joyeux au creux de sa paume, projeté un fil métallique vers le plafond et s'est élancée en se balançant à travers la pièce.

Héphaïstos nous a toisés d'un œil noir.

– Ce n'est pas moi qui vous ai fabriqués, si ?

– Euh, non, seigneur, a répondu Annabeth.

– Heureusement, a grommelé le dieu. Quel travail bâclé !

Sur ces mots, il nous a examinés de plus près, Annabeth et moi.

– Des sang-mêlé, je parie. Pourriez être des automates, bien sûr, mais j'en doute.

– On s'est déjà rencontrés, seigneur, ai-je alors dit.

– Ah bon ? a fait le dieu d'un ton absent.

J'ai eu l'impression qu'il s'en fichait un peu. Ce qui l'intéressait, c'était de comprendre comment ma mâchoire s'articulait, si c'était avec des charnières, un levier ou je ne sais quel autre système.

– Ben alors, a-t-il repris, si je ne t'ai pas réduit en bouillie la première fois que je t'ai rencontré, je ne vois pas pourquoi je le ferais maintenant.

Il a ensuite posé le regard sur Grover et froncé les sourcils.

– Un satyre.

Puis il a regardé Tyson, et une lueur s'est allumée dans ses yeux.

– Ah ! Un Cyclope. Bien, bien, bien. Qu'est-ce qui te vaut de voyager avec cette bande ?

– Euh... a fait Tyson, qui regardait le dieu avec admiration.

– Bien dit, a acquiescé Héphaïstos. Bon, vous avez intérêt à avoir une bonne raison de me déranger. La suspension de cette Toyota, c'est pas de la tarte.

– Seigneur, a dit Annabeth d'une voix hésitante. Nous cherchons Dédale. Nous avons pensé que...

– *Dédale ?* a grondé le dieu. Vous voulez voir cette vieille canaille ? Vous avez l'audace de vous lancer à sa recherche ?

Sa barbe a pris feu et ses yeux ont lancé des éclairs.

– Euh, oui, seigneur, a répondu Annabeth. S'il vous plaît.

– Pfff ! Vous perdez votre temps !

Héphaïstos a reporté son attention sur son établi, puis s'en est approché en boitant. Il a attrapé un enchevêtrement de ressorts et de plaques métalliques et s'est mis à les manipuler. En quelques secondes, il avait fabriqué un faucon en bronze et argent. L'automate a déployé ses ailes de métal, cligné ses yeux d'obsidienne et pris son envol.

Tyson a tapé des mains en riant. L'oiseau mécanique s'est posé sur son épaule et lui a pincé affectueusement l'oreille.

Héphaïstos l'a regardé. Le rictus ne s'est pas effacé de son visage, mais il m'a semblé déceler une lueur plus bienveillante dans ses yeux.

– Je sens que tu as quelque chose à me dire, Cyclope.

Tyson a aussitôt cessé de sourire.

– Ou-oui, seigneur. Nous avons rencontré un Être-aux-Cent-Mains.

– Briarée ? a rétorqué Héphaïstos en hochant la tête, nullement surpris.

– Oui. Il... il avait peur. Il a refusé de nous aider.

– Et ça t'a perturbé.

– Oui ! s'est exclamé Tyson d'une voix qui se brisait. Briarée devrait être fort ! Il est plus vieux et plus grand que les Cyclopes. Mais il a fui.

Héphaïstos a laissé échapper un grognement.

– À une époque, j'admirais les Êtres-aux-Cent-Mains. Au temps de la première guerre. Mais tout le monde change, jeune Cyclope, même les monstres et les dieux. On ne peut pas leur faire confiance. Prends l'exemple de ma douce et tendre mère, Héra. Tu l'as rencontrée, n'est-ce pas ? En apparence, elle est tout sourire et aime dire que la famille, c'est sacré, hein ? Mais ça ne l'a pas empêchée de me jeter du haut du mont Olympe quand elle a vu mon hideux visage.

– Je croyais que c'était Zeus qui vous avait fait ça, ai-je glissé.

Héphaïstos s'est raclé la gorge et a craché dans un bol en bronze. Il a claqué des doigts et le faucon-robot est revenu se poser sur l'établi.

– C'est la version que mère aime raconter, a-t-il grommelé. Ça lui donne un meilleur rôle, tu vois ? Elle met tout sur le dos de papa. La vérité, c'est que ma mère aime les familles, mais d'un certain type seulement. Elle aime les familles *parfaites*. Il lui a suffi d'un coup d'œil pour se rendre compte que... disons que je n'ai pas vraiment le profil, vois-tu.

Il a arraché une plume du dos du faucon, et l'automate s'est démantelé.

– Crois-moi, jeune Cyclope, on ne peut pas faire confiance aux autres. On ne peut faire confiance qu'au travail de ses mains.

J'ai trouvé que c'était une philosophie de vie très solitaire. Sans compter que je n'avais pas grande confiance dans le travail d'Héphaïstos. À Denver, un jour, ses araignées mécaniques avaient failli nous tuer, Annabeth et moi. Et l'année dernière, c'était un défaut dans une statue de Talos – un des petits projets d'Héphaïstos – qui avait coûté la vie à Bianca.

Comme s'il lisait dans mes pensées, le dieu m'a regardé en plissant les yeux.

– Oh, en voilà un qui ne m'aime pas ! Pas de souci, j'ai l'habitude. Que voudrais-tu me demander, petit demi-dieu ?

– Nous vous l'avons dit, ai-je répondu. Il faut que nous trouvions Dédale. Il y a un type qui s'appelle Luke et qui travaille pour Cronos. Il cherche un moyen de se repérer dans le Labyrinthe pour pouvoir envahir notre colonie. Si nous ne sommes pas les premiers à parler à Dédale...

– Et je vous ai dit, mon garçon, que c'était une perte de temps. Dédale refusera de vous aider.

– Pourquoi ?

Héphaïstos a haussé les épaules avant de répondre :

– Certains d'entre nous se font jeter du haut d'une montagne, d'autres apprennent à ne pas faire confiance à autrui d'une façon encore plus douloureuse. Demandez-moi de l'or. Une épée de feu. Un cheval magique... Tout ça, je pourrais vous l'accorder facilement. Mais le moyen de rencontrer Dédale ? C'est une faveur qui coûte cher.

– Alors vous savez où il se trouve, a insisté Annabeth.

– Il ne serait pas sage de partir à sa recherche, jeune fille.

– Ma mère dit que la recherche est la nature de la sagesse.

– Qui est ta mère ? a demandé Héphaïstos en plissant les yeux.

– Athéna.

– Bien sûr. (Héphaïstos a soupiré.) Athéna, voilà une déesse remarquable. Quel gâchis qu'elle ait juré de ne jamais se marier. Entendu, sang-mêlé. Je peux vous dire ce que vous souhaitez savoir. Mais il y a un prix. J'ai besoin que vous me rendiez un service.

– Dites-nous lequel, a rétorqué Annabeth.

Héphaïstos a ri, carrément : un grondement de soufflet de forge.

– Vous autres héros, s'est-il exclamé, toujours prêts à faire des promesses hâtives ! C'est du baume pour les oreilles.

Sur ce, il a appuyé sur un bouton de son établi et des volets métalliques se sont ouverts en coulissant le long du mur. C'était soit une fenêtre immense, soit une télé écran géant, j'étais incapable de trancher. Devant nos yeux s'est dressée une montagne grise encerclée de forêts. Il devait s'agir d'un volcan car de la fumée s'élevait de la crête.

– C'est une de mes forges, a expliqué Héphaïstos. J'en ai de nombreuses, mais celle-ci était ma préférée.

– C'est le mont Saint Helens, a dit Grover. Il y a des forêts magnifiques, là-bas.

– Tu connais ? lui ai-je demandé.

– Oui. Pendant ma quête... tu sais. Quand je cherchais Pan.

– Une seconde, est alors intervenue Annabeth, s'adressant à

Héphaïstos. Vous avez dit que *c'était* votre préférée. Ça ne l'est plus ? Qu'est-ce qui s'est passé ?

Héphaïstos a gratté sa barbe encore fumante.

– Comme vous le savez, a-t-il commencé, c'est là que Typhon, le monstre, est enfermé. Avant c'était sous l'Etna, mais quand on est partis s'installer en Amérique, on l'a transféré sous le mont Saint Helens. C'est une source de feu formidable, mais un peu dangereuse. Il y a toujours le risque qu'il s'évade. Les éruptions sont nombreuses, ces derniers temps. La rébellion des Titans trouble Typhon.

– Qu'attendez-vous de nous ? ai-je demandé. Qu'on l'attaque ?

– Bien sûr que non, a répondu Héphaïstos avec une grimace. Ce serait du suicide ! Même les dieux prenaient la fuite devant lui, au temps où il était encore libre. Priez de ne jamais avoir à le rencontrer, encore moins à vous battre contre lui. Mon problème, c'est que dernièrement, j'ai perçu la présence d'intrus sur ma montagne. Quelqu'un ou quelque chose se sert de mes forges. Quand j'y vais, je les trouve vides, mais je vois bien qu'elles ont été utilisées. Ils sentent que j'arrive et ils s'éclipsent. J'ai envoyé des automates, aucun n'est revenu. Il y a là-bas quelque chose... d'ancien. De maléfique. Je veux savoir qui ose envahir mon territoire et si cette créature a l'intention de libérer Typhon.

– Vous voulez qu'on découvre qui se sert de votre forge, ai-je dit.

– Exactement. Allez là-bas. Les intrus ne détecteront peut-être pas votre approche. Vous n'êtes pas des dieux.

– Merci de le remarquer, ai-je bougonné.

– Allez-y et découvrez ce que vous pouvez. Revenez me faire votre rapport et je vous dirai ce que vous avez besoin de savoir au sujet de Dédale.

– D'accord, a dit Annabeth. Mais comment parvenir jusque là-bas ?

Héphaïstos a tapé dans ses mains et l'araignée est redescendue des poutres du plafond par un fil métallique. Annabeth a tressailli quand elle s'est posée à ses pieds.

– Ma créature va vous guider, a répondu Héphaïstos. Ce n'est pas loin, en passant par le Labyrinthe. Essayez de rester en vie, s'il vous plaît. Les humains sont tellement plus fragiles que les automates.

Tout allait bien jusqu'au moment où on est arrivés aux racines d'arbres. L'araignée fonçait bon train mais on tenait la cadence. Et puis, soudain, on a repéré un boyau latéral, creusé à même la terre et parcouru d'épaisses racines. Grover a pilé net.

– Qu'est-ce qu'il y a ? ai-je demandé.

Il est resté immobile, bouche bée, le regard rivé sur la pénombre de ce tunnel. La brise agitait ses cheveux bouclés.

– Allez, viens ! a dit Annabeth. On doit continuer.

– Le voilà. C'est là, a murmuré Grover d'une voix grave. C'est le chemin.

– Quel chemin ? Tu veux dire... pour trouver Pan ? ai-je demandé.

Grover a regardé Tyson.

– Tu ne sens pas l'odeur ?

– De la terre, a dit Tyson. Et des plantes.

– Oui ! C'est le chemin. J'en suis sûr !

Devant nous, l'araignée s'éloignait le long du couloir de pierre. Encore quelques secondes et on la perdrait de vue.

– On ira voir, a promis Annabeth. Au retour, en repassant chez Héphaïstos.

– Le tunnel aura disparu, a objecté Grover. Il faut que j'y aille maintenant. Une porte de ce genre ne restera pas ouverte longtemps !

– Mais on ne peut pas. Et la forge ?

– Je dois le faire, Annabeth, a dit Grover en la regardant tristement. Tu ne comprends pas ?

Annabeth a pris un air désespéré ; elle ne comprenait pas du tout. L'araignée n'était plus qu'un petit point au fond du tunnel. J'ai repensé alors à notre conversation à Grover et moi, la nuit précédente, et j'ai su ce qu'on devait faire.

– On va se séparer, ai-je dit.

– Non ! s'est écriée Annabeth. C'est beaucoup trop dangereux. Comment veux-tu qu'on se retrouve, après ? En plus Grover ne peut pas y aller tout seul.

Tyson a mis la main sur l'épaule de Grover.

– Je... Je vais l'accompagner, a-t-il dit.

Je n'en croyais pas mes oreilles.

– Tu es sûr, Tyson ?

– Oui, a rétorqué le grand lascar en hochant la tête. Biquet a besoin d'aide. On va trouver le dieu Pan. Je suis pas comme Héphaïstos, moi – je crois dans l'amitié.

Grover a respiré à fond et m'a regardé.

– On se retrouvera, Percy. On a toujours le lien d'empathie. Mais je dois y aller.

Je le comprenais. Retrouver Pan, c'était le but de sa vie. S'il n'y parvenait pas cette fois-ci, le Conseil ne lui donnerait pas d'autre chance.

– J'espère que tu as raison, ai-je dit.

– Je sais que oui.

Jamais je n'avais senti Grover aussi sûr de lui, sauf peut-être quand il affirmait que les enchiladas au fromage étaient meilleures que celles au poulet.

– Sois prudent, alors.

Sur ces mots, je me suis tourné vers Tyson, qui a ravalé un sanglot et m'a serré dans ses bras à me faire jaillir les yeux de leurs orbites.

Avec Grover, il s'est engouffré dans le tunnel aux racines enchevêtrées et l'obscurité les a avalés tous les deux.

– J'aime pas ça du tout, a dit Annabeth. Se séparer, c'est la pire des idées.

– On les reverra, ai-je affirmé d'une voix qui se voulait confiante. Allons-y, l'araignée va nous semer !

La température est vite devenue brûlante.

Les parois du tunnel rougeoyaient, l'air était chaud comme dans un four. Le boyau s'enfonçait en pente douce et du bas montait un grondement sourd, semblable au roulement d'un fleuve de métal. L'araignée trottinait vivement et Annabeth l'avait presque rattrapée.

– Hé, attends-moi !

– Qu'est-ce qu'il y a ? m'a-t-elle lancé en tournant la tête.

– Héphaïstos a dit un drôle de truc tout à l'heure... sur Athéna.

– Elle a fait serment de ne jamais se marier, a dit Annabeth. Comme Artémis et Hestia. Elle fait partie des déesses vierges.

J'ai dégluti. C'était la première fois que j'entendais dire ça sur Athéna.

– Mais alors... ai-je bafouillé.

– Alors comment ça se fait qu'elle ait des enfants demi-dieux ?

J'ai hoché la tête. J'avais sans doute rougi, mais avec un peu de chance il faisait trop chaud pour qu'Annabeth le remarque.

– Percy, est-ce que tu sais comment Athéna est née ?

– Elle a jailli de la tête de Zeus en armure, un truc comme ça, non ?

– Exactement. Elle n'est pas née normalement. Ce sont des pensées qui lui ont donné naissance. Ses enfants naissent de la même façon. Quand Athéna tombe amoureuse d'un mortel, c'est purement intellectuel, comme son amour pour Ulysse dans les histoires anciennes. C'est la rencontre de deux esprits. Elle te dirait que c'est la forme d'amour la plus pure.

– Alors ton père et Athéna... alors tu n'es pas...

– Je suis une créature mentale, littéralement. Les enfants d'Athéna sont le fruit des pensées divines de notre mère et de l'ingéniosité mortelle de notre père. Nous sommes censés être un cadeau, une bénédiction accordée par Athéna aux hommes qu'elle aime.

– Mais...

– Percy, l'araignée s'éloigne. Tu veux vraiment que je t'explique tous les détails de ma naissance ?

– Euh... non, ça va.

Elle a souri.

– Bien ce que je pensais.

Et elle est repartie dare-dare. Je lui ai emboîté le pas en me demandant si je pourrais jamais regarder Annabeth de la même façon qu'avant. Sur certaines choses, il vaut mieux laisser planer le mystère, ai-je pensé.

Le grondement s'intensifiait. Au bout d'à peu près deux kilomètres, on a débouché sur une caverne grande comme un stade de foot. Notre guide araignée a pilé net et s'est roulée en boule : on était arrivés à la forge d'Héphaïstos.

Il n'y avait plus de sol, rien que de la lave bouillonnante, une centaine de mètres en contrebas. Nous étions sur un rebord de pierre qui courait sur tout le tour de la grotte. Un réseau de ponts métalliques sillonnait le vide. Au milieu, une immense plate-forme supportait un tas de machines, de forges, de chaudrons, et la plus grande enclume que j'aie jamais vue : un bloc de fer gros comme une maison. Plusieurs créatures aux silhouettes sombres et bizarres allaient et venaient, mais elles étaient trop loin pour qu'on puisse distinguer les détails.

– On pourra jamais les épier sans se faire voir, ai-je dit.

Annabeth a ramassé l'araignée de métal et l'a glissée dans sa poche.

– Moi si. Attends-moi là.

– Une seconde !

Sans me laisser le temps de discuter, Annabeth a mis sa casquette des Yankees et elle est devenue invisible.

Je n'ai pas osé l'appeler, mais ça m'inquiétait qu'elle s'approche toute seule de la forge. Si ces créatures pouvaient percevoir la proximité d'un dieu, Annabeth ne courait-elle pas le risque de se faire repérer ?

J'ai jeté un coup d'œil derrière moi, dans le tunnel du Labyrinthe. Grover et Tyson me manquaient déjà. Finalement, j'ai décidé que je ne pouvais pas rester sans rien faire. J'ai longé à pas prudents la saillie rocheuse qui surplombait le lac de lave, dans l'espoir de trouver un meilleur angle pour espionner ce qui se passait au milieu.

La chaleur était épouvantable. Par comparaison, le ranch de Géryon était une oasis de fraîcheur. En l'espace de quelques secondes, je me suis retrouvé inondé de sueur. La fumée me piquait les yeux. J'avançais en essayant de rester le plus loin possible du gouffre mais au bout de quelques pas j'ai aperçu, en travers de mon chemin, un chariot à quatre roues, comme ceux qui servent dans les mines. En soulevant la bâche, j'ai vu qu'il était plein de ferraille. J'allais me faufiler derrière quand j'ai entendu des voix au-dessus de ma tête, provenant sans doute d'un tunnel latéral.

– Je l'apporte ?

– Tu peux, le film est presque fini.

J'ai paniqué. Je n'avais pas le temps de revenir sur mes pas ; je ne voyais nulle part où me cacher. À part... dans le chariot. Je me suis glissé à l'intérieur et j'ai rabattu la bâche sur moi en espérant que personne ne m'avait vu y grimper. J'ai serré Turbulence dans ma main pour être prêt à me battre, s'il le fallait.

Le chariot a démarré en cahotant.

– Houlà, ça pèse une tonne, cet engin ! a dit une voix bourrue.

– Tu m'étonnes, a répliqué l'autre, c'est du bronze céleste !

Bringuebalant, le chariot a continué. On a tourné et, d'après l'écho du crissement des roues que renvoyaient les parois, j'ai deviné qu'on avait pris un tunnel et qu'on était entrés dans une salle plus petite. Pourvu qu'ils ne me jettent pas dans un chaudron en fusion ! S'ils renversaient le chariot, j'avais intérêt à réagir vite. J'entendais beaucoup de bavardages, maintenant, de voix qui n'étaient pas humaines, mais se situaient plutôt entre le glapissement d'un phoque et l'aboiement d'un chien. Il y avait un autre bruit, aussi, qui m'a fait penser à un vieux projecteur de film, avec une voix off stridente.

– Laissez-le au fond, a ordonné quelqu'un d'autre, à l'arrière de la pièce. Bien, les jeunes. Concentrez-vous sur le film, s'il vous plaît. Vous pourrez poser vos questions tout à l'heure.

Le brouhaha s'est tu et j'ai pu entendre le commentaire du film.

« *Lorsqu'un jeune démon marin grandit,* disait le narrateur, *des changements s'opèrent dans son corps. Ainsi, vous pourrez remarquer que vos crocs s'allongent et que vous ressentez le désir soudain de dévorer des humains. Ce sont des changements parfaitement normaux qui affectent tous les jeunes monstres.* »

Des grondements excités ont parcouru la salle. Le prof – j'ai supposé que c'était un prof – a ramené le calme et la projection a continué. J'avais du mal à comprendre mais je n'osais pas regarder. Il était question de poussées de croissance, de problèmes d'acné provoquée par le travail dans les forges et de la bonne hygiène des nageoires. Puis, enfin, le film s'est terminé.

– Bon, les jeunes, a dit alors le prof. Quel est le nom exact de notre espèce ?

– Démons marins ! a aboyé un des élèves.

– Non. Quelqu'un d'autre a une idée ?

– Telchines ! a rugi un autre monstre.

– Très bien ! a commenté le prof. Et qu'est-ce qui nous amène ici ?

– La vengeance ! ont crié plusieurs voix.

– Oui, bien, mais pourquoi ?

– Zeus est maléfique ! a dit un monstre. Il nous a jetés dans le Tartare rien que parce qu'on avait fait de la magie !

– C'est exact, a approuvé le prof. Alors que nous avions fabriqué tant d'armes pour les dieux, et parmi les plus belles ! À commencer par le trident de Poséidon. Sans compter, bien sûr, la plus grande arme des Titans ! Mais ça n'a pas empêché Zeus de nous bannir et de nous remplacer par ces balourds de Cyclopes. C'est pour cette raison que nous nous emparons des forges d'Héphaïstos l'usurpateur. Et bientôt, nous contrôlerons les fournaises sous-marines, notre foyer ancestral !

Mes doigts se sont crispés sur mon épée-stylo. Ces créatures hargneuses auraient créé le trident de Poséidon… C'était quoi, cette histoire ? Je n'avais jamais entendu parler des telchines.

– Alors, les jeunes, a poursuivi le prof, qui est notre maître ?

– Cronos ! ont-ils crié en chœur.

– Et quand vous serez de grands telchines, est-ce que vous fabriquerez des armes pour son armée ?

– Oui !

– Bravo. Et maintenant, au travail. Je vous ai apporté de la ferraille pour que vous vous exerciez. On va voir si vous êtes doués.

Un brouhaha s'est levé et des voix excitées se sont approchées du chariot. Je me suis préparé à retirer le capuchon de Turbulence. D'un coup, la bâche a été retirée. Je me suis redressé tandis que mon épée de bronze prenait vie entre mes mains, et je me suis retrouvé devant... une meute de chiens.

Disons, plus exactement, que c'étaient des créatures à tête de chien : une truffe, des yeux marron et des oreilles pointues. Pour le reste, ils avaient des corps de mammifères marins, noirs et soyeux, des pattes courtaudes, moitié nageoires et moitié pieds, et des mains humaines aux griffes acérées. Imaginez un mélange de jeune garçon, de doberman et d'otarie : voilà à quoi j'avais affaire.

– Un demi-dieu ! a grondé l'un d'eux.

– On le bouffe ! a hurlé un autre.

Mais ils n'ont pas pu avancer davantage car, décrivant un vigoureux arc de cercle avec Turbulence, j'ai pulvérisé tout le premier rang de telchines.

– Arrière ! ai-je ordonné aux autres de ma voix la plus féroce.

Derrière les élèves se tenait leur prof, un telchine d'un mètre quatre-vingt-dix qui grondait en montrant ses crocs de doberman. J'ai fait de mon mieux pour le mater du regard.

– Nouvelle leçon, les jeunes ! ai-je annoncé. La plupart des monstres se réduisent en poussière quand ils reçoivent un coup d'épée en bronze céleste. Ce changement est parfaitement normal et il vous affectera *tout de suite* si vous ne RECULEZ pas !

À ma grande surprise, ça a marché. Les monstres ont battu en retraite, mais ils étaient une bonne vingtaine. Je n'allais pas pouvoir tabler très longtemps sur le facteur peur.

J'ai sauté à bas du chariot, crié : *« LE COURS EST FINI ! »* et foncé vers la sortie.

Les monstres se sont lancés à mes trousses en aboyant et grondant. Je me suis dit qu'avec ces petites pattes-nageoires ils ne devaient pas courir bien vite, erreur : ils se dandinaient, c'est sûr, mais ils étaient étonnamment rapides. Les dieux soient loués, le tunnel qui ramenait à la caverne principale avait une porte. Je l'ai claquée derrière moi et j'ai tourné la poignée ronde pour la verrouiller, mais je me doutais bien que ça ne les retiendrait pas longtemps.

Je ne savais pas quoi faire. Annabeth était quelque part par là, invisible. Notre espoir de procéder à une reconnaissance discrète venait d'être réduit à néant. J'ai couru vers la plate-forme centrale, au-dessus du lac de lave.

– Annabeth !
– Chut !

Une main invisible s'est plaquée sur ma bouche et m'a entraîné derrière un gros chaudron de bronze.

– Tu veux nous faire tuer ?

J'ai trouvé sa tête à tâtons et arraché sa casquette des Yankees. Annabeth est réapparue devant moi en scintillant, le visage couvert de suie et de cendres.

– Qu'est-ce qui te prend, Percy ? s'est-elle exclamée en fronçant les sourcils.
– On va avoir de la compagnie !

En deux mots, je lui ai résumé le cours d'orientation des monstres. Elle a écarquillé les yeux.

– C'est donc ça ! Ce sont des telchines. J'aurais dû deviner. Et ils fabriquent... Tiens, regarde.

On a pointé la tête au-dessus du bord du chaudron. Au centre de la plate-forme se tenaient quatre démons marins, mais des adultes, ceux-là : ils mesuraient au moins deux mètres cinquante. Leur peau noire luisait à la lumière des flammes et des étincelles jaillissaient autour d'eux tandis qu'ils se relayaient pour marteler un long morceau de métal incandescent.

– La lame est presque terminée, a dit l'un d'eux. Encore un bain de refroidissement dans du sang pour fusionner les métaux, et c'est bon.

– Elle sera encore plus tranchante qu'avant, a dit un deuxième.

– Qu'est-ce que c'est ? ai-je glissé à l'oreille d'Annabeth, qui a secoué la tête.

– Ils parlent tout le temps de fusionner des métaux. Je me demande...

– Ils ont fait allusion à la plus grande arme des Titans. Et... et ils ont dit qu'ils avaient fabriqué le trident de mon père.

– Les telchines ont trahi les dieux, m'a expliqué Annabeth. Ils faisaient de la magie noire. Je ne sais pas quoi au juste, mais Zeus les a exilés au Tartare.

– Avec Cronos.

– Oui, a-t-elle acquiescé. Il faut qu'on s'en aille en vitesse.

À peine avait-elle dit ces mots que la porte de la salle de classe a volé en éclats, laissant déferler une bande de jeunes telchines. Ils se sont bousculés en cherchant par où charger, et plusieurs sont tombés.

– Remets ta casquette, ai-je dit. Sors d'ici !

– Quoi ? a crié Annabeth. Pas question ! Je ne te laisse pas seul.

– J'ai un plan. Je vais les distraire. Tu peux te servir de l'araignée en métal, peut-être qu'elle te reconduira chez Héphaïstos. Il faut le prévenir de ce qui se passe.

– Mais tu vas te faire tuer !

– Mais non, ça ira. De toute façon, on n'a pas le choix.

Annabeth m'a fusillé du regard, comme si elle allait me donner un coup de poing. Et elle a fait une chose qui m'a sidéré encore davantage : elle m'a embrassé.

– Fais attention à toi, Cervelle d'Algues.

Sur ces mots, elle a mis sa casquette et disparu.

J'aurais sans doute pu passer le reste de la journée le regard perdu dans la lave bouillonnante, à essayer de me rappeler comment je m'appelais, mais les démons marins m'ont ramené à la réalité vite fait.

– Le voilà ! a crié l'un d'eux.

Le groupe entier s'est précipité sur la passerelle, fonçant droit sur moi. J'ai couru vers le centre de la plate-forme, et les quatre démons adultes ont été tellement surpris de me voir débouler qu'ils en ont lâché la lame chauffée au rouge. Elle faisait près de deux mètres de long, recourbée comme un croissant de lune. J'avais déjà vu beaucoup d'armes terrifiantes dans ma vie, mais ce truc inachevé m'a fait bien plus peur.

Les démons adultes ont vite surmonté leur surprise. La plate-forme centrale était desservie par quatre passerelles, et avant que je puisse foncer dans une direction ou l'autre, ils ont barré chacun une voie.

Le plus grand des quatre a retroussé les babines.

– Qui va là ? Un fils de Poséidon ?

– Oui, a grogné un autre. Je sens l'odeur de la mer dans son sang.

J'ai brandi Turbulence. Mon cœur battait à se rompre.

– Frappe l'un de nous, demi-dieu, a dit le troisième, et les autres te mettront en charpie. Ton père nous a trahis. Il a accepté notre cadeau mais il n'a rien dit quand on nous a jetés dans la fosse. Nous avons hâte de le voir débité en rondelles, lui et tous les autres Olympiens.

Si seulement ce que j'avais dit à Annabeth était vrai ! Si seulement j'avais un plan... J'avais voulu qu'elle parte saine et sauve, en espérant qu'elle serait assez raisonnable pour accepter. Mais je me rendais compte à présent que cet endroit était peut-être celui où j'allais mourir. Pas de prophéties pour moi. Je finirais terrassé au cœur d'un volcan par une meute d'otaries à face de chien. Les jeunes telchines étaient arrivés sur la plate-forme ; babines retroussées, ils grondaient en attendant de voir le sort que me réservaient leurs quatre aînés.

J'ai senti quelque chose qui chauffait contre ma cuisse. C'était le sifflet de glace, dans ma poche, qui devenait de plus en plus froid. S'il y avait bien un moment où j'avais besoin d'aide, c'était maintenant, pourtant j'ai hésité. Je me méfiais du cadeau de Quintus.

Avant que je puisse me décider, le plus grand des telchines a dit :

– Voyons quelle est sa force. Voyons combien de temps il va mettre pour brûler !

Il a plongé la main dans la fournaise la plus proche et en a prélevé une poignée de lave. Ses doigts se sont embrasés, mais ça ne semblait pas le gêner le moins du monde. Les autres telchines adultes ont fait de même. La première boule de pierre en fusion m'a touché aux jambes et mon pantalon a pris feu. Deux autres se sont écrasées sur ma poitrine. Terrifié, j'ai lâché mon épée et frotté fébrilement mes vêtements. J'étais encerclé par les flammes. Bizarrement, au début la chaleur était assez modérée, mais elle s'accentuait de seconde en seconde.

– La nature de ton père te protège, a dit l'un des grands telchines. Ça te rend difficile à brûler. Mais pas impossible, petit. Pas impossible.

Ils ont continué de me jeter des poignées de lave et je me souviens d'avoir hurlé. Mon corps entier avait pris feu. La douleur était pire que tout ce que j'avais jamais connu. Je me consumais. Je me suis effondré sur le sol de métal, sous les rires joyeux des petits telchines.

Alors la voix de la naïade, au ranch, m'est revenue à la mémoire : « J'ai l'eau en moi. »

J'avais besoin de la mer. Je sentais quelque chose qui me tirait au creux du ventre, mais il n'y avait rien dans les parages dont je puisse m'aider. Pas de rivière, pas le moindre robinet. Pas même un coquillage fossilisé, cette fois-ci. Par ailleurs, quand j'avais fait appel à mon pouvoir, aux écuries, il y avait eu un court et effrayant moment où j'avais failli en perdre le contrôle.

Je n'avais pas le choix. J'ai invoqué la mer. J'ai plongé en moi-même et communiqué avec les vagues et les courants, avec le pouvoir infini de l'océan. Et je l'ai libéré en poussant un cri horrible.

Plus tard, je n'ai jamais trouvé les mots pour décrire ce qui s'est alors passé. Une explosion, un raz-de-marée, un tourbillon de pouvoir m'a dans le même temps happé et précipité dans le lac de lave. Le feu et l'eau sont entrés en collision, soulevant des vapeurs brûlantes, et j'ai été projeté hors du volcan dans une immense explosion, simple fétu libéré par une pression d'un million de kilos. Mon dernier souvenir avant de perdre connaissance est que je volais, volais si haut que Zeus ne me l'aurait jamais pardonné, puis que je commençais à tomber en traçant un sillage de fumée, de flammes et d'eau. J'étais une comète qui fonçait vers la Terre.

12 Je prends des vacances sans fin

Je me suis réveillé avec la sensation de brûler encore. La peau me piquait, j'avais la gorge sèche et râpeuse. J'ai vu des arbres et du ciel bleu au-dessus de ma tête. J'ai entendu le *glouglou* d'une fontaine et senti dans l'air un parfum de genièvre, de cèdre et de plusieurs autres plantes odorantes. J'ai entendu des vagues, aussi, qui clapotaient doucement contre une grève rocailleuse. Je me suis demandé un instant si j'étais mort, mais je savais bien que non. Je m'étais rendu au Pays des Morts, et il n'y avait pas de ciel bleu.

J'ai essayé de me redresser. Mes muscles étaient tout mous, comme s'ils fondaient.

– Reste tranquille, a dit une voix de fille. Tu es encore trop faible pour te lever.

Elle a posé un tissu frais sur mon front. Une cuillère de bronze a plané au-dessus de moi et son contenu a coulé dans ma bouche. Le liquide a apaisé la brûlure de ma gorge et m'a laissé un arrière-goût de chocolat tiède dans la bouche. Le nectar des dieux. Puis le visage de la fille est apparu au-dessus de moi.

Elle avait des yeux en amande et des cheveux couleur

caramel, tressés en une seule natte sur une épaule. Quant à son âge... quinze ans ? Seize ? Difficile à dire. Elle avait un de ces visages hors du temps. Elle s'est mise à chanter et ma douleur s'est dissipée. Elle pratiquait de la magie. Je sentais que sa mélodie pénétrait dans ma peau, me soignait et cicatrisait mes brûlures.

– Qui... ? ai-je demandé d'une voix rauque.

– Chut, brave héros, a-t-elle dit. Repose-toi et guéris. Il ne t'arrivera rien, ici. Je suis Calypso.

Quand je me suis réveillé pour la deuxième fois, j'étais dans une grotte, mais autant vous dire que, côté grottes, j'en avais connu de bien pires. Ici, la voûte était couverte de cristaux de différentes couleurs – vert, blanc, violet, comme à l'intérieur des géodes en verre taillé des magasins de souvenirs. J'étais allongé dans un lit douillet, la tête reposant sur des oreillers de plume, entre des draps de coton blanc. La grotte était divisée en plusieurs espaces par des rideaux de soie blanche. Un grand métier à tisser et une harpe étaient placés contre un mur. L'autre était tapissé d'étagères sur lesquelles s'alignaient d'impeccables rangées de bocaux de fruits. Des bouquets d'herbes séchées pendaient au plafond : du romarin, du thym et un tas d'autres trucs dont ma mère aurait connu les noms.

Il y avait une cheminée encastrée dans la paroi de la grotte, et une marmite qui bouillonnait sur les flammes. Une délicieuse odeur de bœuf en daube s'en échappait.

Je me suis redressé en essayant d'ignorer les élancements qui me traversaient la tête. J'ai regardé mes bras, m'attendant à les découvrir horriblement brûlés, mais ils avaient l'air normaux. Un peu plus roses que d'habitude, mais pas de plaies. Je portais un tee-shirt et un pantalon à cordon en coton blanc qui ne m'appartenaient pas. J'étais pieds nus. Pris d'une panique subite, je me suis demandé ce qu'était devenue Turbulence et j'ai plongé la main dans ma poche : mon stylo y était, à la place où il réapparaissait toujours.

Pas seulement ça, mais le sifflet de glace stygienne se trouvait lui aussi dans ma poche. D'une manière ou d'une autre, il m'avait suivi, et ce n'était pas pour me rassurer.

Je me suis levé au prix de gros efforts. Le sol de pierre était glacé. Je me suis tourné et j'ai découvert mon reflet dans un grand miroir de bronze poli.

– Par Poséidon, ai-je murmuré.

J'avais l'air d'avoir perdu dix kilos que je ne pouvais pas me permettre de perdre. Mes cheveux pendouillaient, tout emmêlés et roussis aux pointes comme la barbe d'Héphaïstos. Si j'étais en voiture à un carrefour et que je voyais un gars arborant ce look s'approcher pour me demander de l'argent, je verrouillerais les portières.

Je me suis écarté du miroir. L'entrée de la grotte était sur ma gauche. J'ai fait quelques pas vers la lumière du jour.

La grotte donnait sur une prairie. D'un côté, un bosquet de cèdres, de l'autre un immense jardin fleuri. Quatre fontaines ornées de satyres en pierre projetaient leurs jets d'eau par les flûtes de Pan des statues, emplissant l'air d'un son cristallin. La prairie descendait en pente douce vers une plage de galets. Les vagues d'un lac s'éteignaient en clapotant sur la rive. Je savais que c'était un lac parce que... je le savais, c'est tout. De l'eau douce, pas de sel. L'eau scintillait au soleil et le ciel était limpide. L'endroit était paradisiaque, ce qui m'a immédiatement inquiété. Quand, comme moi, on donne dans la mythologie depuis quelques années, on sait que les paradis sont souvent des lieux où on risque de se faire tuer.

La fille à la tresse caramel, celle qui disait s'appeler Calypso, était sur la plage et parlait avec quelqu'un. Je ne voyais pas très bien son interlocuteur à cause des reflets de lumière sur l'eau, mais ils avaient l'air de se disputer. J'ai essayé de me souvenir de ce que les vieux mythes disaient sur Calypso. J'avais déjà entendu son nom... mais j'avais oublié. Était-ce un monstre ? Est-ce qu'elle capturait les héros pour les tuer ensuite ? Mais si elle était maléfique, pourquoi étais-je encore en vie ?

Je me suis dirigé vers elle, à pas lents car mes jambes étaient encore courbatues. Quand l'herbe a cédé la place aux galets, j'ai baissé les yeux pour ne pas trébucher et, lorsque j'ai relevé la tête, la fille était seule. Elle portait une robe grecque blanche sans manches, avec un décolleté rond et profond bordé d'un liseré doré. Elle s'est passé la main sur les yeux, comme si elle venait de pleurer.

– Tiens ! a-t-elle dit en s'efforçant de sourire, le dormeur se réveille enfin.

– À qui parlais-tu ? ai-je dit d'une voix de grenouille qui sort du micro-ondes.

– Oh, juste un messager. Comment te sens-tu ?

– Je suis resté combien de temps dans les vapes ?

– Le temps, a répondu Calypso d'un ton songeur. C'est quelque chose de difficile à mesurer ici. Honnêtement, je ne sais pas, Percy.

– Tu connais mon nom ?

– Tu parles en dormant.

J'ai rougi.

– Ouais, ai-je bafouillé. Je... euh... on me l'a déjà dit.

– Oui. C'est qui, Annabeth ?

– Oh, euh... une amie. On était ensemble quand... hé, une seconde ! Comment suis-je arrivé ici ? Où suis-je ?

Calypso a tendu la main et passé les doigts entre mes cheveux emmêlés. J'ai fait un bond en arrière.

– Excuse-moi, m'a-t-elle dit, j'ai pris l'habitude de m'occuper de toi, c'est tout. Quant à comment tu es arrivé ici, tu es tombé du ciel. Tu as atterri dans l'eau, juste à cet endroit. (Elle a tendu la main vers le bout de la plage.) Je ne sais pas comment tu as survécu, on aurait dit que l'eau amortissait l'impact de ta chute. Et quant au lieu où tu te trouves, c'est Ogygie.

– Est-ce que c'est près du mont Saint Helens ? ai-je demandé, car j'étais nul en géographie.

Calypso a ri. C'était un rire retenu, comme si elle me trouvait franchement drôle mais ne voulait pas avoir l'air de se moquer. Elle était mignonne quand elle riait.

– Ce n'est près de rien, brave héros. Ogygie est mon île fantôme. Elle existe par elle-même, nulle part et n'importe où. Tu pourras guérir en toute sécurité ici. Aucune crainte à avoir.

– Mais mes amis...

– Annabeth, a dit Calypso. Et Grover et Tyson ?

– Oui ! Il faut que je les retrouve. Ils sont en danger.

Elle m'a effleuré le visage, et je n'ai pas reculé, cette fois-ci.

– Repose-toi d'abord. Tu ne seras d'aucune utilité à tes amis tant que tu ne seras pas rétabli.

À peine avait-elle prononcé ces mots que je me suis rendu compte que j'étais exténué.

– Tu... tu n'es pas une sorcière maléfique, si ?

– Qu'est-ce qui pourrait te faire croire cela ? a-t-elle demandé avec un sourire faussement timide.

– Ben... j'ai rencontré Circé et elle aussi, elle avait une île plutôt jolie. Sauf qu'elle aimait bien changer les hommes en cochons d'Inde.

Calypso m'a de nouveau gratifié de son joli petit rire.

– Je te promets que je ne te changerai pas en cochon d'Inde.

– Ni en rien d'autre ?

– Je ne suis pas une sorcière maléfique, a affirmé Calypso. Et je ne suis pas ton ennemie, brave héros. Maintenant va te reposer. Tu as les paupières qui clignotent.

Elle avait raison. J'ai senti mes genoux ployer et, si elle ne m'avait pas rattrapé, je serais tombé tête la première sur les galets. Ses cheveux sentaient la cannelle. Elle était très forte, ou alors c'était moi qui étais vraiment maigre et affaibli. Elle m'a emmené jusqu'à un banc capitonné, près d'une des fontaines, et m'a aidé à m'allonger.

– Repose-toi, m'a-t-elle ordonné.

Et je me suis endormi dans le murmure des fontaines et l'odeur de la cannelle et du genièvre.

À mon réveil suivant, il faisait nuit mais je ne savais pas si c'était la même nuit ou plusieurs jours plus tard. J'étais dans le lit de la grotte. Je me suis levé, j'ai enfilé un peignoir et je suis sorti pieds nus. Les étoiles étincelaient ; il y en avait des milliers, comme on ne le voit qu'à la campagne. J'ai reconnu les constellations qu'Annabeth m'avait appris à repérer : le Capricorne, Pégase, le Sagittaire. Voisine de l'horizon sud, une nouvelle constellation se dessinait : la Chasseresse, en hommage à une de nos amies morte l'hiver dernier.

– Percy, que vois-tu ?

J'ai ramené le regard sur Terre. Les étoiles avaient beau être étincelantes, Calypso rayonnait deux fois plus. Je veux dire, j'ai vu la déesse de l'Amour en personne, Aphrodite, et je ne le dirais jamais tout haut parce qu'elle me réduirait en cendres, mais à mes yeux, Calypso était beaucoup plus belle, sans doute parce qu'elle était tellement naturelle. Elle n'essayait pas d'être belle et n'avait pas l'air de s'en soucier ; elle l'était, c'est tout. Avec ses cheveux tressés et sa robe blanche, elle semblait lumineuse sous le clair de lune. Elle tenait entre ses mains une plante minuscule, aux fleurs argentées et ciselées.

– Je regardais juste... (Je me suis surpris à contempler son visage.) Euh... j'ai oublié.

Elle a ri doucement.

– Eh bien maintenant que tu es levé, tu peux m'aider à planter ces fleurs.

Elle m'a tendu une plante, avec une motte de terre pleine de racines. Quand je l'ai prise, les fleurs ont lui. Calypso a ramassé sa bêche de jardinier et m'a emmené à la lisière du jardin, où elle s'est mise à creuser.

– C'est de la dentelle de lune, m'a-t-elle expliqué. On ne peut la planter que de nuit.

J'ai regardé la lueur argentée qui courait sur la corolle des fleurs.

– À quoi ça sert ? ai-je demandé.

– À quoi ça sert ? a repris Calypso d'un ton songeur. À rien de spécial, en fait. Elle pousse, vit, donne de la lumière et de la beauté. N'est-ce pas suffisant ?

– Si, sans doute.

Elle m'a retiré la plante des mains et nos doigts se sont effleurés. Les siens étaient tièdes.

Calypso a planté la dentelle de lune et reculé d'un pas, pour jauger son travail.

– J'adore mon jardin, m'a-t-elle dit.

– Il est magnifique, ai-je acquiescé.

On ne peut pas dire que je sois un mordu de jardinage, mais Calypso avait des charmilles où grimpaient des roses de six couleurs différentes, des treillages envahis de chèvrefeuille et des rangées de vignes chargées de grappes de raisin rouge et violet qui auraient fait saliver d'envie Dionysos.

– Chez moi, à la maison, ma mère a toujours rêvé d'avoir un jardin, ai-je confié à Calypso.

– Pourquoi elle n'en a pas ?

– Ben, on habite à Manhattan, tu sais. En appartement.

– Manhattan ? Appartement ?

Je l'ai regardée.

– Tu ne sais pas du tout de quoi je parle, hein ?

– J'ai peur que non. Je n'ai pas quitté Ogygie depuis... un bon bout de temps.

– Ben, Manhattan, c'est à New York. C'est une grande ville, il n'y a pas beaucoup de place pour des jardins.

Calypso a froncé les sourcils.

– C'est triste. Hermès me rend visite de temps en temps. Il me dit que le monde extérieur a considérablement changé. Je n'avais pas réalisé qu'il avait changé au point qu'on ne puisse avoir de jardin.

– Pourquoi tu ne quittes plus ton île ?

Elle a baissé les yeux avant de répondre :

– C'est ma punition.

– Pourquoi ? Qu'est-ce que tu as fait ?

– Moi ? Rien. Mais mon père, beaucoup de choses, hélas. Il s'appelle Atlas.

Entendre ce nom m'a fait frissonner. J'avais rencontré Atlas le Titan l'hiver dernier, et je n'en gardais pas un bon souvenir. Il avait tenté de tuer quasiment tous les gens que j'aimais.

– Il n'empêche, ai-je rétorqué d'une voix hésitante, c'est pas juste de te punir pour les actions de ton père. J'ai connu une autre fille d'Atlas. Elle s'appelait Zoé. C'est une des personnes les plus courageuses que j'aie jamais rencontrées.

Calypso m'a examiné longuement, d'un regard triste et scrutateur.

– Qu'est-ce qu'il y a ? ai-je demandé.

– As-tu... as-tu retrouvé tes forces, mon brave héros ? Crois-tu que tu seras bientôt prêt à repartir ?

– Quoi ? Je ne sais pas. (J'ai remué les jambes, elles étaient encore raides. Et je commençais déjà à avoir le tournis pour être resté si longtemps debout.) Tu veux que je m'en aille ?

– Je... (Sa voix s'est brisée.) À demain matin. Dors bien.

Elle est repartie en courant vers la plage. J'étais trop déconcerté pour faire autre chose que la regarder s'éloigner dans la nuit.

Je ne pourrais pas dire combien de temps s'est écoulé, au juste. Comme l'avait signalé Calyspo, le temps était difficile à mesurer sur cette île. Je savais que je devais partir. Dans le meilleur des cas, mes amis s'inquiétaient. Dans le pire des scénarios, ils étaient en danger. J'ignorais même si Annabeth avait pu s'échapper du volcan. À plusieurs reprises, j'ai tenté d'activer mon lien d'empathie avec Grover, mais je n'arrivais jamais à établir le contact. Il m'était insupportable de ne pas savoir s'ils allaient bien.

D'un autre côté, j'étais encore vraiment faible. Je ne tenais pas sur mes jambes plus de quelques heures d'affilée. Ce que j'avais fait au mont Saint Helens m'avait vidé de mes forces, épuisé comme jamais je ne l'avais été de ma vie.

Je n'avais pas du tout le sentiment d'être prisonnier. Je me souvenais de l'hôtel-casino du Lotus à Las Vegas, où j'avais été happé dans un univers de jeu tellement fascinant que j'en avais presque oublié tout ce qui comptait pour moi. Mais l'île d'Ogygie n'avait rien à voir. Je pensais sans cesse à Annabeth, Grover et Tyson. Je n'avais pas du tout oublié pourquoi je devais partir. C'était juste que... je n'y arrivais pas. Et puis il y avait Calypso.

Elle ne parlait jamais beaucoup d'elle, mais cela me donnait envie d'en savoir plus à son sujet. Je m'asseyais dans l'herbe et je sirotais du nectar en essayant d'observer les fleurs, les nuages, les jeux de lumière sur l'eau, mais en réalité je regardais les gestes de Calypso au travail, sa façon de repousser ses cheveux sur son épaule, la petite mèche qui tombait devant ses yeux quand elle se penchait pour bêcher dans le jardin. Parfois, elle tendait la main et des oiseaux quittaient les arbres des bois pour venir se percher sur son bras : des loris, des perroquets, des colombes. Elle leur disait bonjour, prenait de leurs nouvelles, leur demandait comment ça allait, au nid. Ils gazouillaient quelques instants, puis repartaient joyeusement à tire-d'aile. Les yeux de Calypso brillaient. Elle se tournait alors vers moi et on échangeait un sourire, mais presque immédiatement une ombre de tristesse voilait son visage et elle se détournait. Je n'arrivais pas à comprendre ce qui la tracassait.

Un soir, on dînait tous les deux sur la plage. Des domestiques invisibles avaient dressé la table, ragoût de viande et jus de pomme frais. Si ça ne vous paraît pas super-appétissant, c'est parce que vous n'y avez pas goûté. Au début de mon séjour sur l'île, je n'avais même pas remarqué les domestiques invisibles, mais au bout d'un moment je me suis rendu compte que les lits se faisaient tout seuls, que les repas apparaissaient tout prêts, que des mains discrètes lavaient et pliaient mes vêtements.

Bref, nous étions à table, Calypso et moi, et elle était ravissante à la lumière des bougies. Je lui parlais de New York et de la Colonie des Sang-Mêlé, et puis je lui ai raconté la fois où Grover a croqué une pomme alors qu'on était en train de jouer à la balle avec. Elle a ri, montrant son sourire sublime, et nos regards se sont croisés. D'un coup, elle a baissé la tête.

– Ça recommence, ai-je dit.

– Quoi donc ?

– Tu te refermes tout le temps, comme si tu ne voulais pas te laisser aller et t'amuser.

Calypso a gardé les yeux rivés sur son verre de jus de pomme.

– Je te l'ai déjà dit, Percy, je suis punie. Maudite, si tu veux.

– Comment ? Explique-moi. Je veux t'aider.

– Ne dis pas ça. S'il te plaît, ne dis pas ça.

– Dis-moi quelle est ta punition.

Elle a couvert son bol de ragoût à demi mangé d'une serviette et, aussitôt, un domestique invisible l'a emporté.

– Percy, cette île, Ogygie, c'est chez moi, c'est là que je suis née. Mais c'est aussi ma prison. Je suis en... résidence surveillée, disons. Je ne visiterai jamais ton Manhattan. Ni aucun autre lieu. Je suis seule sur mon île.

– Parce que ton père est Atlas.

Elle a hoché la tête avant d'ajouter :

– Les dieux ne font pas confiance à leurs ennemis, et ils ont raison. Je ne devrais pas me plaindre. Il y a des prisons qui sont bien moins belles que la mienne.

– Mais ce n'est pas juste, ai-je dit. Cette autre fille d'Atlas que je connaissais, Zoé Nightshade, elle s'est battue contre lui. Elle n'a pas été emprisonnée.

– Mais, Percy, a dit doucement Calypso. J'étais de son côté pendant la première guerre. C'est mon père.

– Quoi ? Mais les Titans sont maléfiques !

– Vraiment ? Tous ? Tout le temps ? (Calypso a pincé les lèvres.) Dis-moi une chose, Percy. Je n'ai aucune envie de me disputer avec toi. Mais tu soutiens les dieux parce qu'ils sont bons, ou parce que c'est ta famille ?

Je n'ai pas répondu. Il y avait du vrai dans ce qu'elle disait. L'année dernière, alors qu'on venait de sauver l'Olympe, Annabeth et moi, les dieux avaient tenu un débat pour décider s'ils allaient me tuer ou non. Ce n'est pas ce que j'appelle une marque de bonté. Je crois que je les soutenais parce que Poséidon était mon père.

– J'ai peut-être eu tort pendant la guerre, a repris Calypso. Et pour être honnête, les dieux me traitent bien. Ils me rendent visite de temps en temps. Ils m'apportent des nouvelles du monde extérieur. Mais ils peuvent repartir. Moi non.

– Tu n'as pas d'amis ? Je veux dire, il n'y aurait pas quelqu'un qui aimerait vivre ici avec toi ? C'est beau, ici.

Une larme a coulé sur sa joue.

– Je... je m'étais promis de ne pas t'en parler. Mais...

Un grondement qui semblait provenir du lac l'a brusquement interrompue. Une lueur a éclairé l'horizon. Elle s'est faite de plus en plus vive, jusqu'au moment où j'ai pu distinguer une colonne de feu qui se déplaçait à la surface de l'eau et venait droit sur nous.

– Qu'est-ce que c'est que ça ? me suis-je écrié en saisissant Turbulence.

– Une visite, a soupiré Calypso.

Lorsque la colonne de feu est arrivée sur la plage, Calypso s'est levée et s'est inclinée avec révérence. Les flammes se sont dissipées. Devant nous se tenait un homme en combinaison grise, une jambe appareillée, la barbe et les cheveux embrasés.

– Seigneur Héphaïstos, a dit Calypso. C'est un honneur rare.

Le dieu du Feu a poussé un grognement.

– Calypso ! Toujours aussi belle. Tu voudras bien nous excuser, ma chère ? J'ai besoin de parler à notre ami Percy Jackson.

Héphaïstos s'est assis maladroitement à la table et il a commandé un Pepsi. Le domestique invisible a apporté une cannette qu'il a ouverte trop brusquement, et un jet de soda a aspergé la combinaison de travail du dieu. Héphaïstos a rugi, craché quelques jurons et envoyé balader la cannette.

– Ces imbéciles de domestiques ! a-t-il grommelé. De bons automates, voilà ce qu'il lui faut. Ils ne font jamais de bêtises.

– Héphaïstos, qu'est-ce qui se passe ? ai-je demandé. Annabeth...

– Elle va bien. C'est une fille pleine de ressources. Elle a retrouvé son chemin et elle m'a tout raconté. Elle se fait un sang d'encre, tu sais.

– Tu ne lui as pas dit que j'étais vivant ?

– Ce n'est pas à moi de le dire. Tout le monde te croit mort. Il faut que je sois certain que tu reviennes avant de me mettre à raconter aux gens où tu es.

– Comment ça ? Évidemment que je vais revenir !

Héphaïstos m'a examiné d'un œil sceptique. Il a sorti quelque chose de sa poche : un disque métallique, de la taille d'un iPod. Puis il a appuyé sur un bouton et le disque s'est transformé en télévision de bronze miniature. Sur l'écran, des images du mont Saint Helens se sont mises à défiler. Un immense panache de flammes et de cendres montait du cratère.

« On ignore encore si d'autres éruptions sont à venir, disait le présentateur. Les autorités ont ordonné l'évacuation de presque cinq cent mille personnes par mesure de sécurité. Les cendres retombent sur un vaste périmètre, allant jusqu'au lac Tahoe et Vancouver. Si aucune mort n'est à déplorer, plusieurs cas de blessures légères ont été signalés, ainsi que des maladies... »

Héphaïstos a éteint le poste.

– Tu as fait du grabuge, on peut le dire.

J'ai regardé fixement l'écran de bronze. Cinq cent mille personnes évacuées. Des blessés. Des malades. Qu'avais-je fait ?

– Les telchines sont éparpillés, m'a dit le dieu. Certains ont été pulvérisés, mais d'autres ont pu se sauver, c'est certain. Je ne crois pas qu'ils se serviront de ma forge de sitôt. D'un autre côté, moi non plus. À cause de l'explosion, Typhon a remué dans son sommeil. Il faut attendre de voir...

– Je n'ai pas pu le libérer, quand même ? Je veux dire, je ne suis pas si puissant !

– Pas si puissant, hein ? (Le dieu a émis un petit grognement.) On pourrait s'y tromper. Tu es le fils du dieu des Tremblements de terre, mon garçon. Tu ne connais pas ta force.

C'était la dernière chose que je voulais entendre. J'avais perdu le contrôle de moi-même, sur cette montagne. J'avais libéré tellement d'énergie que j'avais failli en être pulvérisé, vidé de toutes mes forces vitales. Maintenant, j'apprenais que j'avais quasiment ravagé toute la région du nord-ouest des États-Unis, et manqué réveiller le monstre le plus horrible que les dieux aient jamais emprisonné. J'étais peut-être trop dangereux. Peut-être valait-il mieux que mes amis me croient mort.

– Et Grover et Tyson ? ai-je demandé.

Héphaïstos a secoué la tête.

– Aucune nouvelle. J'ai bien peur que le Labyrinthe les ait engloutis.

– Alors qu'est-ce que je suis censé faire ?

Héphaïstos a grimacé.

– Ne demande jamais conseil à un vieil estropié, mon garçon. Mais je vais te dire un truc. Tu as rencontré mon épouse ?

– Aphrodite.

– Elle-même. C'est une maligne, mon garçon. Méfie-toi de l'amour. L'amour te retourne le cerveau, tant et si bien que tu finis par penser à l'envers. Tu prends le haut pour le bas, le faux pour le juste.

J'ai repensé à ma rencontre avec Aphrodite, l'hiver dernier en plein désert, à l'arrière d'une Cadillac blanche. Elle m'avait dit qu'elle s'était prise d'intérêt pour moi et qu'elle allait me compliquer la vie côté cœur, rien que parce qu'elle m'aimait bien.

– Et ma présence ici, ça fait partie de ses plans ? ai-je demandé. C'est elle qui m'a fait atterrir sur cette île ?

– Possible. C'est difficile à dire, avec elle. Mais si tu décides de quitter cette île – et ce n'est pas à moi de juger ce qui est bien et ce qui est mal -, je t'ai promis une réponse pour ta quête. Je t'ai promis de t'indiquer comment trouver Dédale. Seulement le truc, le voilà. Ça n'a rien à voir avec le fil d'Ariane. Pas vraiment, du moins. Le fil marche, bien sûr. L'armée des Titans va essayer de se le procurer. Mais le meilleur moyen pour circuler dans le Labyrinthe... Thésée était aidé par la princesse. Et cette princesse était une simple mortelle, elle n'avait pas une goutte de sang divin. Seulement elle était intelligente et elle savait voir, mon garçon. Elle avait la vision claire. C'est donc ça que je veux dire : je crois que tu sais comment circuler dans le Labyrinthe.

J'ai enfin saisi. Comment ne l'avais-je pas compris plus tôt ? Héra avait raison. J'avais la réponse depuis le début.

– Ouais, ai-je dit. Ouais, je sais.

– Alors tu vas devoir décider si tu pars ou non.

– Je...

Je voulais dire oui. Bien sûr que j'allais partir. Mais les mots sont restés coincés dans ma gorge. Je me suis surpris à regarder vers le lac, et soudain partir m'a paru très difficile.

– Ne décide pas tout de suite, m'a conseillé Héphaïstos. Attends le point du jour. Le point du jour est un bon moment pour prendre des décisions.

– Est-ce que Dédale voudra bien nous aider ? ai-je demandé. Je veux dire, s'il donne à Luke le moyen de circuler dans le Labyrinthe, on est fichus. J'ai vu en rêve comment... Dédale a tué son neveu. Ça l'a rendu amer, hargneux et...

– C'est pas facile d'être un inventeur de génie, a bougonné Héphaïstos. On est toujours seul. Toujours incompris. On peut facilement devenir amer et commettre de terribles erreurs. C'est plus difficile de travailler avec des gens qu'avec des machines. Et quand tu casses une personne, tu ne peux pas la réparer.

Héphaïstos a essuyé les dernières gouttes de Pepsi de son bleu de travail.

– Dédale avait plutôt bien commencé, a-t-il ajouté. Il a aidé Thésée et la princesse Ariane parce qu'ils lui faisaient de la peine. Il a essayé de faire une bonne action. Et à partir de là, tout a mal tourné dans sa vie. C'était juste, ça ? (Le dieu a haussé les épaules.) Je ne sais pas si Dédale acceptera de t'aider, mon garçon, mais ne juge pas quelqu'un tant que tu ne t'es pas mis à sa forge et que tu n'as pas travaillé avec son marteau, d'accord ?

– Je... j'essaierai.

Héphaïstos s'est levé.

– Au revoir, mon garçon. Tu as fait acte de bravoure en anéantissant les telchines. Je ne l'oublierai jamais.

Cet au revoir m'a paru terriblement définitif. Le dieu s'est changé en colonne de flammes, qui a ensuite glissé à la surface de l'eau pour aller rejoindre le monde extérieur.

J'ai marché plusieurs heures le long de la plage. Il était très tard quand je suis enfin retourné à la prairie, peut-être 4 ou 5 heures du matin, mais Calypso était toujours dans son jardin et soignait les fleurs à la lumière des étoiles. Sa dentelle de lune luisait d'un éclat argenté et les plantes, réagissant à son influence magique, jetaient des reflets rouges, jaunes et bleus brillants.

– Il t'a donné l'ordre de rentrer, a dit Calypso.
– Pas tout à fait. Il m'a laissé le choix.

Elle m'a regardé dans les yeux.

– J'ai promis de ne pas te le proposer.

– Quoi ?

– De rester ici.

– Rester, tu veux dire... pour toujours ?

– Tu serais immortel, sur cette île, a-t-elle expliqué d'une voix calme. Tu ne vieillirais ni ne mourrais jamais. Tu pourrais laisser les combats à d'autres, Percy Jackson. Tu pourrais échapper à ta prophétie.

Je l'ai regardée, sidéré.

– Aussi simplement que ça ?

– Aussi simplement que ça, a-t-elle répondu en hochant la tête.

– Mais... et mes amis ?

Elle s'est approchée et a pris ma main dans la sienne. À son contact, j'ai senti un courant de chaleur traverser mon corps.

– Tu m'as demandé quelle était ma malédiction, Percy. Je ne voulais pas te le dire. La vérité, c'est que les dieux m'envoient de la compagnie, de temps en temps. Tous les mille ans, environ, ils laissent un héros s'échouer sur mon rivage, quelqu'un qui a besoin de mon aide. Je m'en occupe et je me lie d'amitié avec lui, mais ce n'est jamais au hasard. Les Parques veillent à ce que le genre de héros qu'elles m'envoient...

Sa voix tremblait et elle a été obligée de s'interrompre.

J'ai serré sa main plus fort.

– Qu'est-ce qu'il y a ? Qu'est-ce que j'ai fait qui te rende si triste ?

– Elles envoient toujours quelqu'un qui ne peut pas rester, a murmuré Calypso. Quelqu'un qui ne peut pas accepter ma compagnie au-delà d'une courte période. Elles m'envoient un héros dont je ne peux pas... le genre de personne dont je ne peux pas m'empêcher de tomber amoureuse.

La nuit était silencieuse, hormis le chant des fontaines et le clapotis des vagues sur les galets. Il m'a fallu un long moment pour comprendre ce que me disait Calypso.

– Moi ? ai-je fini par demander.

– Si tu voyais ta tête ! (Elle a réprimé un sourire, mais ses yeux étaient encore embués.) Toi, bien sûr.

– C'est pour ça que tu te refermais tout le temps ?

– J'ai vraiment résisté. Mais c'est plus fort que moi. Les Parques sont cruelles. Elles t'ont envoyé chez moi, mon brave héros, en sachant que tu me briserais le cœur.

– Mais... je suis juste... je veux dire, je suis moi, c'est tout.

– C'est suffisant. Je m'étais dit que je ne te parlerais même pas de tout ça. Que je te laisserais repartir sans te proposer de rester. Mais je ne peux pas. J'imagine que les Parques le savaient aussi. Tu pourrais rester avec moi, Percy. C'est la seule façon dont tu pourrais m'aider, en fait.

J'ai contemplé l'horizon. Les premières lueurs roses de l'aurore teintaient le ciel. Je pouvais rester ici éternellement, disparaître de la surface de la Terre. Je pouvais vivre avec Calypso, entouré de domestiques invisibles pourvoyant à tous mes besoins. On ferait pousser des fleurs dans le jardin, on parlerait aux oiseaux, on se promènerait sur la plage sous le ciel d'un bleu limpide. Pas de guerre. Pas de prophétie. Je n'aurais plus à choisir mon camp.

– Je ne peux pas, lui ai-je dit.

Elle a baissé tristement les yeux.

– Je ne voudrais jamais te faire de peine, ai-je repris, mais mes amis ont besoin de moi. Je sais maintenant comment les aider. Il faut que j'y retourne.

Elle a cueilli une fleur de son jardin, un brin de dentelle de lune argentée. L'éclat de la corolle s'est éteint à la lumière du soleil qui se levait. « Le point du jour est un bon moment pour prendre des décisions », avait dit Héphaïstos. Calypso a glissé la fleur dans la poche de mon tee-shirt.

Elle s'est hissée sur la pointe des pieds et m'a embrassé sur le front, comme pour une bénédiction.

– Alors viens sur le rivage, mon héros. Et nous te ferons partir.

C'était un radeau en rondins, carré, de trois mètres sur trois, avec un poteau en guise de mât et une seule voile en lin toute simple. Il ne m'avait pas l'air en état de naviguer, que ce soit sur la mer ou sur un lac.

– Ce radeau te conduira à n'importe quel endroit de ton choix, a promis Calypso. Tu ne risques rien.

J'ai pris sa main, mais elle l'a retirée doucement de la mienne.

– Je pourrais peut-être te rendre visite, ai-je dit.

Elle a secoué la tête.

– Aucun homme ne retrouve jamais Ogygie une seconde fois, Percy. Lorsque tu partiras, je ne te verrai plus jamais.

– Mais...

– Va-t'en, s'il te plaît, m'a-t-elle dit d'une voix qui se brisait. Les Parques sont cruelles, Percy. Ne m'oublie pas, c'est tout.

L'ombre de son ancien sourire s'est alors dessiné sur ses lèvres.

– Fais un jardin pour moi à Manhattan, d'accord ?

– Promis.

Je suis monté sur le radeau. Aussitôt il s'est éloigné du rivage.

Alors que l'esquif m'emmenait au large, j'ai compris combien les Parques étaient cruelles. Elles envoyaient à Calypso quelqu'un qu'elle ne pouvait pas s'empêcher d'aimer. Mais ça marchait dans les deux sens. Toute ma vie, je penserais à elle. Elle resterait pour toujours mon grand point d'interrogation, mon plus grand « Et si... ? ».

En quelques minutes, l'île d'Ogygie s'est perdue dans la brume. Je naviguais seul, en direction du soleil levant.

Alors j'ai donné mes ordres au radeau. J'ai nommé le seul lieu qui me venait à l'esprit, car j'avais besoin de réconfort et d'amitié.

– À la Colonie des Sang-Mêlé, ai-je dit. Ramène-moi à la maison.

13 Nous embauchons un nouveau guide

Quelques heures plus tard, mon radeau a échoué devant la Colonie des Sang-Mêlé. Comment j'étais arrivé là, je serais bien incapable de le dire. À un moment donné, l'eau douce était devenue de l'eau de mer. La côte familière de Long Island s'était dessinée devant moi ; deux grands requins blancs avaient fait surface et m'avaient escorté avec bienveillance jusqu'à la plage.

À mon arrivée, la colonie m'a paru déserte. C'était la fin de l'après-midi, pourtant l'arène de tir à l'arc était vide. Le mur d'escalade déversait de la lave et bouillonnait tout seul. Pavillon-réfectoire : personne. Bungalows : tous vides. J'ai alors remarqué de la fumée qui montait de l'amphithéâtre. Il était trop tôt pour un feu de camp, et il y avait peu de chances qu'ils soient en train de faire griller des marshmallows. Je m'y suis précipité en courant.

Avant de l'atteindre, j'ai entendu la voix de Chiron qui faisait une annonce. Quand j'ai compris ce qu'il disait, j'ai pilé net.

– ... considérer qu'il est mort, disait Chiron. Après un si long silence, il est peu probable que nos prières soient exaucées.

J'ai demandé à sa meilleure amie de lui rendre les derniers honneurs.

Je suis entré par l'arrière de l'amphithéâtre et personne ne m'a remarqué. Tous regardaient devant eux : Annabeth s'est approchée des flammes, portant une longue pièce de soie verte brodée d'un trident, qu'elle a déposée sur le feu. Ils brûlaient mon linceul.

Annabeth s'est tournée vers le public. Elle avait une mine épouvantable. Elle avait les yeux gonflés à force d'avoir pleuré, mais elle est parvenue à dire :

– C'était sans doute l'ami le plus courageux que j'aie jamais eu. Il...

C'est alors qu'elle m'a vu. Elle est devenue toute rouge.

– Il est là ! a-t-elle crié.

Des têtes se sont tournées. Des exclamations de surprise ont fusé.

– Percy ! m'a lancé Beckendorf avec un grand sourire.

Plusieurs autres jeunes m'ont entouré et tapé dans le dos. J'ai entendu quelques jurons en provenance des « Arès », mais Clarisse s'est contentée de rouler les yeux, comme si elle n'arrivait pas à croire que j'aie le culot d'être encore en vie. Chiron est arrivé au galop, et tout le monde s'est écarté pour lui faire place.

– Eh bien, a-t-il déclaré avec un soulagement manifeste, je crois que j'ai rarement été aussi heureux de voir un pensionnaire rentrer. Mais tu dois me dire...

– OÙ ÉTAIS-TU ? a crié Annabeth en se frayant un chemin entre les autres pensionnaires.

J'ai bien cru qu'elle allait me donner un coup de poing, mais elle m'a serré dans ses bras, si fort qu'elle m'a presque cassé les côtes. Tout le monde s'est tu. Annabeth a semblé se rendre compte qu'elle se donnait en spectacle et elle m'a repoussé.

– Je... On a cru que tu étais mort, Cervelle d'Algues !

– Je suis désolé, ai-je répondu. Je me suis perdu.

– Perdu ? a-t-elle hurlé. Pendant quinze jours, Percy ? Où étais-tu pa...

– Annabeth, est intervenu Chiron. Peut-être devrions-nous discuter de cette question en plus petit comité, tu ne crois pas ? Les autres, retournez à vos activités habituelles !

Et, sans nous laisser le temps de protester, Chiron nous a hissés aussi facilement que si on était des chatons, Annabeth et moi, et il nous a balancés sur son dos. Puis il est reparti au galop vers la Grande Maison.

Je ne leur ai pas raconté toute l'histoire. Je n'ai pas pu me résoudre à leur parler de Calypso. Je leur ai expliqué comment j'avais provoqué l'explosion du mont Saint Helens, qui m'avait projeté hors du volcan. Je leur ai dit que j'avais échoué sur une île déserte. Puis qu'Héphaïstos m'avait trouvé et m'avait dit que je pouvais partir. Qu'un radeau magique m'avait alors ramené à la colonie.

Tout cela avait beau être vrai, j'avais les paumes moites en le racontant.

– Tu as disparu pendant quinze jours, a dit Annabeth d'une voix raffermie, même si son visage trahissait encore son trouble. Quand j'ai entendu l'explosion, j'ai cru que...

– Je sais, je suis désolé. Mais j'ai trouvé le moyen de nous repérer dans le Labyrinthe. J'ai parlé à Héphaïstos.

– Il t'a donné la réponse ?

– En gros, il m'a dit que je la connaissais déjà. Et c'est vrai. Maintenant je comprends.

Là-dessus, je leur ai fait part de mon idée.

Annabeth en est restée bouche bée.

– C'est du délire, Percy !

Chiron s'est renfoncé dans son fauteuil roulant en caressant sa barbe.

– Il y a des précédents, vous savez. Thésée s'est fait aider par Ariane. Harriet Tubman, la fille d'Hermès, a fait appel à de nombreux mortels pour son Chemin de Fer Souterrain pour cette même raison.

– Mais c'est ma quête ! a objecté Annabeth. C'est à moi de la diriger !

Chiron a paru mal à l'aise.

– C'est ta quête, ma chère Annabeth, a-t-il dit. Mais tu as besoin d'aide.

– Et, ça, ça nous aiderait ? Allons donc ! Ce serait pas bien. Ce serait de la lâcheté, ce serait...

– Difficile de reconnaître qu'on a besoin de l'aide d'un mortel, ai-je glissé en lui coupant la parole. Mais c'est un fait.

Annabeth m'a fusillé du regard.

– T'es vraiment la personne la plus *ÉNERVANTE* que j'aie jamais rencontrée de ma vie !

Sur ces mots, elle est sortie en trombe, me laissant pantois, les yeux rivés sur le pas de la porte. J'avais envie de taper sur quelque chose.

– Heureusement que je suis l'ami le plus courageux qu'elle ait eu de sa vie !

– Elle va se calmer, m'a promis Chiron. Elle est jalouse, mon garçon.

– C'est idiot. Elle n'est pas... c'est pas...

Chiron a émis un petit gloussement.

– Tout ça n'est pas bien grave, Percy. Annabeth est très possessive envers ses amis, au cas où tu ne l'aurais pas remarqué. Elle était très inquiète à ton sujet. Et maintenant que tu es rentré, je crois qu'elle se fait une petite idée de l'endroit où tu as échoué.

J'ai croisé le regard de Chiron et compris qu'il avait deviné, pour Calypso. Difficile de cacher quelque chose à un gars qui forme des héros depuis trois millénaires. Il a tout vu.

– Nous n'allons pas nous appesantir sur tes choix, a-t-il repris. Tu es revenu et c'est ça qui compte.

– Va expliquer ça à Annabeth.

Chiron a souri.

– Demain matin, Argos vous conduira tous les deux à Manhattan. Ce serait bien que tu passes chez ta mère, Percy. Elle est bouleversée, et ça se comprend.

Ma gorge s'est serrée. Pendant tout ce temps passé sur l'île de Calypso, je ne m'étais pas demandé une seule fois ce que maman pouvait ressentir. Elle devait croire que j'étais mort, devait avoir le cœur brisé. Mais comment n'y avais-je pas pensé ? Qu'est-ce qui clochait chez moi ?

– Chiron, à ton avis, ai-je demandé, Grover et Tyson... ? Tu crois que...

– Je ne sais pas, mon garçon. (Chiron a tourné les yeux vers la cheminée vide.) Genièvre est en pleine détresse. Toutes ses feuilles jaunissent. Le Conseil des Sabots Fendus a révoqué le permis de chercheur de Grover par contumace. En supposant qu'il revienne vivant, ils le condamneront à un exil dégradant. (Chiron a soupiré.) Mais Grover et Tyson ne manquent pas de ressources. Il y a encore de l'espoir.

– Je n'aurais pas dû les laisser partir.

– Grover a son destin qui lui appartient ; quant à Tyson, il a fait preuve de courage en l'accompagnant. Tu ne crois pas que tu le saurais si Grover était en danger de mort ?

– Sans doute. À cause de notre lien d'empathie. Mais...

– J'ai autre chose à te dire, Percy. Deux mauvaises nouvelles, en fait.

– Super.

– Chris Rodriguez, que nous avons recueilli...

J'ai repensé à ce que j'avais vu dans le sous-sol, à Clarisse essayant de le raisonner alors qu'il divaguait sur le Labyrinthe.

– Il est mort ?

– Pas encore, a répondu Chiron d'une voix grave, mais son état a empiré. Il est à l'infirmerie maintenant, car il est trop faible pour bouger. J'ai dû ordonner à Clarisse de reprendre ses activités habituelles : elle ne quittait pas son chevet. Chris ne réagit à rien. Il refuse de boire et de manger. Aucun de mes remèdes n'a d'effet sur lui. Il a tout simplement perdu le désir de vivre.

J'ai frissonné. Malgré mes nombreuses engueulades avec Clarisse, ça me faisait de la peine pour elle. Tout ce mal qu'elle s'était donné pour l'aider ! Et maintenant que j'étais allé dans le Labyrinthe, je comprenais bien comment le fantôme de Minos avait pu réduire Chris à la folie. Moi-même, si j'avais erré seul dans ces tunnels souterrains, sans l'aide de mes amis, je n'en serais jamais ressorti.

– À mon grand regret, a poursuivi Chiron, la deuxième nouvelle est encore plus mauvaise. Quintus a disparu.

– Disparu ? Comment ça ?

– Il y a trois nuits de cela, il est parti par le Labyrinthe. Genièvre l'a vu y entrer. Apparemment, tu avais deviné juste à son sujet.

– C'est un espion à la solde de Luke. (J'ai parlé à Chiron du ranch Triple G, en lui expliquant que c'était là que Quintus avait acheté ses scorpions et que Géryon était le fournisseur de l'armée de Cronos.) Ça ne peut pas être une coïncidence, ai-je conclu.

Chiron a poussé un gros soupir.

– Tant de trahisons ! J'avais espéré que Quintus s'avérerait être un ami. J'ai fait une erreur de jugement, semble-t-il.

– Et Kitty O'Leary ?

– Elle est toujours dans l'arène. Elle ne laisse personne l'approcher. Je n'ai pas eu le cœur de l'enfermer dans une cage... ni de mettre fin à ses jours.

– Quintus ne l'aurait pas abandonnée comme ça.

– Comme je te le disais, Percy, on s'est trompés à son sujet. Maintenant tu devrais aller te préparer pour ton départ, demain matin. Il vous reste beaucoup à faire, à Annabeth et toi.

J'ai laissé Chiron dans son fauteuil roulant, à regarder tristement l'âtre vide. Je me suis demandé combien de fois il avait attendu là, devant cette cheminée, des héros qui n'étaient jamais revenus.

Avant le dîner, je suis passé à l'arène de combats. Effectivement, Kitty O'Leary était là, énorme montagne de poils noirs roulée en boule au milieu de la piste. Elle rongeait la tête d'un mannequin en paille sans grand entrain.

Dès qu'elle m'a vu, elle s'est levée et elle a accouru vers moi en aboyant. J'ai cru que ma dernière heure était venue. J'ai eu à peine le temps de dire « Holà ! » qu'elle se jetait sur moi, me renversait et se mettait à me lécher la figure à grands coups de langue. D'habitude, étant le fils de Poséidon, je ne me fais mouiller que si je l'accepte, mais apparemment mes pouvoirs ne s'étendaient pas à la bave de chien, vu que je me suis retrouvé trempé.

– Hé ! ai-je hurlé. J'peux plus respirer. Laisse-moi me relever !

J'ai fini par me dégager. J'ai gratté les oreilles de Kitty et je lui ai dégoté un biscuit pour chien géant.

– Où est ton maître ? lui ai-je demandé. Comment a-t-il pu te laisser, hein ?

Elle a gémi, l'air de dire qu'elle aimerait bien le savoir aussi. Je voulais bien croire que Quintus était un ennemi, mais je ne comprenais toujours pas pourquoi il n'avait pas pris Kitty O'Leary avec lui. Si j'avais une certitude, c'était qu'il aimait vraiment sa mégachienne.

Je réfléchissais à cela tout en m'essuyant le visage quand une voix de fille m'a dit :

– T'as de la chance qu'elle t'ait pas décapité.

Clarisse se tenait à l'autre bout de l'arène, avec son épée et son bouclier.

– Ch'uis venue m'entraîner hier, a-t-elle bougonné. Ce fichu clebs a essayé de me bouffer.

– C'est une chienne intelligente.

– Trop drôle, Percy.

Clarisse s'est approchée. Kitty O'Leary a grondé, mais je lui ai tapoté la tête et elle s'est calmée.

– Stupide chienne des Enfers, a dit Clarisse. C'est pas elle qui va m'empêcher de m'entraîner.

– J'ai appris pour Chris, ai-je dit. Je suis désolé.

Clarisse a commencé à faire le tour de l'arène. Elle est arrivée devant un mannequin de combat et l'a attaqué férocement, lui tranchant la tête d'un seul coup d'épée avant de l'éventrer. Elle a retiré sa lame du corps de paille et poursuivi son chemin.

– Ben ouais. Des fois ça se passe mal, a-t-elle dit d'une voix qui tremblait. Il y a des héros qui sont blessés. Ils... ils meurent, tandis que les monstres, eux, reviennent tout le temps.

Elle a attrapé un javelot et l'a lancé en travers de l'arène, visant un mannequin. Il s'est fiché pile entre les deux ouvertures pour les yeux, sur son casque.

Elle avait qualifié Chris de héros, comme s'il n'était jamais passé du côté des Titans. Ça m'a rappelé la façon dont Annabeth parlait parfois de Luke. J'ai décidé de laisser glisser.

– Chris était courageux, ai-je dit. J'espère qu'il va se rétablir.

Elle m'a fusillé du regard comme si j'étais sa prochaine cible. Kitty O'Leary a grondé.

– Rends-moi service, Percy, m'a dit Clarisse.

– Pas de problème.

– Si tu trouves Dédale, lui fais pas confiance. Lui demande pas de t'aider. Tue-le direct.

– Clarisse...

– Parce que, pour inventer un truc aussi vicieux que ce Labyrinthe, Percy, faut être maléfique. Vraiment maléfique.

Un bref instant, elle m'a fait penser au vacher Eurytion, son demi-frère beaucoup plus âgé. Elle avait la même dureté dans le regard, comme si on se servait d'elle depuis deux mille ans et qu'elle commence à en avoir marre. Elle a rengainé son épée.

– Fini l'entraînement, a-t-elle dit. À partir de maintenant, c'est pour de vrai.

Cette nuit-là, j'ai dormi dans mon bungalow et, pour la première fois depuis l'île de Calypso, les rêves m'ont trouvé dans mon sommeil.

J'étais dans une salle d'audience royale, une grande salle blanche aux piliers de marbre. Assis sur un trône en bois, il y avait un type assez corpulent, qui portait une couronne de laurier sur ses cheveux roux et bouclés. À ses côtés se tenaient trois jeunes filles qui avaient un air de famille très marqué. Toutes les trois rousses, elles étaient vêtues de tuniques bleues.

La porte s'est ouverte en grinçant et un héraut a annoncé :
– Minos, roi de Crète !

Je me suis crispé, mais l'homme qui était sur le trône a souri à ses filles en leur disant :
– J'ai hâte de voir la tête qu'il va faire !

Minos, la crapule royale en personne, est entré d'un pas altier dans la salle. Il était si grand et si grave que, par comparaison, l'autre monarque avait l'air idiot. La barbe pointue de Minos avait blanchi. Il m'a paru plus maigre que la dernière fois que j'avais rêvé de lui et ses sandales étaient couvertes de boue, mais la même étincelle de cruauté brillait dans son regard.

Il s'est incliné avec raideur devant l'homme qui occupait le trône.

– Majesté Cocalos. D'après ce que j'ai compris, tu as résolu ma petite énigme ?

Cocalos a souri.

– « Petite » n'est pas le mot qui convient, Minos. Surtout quand tu fais dire dans le monde entier que tu es disposé à donner mille talents d'or à qui saura la résoudre. Ton offre est-elle sincère ?

Minos a tapé dans ses mains. Deux gardes râblés sont entrés en portant avec effort une grande caisse en bois. Ils l'ont déposée aux pieds de Cocalos et l'ont ouverte. Des lingots d'or brillaient à l'intérieur. Il y en avait pour des millions.

Cocalos a émis un sifflement admiratif.

– Tu as dû piller les réserves de ton royaume pour rassembler une telle récompense, mon ami.

– Ce n'est pas ton problème.

Cocalos a haussé les épaules.

– L'énigme était assez facile, en fait, a-t-il ajouté. Un de mes serviteurs l'a résolue.

– Père, l'a mis en garde une de ses filles – sans doute l'aînée, car elle était un peu plus grande que ses deux sœurs.

Cocalos l'a ignorée. Il a sorti des plis de sa tunique un coquillage en forme de spirale. Il avait été enfilé sur un lien argenté et pendait comme une énorme perle en sautoir.

Minos s'est avancé et a pris le coquillage.

– Un de tes serviteurs, dis-tu ? Comment a-t-il enfilé le fil sans briser la coquille ?

– Crois-le si tu veux, mais il s'est servi d'une fourmi. Il a attaché un fil de soie à la petite créature et l'a attirée en mettant du miel à l'autre bout de la coquille.

– Quel homme ingénieux, a dit Minos.

– Très ! C'est le précepteur de mes filles. Elles l'adorent !

Le regard de Minos s'est durci.

– À ta place, je l'aurais à l'œil, a-t-il dit.

Je voulais prévenir Cocalos, lui crier : « Méfie-toi de ce type ! Jette-le dans un cachot avec des lions mangeurs d'hommes ! »

Mais le roi roux s'est contenté de glousser.

– Rien à craindre, Minos. Mes filles sont d'une grande sagesse pour leur âge. Maintenant, pour mon or...

– Oui, a répondu Minos. Mais vois-tu, l'or est destiné à l'homme qui a résolu l'énigme. Et il ne peut s'agir que d'un seul homme. Tu recèles Dédale.

Cocalos a remué sur son trône, l'air mal à l'aise.

– Comment se fait-il que tu connaisses son nom ?

– C'est un voleur, a dit Minos. Il a travaillé à ma cour autrefois, Cocalos. Il a monté ma propre fille contre moi. Il a aidé un usurpateur à me ridiculiser dans mon propre palais. Puis il a fui la justice. Ça fait dix ans que je le recherche.

– Je ne savais rien de tout cela. Mais j'ai offert ma protection à cet homme. Il s'est montré extrêmement...

– Je te laisse le choix, a dit Minos. Livre-moi le fuyard et cet or t'appartient. Sinon, prends le risque de m'avoir pour ennemi. D'avoir la Crète pour ennemie.

Cocalos a blêmi. J'ai trouvé stupide de sa part d'être aussi effrayé dans sa propre salle du trône, il n'avait qu'à appeler son armée, faire quelque chose... Minos avait seulement deux gardes pour toute escorte. Mais Cocalos, immobile sur son trône, suait à grosses gouttes.

– Père, a dit sa fille aînée. Tu ne peux pas...

– Silence, Aelia. (Cocalos tordait sa barbe entre ses doigts. Il a jeté un nouveau coup d'œil aux lingots d'or.) Cela me chagrine, Minos. Les dieux n'aiment pas qu'on manque à son devoir d'hospitalité.

– Les dieux n'aiment pas non plus qu'on recèle des criminels.

Cocalos a hoché la tête.

– Très bien. Je te livrerai ton homme les chaînes aux pieds.

– Père ! s'est à nouveau exclamée Aelia. (Puis elle s'est maîtrisée pour reprendre d'une voix plus douce :) Faisons tout de même honneur à notre visiteur. Après son long voyage, il a sans doute besoin d'un bain chaud, de vêtements propres et d'un repas digne de ce nom. Je serais flattée de faire couler son bain moi-même.

Elle a gratifié Minos d'un joli sourire et le vieux roi a poussé un petit grognement.

– Je dois avouer qu'un bain ne serait pas de refus, a-t-il dit, avant de se tourner vers Cocalos. Je te verrai donc au dîner, seigneur Cocalos. Avec le prisonnier.

– Par ici, Majesté, a dit Aelia.

Et les trois sœurs ont entraîné Minos.

Je les ai suivis dans une vaste salle de bains tapissée de mosaïque. Une épaisse vapeur flottait dans l'air. De l'eau très chaude coulait dans la baignoire par un robinet. Aelia et ses sœurs y ont jeté plusieurs poignées de pétales de rose ainsi qu'un liquide qui devait être du bain moussant antique car l'eau s'est vite couverte d'une mousse multicolore. Les filles se sont écartées pendant que Minos se déshabillait pour se glisser dans le bain.

– Ahhh... ! a-t-il soupiré en souriant. Quel bain délicieux ! Merci, mes chéries. J'ai fait un long voyage, effectivement.

– Vous pourchassez votre proie depuis dix ans, seigneur ? a demandé Aelia en battant des cils. Vous devez être très déterminé.

– Je n'oublie jamais les dettes, a rétorqué Minos. Votre père a fait preuve de sagesse en cédant à mes exigences.

– Certes, seigneur !

Je trouvais qu'Aelia y allait un peu fort, mais le vieux roi gobait ses flatteries sans sourciller. Les sœurs d'Aelia lui ont versé de l'huile parfumée sur la tête.

– Vous savez, seigneur, Dédale s'attendait à votre visite. Il soupçonnait que l'énigme était un piège, mais il n'a pas pu s'empêcher de la résoudre.

Minos a grimacé.

– Dédale vous a parlé de moi ?

– Oui, seigneur.

– C'est un homme mauvais, princesse. Ma propre fille est tombée sous son charme. Ne l'écoute pas.

– C'est un génie, a rétorqué Aelia. Et il considère que les femmes sont aussi intelligentes que les hommes. C'est le premier précepteur qui nous a instruites comme si nous avions un cerveau. Ta fille a peut-être ressenti la même chose que nous.

Minos a essayé de se redresser, mais les sœurs d'Aelia l'ont enfoncé dans l'eau. Aelia s'est approchée de lui par-derrière, trois minuscules boules au creux de la main. Au début, j'ai cru que c'étaient des perles de bain, mais quand elle les a jetées dans l'eau, elles ont libéré des fils de bronze qui se sont enroulés autour du roi, ligotant ses chevilles, lui attachant les poignets contre la taille, se refermant sur son cou. J'avais beau détester Minos, c'était horrible à regarder. Il se débattait et criait, mais les filles étaient bien plus fortes que lui. En quelques instants, il s'est trouvé réduit à l'impuissance, plongé dans l'eau jusqu'au menton. Les fils de bronze qui continuaient de cercler son corps l'enserraient maintenant comme un cocon.

– Que voulez-vous ? a demandé Minos. Pourquoi faites-vous cela ?

Aelia a souri.

– Dédale est bon envers nous, Majesté. Et je n'ai pas aimé votre façon de menacer notre père.

– Dites à Dédale que je le hanterai même après ma mort ! a grondé Minos. Dites-le-lui ! S'il y a une justice aux Enfers, mon âme le hantera éternellement !

– Voilà de courageuses paroles, Majesté ! a rétorqué Aelia. Je vous souhaite bonne chance pour obtenir justice aux Enfers.

À peine avait-elle prononcé ces mots que les fils métalliques se sont enroulés autour de la tête du roi Minos, achevant de le transformer en momie de bronze.

La porte de la pièce s'est ouverte. Dédale est entré, un sac de voyage à la main. Il avait coupé ses cheveux très court et sa barbe était blanc neige. Il avait l'air fragile et vulnérable. D'une main, il a effleuré le front de la momie : les fils se sont déroulés et écroulés en tas au fond de la baignoire. Il n'y avait rien à l'intérieur. Comme si le roi Minos s'était volatilisé.

– Une mort indolore, a commenté Dédale d'un ton songeur. Il n'en méritait pas tant. Merci, mes princesses.

Aelia l'a serré dans ses bras.

– Tu ne peux pas rester, maître. Quand notre père découvrira...

– Oui, a dit Dédale. J'ai peur de vous avoir attiré des ennuis.

– Oh, ne t'inquiète pas pour nous. Père se consolera vite en prenant l'or de ce vieux bougre. Et la Crète est bien loin d'ici. Mais père t'accusera de la mort de Minos, c'est pourquoi tu dois fuir et te réfugier en lieu sûr.

– En lieu sûr, a répété le vieil homme. Voilà des années que je fuis de royaume en royaume, à la recherche d'un lieu sûr. Je crains que Minos n'ait dit la vérité. La mort ne l'empêchera pas de me pourchasser. Aucun lieu sous le soleil ne m'accordera l'asile, une fois que la nouvelle de ce crime sera divulguée.

– Alors où vas-tu aller ? a demandé Aelia.

– Quelque part où j'avais juré de ne plus jamais remettre les pieds. Ma prison sera mon seul sanctuaire.

– Je ne comprends pas, a dit Aelia.

– Ça vaut mieux.

– Et les Enfers ? a demandé une des autres sœurs. Un jugement terrible t'y attendra ! Tous les hommes doivent mourir.

– Peut-être, a répondu Dédale, qui a sorti un rouleau de manuscrit de son sac. (J'ai reconnu celui que j'avais vu dans mon dernier rêve, avec les notes de son neveu.) Et peut-être pas.

Sur ces mots, il a tapoté l'épaule d'Aelia puis leur a donné sa bénédiction, à elle et ses deux sœurs. Il a porté un dernier regard aux fils de bronze qui luisaient au fond de la baignoire.

– Viens me chercher si tu l'oses, roi des fantômes.

Dédale s'est tourné vers les mosaïques et en a touché un élément. Une marque lumineuse est apparue – un delta – et le mur a coulissé. Les princesses ont laissé échapper un « Oh ! » de surprise.

– Tu ne nous as jamais parlé de passages secrets ! s'est exclamée Aelia. Tu as travaillé dans l'ombre.

– C'est le Labyrinthe qui travaille dans l'ombre, a corrigé Dédale. Ne cherchez pas à me suivre, mes chéries, si vous tenez à votre santé mentale.

Mon rêve a mué. J'étais maintenant dans une pièce souterraine, creusée dans la roche. Luke examinait une carte à la lumière d'une torche électrique, en compagnie d'un autre guerrier sang-mêlé.

Il a poussé un juron.

– Normalement, c'était au dernier tournant ! a-t-il pesté, avant de rouler la carte en boule et de la jeter par terre.

– Chef ! a protesté son camarade.

– Les cartes ne sont d'aucun secours, ici, a dit Luke. T'inquiète pas. On va trouver.

– Chef, c'est vrai que plus le groupe est nombreux...

– Plus on risque de se perdre ? Oui, c'est vrai. Pourquoi tu crois que j'envoyais des explorateurs en solitaire, au début ? Mais t'inquiète pas, je te dis. Dès qu'on aura le fil, on pourra guider l'avant-garde.

– Mais comment on va trouver le fil ?

Luke s'est redressé en faisant craquer ses doigts.

– Oh, Quintus s'en occupe. Tout ce qu'il faut, c'est qu'on trouve l'arène, et elle est à un croisement. Impossible de ne pas passer devant. C'est pour ça que nous devons faire la trêve avec son maître. Il faut juste qu'on reste en vie jusqu'à ce que...

– Chef ! a crié une nouvelle voix en provenance du couloir. (Un autre gars en armure grecque a déboulé en courant, une torche à la main.) Les *drakainas* ont trouvé un demi-dieu !

– Qui erre seul dans le Labyrinthe ? a demandé Luke avec un rictus.

– Oui, chef ! Viens vite ! Ils sont dans la salle voisine. Elles l'ont coincé.

– Qui est-ce ?

– Je ne l'avais jamais vu, chef.

Luke a hoché la tête.

– C'est une bénédiction de Cronos. On va peut-être pouvoir utiliser ce sang-mêlé. Venez !

Ils se sont engouffrés tous les trois dans le couloir et je me suis réveillé en sursaut. *Un sang-mêlé qui erre seul dans le Labyrinthe.* J'ai mis une éternité à me rendormir.

Le lendemain matin, je me suis assuré que Kitty O'Leary avait assez de biscuits pour chiens en réserve et j'ai demandé à Beckendorf de s'occuper d'elle, ce qui n'a pas eu l'air de le réjouir outre mesure. Ensuite j'ai gravi la colline des Sang-Mêlé pour retrouver Annabeth et Argos sur la route.

On n'a pas beaucoup bavardé pendant le trajet, Annabeth et moi. Argos ne parlait jamais, sans doute parce qu'il avait des yeux sur tout le corps, y compris – à ce qu'on m'avait dit – sur le bout de la langue, et qu'il n'aimait pas les montrer.

Annabeth avait l'air patraque, comme si elle avait encore plus mal dormi que moi.

– T'as fait des cauchemars ? ai-je fini par lui demander.

Elle a secoué la tête.

– Non. Mais j'ai eu un message-Iris d'Eurytion.

– Eurytion ! Il est arrivé quelque chose à Nico ?

– Il a quitté le ranch hier soir, pour retourner dans le Labyrinthe.

- Quoi ? Eurytion n'a pas essayé de l'en empêcher ?

- Nico est parti avant qu'il se réveille. Orthos a remonté sa piste jusqu'au garde-bétail. Eurytion dit que depuis quelques jours, il entendait Nico parler tout seul la nuit. C'est maintenant seulement qu'il pense que Nico avait repris contact avec le fantôme, Minos.

- Il est en danger.

- Nan, tu crois ? Minos est un des juges des morts, ce qui ne l'empêche pas d'avoir une bonne dose de cruauté en lui. Je ne sais pas ce qu'il veut de Nico, mais...

- C'est pas ce que je voulais dire. J'ai fait un rêve cette nuit...

Et je lui ai raconté que j'avais vu Luke, qu'il avait fait allusion à Quintus et que ses hommes avaient trouvé un sang-mêlé errant seul dans le Labyrinthe.

Annabeth a serré les mâchoires.

- C'est de très, très mauvais augure, a-t-elle soupiré.

- Alors qu'est-ce qu'on fait ?

Elle a haussé un sourcil.

- Ben heureusement que tu as un plan pour nous guider, hein ?

C'était samedi et la circulation s'avérait dense pour rentrer à New York. On est arrivés chez ma mère vers midi. Quand elle a ouvert la porte, elle m'a serré dans ses bras avec à peine un peu moins de force qu'un chien des Enfers qui vous terrasse.

- Je leur avais bien dit que tu étais sain et sauf ! s'est-elle écriée.

Mais j'ai entendu à sa voix que ma visite lui ôtait tout le poids du ciel des épaules et, croyez-moi, je suis bien placé pour connaître l'effet que ça fait.

Elle nous a fait asseoir à la table de la cuisine et a tenu à tout prix à nous donner de ses fameux cookies bleus aux pépites de chocolat pendant qu'on lui racontait où on en était dans notre quête. Comme d'habitude, j'ai essayé d'édulcorer les passages qui faisaient peur (c'est-à-dire pratiquement tout), mais mes tentatives les faisaient paraître encore plus dangereux.

Quand je suis arrivé à l'épisode des écuries de Géryon, ma mère a fait mine de m'étrangler.

– C'est la croix et la bannière pour lui faire ranger sa chambre, à ce garçon, et il nettoie des écuries qui croulent sous des centaines de tonnes de fumier ? Pour je ne sais quel monstre ?

Annabeth a ri. Je ne l'avais pas entendue rire depuis longtemps, et ça faisait du bien.

– En somme, a dit ma mère quand j'ai terminé mon récit, tu as démoli l'île d'Alcatraz, provoqué une éruption volcanique au mont Saint Helens et fait évacuer cinq cent mille personnes, mais tu es sain et sauf.

C'est maman tout craché, ça : toujours voir le côté positif des choses.

– Ouais, ai-je acquiescé, c'est assez bien résumé.

– Dommage que Paul ne soit pas là, a-t-elle ajouté, autant pour elle que pour moi. Il voulait te parler.

– Ah oui. L'école.

Il s'était passé tant de choses que jen avais presque oublié la journée d'orientation à Goode – le fait que j'avais laissé la salle d'orchestre en flammes, et que la dernière fois que le copain de ma mère m'avait vu, je me sauvais par la fenêtre comme un fuyard.

– Qu'est-ce que tu lui as dit ?

– Qu'est-ce que je pouvais lui dire ? (Maman a haussé les épaules.) Il sait qu'il y a quelque chose de différent chez toi, Percy. Il n'est pas bête. Il pense que tu n'as rien de malveillant. Mais il ne sait pas ce qui se passe et l'école fait pression sur lui. Rappelle-toi que c'est lui qui t'a fait entrer à Goode. Il a besoin de convaincre ses collègues que ce n'est pas toi qui as causé l'incendie. Et comme tu as pris la fuite, il a du mal.

Annabeth me regardait attentivement. Elle avait l'air de compatir. Je savais qu'elle s'était souvent trouvée dans des situations comparables ; le monde des mortels n'est pas facile à négocier, pour des sang-mêlé.

– Je lui parlerai, ai-je promis. Dès qu'on aura terminé cette quête. Je lui dirai même la vérité, si tu veux.

Maman a mis une main sur mon épaule.

– Tu ferais ça ?

– Ben, ouais. Mais il va penser qu'on est complètement fous.

– Il le pense déjà.

– Alors y a rien à perdre.

– Merci, Percy. Je lui dirai que tu seras à la maison... (Elle a froncé les sourcils.) Quand ? Quelle est la suite de votre programme, maintenant ?

Annabeth a cassé son cookie en deux.

– Percy a *un plan*.

À contrecœur, j'ai exposé mon idée à maman.

Elle a hoché lentement la tête et dit :

– Ça paraît très dangereux, mais ça pourrait marcher.

– Tu as les mêmes capacités, n'est-ce pas ? lui ai-je demandé. Tu vois à travers la Brume.

Ma mère a soupiré.

– Beaucoup moins, maintenant. C'était plus facile quand j'étais plus jeune. Mais oui, j'ai toujours pu en voir plus qu'il n'était souhaitable pour moi. C'est une des choses qui ont retenu l'attention de ton père quand on s'est rencontrés. Mais sois prudent. Promets-moi de faire attention.

– On va essayer, madame, a dit Annabeth. Mais c'est du boulot de maintenir votre fils hors de danger.

Sur ces mots elle a croisé les bras et rivé le regard sur le carrelage de la cuisine. Je me suis mis à tripoter ma serviette en retenant ma langue.

Maman a eu l'air intriguée.

– Qu'est-ce qui vous arrive, tous les deux ? Vous vous êtes disputés ?

On n'a répondu ni l'un ni l'autre.

– Je vois, a fait maman.

Je me suis demandé si sa clairvoyance pouvait percer d'autres choses que la Brume. Elle me donnait l'impression de comprendre ce qui se passait entre Annabeth et moi, alors que moi, j'étais complètement dépassé.

– Enfin, a-t-elle ajouté, n'oubliez pas que Grover et Tyson comptent sur vous deux.

– Je sais, avons-nous répondu en même temps, Annabeth et moi, ce qui était encore plus gênant.

Ma mère a souri.

– Prends le téléphone de l'entrée, Percy. Bonne chance.

Je suis sorti de la cuisine avec soulagement, même si ce que je m'apprêtais à faire me remplissait d'appréhension. Je suis allé au téléphone et j'ai composé le numéro. Il s'était effacé de ma main depuis longtemps, mais ce n'était pas grave. Sans le vouloir, je l'avais retenu.

On s'est donné rendez-vous à Times Square. En arrivant, on a trouvé Rachel Elizabeth Dare devant l'hôtel *Marriott Marquis*, peinte en doré de la tête aux pieds.

J'entends par là son visage, ses cheveux, ses vêtements : tout. Comme si elle avait été touchée par le roi Midas. Elle se tenait figée en statue avec cinq autres jeunes, eux aussi peints dans des couleurs métalliques : cuivre, bronze, argent. Ils avaient pris différentes poses et les touristes passaient avec indifférence ou s'arrêtaient pour regarder. Certains jetaient de l'argent sur la bâche qu'ils avaient étalée sur le trottoir.

Aux pieds de Rachel, une pancarte annonçait : *ART URBAIN POUR LES JEUNES. MERCI DE VOS DONS.*

Avec Annabeth on est restés cinq bonnes minutes sur place, à regarder Rachel, mais elle n'a pas donné le moindre signe qu'elle nous avait remarqués. Elle ne bougeait pas d'un cil. Moi, avec mes problèmes de dyslexie et de troubles de l'attention, j'en aurais été incapable. Rester aussi longtemps immobile, ça me ferait péter les plombs. C'était bizarre de voir Rachel tout en doré, aussi. On aurait dit la statue d'une actrice célèbre, un truc de ce genre. Seuls ses yeux étaient d'un vert normal.

– Faudrait peut-être la pousser, a suggéré Annabeth.

J'ai trouvé ça un peu méchant, mais Rachel n'a pas réagi. Au bout de quelques minutes, un garçon en argenté qui faisait une pause devant la station de taxis s'est approché. Il s'est planté juste à côté de Rachel en adoptant une posture de prédicateur haranguant les foules. Rachel s'est ranimée et elle est descendue de la bâche.

– Salut Percy ! a-t-elle dit en souriant. Parfait timing ! On va prendre un café ?

On est allés au *Java Moose* de la 43ᵉ rue, un troquet branché. Rachel a commandé un Expresso Extrême, le genre de truc que Grover aurait adoré. Annabeth et moi, on a pris des smoothies aux fruits, et on s'est installés tous les trois à une table juste sous l'orignal empaillé qui sert d'emblème à la chaîne. Personne n'a accordé la moindre attention à Rachel dans sa tenue plaqué or.

– Alors, a fait Rachel. C'est Annabel, c'est ça ?

– Annabeth, a corrigé Annabeth. Tu t'habilles toujours en doré ?

– D'habitude non. Là on collecte de l'argent pour notre groupe. On monte des projets artistiques bénévoles pour les enfants du primaire parce qu'il y a de moins en moins de budget pour l'art à l'école, vous savez ? On fait ça une fois par mois et les bons week-ends, on récupère dans les cinq cents dollars. Mais je suppose que vous êtes pas venus pour parler de ça. Tu es une sang-mêlé, toi aussi ?

– Chut ! a dit Annabeth en balayant la salle du regard. Annonce-le à la planète, tant que tu y es !

– D'accord.

Rachel s'est levée et elle a dit d'une voix vraiment forte :

– Écoutez-moi, tout le monde ! Ces deux-là ne sont pas humains ! Ils sont à moitié dieux grecs !

Personne n'a daigné tourner la tête. Rachel a haussé les épaules et s'est rassise.

– Tu vois, a-t-elle dit, ils s'en fichent.

– C'est pas drôle, mortelle, a rétorqué Annabeth. C'est pas un jeu.

– C'est bon, toutes les deux. Calmez-vous, suis-je intervenu.

– Je suis calme, a dit Rachel. Chaque fois que je te vois, on se fait attaquer par des monstres. Pourquoi voudrais-tu que je stresse ?

– Écoute, je suis désolé pour la salle d'orchestre. J'espère que tu t'es pas fait virer.

– Non. Ils m'ont posé plein de questions sur toi. J'ai fait l'imbécile.

– Tu as eu du mal ? a demandé Annabeth.

– Arrête, maintenant ! me suis-je exclamé, avant de me tourner vers Rachel. On a un problème, Rachel. Et on a besoin de ton aide.

Rachel a regardé Annabeth en plissant les yeux.

– Toi, t'as besoin de mon aide ?

Annabeth a tourné sa paille dans son smoothie.

– Ouais, a-t-elle reconnu de mauvaise grâce. Ça se pourrait.

J'ai parlé à Rachel du Labyrinthe, en lui expliquant qu'on devait trouver Dédale. Je lui ai raconté ce qui s'était passé les rares fois où on y était entrés.

– Vous voulez donc que je vous guide dans un lieu où je n'ai jamais mis les pieds, a dit Rachel.

– Tu vois à travers la Brume, ai-je répondu. Comme Ariane. Mon pari, c'est que tu reconnaîtras le bon chemin. Le Labyrinthe ne pourra pas te berner aussi facilement que nous.

– Et si tu te trompes ?

– Alors on se perdra. De toute façon, ce sera dangereux. Très, très dangereux.

– Je pourrais mourir ?

– Ouais.

– Je croyais que tu avais dit que les monstres s'intéressaient pas aux mortels. Ton épée...

– C'est vrai, le bronze céleste ne blesse pas les mortels. La plupart des monstres te laisseraient tranquille, mais pas Luke. Pour lui, tout est bon ; mortels, demi-dieux, monstres, il s'en fiche du moment qu'il peut s'en servir. Et il tuera tous ceux qui lui mettent des bâtons dans les roues.

– Sympa, le gars, a fait Rachel.

– Il est sous l'emprise d'un Titan, a dit Annabeth d'un ton défensif. Il s'est fait manipuler.

Rachel nous a regardés tour à tour, Annabeth et moi.

– D'accord, a-t-elle fini par dire. Je suis partante.

J'ai dégluti. Je n'aurais pas imaginé que ce serait aussi facile de la convaincre.

– Tu es sûre ?

– Ouais, mon été s'annonçait plutôt ennuyeux. C'est la meilleure proposition qu'on m'ait faite jusqu'à présent. Alors, qu'est-ce que je dois chercher ?

– Il faut trouver une entrée du Labyrinthe, a dit Annabeth. Il y en a une à la Colonie des Sang-Mêlé, mais tu ne pourras pas entrer. L'accès est interdit aux mortels.

Elle a prononcé « mortels » comme si c'était le nom d'une maladie abominable, mais Rachel n'a pas relevé.

– D'accord, a-t-elle dit en hochant la tête. À quoi ressemble une entrée du Labyrinthe ?

– Ça peut être n'importe quoi. Un bout de mur, un rocher, une porte. Mais il y aura toujours la marque de Dédale. Un delta lumineux, de couleur bleue.

– Comme ça ?

Rachel a tracé le symbole Δ sur le dessus de notre table avec de l'eau.

– Oui, a acquiescé Annabeth. Tu connais le grec ?

– Non. (Rachel a sorti une grosse brosse en plastique bleu de son sac et s'est mise à se coiffer pour retirer la peinture dorée de ses cheveux.) Je vais me changer. Vous devriez venir avec moi au *Marriott*.

– Pourquoi ? a demandé Annabeth.

– Parce qu'il y a une entrée comme ça au sous-sol de l'hôtel. Là où on range nos costumes. Il y a la marque de Dédale.

14   Mon frère m'affronte dans un duel à mort

La porte métallique était en partie dissimulée derrière un panier à linge plein de serviettes de toilette sales. Je n'ai rien remarqué de particulier, mais quand Rachel m'a montré où regarder, j'ai reconnu le symbole bleu, à peine visible, gravé dans le métal.

– Il n'a pas servi depuis longtemps, a commenté Annabeth.

– J'ai essayé de l'ouvrir une fois, a dit Rachel, par pure curiosité. Il est bloqué par la rouille.

Annabeth s'est avancée.

– Non. Il a juste besoin du contact d'un sang-mêlé.

Effectivement, dès qu'Annabeth a posé la main sur la marque, elle est devenue bleu fluo. La porte métallique s'est ouverte en grinçant, découvrant un escalier qui s'enfonçait dans le noir.

– Waouh ! s'est exclamée Rachel.

Elle paraissait calme, mais je n'arrivais pas à savoir si elle l'était véritablement ou non. Elle avait troqué sa tenue dorée contre un vieux tee-shirt du musée d'Art moderne et son habituel jean couvert de traits de marqueur. Sa brosse en plastique bleue dépassait de sa poche. Ses cheveux roux étaient attachés mais encore mouchetés de doré, et elle avait de petites traces brillantes sur le visage également.

– Après vous, a-t-elle dit.

– Tu es notre guide, a rétorqué Annabeth avec une politesse feinte. À toi d'ouvrir la voie.

L'escalier menait à un grand tunnel de brique. Il y faisait si sombre que je ne voyais pas à plus de cinquante centimètres devant nous, mais, avec Annabeth, on avait fait le plein de torches électriques. Dès que nous les avons allumées, Rachel a laissé échapper un petit cri.

Un squelette nous faisait face en souriant. Il n'était pas humain. Il était immense, pour commencer – au moins trois mètres de haut. Il avait été suspendu par des chaînes aux poignets et aux chevilles, de sorte qu'il dessinait un genre de X géant au-dessus du tunnel. Mais ce qui m'a fait frissonner d'effroi, c'est l'unique orbite sombre qui trouait son crâne.

– Un Cyclope, a dit Annabeth. Il est très vieux. C'est pas... c'est pas quelqu'un qu'on connaît.

« C'est pas Tyson », voilà ce qu'elle voulait dire.

Rachel a accusé le coup.

– Vous avez un ami qui est Cyclope ?

– Tyson, ai-je répondu. Mon demi-frère.

– Ton demi-frère ?

– On espère le retrouver dans le Labyrinthe. Lui et Grover. C'est un satyre.

– Ah, a fait Rachel d'une petite voix. Bon, ben c'est pas le tout, allons-y.

Elle est passée sous le bras gauche du squelette et a continué d'avancer. Annabeth et moi avons échangé un regard.

Annabeth a haussé les épaules. On a suivi Rachel vers l'intérieur du Labyrinthe.

Au bout d'une quinzaine de mètres, on est arrivés à un croisement. Le tunnel de brique se prolongeait de l'autre côté. Sur la droite, les parois étaient en dalles de marbre ancien. Sur la gauche, il y avait un boyau en terre envahi de racines d'arbre.

J'ai pointé le doigt vers la gauche.

– Ça ressemble au tunnel qu'ont pris Grover et Tyson.

Annabeth a froncé les sourcils.

– C'est vrai, a-t-elle concédé, mais regarde l'architecture du couloir de droite, avec ces vieilles pierres : il a plus de chances de mener à une partie ancienne du Labyrinthe, vers l'atelier de Dédale.

– Il faut aller tout droit, a dit alors Rachel.

Annabeth et moi l'avons tous les deux dévisagée.

– C'est le chemin le moins plausible, a commenté Annabeth.

– Vous ne voyez pas ? Regardez par terre.

Je ne voyais rien, si ce n'est des briques patinées et de la boue.

– Il y a un sillon lumineux, a insisté Rachel. À peine visible. Mais il faut aller tout droit. Sur la gauche, un peu plus loin dans le tunnel, les racines remuent comme des tentacules. Ça me plaît pas. Sur la droite, il y a un piège à six ou sept mètres. Des trous dans les murs, qui abritent des lances peut-être. Je ne crois pas qu'on devrait courir ce risque.

Je ne voyais rien de ce qu'elle décrivait, mais j'ai hoché la tête.

– D'accord, ai-je dit. Tout droit.

– Tu la crois ? m'a demandé Annabeth.

– Ouais. Pas toi ?

Annabeth avait l'air de chercher la dispute, mais elle a fait signe à Rachel de passer en tête. On est repartis tous les trois par le tunnel de brique. Il dessinait de nombreux méandres, mais il n'y avait plus de boyaux adjacents. Nous avions l'impression de descendre, de nous enfoncer de plus en plus dans les entrailles du sous-sol.

– Pas de pièges ? ai-je demandé avec inquiétude.

– Rien. (Rachel a froncé les sourcils.) C'est normal que ce soit aussi facile ?

– Je ne sais pas, ai-je répondu. Les autres fois, ça ne l'était pas.

– Alors, Rachel, a demandé Annabeth, tu es d'où, au juste ?

Elle a dit ça sur un ton qui signifiait plutôt « T'es tombée de quelle planète ? », mais Rachel n'a pas eu l'air de le prendre mal.

– De Brooklyn, a-t-elle répondu.

– Et tes parents vont pas s'inquiéter en te voyant pas rentrer ?

Rachel a soupiré.

– Pas de danger de ce côté-là ! Je pourrais disparaître une semaine entière qu'ils s'en apercevraient même pas.

– Comment ça se fait ?

Cette fois-ci, Annabeth n'était pas railleuse. Les problèmes avec les parents, elle en connaissait un rayon.

Alors que Rachel allait lui répondre, un grincement sonore s'est fait entendre devant nous, comme si d'immenses portes s'ouvraient.

– C'était quoi, ce bruit ? a fait Annabeth.

– Je ne sais pas. Des charnières métalliques, a suggéré Rachel.

– Merci, super-utile ! Je veux dire : c'est quoi ?

À ce moment-là, on a entendu des bruits de pas qui faisaient trembler le couloir et venaient vers nous.

– On fuit ? ai-je proposé.

– On fuit, a accepté Rachel.

On a rebroussé chemin à toutes jambes, mais on n'avait pas fait cinq mètres qu'on est tombés sur de vieilles connaissances. Deux *drakainas* – des femmes-serpents en armure grecque – ont pointé leurs javelots sur nos poitrines. Entre elles se tenait Kelli, la pom-pom girl *empousa*.

– Eh bien eh bien, qui voilà, a dit Kelli.

J'ai retiré le capuchon de Turbulence et Annabeth a dégainé son poignard, mais avant même que mon épée ait fini de se déployer, Kelli a fondu sur Rachel. Sa main s'est transformée en une patte griffue qu'elle a refermée sur le cou de Rachel. La tenant étroitement par la gorge, elle l'a fait tourner sur elle-même.

– On promène sa petite mortelle ? m'a demandé l'*empousa*. Mais c'est tellement fragile, ces petites choses. Ça se casse comme un rien !

Derrière nous, les bruits de pas se rapprochaient. Une silhouette gigantesque a surgi de la pénombre : un Lestrygon de deux mètres cinquante de haut, avec des crocs pointus et des yeux rouges.

Le géant s'est pourléché les babines en nous voyant.

– J'peux les manger ?

– Non, a dit Kelli. Ton maître les voudra vivants, ceux-là. Ils fourniront du très bon spectacle. (Elle m'a gratifié d'un sourire.) Et maintenant, avancez, sang-mêlé. Ou vous mourrez tous ici, à commencer par la mortelle.

J'ai cru vivre mon pire cauchemar. Et croyez-moi, j'en avais fait beaucoup, des cauchemars. Deux *drakainas* nous ont escortés dans le tunnel, Kelli et le géant fermant la marche pour nous empêcher de nous enfuir. Aucun d'eux n'avait l'air de craindre qu'on parte en courant vers l'avant, car c'est là qu'ils voulaient nous conduire.

J'ai aperçu des portes en bronze un peu plus loin. Elles faisaient près de trois mètres de haut et deux épées croisées étaient gravées dans le métal. De derrière s'échappait une rumeur, les murmures étouffés d'une foule.

– Ah… ssssi ! a susurré la femme-serpent qui se trouvait à ma gauche. Ah… sssi, tu vas beaucoup plaire à notre hôte !

Je n'avais jamais eu l'occasion de regarder une *drakaina* de près, et je ne peux pas dire que j'étais ravi de l'avoir maintenant. Elle aurait eu un joli visage, sans sa langue fourchue et les deux fentes noires qui barraient ses yeux en guise de pupilles. Elle portait une armure en bronze qui s'arrêtait à la taille. En dessous, à la place des jambes, elle avait deux énormes corps de serpent tachetés de bronze et de vert. Elle avançait comme sur des skis vivants : moitié ondulant, moitié marchant.

– Qui est votre hôte ? ai-je demandé.

Elle a émis un sifflement qui se voulait peut-être un rire.

– Tu verras ! Vous sssserez potes comme cochons. Après tout, ssss… c'est ton frère.

– Mon quoi ?

J'ai tout de suite pensé à Tyson, mais c'était impossible. Qu'est-ce qu'elle racontait ?

Le géant nous a bousculés pour ouvrir les portes. Il a attrapé Annabeth par son tee-shirt et lui a dit :

– Toi, tu restes ici.

– Hé ! a-t-elle protesté – mais ce type faisait deux fois sa taille et il avait déjà confisqué son poignard et mon épée.

Kelli a éclaté de rire. Elle serrait toujours le cou de Rachel entre ses griffes.

– Vas-y, Percy. Offre-nous du beau spectacle. On va attendre ici avec tes amis pour être sûrs que tu ne tentes pas de coup fourré.

Je me suis tourné vers Rachel.

– Je suis désolé, ai-je dit. Je vais te tirer de là.

Elle a hoché la tête – autant qu'elle le pouvait avec un monstre à la gorge, et murmuré :

– Ce serait cool.

De la pointe de leurs javelots, les *drakainas* m'ont poussé à l'intérieur. Je me suis retrouvé sur la piste d'une arène.

Ce n'était sans doute pas l'arène la plus spacieuse que j'aie jamais vue, mais comme elle était entièrement souterraine, elle paraissait très vaste. La piste de terre battue était ronde et juste assez grande pour qu'on puisse en faire le tour en voiture, en braquant fort. Au milieu, un géant et un centaure s'affrontaient en duel. Le centaure avait l'air paniqué. Il galopait autour de son ennemi l'épée au clair, en se couvrant avec son bouclier, tandis que le géant brandissait un javelot de la taille d'un poteau téléphonique sous les clameurs de la foule.

La première rangée de gradins surplombait la piste de trois mètres cinquante, environ. De simples bancs en pierre encerclaient l'arène, et il n'y avait pas une seule place de libre. Des géants, des *drakainas*, des demi-dieux et autres telchines côtoyaient des créatures encore plus bizarres : démons aux ailes de chauve-souris, demi-humains mâtinés de tous les animaux imaginables, oiseaux, reptiles, insectes ou mammifères.

Mais le plus sinistre, dans ce tableau, c'étaient les crânes. L'arène en était pleine. La bordure de la balustrade en était couverte. Des colonnes de crânes entassés, hautes d'un mètre, décoraient les marches entre les bancs. Ils ricanaient, perchés sur des pals derrière les tribunes ou pendus à des chaînes tels de lugubres plafonniers. Certains, blancs et patinés, avaient l'air très vieux ; deux étaient visiblement plus récents – je vous épargne les détails, croyez-moi, ça vaut mieux.

Au milieu de tout ça, bien en vue sur le mur du côté des spectateurs, s'étalait quelque chose qui, selon moi, n'avait rien à faire ici : une bannière verte barrée du trident de Poséidon. Que faisait-elle dans un lieu si abominable ?

Au-dessus de la bannière, mon vieil ennemi occupait une place d'honneur.

– Luke ! ai-je laissé échapper.

Je ne sais pas s'il m'a entendu, dans la cacophonie générale, mais un sourire froid s'est dessiné sur ses lèvres. Il portait un pantalon de treillis, un tee-shirt blanc et un plastron de bronze, exactement comme dans mon rêve. À côté de lui se trouvait le plus grand géant que j'avais jamais vu, encore plus imposant que celui qui se battait avec le centaure dans l'arène. Celui-là faisait facilement quatre mètres cinquante et il était tellement baraqué qu'il occupait trois sièges. Il était habillé d'un pagne pour tout vêtement, comme les sumos. Il avait la peau rouge brique, tatouée de vagues bleues. J'ai supposé que c'était le nouveau garde du corps de Luke.

Un cri a fusé de la piste et j'ai sursauté quand le centaure s'est écroulé sur la terre battue, à mes pieds.

– Aide-moi ! m'a-t-il crié, le regard suppliant.

J'ai voulu saisir mon épée, mais elle m'avait été confisquée et ne s'était pas encore rematérialisée dans ma poche.

Le centaure a tenté désespérément de se lever en voyant le géant s'approcher, prêt à abattre son javelot.

Une main griffue a serré mon épaule.

– Ssssi tu tiens à tes amis, a dit la *drakaina* qui me surveillait, ne t'en mêle pas. Ssss... c'est pas ton combat. Attends ton tour.

Le centaure était incapable de se redresser ; il avait une patte cassée. Le géant a posé alors un énorme pied sur le buste de l'homme-cheval et levé son javelot. Il a tourné le regard vers Luke.

– À MORT ! À MORT ! a crié la foule.

Luke n'a exprimé aucune réaction, mais l'espèce de sumo tatoué qui était assis à ses côtés s'est levé. Il a souri au centaure, qui gémissait : « Pitié ! Non ! »

Et il a levé la main et tourné le pouce vers le sol.

J'ai fermé les yeux pour ne pas voir le géant planter son javelot. Lorsque je les ai rouverts, le centaure avait disparu, réduit en cendres. Tout ce qui restait de lui, c'était un sabot, que le géant a ramassé comme un trophée et brandi devant la foule. Des cris enthousiastes sont montés des gradins.

Une grille s'est ouverte à l'autre bout du stade et le géant est sorti d'un pas triomphal.

Le sumo a levé les mains pour réclamer le silence.

– Du beau spectacle ! a-t-il rugi. Mais rien de bien nouveau ! Qu'as-tu d'autre à me montrer, Luke, fils d'Hermès ?

Luke a crispé les mâchoires. Il avait horreur qu'on l'appelle « fils d'Hermès », ça se voyait. Il détestait son père. Mais il s'est levé lentement. Ses yeux brillaient. Il avait même l'air de bonne humeur.

– Seigneur Antée ! a-t-il dit, suffisamment fort pour se faire entendre de la foule. Tu es un excellent hôte ! Nous serions heureux de te divertir, pour te remercier de nous autoriser à traverser ton territoire.

– C'est une faveur que je ne vous ai pas encore accordée, a grogné Antée. Je veux du divertissement !

Luke s'est incliné.

– Je crois que j'ai mieux que des centaures pour t'affronter dans l'arène, j'ai un de tes frères ! a-t-il dit en me montrant du doigt. Percy Jackson, fils de Poséidon !

À ces mots, la foule s'est mise à me huer et me jeter des pierres. Je les ai évitées presque toutes, sauf une qui m'a touché à la joue et fait une méchante entaille.

Une étincelle s'est allumée dans les yeux d'Antée.

– Un fils de Poséidon ? Alors il devrait savoir se battre ! Ou savoir mourir !

– Si sa mort te plaît, a rétorqué Luke, laisseras-tu nos troupes traverser ton territoire ?

– Peut-être ! a lâché Antée.

Luke n'a pas eu l'air trop content de ce « peut-être ». Il m'a jeté un regard noir, comme pour m'avertir que j'avais intérêt à leur offrir une mort spectaculaire, ou j'aurais de sérieux ennuis.

– Arrête, Luke ! a crié Annabeth. Laisse-nous partir !

Luke a semblé remarquer Annabeth pour la première fois. Il est resté hébété quelques secondes.

– Annabeth ?

– Les femmes pourront se battre plus tard, est intervenu Antée. D'abord, Percy Jackson. Quelles armes choisis-tu ?

Les *drakainas* m'ont poussé au milieu de l'arène. Levant les yeux, j'ai demandé au géant :

– Comment peux-tu être le fils de Poséidon ?

Antée a éclaté de rire et les spectateurs, sur les gradins, ont embrayé.

– Je suis son fils préféré ! a-t-il tonné. Admire le temple que j'ai construit pour le dieu des Tremblements de terre, bâti avec les crânes de ceux que j'ai tués en son nom ! Le tien ira les rejoindre !

J'ai regardé avec horreur tous ces crânes, des centaines et des centaines, et la bannière de Poséidon tendue au milieu d'eux. Comment ce lieu pouvait-il être un temple honorant mon père ? Il était sympa, mon père. Il ne m'avait jamais réclamé de carte de vœux pour la fête des Pères, encore moins le crâne de qui que ce soit.

– Percy ! m'a crié Annabeth, sa mère, c'est Gaia ! Ga...

Son garde lestrygon a plaqué une main sur sa bouche pour la faire taire. « Sa mère, c'est Gaia »... La déesse de la Terre. Annabeth voulait me faire comprendre que c'était important, mais je ne voyais pas pourquoi. Peut-être juste parce que ça voulait dire que les deux parents de ce type étaient des dieux, ce qui le rendait sûrement encore plus difficile à tuer.

– Tu es fou, Antée, lui ai-je dit. Si tu t'imagines que c'est un bel hommage, c'est que tu ne comprends rien à Poséidon.

La foule m'a agoni d'injures, mais Antée a levé la main pour faire le silence.

– Tes armes, a-t-il insisté. Et ensuite on verra comment tu meurs. Que veux-tu ? Des haches ? Des boucliers ? Des filets ? Des lance-flammes ?

– Mon épée, ça me suffira.

Les monstres ont tous éclaté de rire, mais Turbulence s'est immédiatement matérialisée dans ma main et quelques murmures inquiets ont parcouru les rangs des spectateurs. La lame de bronze luisait d'un éclat discret.

– Premier assaut ! a annoncé Antée.

Les grilles se sont ouvertes et une *drakaina* s'est avancée en ondulant dans l'arène. Elle serrait un trident dans une main et un filet plombé dans l'autre, une panoplie de gladiateur classique. À la colonie, ça faisait des années qu'on s'entraînait à se battre contre ces armes.

Elle m'a lancé un timide coup de trident, que j'ai esquivé d'un pas sur le côté. Elle a alors jeté son filet dans l'espoir de paralyser la main dont je maniais l'épée, mais je n'ai eu aucun mal non plus à l'éviter ; j'ai tranché sa lance en deux et planté Turbulence dans une faille de son armure. Avec un cri déchirant, la *drakaina* s'est volatilisée et les clameurs de la foule se sont tues.

– Non ! a tonné Antée. Trop rapide ! Tu dois attendre avant de donner le coup de grâce. Moi seul donne l'ordre de la mise à mort !

J'ai jeté un coup d'œil en direction d'Annabeth et Rachel. Il fallait que je trouve un moyen de les libérer. En distrayant leurs gardes, peut-être.

– Bien joué, Percy, a dit Luke en souriant. Tu as fait des progrès à l'épée, je dois le reconnaître.

– Deuxième assaut ! a hurlé Antée. Et lentement, cette fois-ci ! Je veux du spectacle ! Attends mes ordres avant de tuer qui que ce soit, sinon ça va chauffer !

Les grilles se sont ouvertes à nouveau et c'est un jeune guerrier qui est sorti sur la piste. Il était un peu plus âgé que moi, je lui aurais donné seize ans. Il avait les cheveux aile de corbeau et portait un bandeau sur un œil. Il était si maigre et nerveux que son armure grecque flottait sur lui. Il a planté son épée dans la terre battue, serré les courroies de son bouclier et mis son casque à crinière de cheval.

– Qui es-tu ? lui ai-je demandé.
– Ethan Nakamura. Je dois te tuer.
– Pourquoi tu fais ça ?
– Hé ! a lancé un monstre, dans les gradins. Z'êtes pas là pour bavarder ! Battez-vous !

Les autres spectateurs ont renchéri.

– Je dois faire mes preuves, m'a répondu Ethan. C'est le seul moyen de rejoindre leurs rangs.

Sur ces mots, il est passé à l'attaque. Les lames de nos épées se sont entrechoquées à mi-hauteur et la foule a rugi. Je trouvais ça malsain. Je ne voulais pas me battre pour divertir une bande de monstres, mais Ethan Nakamura ne me laissait pas trop le choix.

Il s'est fendu vers l'avant. Il savait se battre, ça se voyait. Il n'était jamais allé à la Colonie des Sang-Mêlé, à ma connaissance, mais il avait appris à manier l'épée. Il a paré mon coup d'épée et failli m'assommer avec son bouclier, mais j'ai fait un bond en arrière. Il a allongé une botte, j'ai roulé sur le côté. On a échangé comme ça parades et estocades pendant quelques instants, chacun essayant de jauger le style de l'autre. Je m'efforçais de rester toujours du côté aveugle d'Ethan, mais ça ne m'aidait pas beaucoup. Il devait avoir l'habitude de se battre avec un seul œil depuis longtemps, car il gardait très bien sa gauche.

– Du sang ! ont crié les monstres.

Mon adversaire a glissé un regard furtif vers les gradins. J'ai soudain compris que c'était son point faible : il avait besoin d'impressionner les monstres. Moi non.

Avec un cri de guerre farouche, il a chargé. J'ai esquivé sa botte et je me suis mis à reculer, l'obligeant à me courir après.

– Hou ! Hou ! a crié Antée. Bats-toi !

Ethan me talonnait mais je n'avais pas de mal à me défendre, même sans bouclier. Il portait une tenue de défense, armure lourde et bouclier, ce qui lui rendait l'attaque très fatigante. J'étais une cible plus vulnérable, mais en même temps plus rapide et plus légère. Dans les gradins, la frénésie gagnait les spectateurs, qui se plaignaient en hurlant et nous jetaient des pierres : cinq minutes déjà qu'on se battait, et toujours pas une seule goutte de sang.

Finalement, Ethan a commis une erreur. Il a tenté de me piquer au ventre ; j'ai coincé la garde de son épée dans la mienne et tourné vivement le poignet. Arrachée, son épée est tombée sur la terre battue. Sans lui laisser le temps de se reprendre, j'ai glissé mon pommeau dans son casque et je l'ai poussé vers le sol. Sa lourde armure m'a aidé, plus qu'elle ne lui a porté secours à lui. Il s'est étalé sur le dos, épuisé. J'ai posé la pointe de mon épée sur sa poitrine.

– Tue-moi et qu'on en parle plus, a grommelé Ethan.

J'ai levé la tête vers Antée. Son visage rouge était figé en un masque de colère, mais il a levé la main et tourné le pouce vers le sol.

– Pas question, ai-je dit en rengainant mon épée.

– Fais pas l'idiot, m'a glissé Ethan. Ils vont nous tuer tous les deux, c'est tout.

Pour toute réponse, je lui ai tendu la main. Il l'a prise avec réticence, et je l'ai aidé à se relever.

– Personne n'a le droit de déshonorer les jeux ! a tonné Antée. Je vais ajouter vos deux têtes à mon temple à Poséidon !

J'ai regardé Ethan.

– Dès que tu vois une ouverture, sauve-toi.

Puis je me suis retourné vers Antée et je lui ai lancé :

– Pourquoi tu ne m'affrontes pas toi-même ? Si tu es le préféré de papa, descends donc le prouver dans l'arène !

Des grognements ont parcouru les gradins. Antée a balayé l'assemblée du regard, et il a dû se rendre compte qu'il n'avait pas le choix. Il ne pouvait pas refuser sans passer pour un lâche.

– Je suis le plus grand lutteur au monde, petit, m'a-t-il averti. Je me bats depuis le premier *pancrace* !

– *Pancrace* ?

– Il veut dire un combat à mort. Sans règles, m'a expliqué Ethan. Tous les coups sont permis. C'était une discipline olympique, autrefois.

– Merci pour l'info.

– Je t'en prie.

Rachel me regardait avec de grands yeux. Annabeth secouait la tête avec éloquence, la main du Lestrygon encore plaquée sur sa bouche.

J'ai levé mon épée vers Antée.

– Le vainqueur emporte la mise ! Si je gagne, on est tous libres. Si tu gagnes, on meurt tous. Jure-le sur le Styx.

Antée a ricané.

– Ça va être du vite réglé ! Je jure d'appliquer tes conditions !

D'un bond, il a sauté de la balustrade et atterri sur la piste.

– Bonne chance, t'en auras besoin, m'a dit Ethan, avant de s'écarter en toute hâte.

Antée a fait craquer ses doigts. Il a souri et j'ai vu que même ses dents étaient gravées de motifs de vagues. Pour les brosser après les repas, je vous raconte pas.

– Tes armes ? a demandé le géant.

– Je m'en tiens à mon épée. Et toi ?

Il a levé ses grosses paluches et remué les doigts.

– Je n'ai besoin de rien d'autre. Maître Luke, tu seras l'arbitre de ce combat.

– Volontiers, a dit Luke, qui m'a décoché un sourire en biais.

Antée a plongé vers moi. J'ai roulé entre ses jambes et lui ai planté la pointe de mon épée dans le gras de la cuisse.

– Argggh ! a-t-il hurlé.

Mais au lieu de sang, c'est un filet de sable qui a jailli de la plaie, comme si je venais de percer un sablier. Les grains se sont répandus sur le sol de l'arène, et la terre est venue s'agglutiner autour de la jambe d'Antée, presque comme un plâtre. Quand la terre est retombée en s'effritant, la blessure avait disparu.

Il m'a attaqué de nouveau. Heureusement, j'avais un peu d'expérience en matière de combat contre des géants. J'ai esquivé par un bond latéral, cette fois-ci, et l'ai frappé sous le bras. La lame de Turbulence s'est enfoncée jusqu'à la garde entre ses côtes. Ça, c'est la bonne nouvelle. La mauvaise, c'est que lorsque le géant s'est retourné, le pommeau s'est arraché de ma main et je me suis trouvé projeté, désarmé, à l'autre bout de l'arène.

Antée a poussé un rugissement de douleur. Je m'attendais à le voir se désintégrer. Aucun monstre, jusqu'à présent, n'avait survécu à une attaque aussi directe de mon épée. Le bronze céleste devait être en train de détruire son essence. Et pourtant, Antée a saisi la poignée, arraché l'épée de son flanc et l'a lancée derrière lui. Un nouveau jet de sable s'est écoulé de la plaie mais, à nouveau, la terre est montée du sol pour le couvrir comme un emplâtre. Le géant avait de la terre jusqu'aux épaules. Quelques secondes plus tard, la gangue de terre s'est défaite et Antée en est ressorti intact.

– Maintenant tu comprends pourquoi je ne perds jamais, demi-dieu ! s'est vanté Antée. Viens ici que je te terrasse. Je vais t'accorder une mort rapide !

Le géant se dressait entre moi et mon épée. J'ai jeté un coup d'œil désespéré d'un côté puis de l'autre, et j'ai croisé le regard d'Annabeth.

La terre, ai-je pensé. Qu'est-ce qu'Annabeth avait tenté de me dire ? La mère d'Antée était Gaia, la Mère-Terre, la plus ancienne de toutes les divinités. Le père d'Antée avait beau être Poséidon, c'était Gaia qui le maintenait en vie. Tant que le géant serait en contact avec le sol, je ne pourrais pas le tuer.

J'ai essayé de le contourner, mais il a anticipé ma manœuvre et m'a barré le chemin en gloussant. Il jouait avec moi, maintenant. Il me tenait.

J'ai levé les yeux vers les chaînes qui pendaient au plafond, terminées chacune par un crochet portant un crâne d'ennemi. Soudain, j'ai eu une idée.

J'ai feinté sur l'autre côté. Antée m'a de nouveau barré l'accès. Les monstres l'ont hué et lui ont crié de m'achever, mais Antée s'amusait trop pour clore la séance si vite.

– Freluquet ! m'a-t-il lancé. Tu n'es pas digne d'être le fils du dieu de la Mer !

J'ai senti mon stylo à bille revenir dans ma poche, mais ça, Antée ne pouvait pas le savoir. Dans son esprit, Turbulence gisait toujours par terre, derrière lui. Il devait croire que j'essayais de récupérer mon épée. L'avantage était mince, mais c'était le seul que j'avais.

J'ai foncé tout droit en me courbant le plus bas possible pour lui faire croire que j'allais rouler entre ses jambes une nouvelle fois. Il s'est accroupi, prêt à me cueillir au passage, et j'ai alors sauté avec toute l'énergie que j'ai pu puiser en moi : j'ai rebondi sur son avant-bras, grimpé le long de son épaule comme sur une échelle et posé mon pied sur sa tête. Il a réagi comme on pouvait s'y attendre : il s'est relevé en poussant un « Hé ! » d'indignation. Je me suis servi de sa force pour me catapulter vers le plafond. J'ai saisi le haut d'une chaîne, et les crânes et leurs crochets ont tangué sous moi. J'ai enroulé les pieds autour des maillons, exactement comme je le faisais à l'école pour les compétitions de corde lisse. Puis j'ai dégainé Turbulence et tranché la chaîne la plus proche de moi.

– Descends, espèce de lâche ! a tonné Antée.

Il a tendu les bras vers moi, mais j'étais tout juste hors de sa portée. Agrippé à ma corde de salut, j'ai crié :

– Viens me chercher si tu l'oses ! À moins que tu sois trop gros et trop lent !

Avec un hurlement rageur, il a essayé à nouveau de m'attraper. Puis il a saisi une chaîne et tenté de se hisser. Pendant qu'il se démenait, j'ai laissé pendre la chaîne que j'avais sectionnée, crochet vers le bas. J'ai dû m'y prendre à deux fois, mais je suis parvenu à planter le crochet dans le pagne d'Antée.

Antée a poussé un cri. J'ai vite glissé la chaîne libre dans le crochet de la mienne, et j'ai serré au maximum. Malgré ses efforts pour redescendre au sol, Antée s'est trouvé suspendu en l'air par le derrière. Il était même obligé de se tenir des deux mains à d'autres chaînes pour ne pas basculer tête en bas. J'ai prié pour que le pagne et la chaîne tiennent encore quelques secondes. Tandis qu'Antée jurait et s'agitait comme un beau diable, je me balançais avec une frénésie de ouistiti de chaîne en chaîne, en donnant des coups d'épée et en faisant des boucles et des nœuds avec les crochets et les anneaux de métal. Je ne sais pas comment je m'y suis pris. Maman dit toujours que j'ai un don pour emmêler les choses. Et puis il y allait de la vie de mes amis, que je voulais sauver à tout prix. Bref, en quelques minutes, le géant s'est retrouvé suspendu au-dessus du sol, ficelé comme un rôti dans des liens de métal.

Je me suis laissé tomber par terre, en sueur et pantelant. J'avais les mains tout écorchées.

– Décroche-moi ! a ordonné Antée.

– Libère-le ! a renchéri Luke. C'est notre hôte !

– Entendu, ai-je dit en dégainant Turbulence. Je vais le libérer.

Et j'ai planté ma lame dans le ventre du géant. Il a poussé un rugissement de douleur et du sable s'est échappé en filet de sa plaie. Mais il était trop haut pour toucher la terre, à présent, et celle-ci ne pouvait pas monter à son secours : Antée s'est désintégré, il s'est répandu grain à grain, jusqu'à ce qu'il ne reste plus à sa place que des chaînes qui se balançaient à vide, un pagne immense pendu à un crochet et une bande de crânes ricanants qui dansaient au-dessus de ma tête comme s'ils avaient enfin matière à rire.

– Jackson ! a hurlé Luke. Ça fait longtemps que j'aurais dû te tuer !

– Tu as essayé ! lui ai-je rappelé. Laisse-nous partir, Luke. Nous avions un accord sur le Styx avec Antée. Je suis le vainqueur.

Luke a réagi exactement comme je m'y attendais.

– Antée est mort, a-t-il dit. Et avec lui son serment. Mais comme je suis d'humeur miséricordieuse, aujourd'hui, je te ferai tuer rapidement.

Il a ensuite montré du doigt Annabeth.

– Épargnez la fille, a-t-il poursuivi d'une voix qui tremblait très légèrement. Je voudrais lui parler avant notre grand triomphe.

Les monstres présents dans l'arène se sont tous préparés, les uns dégainant une arme, les autres sortant les griffes. On était coincés. Totalement écrasés par leur nombre.

J'ai alors pris conscience d'une sensation, au niveau de ma poche : un froid croissant, carrément glacial. *Le sifflet de dressage.* J'ai refermé les doigts dessus. Voilà des jours que j'évitais de me servir du cadeau de Quintus. J'étais convaincu qu'il recelait un piège. Mais là... je n'avais plus le choix. J'ai sorti l'objet de ma poche et j'ai soufflé dedans. Sans produire le moindre son, il a volé en éclats de glace qui ont fondu entre mes doigts.

Luke a ri.

– C'était quoi, ce petit gadget ?

Un jappement de surprise a fusé derrière moi. J'ai vu le Lestrygon qui gardait Annabeth fendre l'air telle une fusée pour aller s'écraser contre le mur d'en face.

OUAH ! OUAH !

Kelli l'*empousa*, attaquée par un molosse noir de deux cent cinquante kilos, s'est mise à hurler, ce qui n'a pas empêché le dogue de l'attraper comme un vulgaire jouet en caoutchouc et de la projeter d'un coup de tête dans les bras de Luke. Là-dessus Kitty O'Leary a montré les crocs en grondant et les deux *drakainas* ont battu en retraite. Sur les gradins, les monstres étaient pétrifiés par la surprise.

– Filons ! ai-je crié à mes amis. Au pied, Kitty O'Leary !

– La sortie du fond ! s'est exclamée Rachel. C'est par là !

Ethan Nakamura ne s'est pas fait prier. Tous ensemble, on a traversé l'arène et on s'est enfuis par la sortie du fond, suivis de Kitty O'Leary. En courant, j'entendais derrière moi les cris d'une armée entière qui s'efforçait de descendre des gradins pour se lancer à nos trousses.

15 Nous volons des ailes qui ont déjà servi

– Par ici ! a crié Rachel.

– Pourquoi on te suivrait ? a objecté Annabeth. C'est toi qui nous as conduits dans ce piège mortel !

– C'était le chemin que vous deviez prendre, a rétorqué Rachel. Et là aussi. Venez !

Annabeth n'avait pas l'air emballée mais elle a suivi quand même, comme nous tous. Rachel semblait savoir parfaitement ce qu'elle faisait. Elle n'hésitait pas une seconde aux croisements, prenait les virages à toute blinde. Une fois, elle a crié : « Baissez-vous ! » et à peine on s'était tous accroupis qu'une énorme hache a balayé l'air au ras de nos têtes. Ensuite on s'est remis en route comme si de rien n'était.

Je ne sais pas combien de tournants on a pris, j'ai perdu le compte. On ne s'est arrêtés pour se reposer que lorsqu'on a débouché dans une salle spacieuse comme un gymnase, au toit soutenu par des colonnes de marbre à l'ancienne. Je me suis immobilisé sur le seuil, aux aguets, mais je n'ai rien entendu. Manifestement, nous avions semé Luke et ses laquais dans le Labyrinthe.

J'ai alors pris conscience d'autre chose : Kitty O'Leary n'était plus là. Je n'avais aucune idée du moment où elle avait disparu, j'ignorais si elle s'était perdue, si les monstres l'avaient rattrapée, ou quoi. Mon cœur m'a soudain paru lourd comme du plomb. Elle nous avait sauvé la vie et je n'avais même pas attendu pour m'assurer qu'elle nous suivait.

Ethan s'est écroulé au sol. Il a retiré son casque, découvrant son visage inondé de sueur.

– Vous êtes dingues, a-t-il dit.

– Je me souviens de toi ! s'est exclamée Annabeth. Tu faisais partie des indéterminés du bungalow d'Hermès, il y a des années de ça.

Il l'a gratifiée d'un regard sombre.

– Exact, a-t-il répondu. Et tu es Annabeth. Je m'en souviens.

– Qu'est-ce... qu'est-ce qui t'est arrivé à l'œil ?

Ethan a détourné la tête et j'ai eu la nette impression que c'était un sujet qu'il n'était pas disposé à aborder.

– Tu dois être le sang-mêlé de mon rêve, ai-je dit. Celui que les sbires de Luke ont capturé. Ce n'était pas Nico, en fin de compte.

– Qui est Nico ?

– Peu importe, a vite glissé Annabeth. Pourquoi essayais-tu de t'engager dans le camp des méchants ?

– Il n'y a pas de camp des bons, a rétorqué Ethan avec une grimace. Les dieux n'en ont rien à fiche de nous. Qu'est-ce qui m'empêcherait de m'engager...

– ... dans une armée qui exige que tu te battes à mort pour divertir ses chefs ? l'a interrompu Annabeth. Vraiment, on se demande.

Ethan s'est relevé.

– J'veux pas discuter avec vous. Merci de votre aide, mais je me casse.

– On cherche Dédale, ai-je dit. Viens avec nous. Quand on aura fini, tu seras le bienvenu à la colonie.

– Si vous vous imaginez que Dédale va vous aider, vous êtes vraiment dingues de chez dingues.

– Il faut qu'il nous aide, a dit Annabeth. On va le forcer à nous écouter.

– C'est ça, ouais. Ben, bonne chance.

Je l'ai attrapé par le bras.

– Tu veux partir tout seul dans le Labyrinthe ? C'est du suicide.

Il m'a regardé avec une colère qu'il avait du mal à maîtriser. Les bords de son bandeau s'effilochaient et le tissu noir était décoloré, comme s'il le portait depuis longtemps.

– T'aurais pas dû m'épargner, Jackson, a-t-il dit. Y a pas de place pour la compassion dans cette guerre.

Et il est parti à grands pas, ravalé par l'obscurité d'où il avait surgi.

On était tellement crevés, Annabeth, Rachel et moi, qu'on a planté le camp ici même dans le grand préau. J'ai trouvé quelques brindilles et on a allumé un petit feu. Des ombres se sont mises à jouer sur les colonnes qui nous entouraient comme des arbres.

– J'ai trouvé Luke bizarre, a grommelé Annabeth en tisonnant le feu avec la pointe de son couteau. Tu as remarqué comment il se comportait ?

– Moi, il m'a paru plutôt satisfait, ai-je répondu. Comme s'il avait passé une bonne journée à torturer des héros.

– C'est pas vrai ! Il y avait quelque chose qui clochait. Il avait l'air... inquiet. Il a ordonné à ses monstres de m'épargner. Il voulait me dire quelque chose.

– Sans doute : « Salut, Annabeth ! Assieds-toi, regarde-moi déchiqueter tes amis, tu vas voir, ça va être trop fun ! »

– T'es infernal, a grogné Annabeth, qui a rengainé son poignard, avant de se tourner vers Rachel. On va par où, maintenant, grande prêtresse ?

Rachel n'a pas répondu immédiatement. Depuis l'arène, elle était beaucoup plus calme. Maintenant, quand Annabeth lui adressait un commentaire sarcastique, Rachel ne se donnait quasiment pas la peine de réagir. Elle avait calciné la pointe d'un bâton dans le feu et s'en servait pour dessiner des silhouettes noires au fusain sur le sol, des images des monstres qu'on avait vus. En quelques traits, elle a esquissé une *drakaina* d'une ressemblance saisissante.

– On va suivre le sentier, a-t-elle dit. Le ruban lumineux au sol.

– Le ruban lumineux qui nous a menés droit dans un piège ?

– Arrête, Annabeth. Elle fait de son mieux.

Annabeth s'est levée.

– Le feu baisse. Je vais voir si je peux pas trouver du bois. Pendant ce temps, vous autres, vous pourrez causer stratégie.

Sur ces mots, elle s'est éloignée entre les ombres.

Rachel a dessiné un autre personnage : un Antée gris cendré, pendu à ses chaînes.

– Annabeth n'est pas comme ça, d'habitude, lui ai-je dit. Je ne sais pas ce qui lui prend.

Rachel a haussé les sourcils.

– T'es sûr que tu sais pas ?

– Comment ça ?

– Les garçons, a-t-elle murmuré. Plus aveugles, on fait pas.

– Hé ! Tu vas pas t'y mettre, toi aussi ! Écoute, je suis désolé de t'avoir embarquée dans cette aventure.

– Non, tu as bien fait. Je vois le sentier. Je suis incapable de l'expliquer, mais c'est vraiment clair. (Elle a pointé le doigt vers le fond de la salle, plongé dans l'obscurité.) L'atelier est par là. Le cœur du Labyrinthe. On est tout près, maintenant. Je ne sais pas pourquoi le sentier passait par l'arène. Je... je le regrette. J'ai cru que tu allais mourir.

À sa voix, j'ai senti qu'elle était au bord des larmes.

– T'inquiète, je suis presque tout le temps sur le point de mourir ! Pas de quoi te faire du souci.

Rachel m'a dévisagé.

– Alors, a-t-elle demandé, tu fais ça tous les étés ? Tu chasses les monstres ? Tu sauves le monde ? Il t'arrive jamais de faire, tu sais, juste des trucs normaux ?

Je ne m'étais jamais vraiment posé cette question. La dernière fois que j'avais mené une vie normale remontait à... à jamais, en fait.

– Les sang-mêlé s'habituent à cette vie, je crois. Enfin, on s'habitue peut-être pas, mais... (J'ai gigoté, mal à l'aise.) Et toi ? Qu'est-ce que tu fais, normalement ?

Rachel a haussé les épaules.

– Je peins. Je lis beaucoup.

D'accord, me suis-je dit. *Pour l'instant, ça nous fait zéro point commun.*

– Et ta famille ? ai-je tenté.

J'ai senti les défenses mentales de Rachel s'ériger, comme si j'abordais un terrain dangereux.

– Oh, ben, c'est juste ma famille, tu vois.

– Tu as dit que tes parents s'en apercevraient pas, si tu rentrais pas.

Rachel a posé son bâton.

– Tu sais quoi ? Je suis vraiment crevée. Je vais dormir un peu, d'accord ?

– Oui, bien sûr. Excuse-moi si...

Rachel se roulait déjà en boule par terre, en prenant son sac à dos comme oreiller. Elle a fermé les yeux et n'a plus bougé d'un cil, mais j'ai eu l'impression qu'elle ne dormait pas vraiment.

Quelques minutes plus tard, Annabeth est revenue. Elle a jeté une poignée de branches mortes dans le feu. Son regard est allé de Rachel à moi.

– Je vais assurer la première veille, a-t-elle dit. Tu devrais dormir, toi aussi.

– T'es pas obligée de te comporter comme ça.

– Comme quoi ?

– Comme si... laisse tomber.

Je me suis allongé, le cœur gros. Mais j'étais tellement épuisé que je me suis endormi sitôt les paupières baissées.

Dans mes rêves, j'entendais des rires. Des rires froids et durs, comme des couteaux qu'on aiguise.

J'étais au bord d'une fosse, dans les profondeurs du Tartare. À mes pieds, l'obscurité me semblait une soupe d'encre bouillonnante.

– Si près de ta fin, petit héros, m'a réprimandé la voix de Cronos. Et tu es encore aveugle.

Sa voix avait changé, par rapport aux fois précédentes. Elle avait un timbre presque physique, à présent, comme si elle émanait d'un véritable corps et non... de... de ce qu'il pouvait bien être avant, quand il était découpé en d'innombrables morceaux.

– Je te dois des remerciements, a dit Cronos. Tu as garanti ma renaissance.

Dans la caverne, les ombres se sont accentuées, alourdies. J'ai tenté de m'éloigner du bord de la fosse, mais c'était comme nager dans de l'huile. Le temps a ralenti. Ma respiration s'est presque éteinte.

– Une faveur, a repris Cronos. Le seigneur des Titans paie toujours ses dettes. Un aperçu, peut-être, des amis que tu as abandonnés...

L'obscurité a ondoyé tout autour de moi et je me suis retrouvé dans une autre grotte.

– Dépêche-toi ! a dit Tyson, qui déboulait dans la caverne.

Grover le suivait d'un pas chancelant. Des grondements sont parvenus du couloir d'où ils sortaient, et la tête d'un gigantesque serpent a pointé dans la grotte. Quand je dis gigantesque, je veux dire que son corps passait tout juste par le tunnel. Il avait des écailles cuivrées, une tête en losange comme un serpent à sonnette, et des yeux jaunes brûlant de haine. Lorsqu'il a ouvert la gueule, il a découvert des crocs aussi grands que Tyson de la tête aux pieds.

Il s'est jeté sur Grover, mais ce dernier a détalé et les crocs du serpent se sont refermés sur de la terre. Tyson a ramassé un rocher et l'a jeté au monstre, l'atteignant pile entre les deux yeux. Le serpent a reculé en sifflant, rien de plus.

– Il va te manger ! a crié Grover à Tyson.

– Comment tu le sais ?

– Il vient de me le dire ! Sauve-toi !

Tyson a filé sur le côté mais le serpent, se servant de sa tête comme d'une massue, l'a fait tomber.

– Non ! a hurlé Grover.

Sans laisser le temps à Tyson de reprendre son équilibre, le serpent s'est enroulé autour de lui et l'a serré dans ses anneaux.

Tyson résistait, déployant sa force considérable, mais le serpent pressait de plus belle. Quant à Grover, il frappait frénétiquement le serpent avec sa flûte de Pan – autant de coups d'épée dans l'eau.

La grotte entière a tremblé quand le serpent a contracté ses muscles au maximum pour venir à bout de Tyson.

Grover s'est alors mis à jouer de la flûte de Pan, déclenchant une pluie de stalactites. La caverne menaçait de s'écrouler...

– Percy, réveille-toi !

Annabeth me secouait par l'épaule.

– Tyson ! Tyson est en danger ! me suis-je écrié. Il faut l'aider !

– D'accord, mais d'abord on bouge. Il y a un tremblement de terre !

Effectivement, la salle était parcourue de vibrations.

– Rachel ! ai-je crié.

Elle a ouvert les yeux instantanément et attrapé son sac à dos. On est partis en courant tous les trois. Au moment où on allait arriver au tunnel du fond de la pièce, une colonne proche de nous a ployé avec un grondement sourd. On a foncé droit devant, tandis que dans notre dos une centaine de tonnes de marbre s'effondrait.

– Vous savez quoi ? a dit Annabeth. En fin de compte, il me plaît, ce sentier.

Peu après, nous avons aperçu de la lumière devant nous, du type éclairage électrique classique.

– Voilà, a dit Rachel.

On l'a suivie dans un hall aux murs tapissés d'acier inoxydable, comme j'aurais imaginé en voir dans une station spatiale, par exemple. Des néons brillaient au plafond. Le sol était constitué d'une grille métallique.

J'étais tellement habitué à être dans la pénombre que j'ai dû cligner des yeux. Dans cette lumière crue, Annabeth et Rachel étaient blêmes toutes les deux.

– Par ici, a dit Rachel, qui s'est mise à courir. On est tout près !

– On fait complètement fausse route ! a protesté Annabeth. Le Labyrinthe est censé occuper la partie la plus ancienne du Labyrinthe. Ça ne peut pas...

Elle s'est tue abruptement, car on venait d'arriver devant une grande porte métallique à deux battants. Au niveau du regard, gravé dans l'acier, il y avait un grand Δ bleu.

– On est arrivés, a annoncé Rachel. Voici l'atelier de Dédale.

Annabeth a appuyé sur le symbole grec, et les battants se sont ouverts en chuintant.

– Bonjour l'architecture antique, ai-je murmuré.

Annabeth a fait la grimace. Nous sommes entrés côte à côte dans la pièce.

La première chose qui m'a frappé, c'était la lumière du jour : le soleil entrait à flots par une immense baie vitrée. Pas ce qu'on s'attend à trouver au fond d'un cachot. L'atelier de Dédale ressemblait à un atelier d'artiste, avec son éclairage industriel et ses dix mètres de hauteur de plafond, son sol de pierre polie et ses établis le long des fenêtres. Un escalier en colimaçon menait à un deuxième niveau. Sur une demi-douzaine de chevalets étaient disposés des schémas de machines et de bâtiments tracés à la main qui m'ont fait penser aux dessins de Léonard de Vinci. Plusieurs ordinateurs portables étaient éparpillés sur les tables et sur une étagère s'alignait une rangée de flacons d'huile verte – du feu grec. Il y avait des inventions, aussi : de drôles de machines en métal dont je n'arrivais pas à deviner la fonction. Par exemple, une chaise en bronze hérissée de câbles électriques qui avait l'air d'un instrument de torture. Ou, dans un autre coin, un œuf de métal géant de la taille d'un homme. Il y avait une horloge comtoise au coffre en verre, de sorte qu'on pouvait voir tous les rouages. Et, déployées contre le mur, plusieurs paires d'ailes en bronze et en argent.

– *Di Immortales,* a marmonné Annabeth. (Elle s'est précipitée devant le chevalet le plus proche et s'est mise à examiner le dessin.) C'est un génie. Regardez un peu les lignes de ce bâtiment !

– Et un artiste, a ajouté Rachel d'une voix émerveillée. Ces ailes sont fabuleuses !

Les ailes m'ont paru plus élaborées que celles que j'avais vues en rêve. Les plumes étaient entrelacées plus étroitement.

Des bandes autocollantes, sur tout le bord, avaient remplacé les joints de cire.

J'ai refermé la main sur Turbulence. Dédale n'était visiblement pas là, mais l'atelier semblait avoir servi récemment. Les écrans des ordinateurs étaient en mode économiseur ; une tasse à café et un demi-croissant traînaient sur un établi.

Je me suis approché de la fenêtre. La vue était grandiose. J'ai reconnu les montagnes Rocheuses en arrière-plan. On devait être dans les contreforts, à au moins cent cinquante mètres d'altitude, et une vallée se déployait devant nous, tout en mesas de terre rouge, rochers et cheminées de pierre ocre. C'était un fouillis magnifique, comme si un enfant géant s'était amusé à construire une ville avec des cubes gros comme des gratte-ciel puis les avait tous renversés.

– Où est-ce qu'on est ? me suis-je demandé tout haut.

– À Colorado Springs, a dit une voix derrière nous. Au Jardin des Dieux.

Debout sur l'escalier en colimaçon, l'épée à la main, se tenait notre maître d'escrime, Quintus.

– Toi ! s'est écriée Annabeth. Qu'as-tu fait de Dédale ?

Quintus a souri doucement.

– Fais-moi confiance, ma chère. Mieux vaut que tu ne le rencontres pas.

– Écoute, monsieur le Traître, ce n'est pas pour te voir que j'ai affronté une femme-dragon, un homme à trois corps et une sphinge psychotique. Alors *OÙ EST DÉDALE ?*

Quintus a descendu l'escalier, laissant pendre son épée sur le côté. Il portait un jean, des bottes et son tee-shirt de conseiller de la Colonie des Sang-Mêlé, ce qui m'a paru injurieux maintenant qu'on savait que c'était un espion. J'ignorais si j'étais capable de le vaincre au combat. C'était un épéiste redoutable. Mais, ai-je pensé, j'allais sans doute devoir m'y risquer.

– Vous me prenez pour un agent de Cronos, a dit Quintus. Vous croyez que je travaille pour Luke.

– Plutôt, ouais ! a fait Annabeth.

– Tu es intelligente, mais tu te trompes. Je ne travaille que pour mon propre compte.

– Luke a parlé de toi, ai-je dit. Géryon te connaissait, lui aussi. Tu es allé à son ranch.

– Bien sûr. Je suis allé pratiquement partout. Même ici.

Il est passé devant moi comme si je ne représentais aucune menace et s'est posté devant la fenêtre.

– La vue change tous les jours, a-t-il expliqué d'un ton légèrement rêveur. C'est toujours un lieu élevé. Hier, c'était la vue d'un gratte-ciel qui domine Manhattan. La veille, un superbe panorama du lac Michigan. Mais il revient toujours au Jardin des Dieux. Je crois que c'est un lieu qui plaît au Labyrinthe. Bien nommé, de surcroît.

– Tu es déjà venu ici, ai-je dit.

– Bien sûr.

– C'est une illusion, tout ce qu'on voit dehors ? Un genre de projection ?

– Non, a murmuré Rachel. C'est réel. Nous sommes bel et bien au Colorado.

Quintus s'est tourné vers elle et l'a regardée.

– Tu es douée de vision claire, n'est-ce pas ? Tu me rappelles une autre mortelle que j'ai connue. Une princesse à qui il est arrivé malheur.

– Ça suffit, les devinettes, ai-je alors lancé à Quintus. Qu'as-tu fait de Dédale ?

Quintus m'a scruté longuement.

– Tu as besoin de prendre des cours auprès de ton amie pour y voir clair, jeune homme. Je suis Dédale.

J'aurais pu répondre toutes sortes de choses, depuis « Je m'en doutais » jusqu'à « MENTEUR ! » en passant par « Et moi, je suis Zeus ! ».

Mais la seule répartie qui m'est venue à l'esprit, c'était :

– Mais tu n'es pas un inventeur ! Tu es un épéiste !

– L'un n'empêche pas l'autre, a dit Quintus. Je suis aussi un architecte doublé d'un chercheur. Et je me trouve plutôt bon en basket-ball pour quelqu'un qui n'a commencé qu'à l'âge de deux mille ans. Un véritable artiste doit avoir plusieurs cordes à son arc.

– C'est vrai, a dit Rachel. Moi par exemple, je peux peindre avec les pieds aussi bien qu'avec les mains.

– Tu vois ? a fait Quintus. Une fille aux talents multiples.

– Mais tu ne ressembles même pas à Dédale ! ai-je protesté. Je l'ai vu en rêve et...

Soudain, une pensée horrible s'est formée dans mon esprit.

– Oui, a dit Quintus. Tu as enfin deviné la vérité.

– Tu es un automate. Tu t'es fabriqué un nouveau corps.

– Percy, a dit Annabeth d'une voix tendue. C'est impossible. Il... ça ne peut pas être un automate.

Quintus a gloussé.

– Sais-tu ce que signifie *Quintus*, ma chère ?

– « Le cinquième », en latin. Mais...

– C'est mon cinquième corps.

Le maître d'épée a allongé le bras. Il a appuyé sur son coude et une partie de son poignet s'est ouverte avec un petit bruit de bouchon qui saute, un couvercle rectangulaire à même sa peau. À l'intérieur, des rouages de bronze tournaient en ronronnant. Des câbles brillaient.

– Stupéfiant ! s'est écriée Rachel.

– Bizarre, ai-je dit.

– Tu as trouvé le moyen de transférer ton *animus* à une machine ? a demandé Annabeth. C'est... contre nature.

– Oh, je t'assure, ma chère, que c'est bien moi. Je suis toujours Dédale. Notre mère, Athéna, veille à ce que je ne puisse jamais l'oublier.

Il a écarté le col de sa chemise. À la naissance de son cou, il portait la marque que j'avais déjà vue : la forme sombre d'un oiseau gravée à même sa peau.

– La marque de l'assassin, a dit Annabeth.

– Pour ton neveu, Perdix, ai-je deviné. Le garçon que tu as poussé du haut de la tour.

Le visage de Quintus s'est assombri.

– Je ne l'ai pas poussé, a-t-il dit. Je me suis contenté de...

– Lui faire perdre l'équilibre. Et le laisser mourir.

Quintus a porté le regard sur les montagnes violettes, au loin.

– Je regrette ce que j'ai fait, Percy. J'étais amer et en colère. Mais je ne peux pas reprendre mon geste et Athéna m'interdit de jamais l'oublier. Lorsque Perdix est mort, elle l'a changé en petit oiseau, en perdrix. Elle m'a marqué au cou avec la forme de l'oiseau pour me le rappeler, et quel que soit le corps que j'adopte, la marque réapparaît toujours sur ma peau.

Je l'ai regardé dans les yeux et je me suis alors rendu compte que c'était bien l'homme que j'avais vu dans mes rêves : la même intelligence et la même tristesse habitaient ses yeux.

– Tu es bel et bien Dédale, ai-je reconnu. Mais qu'es-tu venu faire à la colonie ? Quelles raisons avais-tu de nous espionner ?

– Je voulais voir si votre colonie méritait d'être sauvée. Luke m'avait donné sa version, je préférais juger par moi-même.

– Tu as donc parlé à Luke.

– Oh, oui, à plusieurs reprises. Il peut être très persuasif.

– Mais tu as vu la colonie, maintenant ! a insisté Annabeth. Tu sais donc que nous avons besoin de ton aide. Tu ne peux pas laisser Luke circuler dans le Labyrinthe !

Dédale a posé son épée sur l'établi.

– Je n'ai plus le contrôle du Labyrinthe, Annabeth, même si c'est moi qui l'ai créé. D'ailleurs, il est lié à ma force vitale. Mais je l'ai autorisé à vivre et se développer par lui-même. C'est le prix que j'ai payé pour me protéger.

– Te protéger de quoi ?

– Des dieux. Et de la mort. Ça fait deux millénaires que je suis en vie, ma chère, que j'élude la mort.

– Mais comment peux-tu échapper à Hadès ? ai-je demandé. Je veux dire, Hadès a les Furies à son service.

– Elles ne savent pas tout. Ne voient pas tout non plus. Tu les as rencontrées, Percy. Tu sais que c'est vrai. Un homme intelligent peut se cacher très longtemps, or je me suis enterré dans une cachette très profonde. Seul mon grand ennemi persiste à me pourchasser, et je lui échappe à lui aussi.

– Tu veux parler de Minos.

Dédale a hoché la tête.

– Il me traque sans relâche. Maintenant qu'il est un des juges des morts, il serait on ne peut plus aise de me voir comparaître devant lui pour pouvoir me punir de mes crimes. Après que les filles de Cocalos ont tué Minos, son fantôme a commencé à me torturer dans mes rêves. Il a juré de me débusquer. J'ai fait la seule chose que je pouvais. Je me suis entièrement coupé du monde. Je me suis retiré dans mon Labyrinthe. J'ai décidé que ce serait là mon dernier exploit : tromper la mort.

– Et tu y es parvenu, a murmuré Annabeth, avec une pointe d'admiration dans la voix en dépit des crimes horribles commis par Dédale. Voilà deux mille ans que tu y parviens.

À ce moment-là, des aboiements sonores ont retenti dans le couloir. J'ai entendu un *ba-da-boum, ba-da-boum*, et Kitty O'Leary a déboulé dans l'atelier. Elle m'a donné un coup de langue au passage, puis a manqué renverser Dédale en lui sautant dessus avec enthousiasme.

– Voilà ma vieille copine ! s'est écrié l'inventeur en grattant Kitty O'Leary derrière les oreilles. Ma seule compagnie durant toutes ces longues années solitaires.

– Tu l'as laissée me sauver, ai-je dit. Ce sifflet marchait vraiment.

– Bien sûr qu'il marchait, Percy, a répondu Dédale en hochant la tête. Tu as bon cœur. Et je savais que Kitty O'Leary t'aime bien. Je voulais t'aider. Peut-être que... que je me sentais coupable, aussi.

– Coupable de quoi ?

– Que votre quête soit condamnée à l'échec.

– Comment ? a dit Annabeth. Mais tu peux encore nous

aider. Tu dois le faire ! Donne-nous le fil d'Ariane pour qu'il ne tombe pas entre les mains de Luke !

– Ah... le fil. J'ai dit à Luke que les yeux d'une mortelle clairvoyante sont le meilleur guide, mais il n'a pas voulu me croire. Il était obsédé par l'idée d'un objet magique. Le fil marche, effectivement. Même s'il n'est sans doute pas aussi fiable que votre amie mortelle que voici. Mais ça peut faire l'affaire. Ça peut faire l'affaire.

– Où est-il ? a demandé Annabeth.

– C'est Luke qui l'a, a dit Dédale d'une voix triste. Je suis désolé, ma chère, mais vous arrivez quelques heures trop tard.

Avec un frisson d'effroi, j'ai compris ce qui valait à Luke d'être de si bonne humeur, dans l'arène. Il avait déjà soutiré le fil à Dédale. Le seul obstacle qu'il lui restait à franchir était le maître de l'arène, et j'avais réglé ce problème en tuant Antée.

– Cronos m'a promis la liberté, a expliqué Dédale. Une fois Hadès renversé, il me fera régner sur les Enfers. Je retrouverai mon fils Icare et je réparerai les torts commis envers ce pauvre Perdix. Je veillerai à ce que l'âme de Minos soit jetée dans le Tartare, où elle ne pourra plus me tourmenter. Et je n'aurai plus à fuir la mort.

– C'est ça ta grande idée ? a hurlé Annabeth. Tu vas laisser Luke détruire notre colonie, tuer des centaines de demi-dieux et attaquer l'Olympe ? Tu vas provoquer la chute du monde entier rien que pour obtenir ce que tu veux ?

– Votre cause est condamnée, ma chère. Je l'ai vu dès que j'ai commencé à travailler à votre colonie. Vous n'avez pas l'ombre d'une chance contre le pouvoir de Cronos.

– C'est pas vrai ! a-t-elle crié.

– Je fais ce que j'ai à faire, ma chère. L'offre était trop belle pour que je la refuse. Je suis désolé.

Annabeth a renversé un chevalet. Des croquis d'architecture se sont éparpillés par terre.

– J'avais du respect pour toi. Tu étais mon héros ! Tu... as construit de vraies merveilles. Tu as résolu des énigmes. Maintenant... je ne sais plus ce que tu es. Les enfants d'Athéna sont censés être sages, pas juste intelligents. Peut-être que tu n'es plus qu'une machine. Tu aurais dû mourir il y a deux mille ans !

Au lieu de se fâcher, Dédale a baissé la tête.

– Vous devriez aller prévenir votre colonie, a-t-il dit. Maintenant que Luke a le fil...

Brusquement, Kitty O'Leary a dressé les oreilles.

– On vient ! a averti Rachel.

La porte de l'atelier s'est ouverte brusquement et Nico est entré, poussé par-derrière, les mains enchaînées. Kelli et deux Lestrygons lui emboîtaient le pas, suivis du fantôme de Minos. Ce dernier avait l'air presque solide, à présent : un roi pâle et barbu, aux yeux froids, aux robes nimbées de volutes de Brume.

Il a posé le regard sur Dédale.

– Te voilà, mon vieil ami.

Dédale a crispé les mâchoires et s'est tourné vers Kelli.

– Qu'est-ce que ça signifie ?

– Luke t'envoie son bon souvenir. Il a pensé que tu aurais peut-être plaisir à revoir Minos, ton ancien employeur.

– Ça ne figurait pas dans notre accord, a objecté Dédale.

– Le fait est que non. Mais nous avons obtenu ce que nous voulions de toi, et nous avons d'autres accords à honorer.

Minos a accepté de nous livrer ce jeune demi-dieu, qui va nous être très utile – elle a passé un doigt sous le menton de Nico –, mais à une condition. La seule chose que veut Minos en échange de lui, c'est ta tête, vieillard.

Dédale a blêmi.

– Trahison ! s'est-il exclamé.

– Fais-toi une raison, a rétorqué Kelli.

– Nico, ça va ? ai-je demandé.

Il a hoché la tête, l'air morose.

– Je suis désolé, Percy. Minos m'a fait croire que tu étais en danger. Il m'a convaincu de redescendre dans le Labyrinthe.

– Tu essayais de nous *aider*, Nico ?

– Il m'a berné. Il nous a tous bernés.

J'ai gratifié Kelli d'un regard noir.

– Et Luke ? lui ai-je demandé. Comment ça se fait qu'il ne soit pas là ?

La démone a souri comme si elle en connaissait une bien bonne qu'elle gardait pour elle.

– Il est occupé, Luke. Il prépare l'assaut. Mais t'inquiète pas. On a des amis qui sont en route. Et en les attendant, je vais me faire un délicieux en-cas !

Ses mains se sont transformées en pattes griffues. Ses cheveux ont pris feu, ses jambes ont retrouvé leur vraie apparence : une patte d'âne et une jambe de bronze.

– Percy, a chuchoté Rachel. Les ailes. Tu crois que...

– Va les chercher. Je vais essayer de faire diversion.

Là-dessus, une pagaille d'enfer s'est déclenchée. Annabeth et moi, on a attaqué Kelli. Les géants se sont rués sur Dédale, mais Kitty O'Leary a bondi à sa rescousse. Nico, bousculé, était tombé par terre et s'efforçait de se débarrasser de ses chaînes, tandis que le fantôme de Minos bramait :

– Tuez l'inventeur ! Tuez l'inventeur !

Rachel a décroché les ailes du mur. Personne ne lui a accordé la moindre attention. Kelli a lancé un coup de griffes à Annabeth. J'ai tenté de l'atteindre, mais la démone était rapide et féroce. Elle renversait des tables, piétinait des inventions et tenait tout le monde à distance. Du coin de l'œil, j'ai vu que Kitty O'Leary plantait les crocs dans le biceps d'un géant. Avec un mugissement de douleur, ce dernier a secoué le bras pour essayer de se débarrasser du molosse. Dédale a tendu la main vers son épée, mais le deuxième géant a asséné le poing sur l'établi et l'épée a voltigé. Un bocal de feu grec en terre cuite s'est brisé au sol et tout de suite embrasé, s'étalant en une marée galopante de flammes vertes.

– À moi, esprits des morts ! a crié Minos en levant ses mains spectrales.

L'air s'est mis à vibrer.

Nico s'était relevé. Seuls les dieux savent comment il était parvenu à se libérer de ses chaînes.

– Non ! a-t-il hurlé.

– Tu n'as pas de contrôle sur moi, jeune idiot ! l'a nargué Minos. C'est moi qui te contrôle depuis le début. Une âme pour une âme, certes. Mais ce n'est pas ta sœur qui reviendra d'entre les morts. C'est moi, dès que j'aurai occis l'inventeur !

Des esprits ont surgi tout autour de Minos : des formes scintillantes qui se sont lentement multipliées, puis concrétisées en soldats crétois.

– Je suis le fils d'Hadès ! a insisté Nico. Disparaissez !

– Tu n'as aucun pouvoir sur moi, a riposté Minos en riant. Je suis le seigneur des esprits ! Le roi des fantômes !

– Non. (Nico a dégainé son épée.) C'est moi.

Sur ces mots, il a planté sa lame noire dans le sol, et elle s'est enfoncée dans la pierre comme dans du beurre.

– Jamais ! Je refuse...

La silhouette de Minos ondulait déjà.

Le sol a grondé. Les vitres de la fenêtre ont volé en éclats, laissant entrer un courant d'air frais. Une brèche a déchiré la dalle de pierre de l'atelier et avalé Minos et tous ses esprits. Avec une clameur atroce, ils ont disparu dans le vide.

Mauvaise nouvelle : le combat faisait encore rage tout autour de nous et je m'étais laissé distraire. Kelli m'a sauté dessus si vite que je n'ai pas eu le temps de me défendre. Mon épée m'a glissé des mains et je suis tombé en me cognant violemment la tête contre un établi. Ma vue s'est troublée. Je n'arrivais plus à lever les bras.

Kelli s'est mise à rire et m'a regardé avec appétit.

– Je vais me régaler !

Et elle a dégarni les crocs. Soudain, son corps s'est raidi. Ses yeux rouges se sont écarquillés.

– C'est... pas... du jeu...

Annabeth a retiré son poignard du dos de l'*empousa*. Kelli a laissé échapper un cri strident et s'est dissipée en volutes de vapeur jaune.

Annabeth m'a aidé à me relever. J'avais encore le tournis, mais chaque seconde comptait. Dédale et Kitty O'Leary étaient toujours aux prises avec les géants et j'entendais des hurlements dans le tunnel : de nouveaux monstres affluaient à la rescousse.

– Il faut aider Dédale ! ai-je dit.

– Pas le temps ! a objecté Annabeth. Ils sont trop nombreux !

Elle s'était déjà équipée d'une paire d'ailes et aidait Nico, que son combat avec Minos avait laissé pâle et en sueur, à en enfiler une autre. Les ailes ont immédiatement fait corps avec son dos et ses épaules.

– À toi, maintenant ! m'a-t-elle dit.

En quelques secondes Nico, Annabeth, Rachel et moi étions dotés chacun d'une paire d'ailes cuivrées. Je me sentais déjà happé par le courant d'air qui venait de la fenêtre. Le feu grec brûlait les tables et les meubles, grimpait sur les marches de l'escalier en colimaçon.

– Dédale ! ai-je crié. Viens !

Il était coupé en une centaine d'endroits sur le corps – mais c'était de l'huile dorée qui s'échappait de ses plaies, et non du sang. Il avait récupéré son épée et se servait d'un morceau d'établi fracassé comme d'un bouclier pour se protéger des géants.

– Je ne veux pas abandonner Kitty O'Leary ! m'a-t-il dit. Partez !

On n'avait pas le temps de discuter. Même si on restait, je n'étais pas sûr qu'on puisse l'aider.

– Aucun de nous ne sait voler ! a fait remarquer Nico.

– C'est l'occasion ou jamais d'apprendre ! ai-je rétorqué.

Et, tous les quatre, on a sauté ensemble par la fenêtre, dans l'immensité du ciel.

16   J'OUVRE UN CERCUEIL

Sauter par une fenêtre à cent cinquante mètres du sol n'est pas mon idée habituelle d'une partie de plaisir. Surtout quand je porte des ailes de bronze et que j'agite les bras comme un canard.

J'ai piqué vers la vallée et les rochers rouges en contrebas. J'étais convaincu que j'allais finir écrabouillé dans le Jardin des Dieux, quand Annabeth, quelque part au-dessus de moi, m'a crié :

– Tends les bras ! Garde-les grands ouverts !

La petite partie de mon cerveau qui n'était pas entièrement dominée par la panique l'a entendue, et mes bras ont répondu au stimulus. Dès que je les ai déployées, les ailes ont raidi, pris le vent et ralenti ma descente. Je filais toujours vers la vallée, mais selon une trajectoire oblique et contrôlée, à présent, tel un cerf-volant.

J'ai battu légèrement des ailes, pour voir. J'ai alors grimpé en arc de cercle dans le ciel, et le vent a sifflé à mes oreilles.

– Super !!!!!!! ai-je crié.

C'était une incroyable sensation de glisse. Une fois que j'ai pigé le truc, les ailes sont devenues partie intégrante de mon corps. Je pouvais piquer, grimper, virer comme bon me semblait.

J'ai tourné la tête et vu mes amis, Rachel, Annabeth et Nico, qui décrivaient des spirales au-dessus de moi, leurs ailes étincelant au soleil. Derrière eux, d'épaisses volutes de fumée s'échappaient des fenêtres de l'atelier de Dédale.

– Posez-vous ! a crié Annabeth. Ces ailes ne vont pas tenir éternellement !

– Combien de temps ? a demandé Rachel.

– On va pas faire l'expérience !

On a tous piqué vers le Jardin des Dieux. J'ai décrit un cercle complet autour d'une des aiguilles de pierre et flanqué une peur bleue à deux randonneurs. Puis, à nous quatre, on a survolé la vallée et une route pour aller se poser sur la terrasse de la cafétéria. C'était la fin de l'après-midi et il n'y avait pas grand monde, mais nous avons quand même retiré nos ailes le plus vite possible. En les regardant, j'ai vu qu'Annabeth avait raison ; les bandes adhésives qui retenaient les ailes à nos dos commençaient déjà à fondre et on perdait des plumes de bronze. C'était vraiment dommage, mais on n'allait pas se mettre à les réparer, et il n'était pas question non plus de les laisser en évidence. On les a donc fourrées dans la poubelle, à la sortie de la cafétéria.

Je me suis servi des jumelles panoramiques pour scruter la colline où se trouvait l'atelier de Dédale, mais il avait disparu. Plus de fumée. Plus de fenêtres cassées. Rien qu'un flanc de colline.

– L'atelier s'est déplacé, a deviné Annabeth. Va savoir où ?

– Alors qu'est-ce qu'on fait, maintenant ? lui ai-je demandé. Comment on retourne dans le Labyrinthe ?

Annabeth a contemplé le sommet du mont Pikes, au loin.

– Peut-être qu'on ne pourra plus y entrer. Si Dédale est mort... Il a dit que sa force vitale était liée au Labyrinthe. Il se peut qu'il soit entièrement détruit. Qui sait si ça n'arrêterait pas l'invasion de Luke ?

J'ai pensé à Grover et Tyson, toujours prisonniers du Labyrinthe. Et Dédale... il avait beau avoir commis des atrocités et mis en danger tous les gens que j'aimais, je ne lui souhaitais pas une mort aussi horrible.

– Non, a déclaré alors Nico. Il n'est pas mort.

– Comment peux-tu en avoir la certitude ? lui ai-je demandé.

– Je le *sais* quand quelqu'un meurt. Je ressens un truc particulier, une sorte de bourdonnement dans les oreilles.

– Et Tyson et Grover, alors ?

Nico a secoué la tête.

– C'est plus difficile. Ce ne sont ni des humains, ni des demi-dieux. Ils n'ont pas d'âmes mortelles.

– Il faut qu'on aille en ville, a déclaré Annabeth. On aura plus de chances de trouver une porte du Labyrinthe. Il faut qu'on arrive à la colonie avant Luke et son armée.

– On pourrait prendre l'avion, a suggéré Rachel.

– Pas de transports aériens pour moi, ai-je dit en frissonnant.

– Mais tu viens de voler !

– C'était à basse altitude, et même là, c'était risqué. Et alors les grandes altitudes, c'est complètement le territoire de Zeus. Je peux pas y aller. En plus, on a pas le temps de prendre l'avion. Le Labyrinthe est l'accès le plus rapide.

Je n'ai pas ajouté ce qui me trottait dans la tête : j'espérais secrètement qu'avec un peu de chance, on retrouverait Grover et Tyson en chemin.

– Il nous faut une voiture pour aller en ville, a fait remarquer Annabeth.

Rachel a balayé le parking du regard. Elle a grimacé comme si elle s'apprêtait à faire quelque chose qu'elle regretterait plus tard, et nous a dit :

– Je m'en occupe.

– Comment tu vas faire ? lui a demandé Annabeth.

– Fais-moi confiance.

Annabeth a paru réticente, mais elle a hoché la tête.

– D'accord. Moi, je vais acheter un bibelot en cristal taillé à la boutique de souvenirs. Je vais essayer de faire un arc-en-ciel et d'envoyer un message-Iris à la colonie.

– Je viens avec toi, a dit Nico. J'ai faim.

– Je reste avec Rachel, alors, ai-je dit. On se retrouve tous au parking.

Rachel a froncé les sourcils comme si elle n'avait pas très envie que je l'accompagne. Ça m'a fait un drôle d'effet, mais je l'ai quand même suivie.

Elle s'est dirigée vers une grosse voiture noire garée à l'entrée du parking. C'était une Lexus avec chauffeur, comme j'en vois beaucoup dans les rues de Manhattan. Le chauffeur prenait l'air devant la voiture en lisant le journal. Il était en costume-cravate.

– Qu'est-ce que tu vas faire ? ai-je demandé à Rachel.

– Attends-moi là, m'a-t-elle répondu d'une petite voix. S'il te plaît.

Là-dessus, elle a rejoint le chauffeur à grands pas et s'est mise à lui parler. Il a d'abord froncé les sourcils, puis il a blêmi et s'est empressé de refermer son journal. Il a secoué la tête et attrapé son téléphone portable. Après une courte conversation, il a ouvert la portière arrière de la voiture à Rachel. Elle a pointé le doigt dans ma direction et le chauffeur a opiné de plus belle, genre : *Oui, madame, comme vous voudrez, madame.*

Je n'arrivais pas à comprendre pourquoi il se mettait dans un tel état.

Rachel est revenue me chercher pile au moment où Nico et Annabeth ressortaient de la boutique.

– J'ai parlé à Chiron, a annoncé Annabeth. Ils se préparent du mieux qu'ils peuvent pour la bataille, mais il veut quand même qu'on rentre au plus vite. Ils vont avoir besoin de tous les héros disponibles. Côté voiture, on en est où ?

– Le chauffeur nous attend, a dit Rachel.

Le chauffeur était en train de discuter avec un type en pantalon de toile et polo, sans doute le client qui avait loué la voiture. Le client se plaignait, mais j'ai entendu le chauffeur répondre : « Je suis vraiment désolé, monsieur. Nous avons une urgence. Mais je vous ai commandé une autre voiture. »

– Venez, a dit Rachel.

Elle nous a emmenés à la voiture et y est montée sans accorder un regard au client indigné. Une seconde plus tard, on roulait. La voiture avait un intérieur tout cuir, et plein de place pour allonger les jambes. À l'arrière, il y avait une télé à écran plat incrustée dans le dossier des repose-tête de devant et un mini-frigo bourré de sodas, d'eau gazeuse et de collations diverses. On a entrepris de s'empiffrer.

– Où souhaitez-vous aller, mademoiselle Dare ? a demandé le chauffeur.

– Je ne sais pas encore, Robert. On a besoin de circuler un peu en ville et de, euh, chercher un peu.

– Comme vous voudrez, mademoiselle.

Je me suis tourné vers Rachel et je lui ai demandé :

– Tu le connais, ce type ?

– Non.

– Mais il a tout lâché pour t'aider. Pourquoi ?

– Aide-moi à chercher, a-t-elle rétorqué. Ouvre grands les yeux.

Ce qui ne répondait pas à ma question.

On a tourné une bonne demi-heure dans Colorado Springs sans que Rachel remarque rien qui lui paraisse susceptible d'être un accès au Labyrinthe. J'avais une conscience aiguë de son épaule contre la mienne. Et je n'arrêtais pas de me demander qui elle était, au juste, pour pouvoir s'adresser à un chauffeur au hasard, comme ça, et le convaincre de se mettre à son service immédiatement.

Au bout d'une heure, on a décidé de prendre vers le nord, direction Denver, en espérant qu'une ville plus importante serait plus susceptible d'abriter une entrée du Labyrinthe, mais l'inquiétude nous gagnait tous. On perdait du temps.

Et puis, juste à la sortie de Colorado Springs, Rachel s'est brusquement redressée sur son siège.

– Quittez l'autoroute !

– Pardon, mademoiselle ? a fait le chauffeur en lui lançant un coup d'œil par-dessus l'épaule.

– Je crois avoir vu quelque chose. Prenez cette sortie.

Le chauffeur a louvoyé entre les voitures et rejoint la bretelle de sortie *in extremis*.

– Qu'est-ce que tu as vu ? ai-je demandé à Rachel, parce qu'on n'était plus en ville et qu'il n'y avait quasiment rien autour de nous, à part les collines, des prairies et quelques fermes isolées.

Rachel a demandé au chauffeur de prendre un chemin de terre peu engageant. On est passés devant un panneau, trop vite pour que je parvienne à le lire, mais Rachel l'a fait à voix haute : « Musée de la Mine et de l'Industrie. »

En fait de musée, c'était assez piteux : une bicoque genre gare de chemins de fer d'autrefois, et quelques vieilles foreuses, pompes et autres excavatrices disposées devant.

– C'est là, a dit Rachel en montrant du doigt un trou qui perçait le flanc d'une colline toute proche : une entrée de tunnel condamnée par des planches et des chaînes.

– Ça, une porte du Labyrinthe ? a demandé Annabeth. Comment peux-tu en être sûre ?

– T'as qu'à regarder ! Je veux dire… je le vois, d'accord ?

Elle a remercié le chauffeur et nous sommes tous descendus. Il n'a pas demandé d'argent, rien.

– Vous êtes sûre que ça va aller, mademoiselle Dare ? Je serais heureux d'appeler votre…

– Non, vraiment, l'a interrompu Rachel. Je vous remercie, Robert. On n'a besoin de rien.

Le musée étant fermé, on a pu grimper la colline qui menait au puits de la mine sans que personne nous pose de questions. Quand on est arrivés devant l'entrée, j'ai repéré la marque de Dédale gravée sur le cadenas, mais ça ne disait pas comment Rachel avait bien pu voir quelque chose d'aussi minuscule depuis l'autoroute. J'ai effleuré le cadenas, et les chaînes sont tombées à terre. On a repoussé quelques planches à coups de pied et on est entrés. Pour le meilleur ou pour le pire, nous étions de retour dans le Labyrinthe.

Les boyaux en terre ont cédé la place à des tunnels aux parois de pierre, lesquels serpentaient, bifurquaient et tournaient sans autre but, apparemment, que de semer la confusion dans les esprits, mais Rachel n'avait aucun mal à nous guider. On lui avait dit qu'on devait rentrer à New York, et elle ralentissait à peine le pas quand elle arrivait à un croisement et devait choisir une direction.

À ma grande surprise, Rachel et Annabeth se sont mises à bavarder tout en marchant. Annabeth a posé quelques questions perso à Rachel mais, comme Rachel restait évasive, elles sont passées à l'architecture. En fait, Rachel s'y connaissait un peu parce qu'elle prenait des cours de beaux-arts. Elles ont commencé à comparer les façades de plusieurs immeubles de New York – genre : « Tu connais bla-bla-bla... » et « Comment tu trouves bla-bla-bla ». Je les ai laissées prendre un peu d'avance et j'ai rejoint Nico. Un silence gêné s'est installé entre nous.

– Merci d'être venu nous chercher, ai-je fini par dire.

Nico a plissé les yeux. Il n'avait pas l'air aussi en colère que d'ordinaire, juste méfiant, sur ses gardes.

– J'avais une dette envers toi depuis le ranch, Percy. Et puis, moi aussi, je voulais voir Dédale. Minos avait raison, dans un sens. Dédale devrait mourir. Personne ne devrait pouvoir échapper si longtemps à la mort. Ce n'est pas naturel.

– C'est ce que tu as en tête depuis le début... Échanger l'âme de Dédale contre celle de ta sœur.

Nico a gardé le silence sur une cinquantaine de mètres.

– Ça n'a pas été facile, tu sais. De n'avoir que les morts comme compagnie. De savoir que je ne serai jamais accepté par les vivants. Seuls les morts me respectent, et encore, seulement parce qu'ils me craignent.

– Tu pourrais t'intégrer, ai-je dit. Tu pourrais te faire des amis à la colonie.

Nico m'a dévisagé.

– Tu y crois vraiment, Percy ?

Je n'ai pas répondu. La vérité, c'était que je n'en savais rien. Nico avait toujours été un peu particulier, mais depuis la mort de Bianca il était devenu presque... effrayant. Il avait les yeux de son père – cette flamme intense et fiévreuse dans le regard, qui poussait à se demander si on était devant un fou ou un génie. Et la façon dont il avait banni Minos, dont il s'était déclaré le roi des fantômes... ça forçait l'admiration, mais en même temps, c'était troublant.

Je me demandais encore ce que j'allais lui répondre quand je suis rentré dans Rachel, qui s'était arrêtée devant moi. On était à un carrefour. Notre tunnel continuait tout droit, mais un boyau latéral partait sur la droite, un conduit voûté, taillé dans la roche volcanique noire.

– Qu'est-ce qu'il y a ? ai-je demandé.

Rachel scrutait l'obscurité du boyau. Dans le faisceau lumineux de sa torche, son visage avait la pâleur d'un des spectres de Nico.

– C'est par ici ? a demandé Annabeth.

– Non, a répondu Rachel d'une voix tendue. Pas du tout.

– Alors pourquoi on s'arrête ? j'ai demandé.

– Écoutez ! a dit Nico.

J'ai entendu une brise dans le tunnel, comme si on était près de la sortie. Et j'ai senti une odeur qui me disait vaguement quelque chose... qui réveillait de mauvais souvenirs.

– Ça sent l'eucalyptus, ai-je dit. Comme en Californie.

L'année dernière, quand j'avais affronté Luke et le géant Atlas au sommet du mont Tamalpaïs, c'était exactement la même odeur qui flottait dans l'air.

– Il y a quelque chose de maléfique au bout de ce tunnel, a dit Rachel. Une force très puissante.

– Et l'odeur de la mort, a renchéri Nico, ce qui a achevé de me rasséréner.

J'ai croisé le regard d'Annabeth.

– L'entrée de Luke, a-t-elle deviné. Son entrée au mont Othrys, le palais des Titans.

– Il faut que j'aille voir.

– Percy, non.

– Si ça se trouve, Luke y est. Peut-être même... peut-être même Cronos. Je dois découvrir ce qui se passe.

Annabeth a hésité, puis répondu :

– Alors allons-y tous.

– Non, ai-je objecté. C'est trop dangereux. S'ils s'emparent de Nico, ou de Rachel, d'ailleurs, Cronos pourrait se servir d'eux. Reste avec eux et protège-les.

Ce que j'ai omis de dire, c'est que je me faisais du souci pour Annabeth, également. Je n'avais pas confiance dans ses réactions, si jamais elle revoyait Luke. Il l'avait trompée et manipulée tant de fois déjà.

– Percy, a dit Rachel. N'y va pas tout seul.

– Je vais faire vite, ai-je promis. Je serai prudent.

Annabeth a retiré sa casquette de base-ball de sa poche.

– Prends ça, au moins. Et fais attention.

– Merci !

J'ai repensé à la dernière fois qu'on s'était séparés, Annabeth et moi, au mont Saint Helens, et qu'elle m'avait embrassé pour me souhaiter bonne chance. Cette fois-ci, j'avais juste droit à la casquette. Je l'ai mise.

– C'est parti, ai-je murmuré.

Et je me suis avancé, invisible, dans le boyau de roche noire.

Avant même d'arriver à la sortie, j'ai entendu des voix : les grondements et aboiements des monstres marins forgerons, les telchines.

– On a pu sauver la lame, au moins, disait l'un d'eux. Le maître nous récompensera quand même.

– Oui ! Oui ! a glapi une deuxième voix, plus stridente. Des récompenses fabuleuses !

Une autre voix, plus humaine celle-ci, a commenté :

– Ouais, ouais, c'est super. Maintenant si vous avez plus besoin de moi...

– Si, sang-mêlé ! Tu dois nous aider à faire la présentation. C'est un grand honneur !

– Sans rire ? Ben merci, a dit le sang-mêlé, et j'ai alors reconnu la voix d'Ethan Nakamura, le type qui avait filé après que je lui avais sauvé la vie dans l'arène.

Je me suis approché à pas furtifs de l'orée du tunnel. J'avais du mal à me rappeler que j'étais invisible. En principe, ils ne pouvaient pas me voir.

Une bouffée d'air frais m'a frappé au visage quand je suis sorti. J'étais près du sommet du mont Tam. L'océan Pacifique se déployait en contrebas, gris sous un ciel nuageux. À six ou sept mètres en aval, deux telchines disposaient un objet sur le dessus d'un grand rocher – un objet long et mince, enveloppé d'un tissu noir. Ethan les aidait à le déballer.

– Fais attention, imbécile, lui a lancé un des telchines. Suffit que tu l'effleures et la lame détachera ton âme de ton corps.

Ethan a dégluti nerveusement.

– Je vais peut-être vous laisser faire, dans ce cas.

J'ai levé les yeux vers le sommet de la montagne, où se dressait une forteresse de marbre noir, exactement comme dans mes rêves. Elle m'a fait penser à un gigantesque mausolée, avec ses murs de quinze mètres de haut. Je n'arrivais pas à comprendre comment les mortels faisaient pour ne pas la remarquer. Cela dit, tout ce qui se trouvait en dessous du sommet me paraissait flou, comme si un voile épais me séparait de la moitié inférieure de la montagne. Un sortilège magique était à l'œuvre, une Brume extrêmement puissante. Au-dessus de moi, le ciel a bouillonné et une tornade s'est formée. Je ne voyais pas Atlas mais je l'entendais, au loin, juste derrière la forteresse, qui ahanait sous l'effort, courbé sous le poids du ciel.

– Voilà ! a dit le telchine.

Il a levé l'arme avec déférence et mon sang s'est glacé dans mes veines.

C'était une faux : une lame de près de deux mètres, recourbée comme un croissant de lune, avec un manche en bois revêtu de cuir. La lame était bicolore, acier et bronze. C'était l'arme de Cronos, celle dont il s'était servi pour découper son père, Ouranos, en morceaux, avant que les dieux la lui confisquent et le hachent menu à son tour, pour ensuite jeter ses vestiges dans le Tartare. La faux de Cronos avait été reforgée.

– Nous devons la sanctifier dans le sang, a dit le telchine. Ensuite, sang-mêlé, tu nous aideras à la présenter au seigneur à son réveil.

J'ai couru vers la forteresse, le sang battant contre mes tempes. Je n'avais aucune envie de m'approcher de cet horrible mausolée, mais je savais ce que j'avais à faire. Je devais empêcher Cronos de renaître. C'était peut-être là mon unique chance de le faire.

J'ai traversé un vestibule obscur et débouché dans le grand hall. Le sol luisait comme un piano d'acajou : d'un noir profond et en même temps lumineux. Des statues de marbre noir étaient alignées le long des murs. Je n'ai pas reconnu les visages, mais je savais qu'il s'agissait des Titans qui avaient régné avant les dieux. Au fond de la pièce, entre deux braseros de bronze, se dressait une estrade. Et sur l'estrade trônait le sarcophage d'or.

Seul le crépitement des flammes troublait le silence de la pièce. Luke n'était pas là. Il n'y avait pas de gardiens. Rien.

Ça paraissait trop facile, néanmoins je me suis approché de l'estrade.

Le sarcophage était exactement comme dans mes souvenirs : environ trois mètres de long, beaucoup trop grand pour un humain. Les parois étaient gravées de scènes de mort et de destruction complexes, où l'on voyait des dieux broyés sous des roues de chariot, des temples et des édifices célèbres en flammes ou réduits en ruine. Son aura était glaciale ; j'avais l'impression, en m'approchant, de rentrer dans une chambre froide, et je voyais mon souffle former un nuage de buée.

J'ai dégainé Turbulence et le poids familier de l'épée dans ma main m'a un peu réconforté.

Les fois précédentes où je m'étais trouvé près de Cronos, sa voix maléfique m'avait parlé dans mon cerveau. Pourquoi gardait-il le silence, cette fois-ci ? Il avait été déchiqueté en mille morceaux, tailladé avec sa propre faux. Qu'allais-je découvrir si je soulevais ce couvercle ? Comment pouvaient-ils lui fabriquer un nouveau corps ?

Je n'avais pas de réponses à toutes ces questions. Je savais juste qu'il s'apprêtait à renaître et que je devais le frapper avant qu'il puisse reprendre sa faux. Je devais trouver le moyen de l'arrêter.

J'étais au bord du sarcophage et je le regardais de haut. La décoration du couvercle était encore plus riche que celle des côtés : des scènes de carnage, des débauches de violence et de pouvoir. Au milieu figurait une inscription en caractères encore plus anciens que le grec. C'était une langue magique ; j'étais incapable de la lire mais je savais ce qui était marqué : CRONOS, SEIGNEUR DU TEMPS.

Ma main a effleuré le couvercle. Le bout de mes doigts a bleui. La poignée de mon épée s'est couverte de givre. À ce moment-là, j'ai entendu des voix, derrière moi, qui approchaient. C'était maintenant ou jamais. J'ai poussé le couvercle doré, qui est tombé par terre avec un *BOUM !* retentissant.

J'ai brandi mon épée, prêt à frapper. Mais quand j'ai regardé à l'intérieur du sarcophage, je n'ai pas compris ce que mes yeux me disaient. Des jambes de mortel, dans un pantalon gris. Un tee-shirt blanc, des mains croisées sur le ventre. Il manquait une partie de la poitrine : un trou noir découpé proprement, de la taille d'une blessure par balle, à l'exact emplacement du cœur. Les yeux étaient fermés. Le visage blême. Des cheveux blonds... et une balafre en travers de la joue gauche.

Le corps qui gisait dans le sarcophage était celui de Luke.

J'aurais dû l'occire sur-le-champ. Lui planter Turbulence de toutes mes forces dans le corps.

Mais j'étais sous le choc. Sidéré. Je ne comprenais pas. J'avais beau haïr Luke, savoir qu'il m'avait trahi, je ne m'expliquais pas pourquoi il était dans ce sarcophage, ni pourquoi il avait l'air si terriblement, si définitivement, mort.

Les voix des telchines ont résonné juste derrière moi.

– Qu'est-ce qui s'est passé ? s'est écrié un des démons marins en voyant le couvercle par terre.

Je suis descendu précipitamment, oubliant que j'étais invisible, et me suis caché derrière une colonne tandis qu'ils rejoignaient l'estrade.

– Attention ! a prévenu l'autre démon. Peut-être qu'il s'éveille ! Nous devons présenter les offrandes tout de suite. Sans plus tarder !

Les deux telchines ont fait quelques pas puis se sont agenouillés en levant devant eux la faux, posée sur son tissu.

– Seigneur, a dit l'un d'eux. Ton emblème de pouvoir est reconstitué.

Silence. Rien n'a bougé dans le cercueil.

– Imbécile, a bougonné l'autre telchine. Il a besoin du sang-mêlé d'abord.

Ethan a reculé.

– Une seconde ! Comment ça, il a besoin de moi ?

– Sois pas poltron ! a lancé le premier telchine. Il n'a pas besoin de ta mort. Seulement de ton allégeance. Jure de le servir. Renie les dieux. C'est tout.

– Non ! ai-je hurlé. (C'était stupide, mais j'ai foncé vers le groupe en retirant ma casquette.) Ne fais pas ça, Ethan !

Les telchines ont dégarni leurs crocs de phoque.

– Un intrus ! Le maître te réglera ton compte en temps voulu. Dépêche-toi, petit !

– Ethan, ai-je supplié. Ne les écoute pas. Aide-moi à le détruire.

Quand Ethan s'est tourné vers moi, son bandeau noir s'est fondu dans les ombres qui obscurcissaient son visage. Il m'a regardé avec une expression proche de la pitié.

– Je t'avais dit de pas m'épargner, Percy. « Œil pour œil », tu connais cette expression ? J'ai compris ce qu'elle signifiait à la manière dure, quand j'ai su qui était mon parent divin. Je suis le fils de Némésis, déesse de la Vengeance. Je suis conçu pour accomplir ce geste.

Il s'est alors tourné vers l'estrade.

– Je renie les dieux ! Qu'ont-ils jamais fait pour moi ? Je participerai à leur destruction. Je servirai Cronos.

L'édifice a tremblé. Une langue de lumière bleue a surgi du sol, aux pieds d'Ethan Nakamura. Elle s'est étirée vers le sarcophage et mise à luire, tel un nuage d'énergie pure. Puis elle s'est engouffrée dans le cercueil.

Luke s'est redressé d'un coup. Ses yeux se sont ouverts et ils n'étaient plus bleus. Ils étaient dorés, comme le sarcophage. Le trou à sa poitrine avait disparu. Il était entier. Il a bondi hors de sa sépulture en souplesse, et quand ses pieds ont touché le sol, le marbre s'est levé en cratères de glace.

Il a braqué ces horribles yeux d'or sur Ethan et les telchines comme un nouveau-né qui ne sait pas trop ce qu'il voit. Puis il m'a regardé et lorsqu'il m'a reconnu, un sourire s'est étiré lentement sur ses lèvres.

– Ce corps a été bien préparé, a-t-il articulé.

Sa voix m'a fait l'effet d'une lame de rasoir se glissant sous ma peau. C'était la voix de Luke, et en même temps ça ne l'était pas. Un autre son, horrible, ancien et froid comme un raclement de métal sur la pierre, la sous-tendait.

– Tu ne trouves pas, Percy Jackson ?

J'étais paralysé. Incapable de répondre.

Cronos a éclaté de rire en rejetant la tête en arrière. La cicatrice qui barrait son visage s'est plissée.

– Luke avait peur de toi, a dit la voix du Titan. Sa jalousie et sa haine ont été de puissants outils. Elles m'ont garanti son obéissance. De cela, je te sais gré.

Ethan s'est écroulé au sol, terrifié. Il s'est pris le visage entre les mains. Les telchines tremblaient en présentant la faux.

J'ai fini par retrouver mon sang-froid. Je me suis élancé vers la créature qui avait jadis été Luke en dardant mon épée sur sa poitrine, mais sa peau a dévié l'estocade comme un bouclier d'acier. Il m'a regardé avec une expression amusée. Puis il a donné une chiquenaude dans l'air, et je me suis trouvé projeté à l'autre bout de la pièce.

Je me suis écrasé contre un pilier. Péniblement, je me suis relevé, en battant des paupières pour chasser les étoiles qui dansaient devant mes yeux, mais Cronos avait déjà empoigné sa faux.

– Ah... beaucoup mieux, a-t-il dit. Luke l'appelait Perfide. Un nom bien trouvé. Maintenant qu'elle est complètement reconstituée, elle va donner toute la mesure de sa perfidie.

– Qu'as-tu fait de Luke ? ai-je grommelé.

– Il me sert de son être entier, comme je l'exige. La différence, c'est qu'il avait peur de toi, Percy Jackson. Pas moi.

Et là, j'ai pris mes jambes à mon cou. Sans l'ombre d'une hésitation. Pas de dilemme dans ma tête, du genre : *Quand même, je devrais pas tenter de l'affronter ?* Non. J'ai pris mes jambes à mon cou, littéralement.

Mais j'avais les pieds en plomb. Le temps ralentissait autour de moi, comme si le monde était en train de se transformer en gélatine. C'était une sensation que j'avais déjà ressentie et je savais qu'elle provenait du pouvoir de Cronos. Sa présence était si forte qu'elle pouvait déformer le temps.

– Cours, petit héros ! a-t-il ricané. Cours !

J'ai jeté un coup d'œil par-dessus mon épaule et j'ai vu qu'il approchait d'un pas tranquille, balançant sa faux comme s'il avait plaisir à la tenir à nouveau dans sa main. Aucune arme au monde ne pouvait l'arrêter, aucune masse de bronze céleste.

Il n'était plus qu'à trois mètres quand j'ai entendu :

– PERCY !

C'était la voix de Rachel.

J'ai vu passer une sorte de flèche floue et bleutée : une brosse en plastique bleu est allée se planter dans l'œil de Cronos.

– Aïe ! a-t-il hurlé, d'une voix qui, à cet instant, n'était plus que celle de Luke, pleine de surprise et de douleur.

Les membres soudain libérés, j'ai couru et suis rentré de plein fouet dans Rachel, Nico et Annabeth, debout dans le hall, les yeux écarquillés d'effroi.

– Luke ? a appelé Annabeth. Qu'est-ce qui...

Je l'ai empoignée par son tee-shirt et l'ai entraînée hors de la forteresse. De ma vie, je n'avais jamais couru aussi vite. On avait presque rejoint l'entrée du Labyrinthe quand j'ai entendu le mugissement le plus retentissant du monde. La voix de Cronos, qui s'était ressaisi :

– RATTRAPEZ-LES !

– Non ! a hurlé Nico.

Il a tapé dans ses mains et un rocher de la taille d'un trente tonnes a surgi de terre, juste devant la forteresse. Le tremblement provoqué a été si fort que la colonnade de façade de l'édifice s'est écroulée. J'ai entendu les cris étouffés des telchines, prisonniers sous les gravats. Des nuages de poussière se soulevaient.

On a sauté dans le Labyrinthe et continué à courir à toutes jambes, poursuivis par le rugissement de Cronos qui faisait trembler la terre entière derrière nous.

17   Le dieu perdu prend la parole

On a couru jusqu'à ce que nos jambes ne puissent plus nous porter. Grâce à Rachel, on évitait les pièges, mais on n'avait pas de destination – si ce n'est le plus loin possible de cette sombre montagne et du grondement terrible de Cronos.

On s'est arrêtés dans un tunnel aux parois de pierre blanche suintant d'humidité, qui donnait l'impression d'appartenir à une grotte naturelle. Je n'entendais pas de bruit derrière nous, mais ça ne suffisait pas à me rassurer. Je ne pouvais pas chasser l'image de ces yeux dorés et surnaturels dans le visage de Luke, ni le souvenir de mes membres se pétrifiant lentement.

– Je peux plus avancer ! a hoqueté Rachel en refermant les bras sur la poitrine.

Annabeth n'avait pas cessé une seconde de pleurer, tout le temps qu'on courait. Elle s'est laissée tomber au sol et a enfoui la tête entre les genoux. Ses sanglots ont résonné dans le tunnel. Nico et moi, on s'est assis l'un à côté de l'autre.

– C'était craignos, a-t-il dit, et ça m'a paru résumer assez bien tout ce qui s'était passé.

– Tu nous as sauvé la vie, Nico.

Nico a passé la main sur son visage couvert de poussière.

– Les filles ont tenu à me traîner avec elles, m'a-t-il répondu. C'est la seule chose sur laquelle elles sont arrivées à se mettre d'accord. Fallait qu'on t'aide, sinon tu allais foutre la pagaille.

– C'est sympa qu'elles aient autant confiance en moi. (J'ai promené le faisceau lumineux de ma torche sur les murs de la caverne. Des gouttes d'eau tombaient une à une des stalactites, comme une pluie au ralenti.) Nico... tu, euh, tu t'es trahi, en quelque sorte.

– Comment ça ?

– Ce mur de pierre noire ? C'était plutôt impressionnant. Si Cronos ignorait qui tu étais, maintenant il le sait : un enfant des Enfers.

– OK, et alors ? a fait Nico en fronçant les sourcils.

Je n'ai pas insisté. J'ai deviné qu'il essayait juste de cacher qu'il avait peur, et je ne le comprenais que trop bien.

Annabeth a levé la tête. Elle avait les yeux rouges d'avoir pleuré.

– Qu'est-ce... qu'est-ce qui est arrivé à Luke ? m'a-t-elle demandé. Qu'est-ce qu'ils lui ont fait ?

Je lui ai raconté ce que j'avais vu dans le sarcophage, et comment le dernier fragment de l'esprit de Cronos était entré dans le corps de Luke quand Ethan Nakamura avait fait serment de le servir.

– Non, a dit Annabeth. Ça ne peut pas être vrai. Il ne pourrait pas.

– Il s'est livré corps et âme à Cronos. Je suis désolé, Annabeth, mais Luke n'existe plus.

– Non ! a-t-elle insisté. Tu as bien vu, quand Rachel l'a frappé.

J'ai hoché la tête et regardé Rachel avec admiration.

– Tu as envoyé une brosse en plastique bleue dans l'œil du seigneur des Titans.

– C'est tout ce que j'avais sous la main, a répondu Rachel, l'air gêné.

– Mais tu as bien vu ! a repris Annabeth. Lorsque la brosse l'a touché, ça l'a étourdi, juste une seconde. Il a repris ses esprits.

– Bon, peut-être que Cronos n'avait pas encore entièrement investi le corps, ai-je concédé. Ça veut pas dire que Luke ait repris le contrôle.

– Tu *veux* qu'il soit maléfique, hein ? a hurlé Annabeth. Tu l'as pas connu avant, Percy. Moi si !

– C'est quoi, ton problème ? Pourquoi tu le défends tout le temps ?

– Hé, vous deux ! est intervenue Rachel. Calmez-vous !

Ni une, ni deux, Annabeth lui a balancé :

– Toi, la mortelle, te mêle pas de ça ! Sans toi...

Je n'ai jamais su ce qu'elle allait dire, car sa voix s'est brisée. Elle a de nouveau baissé la tête et s'est mise à sangloter. J'aurais voulu la consoler, mais je ne savais pas comment m'y prendre. J'étais encore sonné, comme si l'effet ralentisseur du temps de Cronos avait affaibli mon cerveau. J'étais juste incapable de comprendre ce que mes yeux avaient vu. Cronos était vivant. Il était armé. Et la fin du monde était probablement toute proche.

– Il faut qu'on reparte, a dit alors Nico. Il va envoyer des monstres à nos trousses.

Aucun de nous n'était en état de courir, il n'empêche que Nico avait raison. Je me suis levé avec effort et j'ai aidé Rachel à en faire autant.

– Tu as assuré, là-bas, lui ai-je dit.

Un sourire fatigué s'est esquissé sur ses lèvres.

– Ouais, ben tu sais... je voulais pas que tu meures. (Elle a rougi.) Entendons-nous, c'est parce que tu me dois trop de services, tu comprends. Comment tu vas me les rendre si tu meurs ?

Je me suis accroupi à côté d'Annabeth.

– Écoute, je suis désolé. Faut qu'on bouge.

– Je sais, a-t-elle dit. Je... ça va.

Il était clair, pourtant, que ça n'allait pas. Mais elle s'est levée et, tous les quatre, on s'est remis à crapahuter dans le Labyrinthe.

– Retour à New York, ai-je dit. Rachel, tu peux...

Je me suis figé sur place. Le faisceau de ma torche éclairait, quelques pas plus loin, un bout de tissu rouge et piétiné qui gisait par terre. C'était une casquette de rasta : celle que Grover portait tout le temps.

Les mains tremblantes, j'ai ramassé la casquette. On aurait dit qu'elle avait été écrasée par une énorme botte pleine de boue. Après tout ce qu'on venait de vivre aujourd'hui, la pensée qu'il ait pu arriver quelque chose à Grover était plus que je ne pouvais supporter.

Alors j'ai remarqué autre chose. Le sol de la grotte était humide et détrempé à cause de l'eau qui tombait des stalactites. Il présentait de grandes empreintes, comme celles de

Tyson, ainsi que des plus petites – des traces de sabot de chèvre – qui partaient vers la gauche.

– Faut les suivre, ai-je dit. Ils sont partis par là. Ça doit être récent.

– Et la Colonie des Sang-Mêlé ? a objecté Nico. On n'a pas le temps.

– Il faut qu'on les retrouve, a renchéri Annabeth. Ce sont nos amis.

Elle m'a pris la casquette de Grover des mains et s'est engagée dans le boyau de gauche d'un pas décidé.

Je l'ai suivie en essayant de me préparer mentalement au pire. Le tunnel était traître. Il était plein de virages aux angles insolites et de pentes inattendues, et le sol visqueux était glissant. On passait plus de temps à glisser et déraper qu'à marcher.

On est enfin arrivés au bas d'une pente, dans une vaste grotte hérissée d'immenses stalagmites. Une rivière souterraine la traversait en son milieu et Tyson était assis au bord de l'eau, Grover sur ses genoux. Grover avait les yeux fermés. Il ne bougeait pas.

J'ai hurlé.

– Tyson !

– Percy ! Viens vite !

On a couru les rejoindre. Grover n'était pas mort, les dieux soient loués, mais son corps tout entier tremblait, comme s'il mourait de froid.

– Qu'est-ce qui s'est passé ? ai-je demandé.

– Tant de choses, a murmuré Tyson. Un grand serpent. Des gros chiens. Des hommes avec des épées. Mais après… On s'est approchés d'ici. Grover était très excité. Il s'est mis à courir. Et puis on est arrivés dans cette grotte et il est tombé. Comme ça.

– Est-ce qu'il a dit quelque chose ?

– Il a dit : « On est tout près. » Et il s'est cogné la tête contre les rochers.

Je me suis agenouillé près de lui. La seule fois où j'avais vu Grover s'évanouir, c'était au Nouveau-Mexique, la fois où il avait perçu la présence de Pan.

J'ai promené le faisceau de ma torche tout autour de la grotte. Les rochers brillaient. Au fond, j'ai vu une ouverture qui donnait sur une autre caverne. Elle était flanquée de gigantesques colonnes de cristal qui scintillaient comme des diamants. Et au-delà de ce seuil...

– Grover, ai-je dit. Réveille-toi.

– Mmmm...

Annabeth s'est accroupie, a plongé les mains dans la rivière glaciale et a copieusement aspergé la figure de Grover.

– Argh ! (Ses paupières ont battu.) Percy ? Annabeth ? Où... ?

– C'est bon, ai-je dit. Tu t'es évanoui. La présence était trop forte pour toi.

– Je me souviens. Pan.

– Ouais, ai-je acquiescé. Il y a quelque chose de très puissant de l'autre côté de ces colonnes.

J'ai fait rapidement les présentations, puisque Tyson et Grover ne connaissaient pas Rachel. Tyson a dit à Rachel qu'elle était jolie, ce qui a valu à Rachel de gonfler les narines comme si elle allait souffler des flammes par le nez.

– Bon, ai-je dit. Viens, Grover. Appuie-toi sur moi.

Avec Annabeth, on l'a aidé à se lever puis, ensemble, on a traversé la rivière à gué. Le courant était fort et l'eau nous arrivait à la taille. Je lui ai intimé de ne pas me mouiller, une petite faculté bien pratique que j'ai, mais ça n'aidait pas les autres. Et ça ne m'empêchait pas de sentir le froid, comme si je traversais une congère.

– Je pense qu'on est dans les grottes de Carlsbad, a dit Annabeth en claquant des dents. Peut-être dans une partie encore inexplorée.

– Comment tu le sais ?

– Carlsbad est au Nouveau-Mexique. Ça expliquerait ce qui s'est passé l'hiver dernier.

J'ai hoché la tête. Grover s'était évanoui alors qu'on traversait l'État du Nouveau-Mexique. Il ne s'était jamais senti aussi près de la puissance de Pan.

On est sortis de l'eau et on a continué. Les colonnes de cristal étaient encore plus imposantes, maintenant, et je commençais à sentir la force qui émanait de la grotte. Je m'étais trouvé en présence de dieux à plusieurs reprises, mais là, c'était différent. Un courant d'énergie vive me picotait la peau. Mon extrême fatigue s'est dissipée, comme si je venais de me réveiller après une bonne nuit de sommeil. Je me sentais reprendre de la vigueur, comme une de ces plantes filmées en accéléré. De la grotte mystérieuse affluaient des parfums qui ne ressemblaient pas du tout à ces lieux humides et renfermés. C'étaient des odeurs d'arbres et de fleurs, de journée d'été ensoleillée.

Grover laissait échapper des petits cris fiévreux. J'étais moi-même trop stupéfait pour parler. Quant à Nico, il semblait réduit au silence. On est entrés dans la grotte et Rachel s'est exclamée : « La vache... ! »

Les murs étaient couverts de cristaux étincelants, rouges, verts et bleus. Dans cet éclairage étrange poussaient des plantes merveilleuses : des orchidées géantes, des fleurs en forme d'étoile, des treilles chargées de baies orange et violettes qui grimpaient parmi les cristaux. Le sol de la caverne était couvert d'une épaisse mousse verte. La voûte, encore plus haute que dans une cathédrale, brillait comme une galaxie d'étoiles. Au milieu de la caverne se trouvait un lit à la romaine en bois doré, en forme de U arrondi. Des animaux se prélassaient tout autour – mais c'étaient des animaux qui n'auraient pas dû être en vie. Il y avait un dodo, un fauve qui faisait penser à un croisement de loup et de tigre, un immense rongeur qui devait être l'ancêtre des cochons d'Inde et, derrière le lit, occupé à cueillir des baies avec sa trompe, un mammouth laineux.

Un vieux satyre était allongé sur les coussins de velours du lit. Il nous a regardés approcher de ses yeux bleus comme le ciel. Ses cheveux bouclés étaient blanc neige, tout comme sa barbiche pointue. Même les poils de chèvre de ses pattes grisonnaient. Il avait des cornes énormes, marron brillant et recourbées. Il n'aurait jamais pu les dissimuler sous une casquette, comme le faisait Grover. À son cou était pendue une flûte de Pan.

Grover est tombé à genoux devant le lit.

– Seigneur Pan !

Le dieu a souri avec bonté, mais il y avait de la tristesse dans son regard.

– Grover, mon cher et courageux satyre. Je t'attends depuis très longtemps.

– Je... je me suis perdu, a bafouillé Grover.

Pan a ri. C'était un son merveilleux, semblable à une première brise de printemps, qui a rempli la grotte tout entière d'espoir. Le tigre-loup a posé la tête sur le genou du dieu en soupirant. Le dodo lui a picoré affectueusement les sabots, tout en produisant un drôle de bruit avec l'arrière de son bec. J'aurais juré qu'il fredonnait *It's a Small World* !

Pourtant, Pan paraissait fatigué. Son corps scintillait comme s'il était fait de Brume.

J'ai remarqué que mes autres amis s'étaient agenouillés, une expression d'admiration et de respect sur le visage. J'en ai fait de même.

– Vous avez un dodo chanteur, ai-je dit bêtement.

Les yeux du dieu se sont éclairés.

– C'est Dédé, ma petite comédienne.

Dédé le dodo a pris un air offensé. Elle a donné un coup de bec sur le genou de Pan et s'est mise à fredonner un air qui ressemblait à un chant funèbre.

– C'est le plus bel endroit du monde ! s'est écriée Annabeth. Il bat tous les édifices jamais construits.

– Je suis content qu'il te plaise, ma chère, a dit Pan. C'est un des derniers lieux naturels. Mon royaume sur Terre a disparu, je le crains. Il ne subsiste que quelques poches de nature sauvage. De minuscules carrés de vie. Celui-ci va demeurer intact... encore un peu.

– Seigneur, a dit Grover, tu dois revenir avec moi, s'il te plaît ! Les Anciens n'en croiront pas leurs yeux ! Ils seront fous de joie !

Pan a tendu la main et ébouriffé les boucles de Grover.

– Tu es si jeune, Grover. Si bon et loyal. Je crois que j'ai bien choisi.

– Choisi ? Je... je ne comprends pas.

La silhouette de Pan a clignoté et s'est brièvement réduite en fumée. Le cochon d'Inde géant a couru sous le lit avec un couinement terrifié. Le mammouth a émis un grognement inquiet. Dédé a caché la tête sous son aile. Et puis, Pan s'est reformé.

– Je dors depuis des temps incommensurables, a dit tristement le dieu. Je fais des rêves sombres. Je me réveille agité et mes périodes de veille sont de plus en plus brèves. Nous approchons de la fin.

– Comment ça ? a protesté Grover. Mais non ! Tu es là !

– Mon cher satyre, a dit Pan. J'ai essayé d'en informer le monde, il y a deux mille ans. Je l'ai annoncé à Lysas, un satyre qui te ressemblait beaucoup. Il vivait à Éphèse et il a essayé de répandre la nouvelle.

Annabeth a écarquillé les yeux.

– L'ancienne légende. Un marin longeant la côte d'Éphèse a entendu une voix crier depuis le rivage : « Dites-leur que le grand dieu Pan est mort. »

– Mais ce n'était pas vrai ! a dit Grover.

– Les tiens n'ont jamais voulu le croire, a expliqué Pan. Chers entêtés que vous êtes, vous avez refusé d'accepter mon trépas. Et je ne vous en aime que davantage, mais vous avez seulement repoussé l'inévitable. Vous avez prolongé mon long et douloureux trépas, mon sombre sommeil crépusculaire. Il faut que ça cesse.

– Non ! a protesté Grover d'une voix qui tremblait.

– Mon cher Grover, a dit Pan. Tu dois accepter la vérité. Ton camarade, Nico... il comprend.

Nico a lentement hoché la tête.

– Le dieu se meurt. Il devrait être mort depuis longtemps déjà. Là... là, ce n'est plus qu'une sorte de souvenir de lui-même.

– Mais les dieux ne peuvent pas mourir, a dit Grover.

– Ils peuvent s'éteindre, a expliqué Pan, quand tout ce qu'ils représentent a disparu. Lorsqu'ils cessent d'avoir du pouvoir, que leurs lieux sacrés n'existent plus. La nature sauvage, mon cher Grover, est tellement réduite, aujourd'hui, tellement abîmée, qu'aucun dieu ne peut la sauver. Mon royaume a disparu. C'est pourquoi tu dois porter un message. Tu dois retourner auprès du Conseil. Tu dois dire aux satyres, aux dryades et à tous les autres esprits de la nature que le grand dieu Pan est mort. Informe-les de mon trépas. Car ils doivent cesser d'attendre que je les sauve. Je ne le peux pas. Votre salut ne pourra venir que de vous-mêmes. Chacun de vous doit...

Pan s'est interrompu et a regardé le dodo, qui s'était remis à fredonner, en fronçant les sourcils.

– Qu'est-ce que tu fais, Dédé ? Ne me dis pas que tu chantes *Kumbaya*, une fois de plus ?

Dédé a pris l'air innocent et battu des paupières.

Pan a soupiré.

– Tout le monde est cynique, aujourd'hui. Enfin, comme je te le disais, mon cher Grover, c'est à chacun de vous de reprendre ma vocation.

– Mais... non ! a gémi Grover.

– Sois fort, a dit Pan. Tu m'as trouvé. Maintenant tu dois me libérer. Tu dois prolonger mon esprit. Il ne peut plus dépendre d'un dieu. Il doit être relayé par vous tous.

Pan a planté son regard bleu dans le mien, et j'ai compris qu'il ne parlait pas seulement des satyres. Il voulait dire les sang-mêlé, aussi, et les humains. Tout le monde.

– Percy Jackson, a repris le dieu. Je sais ce que tu as vu aujourd'hui. Je connais tes doutes. Mais je te donne cette nouvelle : quand le moment viendra, tu ne laisseras pas la peur te dominer.

Pan s'est tourné vers Annabeth.

– Fille d'Athéna, ton heure approche. Tu joueras un grand rôle, bien que ce ne soit peut-être pas celui que tu avais imaginé.

Puis il a regardé Tyson.

– Maître Cyclope, ne désespère pas. Nos héros sont rarement à la hauteur de nos attentes. Mais toi, Tyson... ton nom sera célébré par les Cyclopes pendant des générations et des générations. Quant à mademoiselle Dare...

Rachel a tressailli en entendant le dieu prononcer son nom. Elle a reculé comme si elle était coupable de quelque chose, mais Pan a souri et levé la main en un geste de bénédiction.

– Je sais que tu crois que tu ne peux pas réparer les torts, mais tu comptes tout autant que ton père.

– Je... a bafouillé Rachel – une larme a coulé sur sa joue.

– Je sais aussi que tu ne crois pas ce que je viens de dire, mais guette les occasions. Elles se présenteront.

Pour finir, Pan s'est retourné vers Grover.

– Mon cher satyre, a-t-il dit avec bonté. Acceptes-tu de porter mon message ?

– Je... je ne peux pas.

– Tu le peux. Tu es le plus fort et le plus courageux. Tu es sincère. Tu as cru en moi plus que personne au monde, et c'est pour cette raison que tu dois porter le message, et que tu dois être le premier à me libérer.

– Je n'en ai pas envie.

– Je sais, a répondu le dieu. Mais mon nom, *Pan*... à l'origine, il signifiait « campagnard ». Le savais-tu ? Et puis, au fil des ans, il en est venu à signifier « tout ». L'esprit de la nature doit se répartir entre vous tous, maintenant. Tu dois le dire à tous ceux que tu rencontres : si vous voulez trouver Pan, faites vivre son esprit en vous. Recréez la nature sauvage, par petits bouts, chacun dans votre coin du monde. Vous ne pouvez pas compter sur quelqu'un d'autre, pas même sur un dieu, pour le faire à votre place.

Grover s'est essuyé les yeux. Puis il s'est levé lentement.

– J'ai passé toute ma vie à te chercher. À présent... je te libère.

Pan a souri.

– Merci, cher satyre. Ma dernière bénédiction.

Le dieu a fermé les yeux, puis il s'est désintégré. Une brume blanche s'est divisée en volutes d'énergie, mais ce n'était pas une énergie terrifiante, comme le pouvoir bleu que j'avais vu émaner de Cronos. Elle a empli la grotte. Une volute de fumée est entrée droit dans ma bouche, ainsi que dans celles de Grover et de tous les autres. Mais je crois qu'il en est entré davantage en Grover. Les cristaux se sont obscurcis. Les animaux nous ont lancé un regard triste. Dédé le dodo a soupiré. Puis ils ont tous viré au gris et sont tombés en poussière. Les treilles se sont ratatinées. Et on s'est retrouvés seuls dans une grotte sombre, avec un lit au milieu.

J'ai allumé ma torche électrique.

Grover a pris une grande inspiration.

– Tu... tu te sens bien ? lui ai-je demandé.

Il avait l'air plus âgé et plus triste. Il a repris sa casquette des mains d'Annabeth, l'a époussetée et l'a enfoncée sur sa tête bouclée.

– Il faut qu'on parte, maintenant, a-t-il dit, et qu'on aille les prévenir. Le grand dieu Pan est mort.

18   Grover provoque une cavalcade

Les distances étaient plus courtes dans le Labyrinthe. Il n'empêche que le temps que Rachel nous reconduise à Times Square, j'avais les jambes lourdes comme si on avait traversé tout le pays en courant depuis le Nouveau-Mexique. On a remonté l'escalier du sous-sol du *Marriott* puis débouché sur le trottoir, au milieu de la foule et des voitures, clignant des yeux dans la lumière vive d'une journée d'été.

Je me suis demandé ce qui me paraissait le plus irréel : New York ou la grotte aux cristaux où j'avais vu mourir un dieu.

J'ai emmené mes amis dans une ruelle étroite, où je savais que l'écho serait puissant. Puis j'ai sifflé le plus fort que j'ai pu, à cinq reprises.

Une minute plus tard, Rachel s'est exclamée :

– Comme ils sont beaux !

Un groupe de pégases descendait du ciel, louvoyant entre les tours. Blackjack venait en tête, suivi de quatre camarades au pelage blanc.

Yo, patron ! m'a-t-il dit mentalement. *T'as survécu !*

– Ouais, je suis du genre qui a de la chance, comme gars. Écoute, on a besoin de rentrer très vite à la colo.

T'inquiète, c'est ma spécialité ! Z'y va, t'as le Cyclope avec toi ? Yo, Guido ! Ça va le dos, en ce moment ?

Guido le pégase a râlé, mais il a fini par accepter de prendre Tyson en croupe. Tout le monde s'est mis en selle – sauf Rachel.

– Bon, ben je crois que c'est là qu'on se dit au revoir, m'a-t-elle dit.

J'ai opiné de la tête, mal à l'aise. On savait tous les deux qu'elle ne pouvait pas aller à la colonie. J'ai jeté un coup d'œil à Annabeth, qui faisait semblant d'être très occupée avec son pégase.

– Merci, Rachel, ai-je répondu. On n'y serait jamais arrivés sans toi.

– J'aurais pas voulu rater ça. À part les moments où on a failli mourir, bien sûr, et Pan...

Sa voix s'est brisée.

– Il a fait allusion à ton père. Qu'est-ce qu'il voulait dire ? lui ai-je alors demandé

Rachel s'était mise à tortiller une courroie de son sac à dos.

– Il parlait de son boulot. Le boulot de mon père. C'est un homme d'affaires connu, si tu veux.

– Tu veux dire... que tu es *riche* ?

– Ben, ouais.

– C'est pour ça que le chauffeur nous a aidés ? Il t'a suffi de lui dire le nom de ton père et...

– Percy, mon père est promoteur foncier. Il passe son temps à sillonner la planète à la recherche de terres inexploitées. (Elle a laissé échapper un petit soupir.) La nature. Il... il la rachète. C'est horrible, mais il passe tout au bulldozer et il construit des lotissements et des centres commerciaux hideux. Et maintenant que j'ai vu Pan... la mort de Pan...

– Hé, c'est pas ta faute, ça !

– Tu ne connais pas le pire. J'aime pas parler de ma famille. Je voulais pas que tu saches. Je suis désolée, j'aurais pas dû t'en parler.

– Non, c'est cool. Écoute, Rachel, t'as vraiment assuré. Tu nous as guidés dans le Labyrinthe et tu as été super-courageuse. C'est tout ce qui compte, pour moi. Le boulot de ton père, je m'en tape.

Rachel m'a regardé avec reconnaissance.

– Bon... ben si jamais tu as envie de passer un moment avec une mortelle... tu peux m'appeler.

– Ouais, pas de problème.

Elle a froncé les sourcils. Je devais avoir manqué d'enthousiasme, mais ce n'était pas voulu. Juste que je ne savais pas trop quoi dire, devant tous mes amis. En plus, depuis quelques jours, j'avais du mal à comprendre mes propres sentiments. J'ai tenté de rectifier le tir.

– Je veux dire... ça me ferait plaisir.

– Je suis pas dans l'annuaire.

– J'ai ton numéro.

– Encore sur ta main ? Ça m'étonnerait !

– Non, je l'ai... mémorisé, en fait.

Un sourire s'est dessiné sur les lèvres de Rachel, lentement, mais elle avait l'air bien plus heureuse.

– À plus, Percy Jackson. Va sauver le monde pour moi, d'accord ?

Elle s'est engagée dans la 7e Avenue et perdue dans la foule.

Quand je suis retourné auprès des chevaux, Nico était en difficulté. Son pégase reculait chaque fois qu'il approchait, refusait de le laisser monter.

Il sent le mort ! s'est plaint le pégase.

Allez, fais un effort, Porky ! a dit Blackjack. *Y a plein de demi-dieux qu'ont une drôle d'odeur, c'est pas leur faute. Oups ! Je voulais pas dire toi, patron.*

– Partez sans moi ! a dit Nico. J'ai pas envie de rentrer à cette colonie, de toute façon.

– Nico, ai-je insisté, on a besoin de ton aide.

Pour toute réponse, il a croisé les bras et s'est renfrogné. Alors, Annabeth lui a mis la main sur l'épaule.

– S'il te plaît, Nico.

L'expression de Nico s'est adoucie peu à peu.

– D'accord, a-t-il concédé à contrecœur. Parce que c'est toi. Mais je resterai pas.

J'ai regardé Annabeth en levant un sourcil, genre : *Comment ça se fait que tout d'un coup, Nico t'écoute ?* Et elle m'a tiré la langue.

On a fini par monter chacun sur un pégase et décoller. Nos montures ont grimpé en flèche dans le ciel et quelques instants plus tard, on survolait l'East River. Devant nous se déployait Long Island.

On s'est posés au milieu des bungalows, et aussitôt Chiron, Silène le satyre bedonnant, et quelques archers du bungalow d'Apollon sont venus à notre rencontre. Chiron a haussé un sourcil en voyant Nico, mais si je m'attendais à ce qu'il soit surpris par les nouvelles qu'on apportait sur Quintus qui était en fait Dédale ou sur Cronos qui se réveillait, j'en étais pour mes frais.

– C'est ce que je redoutais, a dit Chiron. Il faut qu'on se dépêche. Avec un peu de chance vous avez ralenti le seigneur des Titans, mais ça ne va pas empêcher son avant-garde d'arriver. Elle sera assoiffée de sang. La plupart de nos défenseurs sont déjà à leurs postes. Venez !

– Un instant ! a dit Silène. Et la quête de Pan ? Tu as presque trois semaines de retard, Grover Underwood ! Nous te retirons ton permis de chercheur !

Grover a pris une grande inspiration. Il a redressé le dos et regardé Silène droit dans les yeux.

– Les permis de chercheur n'ont plus d'importance. Le grand dieu Pan est mort. Il a trépassé et nous a légué son esprit.

– Quoi ? (Silène s'est empourpré.) Mensonges et sacrilèges ! Grover Underwood, je te ferai exiler pour ces paroles !

– Il dit vrai, suis-je intervenu. Nous étions présents à sa mort. Nous tous.

– Impossible ! Vous êtes tous des menteurs ! Des ennemis de la nature !

Chiron, qui scrutait attentivement Grover, a dit :

– Nous en parlerons plus tard.

– Nous en parlerons maintenant ! s'est écrié Silène. Nous devons régler ce...

– Silène, ma colonie est attaquée. L'affaire de Pan attend depuis deux mille ans. J'ai peur qu'elle doive attendre encore un peu. À supposer que nous soyons encore là ce soir.

Sur cette note optimiste, il a bandé son arc et il est parti vers les bois au grand galop – et on l'a suivi aussi vite qu'on a pu.

Je n'avais jamais vu d'opération militaire d'une telle envergure à la colonie. Tout le monde était dans la clairière, armé de pied en cap, mais cette fois-ci, ce n'était pas pour jouer à Capture-l'Étendard. Les « Héphaïstos » avaient disposé des pièges tout autour de l'entrée du Labyrinthe pour repousser les assauts : du fil barbelé, des fosses pleines de feu grec, des rangées de piques aiguisées. Beckendorf était aux commandes de deux catapultes grosses comme des camionnettes, déjà chargées et pointées vers le Poing de Zeus. Les « Arès » étaient au front et s'organisaient en phalange, sous les ordres de Clarisse. Les « Apollon » et les « Hermès » s'étaient répartis dans les bois, armés de leurs arcs. Beaucoup s'étaient postés en hauteur, dans des arbres. Même les dryades avaient des arcs et les satyres circulaient avec des gourdins et des boucliers d'écorce brute.

Annabeth est allée rejoindre ses camarades du bungalow d'Athéna, qui avaient dressé une tente de commandement et dirigeaient les opérations. Une bannière grise portant l'image d'une chouette flottait devant la tente. Notre chef de la sécurité, Argos, menait la garde devant la porte. Les enfants d'Aphrodite couraient de l'un à l'autre, offrant de rajuster les armures et démêler les panaches en crin de cheval. Même les enfants de Dionysos avaient trouvé à s'occuper. Le dieu lui-même n'était pas là, mais ses deux jumeaux blonds couraient dans tous les sens pour donner des bouteilles d'eau et de jus de fruits aux guerriers en sueur.

Je trouvais qu'on avait l'air bien préparés, mais Chiron, qui était à côté de moi, a bougonné : « Ça ne suffit pas. »

J'ai repensé à ce que j'avais vu dans le Labyrinthe, à tous les monstres présents dans l'arène d'Antée et au pouvoir de Cronos que j'avais senti sur le mont Tam. Mon cœur s'est serré. Chiron avait raison, mais on avait rassemblé toutes nos forces. Pour la première fois, j'ai regretté que Dionysos ne soit pas là – cela dit, même présent, je ne savais pas ce qu'il aurait pu faire, car les dieux n'avaient pas le droit d'intervenir directement dans une guerre. Manifestement, les Titans ne croyaient pas à ce genre d'interdictions.

Un peu plus loin, à la lisière des bois, Grover parlait à Genièvre. Elle avait pris ses mains entre les siennes et l'écoutait raconter son histoire. Des larmes vertes ont perlé à ses yeux quand il lui a annoncé la mort de Pan.

Tyson aidait les « Héphaïstos » à préparer leurs défenses. Il ramassait des rochers et les empilait à côté des catapultes.

– Reste avec moi, Percy, m'a dit Chiron. Lorsque les combats commenceront, je veux que tu attendes qu'on ait pu évaluer la situation. Tu iras là où il y aura le plus besoin de renforts.

– J'ai vu Cronos, lui ai-je dit, encore sous le choc de cette rencontre. Je l'ai regardé dans les yeux. C'était Luke, mais en même temps ce n'était pas lui.

Chiron a passé la main sur le fil de son arbalète.

– Il avait des yeux dorés, j'imagine. Et en sa présence, le temps semblait se liquéfier.

J'ai hoché la tête, avant de demander :

– Comment a-t-il pu prendre un corps de mortel ?

– Je l'ignore, Percy. Les dieux prennent des apparences de mortels depuis des éternités, mais devenir réellement un humain, fusionner la forme divine avec un corps de mortel... Je ne sais pas comment il a pu faire sans réduire le corps de Luke en cendres.

– Cronos a dit que son corps avait été préparé.

– Je frissonne à la pensée de ce que cela peut signifier. Mais cela diminuera peut-être le pouvoir de Cronos. Il est, du moins pour une période donnée, prisonnier d'un corps humain. C'est ce qui lui permet d'être entier. Espérons que cela le limite aussi.

– Chiron, si c'est lui qui dirige cette attaque...

– Ça m'étonnerait, mon garçon. Je le sentirais s'il était dans les parages. Il en avait certainement l'intention, mais je pense que vous avez perturbé ses plans en lui démolissant sa salle du trône sur la tête. (Il m'a lancé un regard lourd de reproches.) Toi et ton ami Nico, fils d'Hadès.

J'ai senti une boule se former dans ma gorge.

– Excuse-moi, Chiron. Je sais que j'aurais dû te le dire. C'est juste que...

Chiron a levé une main.

– Je comprends pourquoi tu as agi comme tu l'as fait, Percy. Tu te sentais responsable. Tu voulais le protéger. Mais, mon garçon, si nous voulons survivre, nous devons nous faire confiance. Nous devons...

Sa voix s'est brisée. Le sol s'était mis à trembler.

Tout le monde, dans la clairière, s'est immobilisé. Clarisse a lancé un seul ordre :

– Levez... boucliers !

Et l'armée du seigneur des Titans a jailli hors du Labyrinthe.

J'avais participé à de nombreux combats dans ma vie, mais là, il s'agissait d'une bataille d'envergure historique. La première chose que j'ai vue, ce fut douze géants lestrygons qui sortaient de terre en hurlant si fort que mes tympans ont failli éclater. Ils brandissaient des voitures aplaties en guise de boucliers et leurs massues étaient faites de troncs d'arbres entiers, hérissés de piquants rouillés. L'un d'eux a attaqué la phalange d'Arès en rugissant et, d'un seul coup de massue latéral, fauché toute la formation – douze guerriers balayés comme des poupées de chiffon.

– Feu ! a crié Beckendorf.

Les catapultes sont entrées en action. Deux rochers se sont propulsés vers les géants. Le premier a ricoché contre une voiture-bouclier qu'il a à peine cabossée, tandis que le second frappait un Lestrygon en pleine poitrine. Le géant s'est écroulé. Les archers d'Apollon se sont mis à décocher des volées de flèches, qui allaient se ficher par dizaines dans les épaisses armures des géants, tels des piquants de porc-épic. Certaines se sont plantées dans les défauts des cuirasses et quelques géants ont été pulvérisés au contact du bronze céleste.

Mais juste au moment où on croyait venir à bout des Lestrygons, le Labyrinthe a vomi une nouvelle vague d'assaillants : trente, peut-être même quarante *drakainas* en armure, maniant des lances et des filets. Elles se sont dispersées dans toutes les directions. Certaines ont succombé aux pièges des « Héphaïstos » : l'une s'est empalée sur les piques, ce qui en a fait une cible facile pour les archers ; une autre a embrasé des flacons de feu grec en marchant sur un fil de détente, et les flammes vertes ont dévoré plusieurs femmes-serpents. Mais celles-ci continuaient d'affluer en grand nombre. Argos et les guerriers d'Athéna se ruaient à leur assaut. J'ai vu Annabeth dégainer son épée et attaquer une *drakaina*. À quelques pas d'eux, Tyson s'en prenait à un géant. Il était arrivé à lui grimper sur le dos et lui assénait des coups de bouclier de bronze sur la tête : *BONG ! BONG ! BONG !*

Chiron décochait flèche sur flèche sans perdre son sang-froid, et chacune éliminait un monstre. Mais le flot d'ennemis que déversait le Labyrinthe ne tarissait pas. Soudain, un chien des Enfers – qui n'était pas Kitty O'Leary – a bondi hors du tunnel et foncé droit sur les satyres.

– VAS-Y ! m'a crié Chiron.

J'ai dégainé Turbulence et je suis passé à l'attaque. En traversant le champ de bataille au pas de course, j'ai vu des horreurs. Un sang-mêlé du camp ennemi était engagé dans un duel contre un fils de Dionysos, mais la partie était complètement inégale. Il lui a tailladé le bras de la pointe de son épée, puis criblé la tête de coups de pommeau, et le fils de Dionysos est tombé pour ne plus se relever. Un autre guerrier ennemi semait la panique parmi nos archers et les dryades en envoyant des volées de flèches dans les arbres.

Brusquement, une douzaine de *drakainas* se sont détachées de la mêlée principale et engagées dans le sentier qui menait à la colonie, l'air de savoir où elles allaient. Si elles y parvenaient, elles pouvaient mettre le feu à tous les bâtiments sans rencontrer aucune résistance.

La seule personne qui était relativement près était Nico. Il a pourfendu un telchine d'un coup d'épée et sa lame en acier noir du Styx a absorbé l'essence du monstre, bu son énergie jusqu'à ce qu'il n'en reste plus que de la poussière.

– Nico ! ai-je crié.

Il a regardé dans la direction que je pointais du doigt, vu les femmes-serpents et tout de suite compris.

Après une grande inspiration, il a levé son épée noire et ordonné :

– Servez-moi.

Le sol a tremblé. Une fissure s'est ouverte devant les *drakainas* et une douzaine de morts vivants sont sortis de terre – d'horribles cadavres en uniformes militaires de toutes les périodes historiques : des soldats nordistes, des centurions romains, des officiers de l'armée de Napoléon montés sur des squelettes de chevaux. Nico est tombé à genoux, mais je n'avais pas le temps d'aller voir.

Je me suis rapproché du chien des Enfers, qui acculait les satyres vers le bois. Le fauve a donné un coup de crocs vers un des satyres qui l'a esquivé de justesse, mais il en a alors attaqué un autre qui s'est montré trop lent. Son bouclier d'écorce s'est brisé dans sa chute.

– Hé ! ai-je hurlé.

Le chien des Enfers a fait volte-face. Il a dégarni les crocs et s'est jeté sur moi. Il allait me tailler en pièces, mais quand je suis tombé en arrière, ma main s'est refermée sur un bocal en céramique : une des bombes à feu grec de Beckendorf. Je l'ai jetée dans la gueule du chien des Enfers et la créature est partie en flammes. Je me suis relevé en titubant, le souffle court.

Le satyre qui avait été terrassé par le chien des Enfers ne bougeait plus. Je courais dans sa direction quand j'ai entendu la voix de Grover : « Percy ! »

Un feu de forêt s'était déclenché. Les flammes faisaient rage à moins de trois mètres de l'arbre de Genièvre, et Grover et Genièvre tentaient désespérément de le sauver. Grover jouait un chant de pluie sur sa flûte de Pan, tandis que Genièvre essayait d'étouffer les flammes avec son châle vert, mais tout ça ne faisait qu'empirer les choses.

J'ai couru à leur rescousse en traversant le champ de bataille, longeant des duels, me faufilant entre des jambes de géant. L'eau la plus proche était la rivière, à huit cents mètres de là... mais il fallait que je fasse quelque chose. Je me suis concentré. J'ai senti une forte traction dans mon ventre, un grondement dans mes oreilles. Et un mur d'eau s'est avancé entre les arbres et abattu d'un coup. Il a éteint le feu et trempé Grover, Geniève et tout ce qui les entourait.

– Merci, Percy ! a bafouillé Grover en recrachant de l'eau.

– Pas de quoi !

Je suis reparti en courant vers les combats et Grover et Geniève m'ont suivi. Grover tenait une massue à la main et Geniève une baguette qui ressemblait à un fouet d'autrefois. Elle avait l'air très en colère, comme si elle allait coller une bonne raclée à quelqu'un.

Au moment où la bataille semblait s'équilibrer de nouveau, où je me disais qu'on avait peut-être une chance de l'emporter, un cri surnaturel a jailli du Labyrinthe. C'était un son que j'avais déjà entendu.

Campé s'est projetée dans le ciel, ses ailes de chauve-souris déployées sur toute leur envergure. Elle s'est posée sur le Poing de Zeus et a balayé la scène de carnage du regard. Une joie malveillante animait son visage. Les têtes d'animaux mutants grondaient à sa taille. Les serpents sifflaient et grouillaient autour de ses jambes. Elle tenait dans sa main droite une pelote étincelante – le fil d'Ariane – mais elle l'a jetée dans la gueule d'un lion, à sa taille, puis elle a dégainé ses épées aux lames recourbées. L'acier brillait d'un éclat vert à cause du poison dont il était enduit. Campé a poussé un cri de triomphe, et certains pensionnaires ont hurlé. D'autres ont tenté de fuir et se sont fait piétiner par des chiens des Enfers ou des géants.

– *Di Immortales !* a crié Chiron.

Il a rapidement bandé son arc et visé, mais Campé a senti sa présence et pris son envol avec une vitesse stupéfiante. La flèche de Chiron l'a ratée de peu.

Tyson a abandonné le géant qu'il avait assommé à coups de bouclier et couru vers nos rangs en criant :

– Battez-vous ! Ne fuyez pas !

Mais un chien des Enfers lui a sauté à la gorge et ils ont tous les deux roulé à terre.

Campé s'est posée sur la tente de commandement des « Athéna » en l'écrasant comme une crêpe. Je me suis élancé vers elle, pour me rendre bientôt compte qu'Annabeth courait à mes côtés, l'épée à la main.

– C'est peut-être le dernier round, m'a-t-elle dit.

– Peut-être bien.

– Ça m'a fait plaisir de combattre avec toi, Cervelle d'Algues.

– Et moi de même, Puits de Sagesse.

Sur ces mots, on s'est jetés devant le monstre, qui s'est mis à manier ses épées en sifflant. J'ai esquivé son assaut et tenté de la distraire pendant qu'Annabeth plaçait une botte, mais Campé savait se battre des deux mains de façon indépendante. Elle a bloqué l'épée d'Annabeth, laquelle a dû reculer d'un bond pour échapper au nuage de poison. Être près de Campé, c'était comme se trouver dans un brouillard acide. J'avais les yeux qui piquaient, les poumons à court d'air. J'ai compris qu'on ne pourrait pas tenir plus de quelques secondes.

– Venez ! ai-je crié. On a besoin d'aide !

Aucun renfort n'est venu. Tous les autres étaient soit abattus, soit en train de se battre pour leur vie, soit paralysés par la peur. Trois des flèches de Chiron étaient fichées dans la poitrine de Campé, mais ça la faisait juste rugir plus fort.

– On y va ! m'a crié Annabeth.

À nous deux, on a chargé en évitant les estocades du monstre, on a forcé sa garde et on est presque... *presque* arrivés à lui transpercer la poitrine, mais une énorme tête d'ours s'est détachée de sa taille et on a dû reculer précipitamment pour ne pas se faire mordre.

VLAN !

Mes yeux se sont voilés. Quand j'ai retrouvé la vue, Annabeth et moi gisions par terre. Campé avait posé les pattes de devant en travers de nos poitrines et nous plaquait au sol. Des centaines de serpents ondulaient au-dessus de nos têtes avec des sifflements qui ressemblaient à des rires. La dragonne a brandi ses épées aux reflets verts, et là je me suis dit qu'Annabeth et moi, on avait joué toutes nos cartes.

À ce moment-là, un grondement a retenti derrière moi. Un mur d'obscurité s'est abattu sur Campé et l'a renversée sur le flanc. Kitty O'Leary était au-dessus de nous et en décousait avec le monstre.

– Bien joué, ma belle ! a dit une voix familière.

Dédale émergeait du Labyrinthe et se frayait un chemin vers nous à coups d'épée, pourfendant des ennemis à chaque pas. Il n'était pas seul – à ses côtés avançait un géant à la silhouette familière, bien plus grand que les Lestrygons, aux cent bras tentaculaires qui balançaient chacun une grosse pierre au creux de la main.

– Briarée ! a crié Tyson, stupéfait.

– Salut à toi, petit frère ! a tonné Briarée. Tiens bon !

Et comme Kitty O'Leary s'écartait de la trajectoire, l'Être-aux-Cent-Mains a envoyé une volée de rochers contre Campé. Les pierres semblaient prendre du volume en quittant les mains de Briarée. Il y en avant tant qu'on aurait cru que la moitié de la Terre avait appris à voler.

BOUM ! BOUM ! BOUM ! BOUM !

À la place qu'occupait Campé quelques instants plus tôt se dressait maintenant un monticule de pierres presque aussi haut que le Poing de Zeus. La seule trace de l'existence du monstre étaient les deux pointes d'épée vertes qui dépassaient entre les rochers.

Une clameur est montée des rangs des pensionnaires, mais nos ennemis n'étaient pas encore anéantis.

– Tuez-les ! a crié une *drakaina*. Tuez-les toussssss... Sssss... sinon Cronos vous fera écorcher vifs !

Apparemment, cette menace était plus effrayante que nous, car les géants ont chargé dans une ultime tentative. L'un d'eux a attaqué Chiron par surprise, en lui fauchant les pattes arrière. Chiron a chancelé, puis s'est affaissé. Six autres géants se sont rués vers lui en poussant des cris de liesse.

– NON ! ai-je hurlé, mais j'étais trop loin pour agir.

C'est alors que c'est arrivé. Grover a ouvert la bouche, et le son le plus terrifiant que j'aie entendu de ma vie en a jailli. Imaginez le hurlement d'une trompette amplifié mille fois : le son de la peur à l'état pur.

Comme un seul homme, les soldats de Cronos ont lâché leurs armes et pris la fuite. Les géants ont piétiné les *drakainas* en essayant de rentrer les premiers dans le Labyrinthe. Les telchines, les chiens des Enfers et les sang-mêlé ennemis s'y sont engouffrés à leur suite. Le tunnel s'est refermé avec un grondement. La bataille était finie. Le silence est tombé sur la clairière, troublé seulement par les feux qui crépitaient dans les bois et les cris des blessés.

J'ai aidé Annabeth à se relever et on a couru auprès de Chiron.

– Comment te sens-tu ? lui ai-je demandé.

Il gisait sur le côté et tentait vainement de se lever.

– Comme c'est embarrassant, a-t-il grommelé. Je crois que ça va aller. Heureusement qu'on n'abat pas les centaures aux pattes... aïe... aux pattes cassées.

– Tu as besoin de soins, a dit Annabeth. Je vais aller chercher un médecin de chez les « Apollon ».

– Pas question, a déclaré Chiron. Il y a des blessés plus graves qu'il faut soigner d'abord. Allez-y ! Ne vous inquiétez pas pour moi. Mais, Grover... il faudra qu'on parle de ce que tu as fait.

– C'était formidable, ai-je renchéri.

Grover a rougi.

– Je ne sais pas d'où c'est venu, a-t-il dit.

– Moi, si ! s'est exclamée Genièvre, qui l'a serré fort dans ses bras.

Avant qu'elle puisse nous en dire davantage, Tyson a crié :

– Percy ! Viens vite ! C'est Nico !

Ses vêtements noirs fumaient. Ses doigts étaient contractés et l'herbe, tout autour de son corps, avait dépéri et jauni.

Je l'ai retourné aussi délicatement que j'ai pu et j'ai posé la main sur sa poitrine. Son cœur battait faiblement.

– Apportez du nectar ! ai-je crié.

Un des « Arès » s'est approché en boitillant et m'a tendu une gourde. J'ai fait couler un peu de breuvage magique entre les lèvres de Nico. Il a toussé et crachoté, mais il a rouvert les yeux.

– Nico ! Qu'est-ce qui s'est passé ? Tu peux parler ?

Il a hoché la tête avec effort.

– J'avais jamais essayé d'en invoquer autant. Ça... ça va aller.

On l'a aidé à s'asseoir et on lui a fait boire encore un peu de nectar. Il nous a tous regardés tour à tour en battant des paupières, comme s'il avait du mal à nous remettre, puis son regard s'est arrêté sur quelqu'un qui se tenait derrière moi.

– Dédale, a-t-il dit d'une voix rauque.

– Oui, mon garçon, a répondu l'inventeur. J'ai commis une très grave erreur. Je suis venu la réparer.

Dédale avait quelques balafres d'où s'échappait de l'huile jaune, mais il était en meilleur état que la majorité d'entre nous. Visiblement, son corps d'automate cicatrisait rapidement. Kitty O'Leary, derrière lui, léchait les plaies sur la tête de son maître, de sorte que les cheveux de Dédale se dressaient de façon assez comique. Briarée se tenait à côté de lui, entouré d'un groupe de satyres et de pensionnaires admiratifs. Il avait l'air un peu intimidé, mais ça ne l'empêchait pas de signer des autographes sur des armures, des boucliers et des tee-shirts.

– J'ai rencontré l'Être-aux-Cent-Mains en traversant le Labyrinthe, a expliqué Dédale. Apparemment, il avait eu la même idée que moi, venir vous prêter main-forte, mais il s'était perdu. Alors on a fait équipe. On est venus tous les deux pour réparer nos torts.

Tyson était tellement content qu'il sautait sur place.

– Ouais ! Briarée ! Je savais que tu viendrais !

– Moi, je ne le savais pas, a dit l'Être-aux-Cent-Mains. Mais tu m'as rappelé qui j'étais, Cyclope. C'est toi, le héros.

Tyson a rougi et je lui ai donné une tape dans le dos.

– Je sais ça depuis longtemps, ai-je dit. Mais, Dédale... L'armée des Titans est toujours dans le Labyrinthe. Même sans le fil, ils reviendront. Ils trouveront un chemin tôt ou tard, guidés par Cronos.

Dédale a rengainé son épée.

– Tu dis vrai. Tant que le Labyrinthe existera, vos ennemis pourront l'utiliser. C'est pourquoi le Labyrinthe doit disparaître.

Annabeth l'a dévisagé.

– Mais tu as dit que le Labyrinthe était lié à ta force vitale ! Tant que tu seras en vie...

– Oui, ma jeune architecte. Quand je mourrai, le Labyrinthe mourra avec moi. C'est pourquoi je t'ai apporté un cadeau. (Dédale a fait glisser un cartable en cuir de son dos, l'a ouvert et en a sorti un ordinateur portable fin et argenté, un de ceux que j'avais vus dans son atelier. Sur le couvercle figurait le Δ bleu.) Mon travail est là-dedans, a-t-il dit. C'est tout ce que j'ai pu sauver des flammes. Des notes sur des projets que je n'ai jamais mis en chantier. Certaines de mes idées préférées. Je n'ai pas pu les développer durant ces derniers millénaires. Je n'osais pas révéler mon travail au monde des mortels. Tu les trouveras peut-être intéressantes.

Dédale a tendu l'ordinateur à Annabeth, qui l'a regardé comme si c'était de l'or massif.

– Tu me le donnes ? Mais ça vaut une fortune ! Ça vaut... je ne sais même pas combien ça vaut !

– Faible dédommagement pour les actes que j'ai commis, a dit Dédale. Tu avais raison, Annabeth, pour les enfants d'Athéna. Nous devrions être sages, et je ne l'ai pas été. Un jour, tu seras une plus grande architecte que je ne l'ai jamais été. Prends mes idées et améliore-les. C'est le moins que je puisse faire avant de mourir.

– Comment ça, mourir ? ai-je demandé. Mais tu ne peux pas mettre fin à tes jours comme ça, ce serait mal !

– Pas aussi mal que de me dérober à la justice pendant deux mille ans. Le génie n'excuse pas les crimes, Percy. Mon heure est venue. Je dois affronter mon châtiment.

– Tu n'auras pas un procès équitable, a dit Annabeth. Le fantôme de Minos trône parmi les juges.

– J'accepterai ce qui viendra. Et je ferai confiance à la justice des Enfers, quelle qu'elle soit. Car nous n'avons pas d'autre choix, n'est-ce pas ?

Il a regardé Nico droit dans les yeux, et ce dernier s'est assombri.

– Non, a-t-il confirmé.

– Acceptes-tu de prendre mon âme, en ce cas ? Tu pourrais t'en servir pour faire revenir ta sœur.

– Non, a dit Nico. Je vais t'aider à libérer ton esprit. Mais Bianca est morte. Elle doit rester là où elle est.

Dédale a hoché la tête.

– Je te félicite, fils d'Hadès. Tu deviens sage. (Il s'est alors tourné vers moi.) Une dernière faveur, Percy Jackson. Je ne peux pas laisser Kitty O'Leary toute seule et elle n'a aucune envie de retourner aux Enfers. Tu pourrais t'en occuper ?

J'ai regardé le molosse qui gémissait à fendre l'âme, tout en léchant les cheveux de son maître. Je me suis dit que ma mère n'accepterait pas de chien dans son appartement, et surtout pas un chien deux fois plus grand que l'appartement. Et j'ai répondu :

– Oui, bien sûr.

– Alors je suis prêt à voir mon fils... et Perdix, a dit Dédale. Je dois leur dire combien je regrette ce que j'ai fait.

Annabeth avait les larmes aux yeux.

Dédale s'est tourné vers Nico, qui a dégainé son épée. J'ai eu peur que Nico tue le vieil inventeur, mais il s'est contenté de dire :

– Ton heure est arrivée depuis longtemps. Que la libération et le repos te soient accordés.

Un sourire de soulagement a éclairé le visage de Dédale. Il s'est figé comme une statue. Sa peau est devenue translucide, laissant apparaître les rouages et mécanismes de bronze à l'intérieur de son corps. Puis la statue s'est transformée en bloc de cendres grises et s'est désagrégée.

Kitty O'Leary a hurlé. Je lui ai caressé la tête pour la consoler du mieux que je pouvais. La Terre a alors grondé – une secousse probablement ressentie dans toutes les grandes villes du pays – tandis que le Labyrinthe antique s'effondrait. Quelque part dans ses entrailles, ai-je espéré, les vestiges de la force de frappe du Titan avaient été ensevelis.

J'ai regardé le spectacle de désolation qu'offrait la clairière, ainsi que les visages fatigués de mes amis.

– Venez, leur ai-je dit. On a du boulot.

19   Le conseil se sabote

Il y eut trop d'adieux. Ce soir-là, j'ai vu pour la première fois les linceuls de la colonie servir pour des funérailles, et c'était quelque chose que je ne souhaitais jamais revoir.

Parmi les morts figurait Lee Fletcher, du bungalow d'Apollon, abattu par la massue d'un géant. Son corps était drapé dans un linceul doré, sans aucune décoration. Le fils de Dionysos qui était tombé en affrontant un sang-mêlé ennemi était enveloppé dans un linceul violet, brodé de grappes de raisin. Il s'appelait Castor. J'avais honte, mais depuis trois ans qu'on se côtoyait à la colonie, je ne m'étais jamais donné la peine d'apprendre son nom. Pollux, son frère jumeau, a essayé de prononcer quelques mots, mais sa voix s'est étranglée et il s'est contenté de prendre le flambeau. Il a allumé le bûcher funéraire dressé au milieu de l'amphithéâtre et en quelques secondes, les flammes ont dévoré la rangée de linceuls, projetant des étincelles et de la fumée vers les étoiles.

Nous avons passé la journée du lendemain à soigner les blessés, autrement dit presque tout le monde. Les satyres et les dryades œuvraient à réparer les dégâts infligés aux bois.

À midi, le Conseil des Sabots Fendus a tenu une réunion d'urgence dans le bosquet sacré. Les trois Anciens étaient présents, ainsi que Chiron, dans son fauteuil roulant. Il allait devoir passer plusieurs mois dans son fauteuil roulant, le temps que sa patte de cheval cassée se consolide et puisse soutenir son poids de nouveau. Le bosquet était plein de satyres, de dryades et de naïades des eaux, venus par centaines pour entendre ce qui serait décidé.

Genièvre, Annabeth et moi étions tous les trois aux côtés de Grover.

Silène était d'avis d'exiler Grover immédiatement, mais Chiron l'a persuadé d'entendre d'abord les témoignages. Nous avons donc raconté devant tout le monde ce qui s'était passé dans la caverne des cristaux, et ce que Pan nous avait dit. Ensuite plusieurs témoins oculaires, présents sur le champ de bataille, ont décrit le son étrange émis par Grover, qui avait renvoyé l'armée des Titans dans les profondeurs du Labyrinthe.

– C'était le cri panique, a affirmé Genièvre. Grover a invoqué le pouvoir du dieu de la Nature.

– Le cri panique ? ai-je demandé.

– Percy, m'a expliqué Chiron, pendant la première guerre des dieux et des Titans, le dieu Pan a poussé un cri horrible qui a fait fuir les armées ennemies. C'est – ou plutôt c'était, son plus grand pouvoir, une immense vague de peur qui a aidé les dieux à remporter la victoire. Le mot « panique » est dérivé de *Pan*, tu vois. Et Grover a utilisé ce pouvoir, il l'a puisé en lui-même.

– Ridicule ! a tonné Silène. Sacrilège ! Le dieu de la Nature a dû nous faire la faveur d'une bénédiction, c'est tout. Ou alors la musique de Grover était tellement discordante qu'elle a fait fuir l'ennemi !

– Ce n'était pas ça, maître Silène, a dit Grover, beaucoup plus calme que je ne l'aurais été à sa place, soumis à de telles insultes. Le dieu Pan a laissé son esprit entrer en chacun de nous. Il nous faut agir. C'est à chacun de nous de s'employer à faire renaître la nature sauvage et à protéger ce qu'il en reste. Nous devons faire circuler la nouvelle. Pan est mort. Il ne reste plus que nous.

– Après deux mille ans de quête, tu voudrais qu'on croie ces balivernes ? s'est écrié Silène. Jamais ! Nous devons poursuivre la quête. Exilons le traître !

Quelques-uns des satyres les plus âgés ont murmuré leur approbation.

– Votons ! a exigé Silène. Qui pourrait croire ce que raconte ce jeune satyre ridicule, de toute façon ?

– Moi, a rétorqué une voix familière.

Tout le monde s'est retourné. Dionysos s'avançait dans le bosquet à grands pas. J'ai bien failli ne pas le reconnaître parce qu'il portait un élégant costume noir, avec une chemise violette et une cravate bordeaux foncé, et que ses boucles noires étaient soigneusement coiffées. Il avait les yeux injectés de sang, comme d'habitude, et son visage joufflu était empourpré, mais il semblait souffrir de chagrin plus que du manque de vin.

Les satyres se sont tous levés et inclinés avec respect devant lui. Dionysos a fait un geste de la main et un nouveau siège a surgi du sol, à côté de Silène – un trône en pieds de vigne.

Dionysos s'est assis et il a croisé les jambes. Il a claqué des doigts et un satyre a accouru, une assiette de crackers et de fromage dans une main, un Coca light dans l'autre.

Le dieu du Vin a balayé l'assemblée du regard.

– Je vous ai manqué ?

Les satyres se sont répandus en courbettes et révérences.

– Oh oui, terriblement, Majesté !

– Ben moi, cette colonie ne m'a pas manqué ! a rétorqué Dionysos. Je suis porteur de mauvaises nouvelles, mes amis. De nouvelles maléfiques. Les dieux mineurs changent de camp. Morphée est passé à l'ennemi. Hécate, Janus et Némésis aussi. Et Zeus sait combien d'autres.

Un grondement lointain a retenti.

– Je retire, a dit Dionysos. Même Zeus ne le sait pas. Maintenant j'aimerais entendre l'histoire de Grover. Depuis le début.

– Mais, seigneur, a protesté Silène, c'est un ramassis d'absurdités !

Des flammes violettes ont brillé dans les yeux de Dionysos.

– Je viens d'apprendre la mort de mon fils Castor, Silène. Je ne suis pas de bonne humeur. Tu serais bien avisé de ne pas me contrarier.

Silène a dégluti et fait signe à Grover de prendre la parole.

Quand Grover s'est tu, Monsieur D. a hoché la tête.

– C'est tout à fait le genre de Pan, cette histoire, a-t-il dit. Grover a raison. Cette quête est lassante. Vous devez commencer à penser par vous-mêmes. (Il s'est tourné vers un satyre.) Apporte-moi des raisins épluchés, tout de suite !

– Oui, Majesté ! a répondu le satyre en décampant.

– Nous devons exiler le traître ! a insisté Silène.

– Je dis non, a objecté Dionysos. Tel est mon vote.

– Je vote non également, a dit Chiron.

Silène a pris un air buté et demandé :

– Qui vote pour l'exil ?

Lui et deux autres vieux satyres ont levé la main.

– Trois voix contre deux, a dit Silène.

– Certes, a fait Dionysos. Mais malheureusement pour toi, la voix d'un dieu compte double. Et comme j'ai voté contre, on est *ex aequo*.

Silène s'est levé d'un bond, indigné.

– C'est un scandale ! Le Conseil ne peut pas rester dans une impasse.

– Alors il n'y a qu'à le dissoudre ! a dit Monsieur D. Moi, je m'en fiche.

Silène s'est incliné avec raideur, imité par ses deux amis, et tous trois sont sortis du bosquet sans un mot. Une vingtaine de satyres les ont suivis. Les autres se sont mis à murmurer, visiblement décontenancés.

– Ne vous inquiétez pas, leur a dit Grover. On n'a pas besoin d'un Conseil qui nous dise quoi faire. On peut le décider par nous-mêmes.

Il a répété une nouvelle fois les paroles de Pan : qu'ils devaient sauver la nature chacun à leur échelle, localement. Et il s'est mis à répartir les satyres dans des groupes : ceux qui iraient dans les parcs nationaux, ceux qui partiraient à la recherche des dernières terres sauvages, ceux qui veilleraient à la protection des espaces verts dans les grandes villes.

– Eh ben, m'a glissé Annabeth à l'oreille, Grover est en train de mûrir, on dirait.

Plus tard dans l'après-midi, j'ai trouvé Tyson en grande conversation avec Briarée sur la plage. Briarée construisait un château de sable avec une cinquantaine de ses mains. Il n'y faisait pas vraiment attention, mais ses mains avaient modelé un complexe fortifié à trois niveaux, avec des douves et un pont-levis.

Tyson dessinait un plan sur le sable.

– Tourne à gauche au récif, disait-il à Briarée. Et continue tout droit jusqu'à l'épave de bateau. Ensuite un bon kilomètre à l'est, tu dépasses le cimetière des sirènes et là, tu devrais commencer à voir les feux qui brûlent.

– Tu lui expliques comment aller aux forges ? ai-je demandé.

Tyson a fait oui de la tête.

– Briarée veut aider. Il va apprendre aux Cyclopes des techniques qu'on a oubliées, pour faire des armes et des armures meilleures.

– Je veux voir des Cyclopes, a renchéri Briarée. Je ne veux plus être seul.

– Je crois que tu ne seras pas seul, là-bas, ai-je dit avec une pointe de mélancolie, car je n'avais jamais mis les pieds dans le royaume de Poséidon. Ils vont te faire bosser, tu vas voir.

Le visage de Briarée a adopté une expression de bonheur.

– Bosser, ça me plaît ! Si seulement Tyson pouvait venir, lui aussi !

Tyson a rougi et répondu :

– Il faut que je reste ici avec mon frère. Tu te débrouilleras très bien, Briarée. Merci.

L'Être-aux-Cent-Mains m'a secoué la main une centaine de fois.

– On se reverra, Percy ! Je le sais !

Puis il a serré Tyson dans ses cent bras de pieuvre, et il est entré dans l'eau. On a regardé son énorme tête s'enfoncer dans les vagues.

J'ai donné une tape dans le dos de Tyson.

– Tu l'as beaucoup aidé.

– Je lui ai juste parlé.

– Tu as cru en lui. Sans Briarée, on n'aurait jamais pu abattre Campé.

Tyson a souri.

– Il est trop fort, pour lancer des pierres !

– Ouais, ai-je répondu en riant. Il est vraiment trop fort. Viens, grand lascar. On va dîner.

C'était super, de pouvoir vivre une soirée ordinaire à la colonie. Tyson s'est assis avec moi à la table de Poséidon. Le coucher du soleil sur le détroit de Long Island était magnifique. Les choses étaient loin d'être redevenues normales, mais quand je suis allé devant le brasero et que j'ai jeté une partie de mon repas dans les flammes en offrande à Poséidon, j'ai éprouvé une grande reconnaissance. On était encore en vie, mes amis et moi. La colonie était en sécurité. Cronos avait essuyé un grave revers, qui allait le freiner pendant un certain temps.

La seule chose qui me tracassait, c'était Nico, qui se tenait à l'écart, parmi les ombres qui bordaient le pavillon-réfectoire. On lui avait proposé une place à la table d'Hermès, et même à la table principale aux côtés de Chiron, mais il avait refusé.

Après le dîner, les pensionnaires ont pris la direction de l'amphithéâtre car les « Apollon » nous avaient promis une méga-soirée de chants pour nous remonter le moral, mais Nico a tourné les talons et s'est enfoncé dans les bois. J'ai décidé de le suivre.

En m'avançant entre les arbres, je me suis rendu compte qu'il commençait à faire très sombre. Jusqu'à présent je n'avais jamais eu peur dans les bois, même si je savais qu'ils regorgeaient de monstres. Là, pourtant, je n'ai pas pu m'empêcher de revoir mentalement la bataille de la veille et je me suis demandé si je pourrais jamais entrer à nouveau dans cette forêt sans me rappeler les horreurs de ces combats.

J'avais perdu Nico de vue, mais après avoir marché quelques minutes, j'ai aperçu une lueur un peu plus loin. J'ai d'abord cru que Nico avait allumé un flambeau. Puis, en me rapprochant, je me suis rendu compte que la lueur émanait d'un fantôme. La forme scintillante de Bianca Di Angelo se tenait dans la clairière et souriait à son frère. Elle lui a dit quelque chose puis lui a caressé le visage – elle a essayé, du moins. Et son image s'est dissipée.

Nico s'est retourné et il m'a vu, mais il n'a pas eu l'air fâché.

– Je disais au revoir, m'a-t-il expliqué d'une voix rauque.

– Tu nous as manqué, au dîner, Nico. Tu aurais pu t'asseoir à ma table.

– Non.

– Mais tu ne peux pas rater tous les repas. Et si tu ne veux pas loger chez les « Hermès », Chiron pourrait faire une exception et te prendre dans la Grande Maison. Il y a plein de chambres vides.

– Je ne vais pas rester, Percy.

– Mais... tu peux pas partir. Le monde est trop dangereux, pour un sang-mêlé tout seul. Il faut que tu t'entraînes.

– Je m'entraîne avec les morts, a dit Nico d'un ton impassible. Cette colonie n'est pas pour moi. C'est pas un hasard,

Percy, s'il n'y a pas de bungalow d'Hadès. Il n'est pas le bienvenu ici, pas plus qu'à l'Olympe. Je n'ai pas ma place ici. Faut que je m'en aille.

Je voulais discuter, mais quelque part je savais qu'il avait raison. Même si j'avais du mal à l'accepter, je savais que Nico allait devoir trouver sa propre voie, fût-elle obscure. J'ai repensé à ce qui s'était passé dans la grotte de Pan ; le dieu de la Nature s'est adressé à chacun de nous individuellement... excepté à Nico.

– Quand est-ce que tu vas partir ? lui ai-je demandé.

– Là, tout de suite. Je me pose des tas de questions. Genre, qui était ma mère ? Qui a payé nos frais de scolarité, à Bianca et moi ? Qui était cet avocat qui nous a fait sortir de l'hôtel du Lotus ? Je ne sais rien de mon passé. Il faut que je découvre tout ça.

– Tu as raison, ai-je reconnu. Mais j'espère qu'on va pas devenir des ennemis pour autant.

Nico a baissé les yeux.

– Je suis désolé, je me suis conduit comme un sale môme. J'aurais dû t'écouter, pour Bianca.

– À propos... (J'ai sorti quelque chose du fond de ma poche.) Tyson a trouvé ça en rangeant le bungalow. Je me suis dit que ça te ferait peut-être plaisir de l'avoir.

Je lui ai tendu une statuette en plomb représentant Hadès : la petite figurine Mythomagic que Nico avait jetée en quittant la colonie l'hiver dernier.

Nico a hésité.

– Je joue plus à ce jeu, a-t-il dit. C'est pour les gamins.

– Elle a quatre mille points de pouvoir d'attaque, l'ai-je taquiné.

– Cinq mille, mais seulement si ton adversaire est le premier à attaquer.

J'ai souri.

– C'est peut-être pas grave d'être encore un peu un gamin, une fois de temps en temps.

Je lui ai lancé la figurine. Nico l'a examinée quelques secondes au creux de sa main, puis l'a glissée dans sa poche.

– Merci.

Je lui ai tendu la main, et il l'a serrée avec réticence. La sienne était glacée.

– J'ai beaucoup de recherches à faire, a-t-il dit. Certaines d'entre elles... disons que si j'apprends quelque chose d'utile, je te préviendrai.

Je n'étais pas sûr de comprendre ce qu'il voulait dire, mais j'ai hoché la tête.

– Disparais pas, Nico, donne de tes nouvelles.

Il a tourné les talons et s'est enfoncé dans la forêt. En le regardant s'éloigner, j'ai eu l'impression que les ombres se penchaient vers lui, comme si elles réclamaient son attention.

– Voilà un jeune homme très perturbé, a dit une voix juste derrière moi.

Je me suis retourné : c'était Dionysos, toujours en costume noir et cravate.

– Viens faire quelques pas avec moi, m'a-t-il dit.

– On va où ? ai-je demandé d'un ton méfiant.

– Au feu de camp, c'est tout. Je commençais à me sentir mieux, alors je me suis dit que j'allais bavarder un peu avec toi. Tu arrives toujours à m'agacer.

– Euh, merci.

On a cheminé en silence dans le bois. J'ai remarqué que Dionysos marchait sur un coussin d'air, à quelques centimètres du sol. Il ne voulait sans doute pas salir ses souliers noirs soigneusement cirés.

– On a subi beaucoup de trahisons, a-t-il fini par dire. Les perspectives ne sont pas bonnes pour l'Olympe. Pourtant, Annabeth et toi, vous avez sauvé cette colonie. Je ne sais pas si je dois vous remercier.

– C'était un effort collectif.

Le dieu a haussé les épaules.

– Il n'empêche, je qualifierais ça de modérément brillant, ce que vous avez fait tous les deux. J'ai pensé que tu devrais savoir que ça n'est pas perdu pour tout le monde.

On est arrivés devant l'amphithéâtre, et Dionysos a pointé le doigt vers le feu de camp. Clarisse était assise tout contre un grand ado latino baraqué, qui lui racontait une histoire drôle. C'était Chris Rodriguez, le sang-mêlé qui avait perdu la raison dans le Labyrinthe.

Je me suis tourné vers Dionysos.

– Vous l'avez guéri ?

– La folie est ma spécialité. Je n'ai pas eu beaucoup de mal.

– Mais... vous avez fait quelque chose de gentil. Pourquoi ?

Il a haussé un sourcil.

– Mais je *suis* gentil ! Je respire la gentillesse, Perry Johansson. T'avais pas remarqué ?

– Euh...

– Peut-être que j'étais attristé par la mort de mon fils. Peut-être que j'ai trouvé que ce Chris méritait une seconde chance. En tout cas, ça fait du bien à Clarisse, on dirait.

– Pourquoi vous me racontez tout ça ?

Le dieu du Vin a soupiré.

– Par Hadès, je ne sais pas trop. Mais n'oublie pas une chose, mon garçon : un geste de bonté peut être aussi puissant qu'une épée, parfois. En tant que mortel, je n'étais ni un grand combattant, ni un athlète, ni un poète. Je faisais du vin, c'est tout. Dans mon village, les gens se moquaient de moi. Ils disaient que je ne ferais jamais rien de bien. Et regarde-moi, maintenant. Quelquefois, les petites choses peuvent prendre une ampleur remarquable.

Il m'a laissé méditer cette pensée. Et quand j'ai regardé Clarisse et Chris qui chantaient ensemble une stupide chanson de feu de camp en se tenant par la main dans le noir, persuadés que personne ne les voyait, je n'ai pas pu m'empêcher de sourire.

20   Ma fête d'anniversaire
        prend une sombre tournure

Le reste de l'été nous a paru bizarre, tant il était normal. Les activités quotidiennes ont repris : tir à l'arc, varape, équitation ailée. On a fait des parties de Capture-l'Étendard (en évitant tous le Poing de Zeus), chanté autour du feu de camp, organisé des courses de chars, joué des tours aux autres bungalows. J'ai passé beaucoup de temps avec Tyson, à m'occuper de Kitty O'Leary, mais elle hurlait toujours la nuit, quand son vieux maître lui manquait. Quant à Annabeth et moi, on avait tendance à s'éviter. Ça me faisait plaisir d'être avec elle et en même temps ça me serrait le cœur, mais ça me serrait aussi le cœur quand je n'étais pas avec elle.

J'aurais voulu qu'on parle de Cronos, elle et moi, mais je ne pouvais plus aborder le sujet sans évoquer Luke. Et ça, c'était *LE* sujet interdit. Elle me rembarrait chaque fois que je m'y risquais.

Le mois de juillet est passé, et on a fait un feu d'artifice sur la plage pour fêter le 4 Juillet. En août, il y a eu une canicule si forte que les fraises ont commencé à cuire sur pied. Et puis, finalement, le dernier jour de la colonie est arrivé. J'ai trouvé l'habituelle lettre type sur mon lit après le petit déjeuner, m'informant que les harpies de ménage me dévoreraient si j'étais encore là passé midi.

À 10 heures du matin, j'attendais donc au sommet de la colline des Sang-Mêlé que la camionnette de la colonie, qui allait me reconduire à New York, vienne me chercher. Je m'étais mis d'accord avec Chiron pour laisser Kitty O'Leary à la colonie, où on s'occuperait d'elle. Tyson et moi, on se relaierait pour passer la voir pendant l'année.

J'espérais qu'Annabeth rentrerait à New York avec moi, mais elle est juste passée me dire au revoir. Elle m'a expliqué qu'elle allait rester un peu plus lontemps à la colonie. Elle allait s'occuper de Chiron jusqu'à ce que sa jambe soit guérie et continuer à étudier le contenu de l'ordinateur portable de Dédale, qui l'avait absorbée ces deux derniers mois. Ensuite elle rentrerait chez son père, à San Francisco.

– Je suis inscrite dans une école privée, là-bas, a-t-elle dit. Je vais sans doute détester, mais bon...

Elle a haussé les épaules.

– Ouais, ben appelle-moi, d'accord ?

– Pas de problème, a-t-elle répondu sans enthousiasme excessif. Je guetterai des signes de...

Et rebelote. *Luke*. Elle ne pouvait même pas dire son nom sans que remontent toute cette peine et toute cette colère.

– Annabeth, lui ai-je alors demandé. C'était quoi, le reste de la prophétie ?

Elle a rivé les yeux sur la forêt, mais n'a rien répondu.

– *Tu t'enfonceras dans la nuit du Labyrinthe sans fin*, ai-je récité de mémoire. *Réveilleras le mort, le traître, le disparu enfin.* On a réveillé beaucoup de morts. On a sauvé Ethan Nakamura, qui s'est avéré être un traître. Et on a réveillé l'esprit de Pan, le dieu disparu.

Annabeth a secoué la tête comme si elle voulait que j'arrête.

– *La main du roi-fantôme causera ta gloire ou ta chute*, ai-je continué. Il ne s'agissait pas de Minos, comme je le croyais. Mais de Nico. En choisissant de se battre de notre côté, il nous a sauvés. *De l'enfant d'Athéna ce sera la dernière lutte* : l'enfant d'Athéna, c'était Dédale.

– Percy...

– *Le dernier souffle d'un héros en scellera le sort*. C'est clair, maintenant. Dédale est mort pour détruire le Labyrinthe. Mais quel était le dernier...

– *Tu perdras un amour à pire fin que la mort*. (Annabeth avait les larmes aux yeux.) C'était ça le dernier vers, Percy. T'es content ?

Le soleil m'a semblé brusquement plus froid.

– Oh ! Alors Luke...

– Percy, je ne savais pas de qui parlait la prophétie. Je... je ne savais pas si... (Sa voix s'est mise à trembler de façon incontrôlable.) Luke et moi... pendant des années, c'était la seule personne pour qui je comptais vraiment. Je pensais...

Avant qu'elle puisse terminer, un scintillement a empli l'air juste à côté de nous, comme si une main invisible venait de tirer un rideau d'or.

– Tu n'as pas à t'excuser, ma chérie.

Une grande femme en robe blanche, une natte noire sur l'épaule, était apparue au sommet de la colline.

– Héra, a dit Annabeth.

La déesse a souri.

– J'étais sûre que tu trouverais les réponses, a-t-elle dit, et tu les as trouvées. Ta quête est un succès.

– Un succès ? a rétorqué Annabeth. Luke n'est plus. Dédale est mort. Pan est mort. En quoi...

– Notre famille est hors de danger, a insisté Héra. Tous ces autres, ils sont mieux là où ils sont maintenant, ma chère. Je suis fière de toi.

J'ai serré les poings. Je n'en croyais pas mes oreilles.

– C'est vous qui avez payé Géryon pour qu'il nous laisse traverser le ranch, n'est-ce pas ?

Héra a haussé les épaules. Toutes les couleurs de l'arc-en-ciel ont miroité sur sa robe.

– Je voulais vous faire gagner du temps.

– Mais vous vous moquiez de ce qui pouvait arriver à Nico. Ça ne vous gênait pas qu'il soit livré aux Titans.

– Oh, je t'en prie ! (Héra a agité la main avec dédain.) Le fils d'Hadès le reconnaît lui-même. Personne ne veut de lui. Il n'a pas sa place parmi nous.

– Héphaïstos avait raison, ai-je grommelé. Vous ne vous intéressez qu'à votre famille *parfaite*, pas aux personnes réelles.

Les yeux de la déesse ont brillé dangereusement.

– Surveille ta langue, fils de Poséidon. Je t'ai guidé plus de fois que tu ne le penses dans le Labyrinthe. J'étais à tes côtés quand tu as affronté Géryon. J'ai protégé la trajectoire de ta flèche. Je t'ai envoyé sur l'île de Calypso. Je vous ai montré le chemin de la montagne du Titan. Annabeth, je suis sûre que tu mesures à quel point je vous ai aidés. Un sacrifice de remerciement serait le bienvenu.

Annabeth est restée aussi immobile qu'une statue. Elle

aurait pu dire merci. Elle aurait pu promettre de jeter quelques grillades sur le braséro pour Héra, et l'affaire aurait été close. Mais elle a serré les mâchoires, l'air buté. Elle avait la même expression que face à la sphinge : elle n'allait pas accepter une réponse facile, quitte à s'attirer des ennuis. Je me suis rendu compte que c'était une des choses que j'aimais le plus chez Annabeth.

– Percy a raison. (Elle a tourné le dos à la déesse.) C'est vous qui n'avez pas votre place parmi nous, reine Héra. Alors pour la prochaine fois... c'est non merci.

Héra a eu un ricanement infiniment plus inquiétant que celui d'une *empousa*. Sa silhouette s'est mise à luire.

– Tu regretteras cette insulte, Annabeth. Tu la regretteras amèrement.

J'ai détourné les yeux tandis que la déesse reprenait sa forme véritable et disparaissait dans un halo de lumière éblouissante.

Le calme est revenu sur le sommet de la colline. Plus loin, au pied du pin, le dragon Peleus somnolait sous la Toison d'Or comme si de rien n'était.

– Je suis désolée, a dit Annabeth. Je... il faut que j'y retourne. Je t'appellerai.

– Écoute, Annabeth...

Je repensais au mont Saint Helens, à l'île de Calypso, à Luke et à Rachel Elizabeth Dare, en me disant que tout était brusquement devenu tellement compliqué. Je voulais dire à Annabeth que je ne souhaitais pas vraiment qu'il y ait une telle distance entre nous.

À ce moment-là Argos a klaxonné depuis la route, et mon occasion de parler a volé en éclats.

– Faut que tu y ailles, a dit Annabeth. Prends soin de toi, Cervelle d'Algues.

Elle a dévalé la colline en courant. Je l'ai suivie du regard jusqu'aux bungalows. Elle ne s'est pas retournée une seule fois.

Deux jours plus tard, c'était mon anniversaire. Je ne l'annonçais jamais parce qu'il tombait juste après la colonie, de sorte qu'en général aucun de mes amis d'ici ne pouvait venir, et je n'avais pas beaucoup d'amis mortels. En plus, je n'avais pas trop le cœur à fêter le passage des années depuis que j'avais connaissance de la grande prophétie selon laquelle, à mon seizième anniversaire, j'allais soit détruire le monde, soit le sauver. Là, j'allais avoir quinze ans. Le temps commençait à presser.

Ma mère m'a organisé une petite fête d'anniversaire à la maison. Paul Blofis est venu, mais ce n'était pas un problème car Chiron avait manipulé la Brume de façon à convaincre tout le monde, à Goode, que Kelli était une pom-pom girl psychopathe et incendiaire, alors que je n'étais qu'un témoin innocent qui avait paniqué et pris ses jambes à son cou. J'étais toujours autorisé à entrer en troisième à Goode le mois prochain. Si je voulais maintenir mon record qui consistait à me faire renvoyer d'une école tous les ans, il allait falloir que je m'applique.

Tyson est venu à ma fête, lui aussi, et maman a fait deux gâteaux bleus de plus rien que pour lui. Pendant que Tyson l'aidait à gonfler des ballons de baudruche, Paul Blofis m'a demandé de venir lui donner un coup de main à la cuisine. On a préparé le punch ensemble.

– J'ai appris que ta mère t'avait inscrit au cours de conduite du collège cet automne, m'a-t-il dit.

– Ouais, c'est cool. J'ai trop envie de commencer.

Pour être honnête, j'avais toujours rêvé de passer mon permis, mais là je n'avais plus tellement le cœur à ça et Paul l'a senti. Curieusement, il me faisait penser à Chiron quelquefois, avec cette façon de vous regarder et de *voir* littéralement vos pensées. Ça devait être leur aura de prof.

– Tu as eu un été difficile, a-t-il continué. Je crois que tu as perdu quelqu'un qui comptait. Et... côté cœur ?

Je l'ai regardé, estomaqué.

– Comment tu le sais ? Maman t'a...

– Ta mère n'a rien dit du tout ! s'est-il écrié en levant les deux mains. Et je ne veux pas être indiscret. Je sais que tu as quelque chose de différent des autres, Percy. Il se passe beaucoup de choses dans ta vie que je ne comprends pas. Il n'empêche que j'ai eu quinze ans et je devine juste à ton expression que... Eh bien que tu as vécu des moments difficiles.

J'ai hoché la tête. J'avais promis à ma mère de dire à Paul la vérité à mon sujet, mais là, ça ne semblait pas le bon moment. Pas encore.

– J'ai perdu quelques amis à cette colonie où je vais l'été, ai-je répondu. Je veux dire, pas des amis proches, mais quand même...

– Je suis désolé, Percy.

– Ouais. Et, euh, côté cœur...

– Tiens. (Paul m'a tendu un gobelet de punch.) À tes quinze ans. Et à une meilleure année à venir.

On a trinqué avec nos verres en carton.

– Percy, j'ai des scrupules à te donner encore à réfléchir, a dit Paul, mais je voulais te demander quelque chose.

– Ouais ?

– Côté cœur.

J'ai froncé les sourcils.

– De quoi tu parles ?

– De ta mère, a dit Paul. J'aimerais lui demander sa main.

J'ai failli en lâcher mon gobelet.

– Tu veux dire… pour vous marier ? Elle et toi ?

– Oui, en gros, c'est ça l'idée. Est-ce que tu serais d'accord ?

– Tu me demandes la permission ?

Paul s'est gratté la barbe.

– Je ne sais pas si c'est vraiment une question de permission, mais c'est ta mère. Et je sais que tu traverses une période difficile. Je m'en voudrais de ne pas t'en parler d'abord, d'homme à homme.

– D'homme à homme, ai-je répété.

Ça me faisait bizarre de prononcer ces mots. J'ai pensé à Paul et à maman ; je me suis fait la réflexion qu'elle riait et souriait davantage, quand il était là, et qu'il s'était donné un mal de chien pour me faire entrer au collège. Et je me suis surpris à dire :

– Je trouve que c'est une idée superbe, Paul. Fonce.

Il a souri jusqu'aux oreilles.

– À la tienne, Percy. Viens, allons rejoindre les autres.

Je m'apprêtais à souffler mes bougies quand on a sonné à la porte.

– Qui ça peut être ? s'est exclamée maman en fronçant les sourcils.

C'était bizarre parce qu'il y avait un nouveau portier dans l'immeuble, pourtant il n'avait pas appelé à l'Interphone ni rien. Maman a ouvert et hoqueté de surprise.

C'était mon père. Comme à son habitude, il portait un bermuda, une chemise hawaïenne et des Birkenstock. Sa barbe noire était soigneusement taillée et ses yeux vert océan pétillaient. Il portait un vieux bob décoré de leurres de pêche, avec l'inscription « Chapeau Porte-Bonheur de Neptune ».

– Pos... (Ma mère a ravalé sa langue. Elle a rougi jusqu'à la racine des cheveux.) Euh, bonsoir.

– Bonsoir, Sally, a dit Poséidon. Ravissante, comme toujours. Je peux entrer ?

Ma mère a émis un couinement qui pouvait aussi bien être un oui qu'autre chose. Poséidon a décidé que c'était un oui et il est entré.

Paul nous regardait tour à tour, essayant d'interpréter nos expressions. Pour finir, il s'est avancé en tendant la main.

– Bonsoir, je suis Paul Blofis.

Poséidon a haussé les sourcils en lui serrant la main.

– Bouffi, vous dites ?

– Non, Blofis, en fait.

– Ah, je vois. Dommage, j'aime bien le bouffi, comme poisson. Moi c'est Poséidon.

– Poséidon ? C'est un nom intéressant.

– Oui, j'aime bien. J'en ai eu d'autres, mais c'est Poséidon que je préfère.

– Comme le dieu de la Mer.

– On peut dire ça comme ça, oui.

– Bon ! a interrompu ma mère. Euh, on est ravis que tu aies pu passer. Paul, c'est le père de Percy.

– Ah, a fait Paul en hochant la tête, même s'il n'avait pas l'air très content. Je vois.

Poséidon m'a souri.

– Bonsoir, mon garçon. Et Tyson, salut, fiston !

– Papa !

Tyson a traversé la pièce en courant et sauté au cou de Poséidon, qui a failli en perdre son chapeau de pêche.

Paul en est resté bouche bée. Il a dévisagé maman.

– Tyson est...

– Pas mon fils, a-t-elle garanti. C'est une longue histoire.

– Je ne pouvais pas rater les quinze ans de Percy, a dit Poséidon. Si on était à Sparte, Percy serait un homme, aujourd'hui !

– C'est vrai, a confirmé Paul. Avant, j'enseignais l'Antiquité.

Une étincelle a brillé dans le regard de Poséidon.

– Une antiquité, voilà ce que je suis. Sally, Paul, Tyson... ça vous ennuie si je vous emprunte Percy quelques instants ?

Il a passé un bras autour de mon épaule et m'a entraîné dans la cuisine.

Une fois seul avec moi, il a cessé de sourire et m'a demandé :

– Tu vas bien, mon garçon ?

– Ouais, ça va. Je crois.

– J'ai entendu des histoires, a dit Poséidon. Mais je voulais entendre directement ta version. Raconte-moi tout.

Et c'est ce que j'ai fait. C'était déconcertant parce que Poséidon m'écoutait avec une concentration totale. Son regard ne s'est pas détaché un seul instant de mon visage. Quand je me suis tu, il a hoché lentement la tête.

– Ainsi Cronos est bel et bien de retour. La guerre tous azimuts est pour bientôt.

– Et Luke ? ai-je demandé. Est-il vraiment mort ?

– Je ne sais pas, Percy. C'est extrêmement troublant.

– Mais son corps est mortel. Vous ne pourriez pas le détruire définitivement ?

Poséidon a paru perturbé.

– Mortel, peut-être, mais Luke a quelque chose de différent, mon garçon. Je ne sais pas comment il a été préparé pour recevoir en lui l'âme du Titan, mais il ne sera pas facile à tuer. Pourtant, je crains qu'il faille le tuer si on veut renvoyer Cronos dans la fosse. Malheureusement, j'ai d'autres problèmes de mon côté.

Je me suis souvenu de ce que m'avait dit Tyson au début de l'été.

– Les anciens dieux de la Mer ?

– Exactement. Mon royaume est le premier touché par la bataille, Percy. En fait, je ne peux pas rester longtemps. Au moment où je te parle, l'océan est en guerre contre lui-même. Je déploie des efforts considérables pour empêcher les cyclones et les typhons de détruire votre monde en surface, tant les combats qui font rage en dessous sont violents.

– Laisse-moi descendre, ai-je dit. Laisse-moi vous aider.

Poséidon a souri et ses yeux se sont plissés.

– Pas encore, mon garçon. Je sens qu'on va avoir besoin de toi ici. Ce qui me rappelle un truc... (Il a sorti un dollar des sables de sa poche et me l'a fourré dans la main.) Ton cadeau d'anniversaire. Fais-en bon usage.

– Euh... on peut faire usage d'un dollar des sables ?

– Oh que oui. De mon temps, on pouvait acheter un tas de choses avec. À mon avis, tu t'apercevras que c'est encore vrai, si tu t'en sers dans le bon contexte.

– Quel contexte ?

– Quand le temps viendra, a dit Poséidon, je pense que tu le sauras.

J'ai refermé les doigts sur le dollar des sables, mais il y avait quelque chose qui me travaillait toujours.

– Papa, ai-je dit. J'ai rencontré Antée quand j'étais dans le Labyrinthe. Il a dit... ben, il a dit qu'il était ton fils préféré. Et il a décoré son arène avec des crânes et...

– Il me les a dédiés, a complété Poséidon. Et tu te demandes comment quelqu'un peut faire de telles horreurs en mon nom.

J'ai hoché la tête, un peu gêné.

Poséidon a posé sa main burinée sur mon épaule.

– Percy, il y a des êtres médiocres qui commettent beaucoup d'horreurs au nom des dieux. Ça ne veut pas dire que nous, les dieux, nous approuvons. Ce que nos fils et nos filles accomplissent en notre nom... en général ça en dit plus long sur eux que sur nous. Et toi, Percy, tu es mon fils préféré.

Il a souri et, soudain, être avec lui dans la cuisine, ça m'est apparu comme le plus beau cadeau d'anniversaire que j'aie jamais reçu de ma vie. Et puis maman m'a appelé du salon :

– Percy ? Les bougies sont en train de fondre !

– Il faut que tu y retournes, a dit Poséidon. Mais il y a une dernière chose que tu devrais savoir, Percy. Cet incident sur le mont Saint Helens...

J'ai cru une seconde qu'il faisait allusion au baiser d'Annabeth et j'ai rougi, avant de comprendre qu'il parlait de quelque chose d'autrement plus important.

– Les éruptions continuent, a-t-il dit. Typhon s'agite. Il est très probable que bientôt, d'ici à quelques mois peut-être, dans un an dans le meilleur des cas, il se libère de ses chaînes.

– Je suis désolé, ai-je dit. Je ne voulais pas...

Poséidon a levé la main.

– Ce n'est pas ta faute, Percy. Ce serait arrivé tôt ou tard, maintenant que Cronos a entrepris de réveiller les monstres anciens. Mais sois bien conscient que si Typhon revient dans la bataille, ce sera sans aucune mesure avec tout ce que tu as connu jusqu'à présent. La première fois qu'il est apparu, il a fallu toutes les forces de l'Olympe réunies pour le combattre, et on l'a emporté de justesse. Cette fois-ci, lorsqu'il va ressurgir, c'est ici qu'il viendra, à New York. Il marchera droit sur l'Olympe.

C'était pile le genre de merveilleuses nouvelles que je souhaitais recevoir pour mon anniversaire, mais Poséidon m'a tapoté dans le dos, comme pour me dire de ne pas m'en faire.

– Faut que j'y aille. Bonne soirée d'anniversaire, mon garçon.

Ni une ni deux, il s'est transformé en brume et une douce brise marine l'a emporté par la fenêtre.

Ça a été du boulot de convaincre Paul que Poséidon était parti par l'escalier de secours, mais comme les gens ne peuvent se volatiliser, jusqu'à preuve du contraire, il a été bien obligé de nous croire.

On s'est gavés de gâteau bleu et de glace jusqu'à n'en plus pouvoir, puis on a joué à des jeux ringards, du genre charades mimées et Monopoly. Tyson n'arrivait pas à piger le principe des charades mimées : à tous les coups, il criait le nom du film ou de la personne qu'il essayait de nous faire deviner. En revanche, il s'est avéré très fort au Monopoly. Il m'a éliminé en cinq tours, puis il a entrepris de ruiner Paul et maman. Je les ai laissés jouer et je me suis retiré dans ma chambre.

J'ai placé une part de gâteau bleu sur ma commode. Puis j'ai retiré mon collier de la Colonie des Sang-Mêlé et je l'ai posé sur le rebord de ma fenêtre. Il y avait maintenant trois perles, enfilées sur le lien de cuir, qui représentaient mes trois étés à la colonie : un trident, la Toison d'Or et la dernière : un dédale complexe, qui symbolisait la « Bataille du Labyrinthe », comme les pensionnaires avaient commencé à l'appeler. Je me suis demandé ce que serait la perle de l'année prochaine et si je serais encore là pour la recevoir. Si la colonie allait survivre jusqu'à l'été prochain.

J'ai regardé le téléphone sur ma table de chevet. J'ai pensé à appeler Rachel Elizabeth Dare. Maman m'avait demandé si je souhaitais inviter quelqu'un d'autre pour ce soir, et j'avais pensé à Rachel. Mais je ne l'ai pas appelée. Je ne sais pas pourquoi. Cette idée me terrifiait presque autant qu'une entrée du Labyrinthe.

J'ai tapoté mes poches et je les ai vidées : Turbulence, un Kleenex, mes clés de l'appartement. Puis j'ai palpé ma poche de tee-shirt et senti quelque chose à l'intérieur. Je ne m'en étais pas rendu compte, mais je portais le tee-shirt en coton blanc que Calypso m'avait donné à Ogygie. Ce que j'ai sorti de ma poche était un bout de tissu ; je l'ai déplié et j'y ai découvert la bouture de dentelle de lune. C'était un simple brin, flétri après ces deux mois, mais j'ai tout de même senti le léger parfum du jardin enchanté de Calypso. Ça m'a rendu triste.

Je me suis rappelé la requête qu'elle m'avait adressée avant mon départ : « Fais un jardin pour moi à Manhattan, d'accord ? » J'ai ouvert la fenêtre et je me suis glissé sur l'escalier de secours.

Ma mère y gardait une jardinière. Au printemps, elle y mettait des fleurs, en général, mais là il n'y avait que de la terre, en attente de nouvelles plantes. La nuit était claire. La lune brillait sur la 82e rue. J'ai planté le brin de dentelle de lune flétri avec soin, puis je l'ai arrosé d'un peu de nectar que j'avais dans ma gourde de la colonie.

Au début, il ne s'est rien passé.

Puis, sous mes yeux, une minuscule plante argentée a surgi de terre : une bébé dentelle de lune, qui brillait dans la douce nuit d'été.

– Jolie fleur, a dit une voix.

J'ai sursauté. Nico Di Angelo était juste à côté de moi, sur l'escalier de secours.

– Excuse-moi, a-t-il dit. Je ne voulais pas t'effrayer.

– Ça va, pas de problème... Euh, qu'est-ce que tu fais là ?

Il avait grandi de presque trois centimètres durant ces deux derniers mois. Sa tignasse noire était plus emmêlée que jamais. Il portait un tee-shirt noir, un jean noir et une nouvelle bague en argent, en forme de crâne. Son épée de fer stygien pendait à son côté.

– J'ai fait un peu d'exploration, a-t-il dit. J'ai pensé que tu aimerais le savoir, Dédale a reçu son châtiment.

– Tu l'as vu ?

Nico a hoché la tête.

– Minos voulait le mettre à bouillir dans une marmite de fondue au fromage pour l'éternité, mais mon père avait autre chose en tête. Dédale construira des ponts autoroutiers et des bretelles de sortie dans l'Asphodèle jusqu'à la fin des temps. Ça aidera à désengorger la circulation. Pour dire la vérité, je crois que notre vieil inventeur n'est pas mécontent du tout. Il construit toujours. Il crée toujours. Et il voit son fils et Perdix tous les week-ends.

– C'est bien.

Nico a tambouriné sur sa bague en argent du bout des ongles.

– Ce n'est pas la vraie raison de ma visite, a-t-il ajouté. J'ai découvert certaines choses. J'ai quelque chose à t'offrir.

– Quoi ?

– Le moyen de battre Luke, a dit Nico. Si j'ai raison, c'est ta seule et unique chance d'y arriver.

J'ai respiré à fond.

– OK. Vas-y, je t'écoute.

Nico a jeté un coup d'œil à l'intérieur de ma chambre. Il a froncé les sourcils.

– Euh... c'est du gâteau d'anniversaire bleu ?

À sa voix, j'ai eu l'impression qu'il avait faim et qu'il était peut-être un peu mélancolique. Je me suis demandé si on l'avait jamais invité à une fête d'anniversaire, le pauvre, sans parler de fêter le sien.

– Entre prendre de la glace et du gâteau, lui ai-je dit. J'ai l'impression qu'on a beaucoup de choses à discuter.

Découvrez un extrait de :

Percy Jackson Tome 5
Le dernier Olympien

1   Je fais une balade détonante

La fin du monde a commencé à l'instant où un pégase s'est posé sur le capot de ma voiture.

Jusqu'alors, je passais un après-midi super. En principe je n'avais pas le droit de conduire vu que je n'allais avoir seize ans que la semaine suivante, mais ma mère et mon beau-père, Paul, m'avaient emmené avec mon amie Rachel à une plage privée de South Shore, à Staten Island, et Paul nous avait laissés faire un petit tour dans sa Prius.

Je sais ce que vous allez dire : « C'est fou, quelle irresponsabilité de sa part, patati, patata... » Mais Paul me connaît bien. Il m'a vu tailler des démons en pièces et sauter par la fenêtre d'une école en flammes, alors il a dû se dire que conduire une voiture sur quelques centaines de mètres n'était sans doute pas le plus grand danger que je courrais.

Bref, nous étions en voiture, Rachel et moi. C'était le mois d'août, une journée de canicule. Rachel avait relevé ses cheveux roux en queue-de-cheval et enfilé une chemise blanche sur son maillot de bain. Je l'avais toujours vue en tee-shirt miteux et jean maculé de peinture, et là, c'était trop de la bombe.

– Arrête-toi ! m'a-t-elle dit.

On s'est garés sur une corniche qui surplombait l'Atlantique. La mer est un de mes endroits préférés et ce jour-là, elle était carrément magique : lisse comme un miroir, verte et scintillante, comme si mon père maintenait le calme plat rien que pour nous.

Mon père, à propos, c'est Poséidon. Il peut faire ce genre de choses.

– Alors, a repris Rachel en souriant. Pour cette invitation ?

– Ah oui.

J'ai essayé d'avoir l'air enthousiaste. Je veux dire, elle m'avait invité à passer trois jours dans la maison de vacances de sa famille, sur l'île de Saint Thomas. Je ne recevais pas ce genre d'invitation tous les jours. Nous, notre idée de vacances luxueuses, c'est un long week-end dans un bungalow délabré de Long Island, avec quelques DVD de location et des pizzas surgelées. Là, les parents de Rachel étaient prêts à m'emmener aux Antilles avec eux...

En plus, j'avais vraiment besoin de vacances. Je venais de vivre le plus dur été de ma vie. Faire un break, même de quelques jours seulement, c'était hyper-tentant.

Seulement voilà. Quelque chose de capital devait se jouer d'un jour à l'autre et j'étais donc « de garde » pour une mission. Pire encore, dans une semaine, ce serait mon anniversaire. Or selon une prophétie, à mes seize ans, des catastrophes se produiraient.

– Percy, je sais que ça tombe mal, a dit Rachel. Mais je me trompe ou c'est jamais le bon moment, de toute façon ?

Bien vu.

– J'ai vraiment envie de venir, lui ai-je assuré. C'est juste que...

– La guerre.

J'ai fait oui de la tête. Je n'aimais pas en parler, mais Rachel savait. Contrairement à la plupart des mortels, elle voyait à travers la Brume – le voile magique qui déforme la vision des humains. Elle avait rencontré certains des autres demi-dieux qui combattaient les Titans et leurs alliés. Elle s'était même trouvée parmi nous l'été dernier quand le seigneur Cronos, jusqu'alors en mille morceaux, s'était levé de son cercueil dans un nouveau corps absolument terrifiant, et elle avait gagné mon respect à tout jamais en lui envoyant une brosse en plastique bleu dans l'œil.

Elle a posé la main sur mon bras.

– Te prends pas la tête. On ne part pas avant quelques jours. Mon père...

Sa voix s'est brisée.

– T'as des ennuis avec lui ?

Rachel a secoué la tête, l'air dégoûté.

– Il essaie d'être sympa avec moi, a-t-elle répondu, ce qui est presque pire. Il veut que j'aille à l'Institut Clarion pour jeunes filles à la rentrée.

– Là où ta mère était allée ?

– C'est une école de bonnes manières pour jeunes filles de la haute, au fin fond du New Hampshire. Tu m'imagines dans un endroit pareil ?

J'ai dû reconnaître que l'idée semblait franchement idiote. Ce qui motivait Rachel, c'étaient les projets d'art urbain, nourrir les SDF, aller à des manifs pour « Sauver le Pic Maculé », ce genre de délires. Je ne l'avais jamais vue en robe. J'avais du mal à l'imaginer prenant des cours de savoir-vivre.

Elle a soupiré.

« Pour l'éditeur, le principe est d'utiliser des papiers composés de fibres naturelles, renouvelables, recyclables et fabriquées à partir de bois issus de forêts qui adoptent un système d'aménagement durable. En outre, l'éditeur attend de ses fournisseurs de papier qu'ils s'inscrivent dans une démarche de certification environnementale reconnue. »

Composition Nord Compo
Achevé d'imprimer en Espagne par BLACK PRINT CPI IBERICA
32.03.2980.4/01 - ISNB : 978-2-01-322980-7
Loi n° 49-956 du 16 juillet 1949 sur les publications destinées à la jeunesse
Dépôt légal : mai 2011